Wolfgang Bader (Ed.)

novum #9

Volume 1

novum pro

Bibliographical data of the
German National Library:

The German National Library
records this publication in the
German National Bibliography.
Detailed bibliographical data are
available at http://www.d-nb.de.

All rights of distribution,
including via film, radio, and television,
photomechanical reproduction,
audio storage media, electronic data
storage media, and the reprinting of
portions of text, are reserved.

Printed in the European Union
on environmentally friendly,
chlorine- and acid-free paper.

© 2020 novum publishing gmbh

ISBN 978-3-99107-559-2
Editing: Isabella Busch;
Hugo Chandler, BA;
M. Moors;
Mária Sósné Karácsonyi
Cover photo:
Evgeniy Fesenko | Dreamstime.com

Cover design, layout & typesetting:
novum publishing
Internal illustrations:
see bibliography p. 457

The images provided by the authors
have been printed in the highest
possible quality.

www.novumpublishing.com

Table of content

CECÍLIA AGÁRDI
Gyermekkorom legszebb nyara 11

MARIA BEHNKE
Gedichte 18

TRAUDEL BEICKLER
Gedichte 27

ULRIKE BERGMANN
Dum spiro, spero 31

NASIRA BHIKHA-VALLEE
Poems 40

ANNA BRAUN
Gedichte 54

WERNER J. BRÜNDLER
Die Firma dankt 59

MARINA BURO
Ein einziger Traum 65

KONSTANTINOS CHRISTOU
Gedichte 71

JUDIT CORNIDESZ KISS
Járvány és szerelem 75

ISTVÁN CSÁKI
Was there a Second
European Hunnic State? 80

TEODÓRA CZAKÓ
A nevem Föld 104

HANNELORE DANDERS
In Gedanken 109

HEIN DE JONG
Mumbai 114
Spiegel 117

WALTER ECKERT UND THOMAS KLOEVEKORN
Gerechtigkeit Gottes 119

KLAUS EICHMANN
Gedichte 127

TEJONARDO ELSEWHERE
Episode uit
„De Jongen Onder De Douche" 134

SANDRA FEIT
Sinngeschärft 143

PETER FLEISCHHAUER
... immer, wenn's echt wichtig ist 148

PETER FLOWER
    Az elveszett lány 153

LILLY FRIESEN
    Berührte Haut erinnert sich 169

MARIANNE FROMWALD
    Hase Cookie in Paris 175
    Gedicht 183

ANTON FÜTTERER
    Gedichte 184
    Tassengedichte (Auszug) 186

RON GABELER
    Voer om over na te denken 192
    Dromen 196

ARNO A. GANDER
    Auszug aus Romanprojekt „Taranto" 197

FRANZ GEISSLER
    Gedichte 212

CLAUDIA GIESE
    Gedichte 218
    Fahrschule des Lebens 222

PAULA GLYNN
    Virtual Reality Nightmare 227

BRIGITTE ALMUT GMACH
    Der Mützenmann 232

ROSA GOLD
Aus dem Buch
„Mama muss zur Reparatur" 242

MAXIM GOLDMAYER
Die offene Tür 247
Corona Tanz 250

MÁRIA GYENEI
Karácsonyi gondolatok és kérdések 251
Karanténbéli gondolatok és kérdések 258

ARI H.
Szerpentin 280

EBERHARD W. HÄFFNER
Lebensabschnitte von 1940 bis 2020 285

JACKIE HAINES
Poems 294

SAEED HAQ
Pockets of Life 298

ROSALIA HARDT
Auszug aus dem Buch
„Ein Tag sagt es dem andern" 302

ROSEMARIE HEIHOFF
Gedichte (Herbst) 307

BRIGITTE HERZOG
Trauergedichte 317

PETER HOFSTETTER
   Gedichte 324

ANDREW INGS
   A brief History and Picture of Soho 330
   Ouija Board 334
   Tranquillity 337

TERENCE JEFFRIES
   Where do we stand? 339

SIEGFRIED JETTER
   „P. S. – Postskriptum" 345

HOLGER KIEFER
   Neues im Juli 352
   Sternschnuppen 359

JUNA KLAISS
   Quarantäne oder: die Entführung 372

JUTTA ALICE KUEHNE
   Ende und Anfang des Jahres 2019, 2020 376

ELLY LAGENDIJK
   Schepping, evolutie, wetenschap,
   astrologie, ufo's, corona. 384

G. F. LANCER
   Az Áspis ébredése 392

ÉVA LEDNICZKY
   Isten madarai 402

LEFEMMEFATALE
Emotionale para activities 409

AXEL LEHMANN
Gedichte 419

VANESSA ELISA LIPINSKI
Gedichte 423

BERNARD LOVINK
Brándamandla 427
Lolita (1–3) 439

CONNY LUIJKS
Ingetogen leefstijl tegengesteld 442

REGISTER 448

Gyermekkorom legszebb nyara

Észrevétlenül repülnek az évek, nem is nagyon figyelünk rá, míg meg nem pillantjuk arcunkon az első ráncot a tükörben, vagy míg egy reggel arra nem ébredünk, hogy minden csontunk fáj. Az idő könyörtelenül rombolja a testünket, de lelkünk nem öregszik. Amikor a nagypapák, nagymamák régi osztálytársakkal összejönnek, kibújik belőlük a hajdani gyermek, felidézik az egykori csínyeket és ugyanolyan felhőtlenül nevetnek, mint akkor, amikor elkövették. Mondják, mindenki annyi éves, amennyinek érzi magát. Életünk egy meghatározó élménye állítja meg az időt.

Amikor a pszichológusom megkérdezte tőlem, hány éves vagyok, kibukott belőlem: „öt". Magam is csodálkoztam a válaszon és rádöbbentem, hogy életem meghatározó élményét ötévesen éltem meg, amikor szüleimtől távol, Balatonlellén nevelkedtem. Yalom „A Schopenhauer-kúra" c. könyvében írja a filozófusról, akit apja Hamburgba küldött kereskedő barátjához tanulni: „Kilenc éves korban elűzetve az otthontól, elválasztva a szülőktől? Milyen sok gyermek tekint egy ilyen száműzetést katasztrofálisnak? És mégis, Arthur ezt a két évet későbbi életében úgy jellemezte, mint gyermekkora legboldogabb része."

Ha kilenc éves korban az a rendkívüli, hogy valaki jobban érzi magát idegenben, ötéves korban ez drámai.

Szüleim megállapították, hogy én vagyok a világ legrosszabb gyermeke, mert egyetlen vendégeskedésből sem akartam hazamenni. A bútorokba kapaszkodtam és keservesen bömböltem, amikor kirángattak az idegen lakásból. Egyszer Balatonlellén játszottam el műsoromat olyan sikeresen, hogy megdöbbenésemre anyám otthagyott. A történet a mai napig foglalkoztat,

CECÍLIA AGÁRDI | 11

és talán még most sem értek meg mindent, de már tudom, hogy nekem az otthon melege hiányzott. Abban az időben anyámmal mindig ketten mentünk nyaralni. Akkor még a SZOT-üdülőkbe nem lehetett gyermeket bevinni, így nekem keresett egy házat, ahol két hétre éjjelre befogadtak. Így volt ez Balatonlellén is, ahol két hét helyett csaknem két évig maradtam. Ott kaptam meg mindent, amire egy gyermeknek szüksége van: a melegséget az ott lakó családtól, és a csodálatos kert ajándékait, amit a kis garzonlakásunkban elképzelni sem tudtam.

Ők a háború előtt jómódban éltek, a családfő polgármester volt. Aztán csaknem mindent elvettek tőlük, a férj és felnőtt fiúk Siófokon dolgoztak hivatalnokként, a nálam két évvel idősebb lányuk már iskolába járt, a kisebb, velem egyidős, remek játszótárs volt. A gyermekeket az anya nevelte, a háztartást anyjával és nővérével együtt vezették. Én, az idegen, mindenkitől szeretetet kaptam. Végre igazi családba kerültem. Ott „tudtam" meg, hogy van egy Jézuska, aki ugyanolyan gyermek, mint én. Esténként az anya mesélt, elmondtunk egy imát, és „jó éjt" puszit adott nekem is. Tudtam, az ima megvéd, semmi baj nem történhet velem, mert a kicsi Jézus éjjel is vigyáz reám.

A kert – egy kisebbfajta birtok – az országúttól a Balatonig húzódott, mindenféle élvezetet nyújtott, ami a gyermekszemnek-szájnak ingere. Az évszázados fák vastag törzsei eltakartak, amikor bújócskáztunk, lombjuk enyhet adó menedék volt a tűző napsugarak elől, szélviharban együtt rezgett a sok levél, félelmetesen zenélve. A földből kibújt, összekapaszkodott, hatalmas gyökerek a biztonság érzését keltették és fájt, hogy nekem ezt a családom nem nyújtotta.

A kertet számtalan virág tette derűssé. Nekem a rózsa és a mákvirág tetszett felettébb. Mindkettő több színben pompázott. A rózsa illata elkábított; belefúrtam a fejem és boldogságot éreztem. A mákvirág gubójából kikapart apró mákszemeket élvezettel rágcsáltuk. Csak később értettem meg nagymamám feddését, amikor rosszalkodtam: „finom kis mákvirág vagy". – Az tényleg nagyon finom – válaszoltam. A negatívum nyilván a bódító hatásra vonatkozott, amiről akkor még nem tudtam.

Mozgékony gyermekként a fáramászás is örömet szerzett; ügyesen kúsztam fel rájuk, és a ház mellett álló óriási, fenyők rönkjeiből összerakott rakás tetejére is szívesen felkapaszkodtam. Boldogan szívtam be fent a szétszóródott tűlevelek illatát. A forró nyárba betört a karácsony hangulata, a szép, feldíszített fa, a csillagszóró, és az ünnep varázsolta sajátos illat. Az otthonom, a család egyáltalán nem jutott eszembe. Érdekes, hogy honvágyat sohasem éreztem, csak akkor vettem tudomást szüleimről, amikor vasárnaponként felváltva meglátogattak. Fel sem merült bennem, hogy miért nem együtt jönnek – az „aha" élmény sokkal később tört rám: hirtelen jöttem rá, hogy a rosszul indult házasságukat befejező válóper éppen akkor zajlott.

Jenő Mátyás Fock

Az évszázados fák vastag törzsei eltakartak, amikor bújócskáztunk. A kertet számtalan virág tette derűssé. Nekem a rózsa és a mákvirág tetszett felettébb, amire máig vágyakozva tekintek vissza.

Az apai vasárnapok megmaradtak emlékezetemben. A nap minden perce érdekes és örömteli volt. Sokat mesélt olyanokat, amiket mástól sosem hallottam. A félelmet keltő *Piroska és a farkas, Jancsi és Juliska* és *Hófehérke*-mesék helyett Oscar Wilde tollából születetteket: *A boldog herceg,* az *Önző óriás, A csalogány és a rózsa* stb. hallatán a részvét érzésével gazdagodtam. Mindig vett nekem fagyit, csodálatos, igazi kastélyszerű homokvárat épített – elámultam, hogy ilyet is lehet, nem csak vakondtúrásra hasonlító kupacot, ami tőlem kitelt. Csónakáztunk és pancsoltunk a Balatonban, úszni is ott, tőle tanultam meg a sekély vízben.

Apám mindennap küldött egy szép képeslapot; a nap legszebb percei voltak, amikor felolvasták nekem az írást, de az kissé rosszul esett, hogy mindig úgy zárta sorait: „Legyél jó kislány!". Nem tudtam ezzel mit kezdeni, mert nem éreztem magam rossznak. Időközönként cukorkával lepett meg, akkora dobozzal, mint amikben az édességboltokban árulták. Többféle volt benne, legjobban a párna alakú, zöld mentolos ízlett, a mézcukorból szeretetet szopogattam – apám a színét a hajamhoz hasonlította.

A hétköznapokat még a stéghez kikötött csónak tette színessé. Nagyon gyakran lefeküdtem a fenekére: az ott meggyűlt víz enyhítette a nyári forróságot. Ringatták a hullámok, s ahogy a falához csapódtak, álmosítóan daloltak. A kellemes érzés, amit akkor éreztem, lehetett az, amit ma úgynevezett „relaxálással", többnyire sok türelemmel lehet csak elérni.

A következő évben számomra az első, nagyon sokáig ható élmény a húsvét volt. Abban a családban a felnőttek arra törekedtek, hogy a gyermekeknek széppé tegyék a gyermekkort. Szereztek egy nyulat, elbújtak egy bokorban vele. Minket kihívtak a kertbe, és amikor kiléptünk az ajtón, elengedték. A nyúl félelmében árkon-bokron túlra menekült. Mi megtaláltuk a „nyuszi ajándékait". Amikor már olyan nagy voltam, hogy ép ésszel fel kellett volna fognom, hogy egy nyúl képtelen ajándékozni, hiszen keze sincs, amivel fogni tudna, én sziklaszilárdan meg voltam győződve arról, hogy valamilyen csoda folytán tényleg ő hozta. Ezt a példát később felhasználtam logikai tanulmányomban, amikor a premisszák igaz voltát kellett vizsgálni.

A TV-ből folyamként kiömlő krimikben is ilyen látszatokkal próbálják a nézők izgalmát fenntartani. Eszembe jut az az amerikai irodalmi példa is, amiben egy híres író belépéskor leadta a kalapját az étterem ruhatárában. Amikor távozni készült, a néger boy a kezébe nyomta.

– Honnan tudja, hogy ez az én kalapom? – kérdezte.

– Nem tudom, uram – felelte a fiú –, csak azt tudom, hogy amikor bejött, ezt adta a kezembe.

Mára már az évszádok alatt megkövesedett nevelési elvek közül sok értelmetlennek bizonyul, pl. a „mértéktelen" vízivás – mint egészségtelen – tiltása, holott most már tudjuk, hogy naponta minimum 2 liter folyadék bevitele az egészséges. Minket, gyermekeket mindig azzal fenyegettek: „ne igyál sokat, mert béka nő a hasadba". Nehéz megállapítani, hogy ezzel a „szellemességgel" gátolni vélték a vedelés örömét, vagy csak egy céltalan, jópofa rigmusként mondták. „A kéjt, mit egy pohár víz ád, szomjam hevével kell kiérdemelnem". Nyáron, a tikkasztó hőségben állandóan szenvedtem a „szomjam hevétől", de a kéj, az enyhülés nem adatott meg. A legrosszabb az volt, amikor játékban felhevült testtel ültünk az ebédhez, tálalták a forró, sós levest, és semmit sem ihattunk, mert a folyadék a gyomorban elveszi a helyet az étel elől. Egyszer már nem bírtam elviselni a szomjúság kínját, beosontam a konyhába és a folyó csapból döntöttem magamba a vizet. Tudtam, valami rosszat tettem. Nagyon megrémültem, mert a nagy mennyiségű víz kotyogott a hasamban. Tilosban jártam, most elért a büntetés: egy béka ott kuruttyol bennem. Keserves sírásra fakadtam, ahányan ott voltak mindenki vigasztalt. Ki mondta neked ezt a marhaságot? Hát pontosan az, aki ezt most kérdezi – feleltem.

16 | CECÍLIA AGÁRDI

De ehhez a „drámához" egy nagyon kedves élmény is kapcsolódott. A konyhában megláttam egy gyönyörű tortát 6 gyertyával. Elszomorodtam: nekem még soha nem volt ilyen tortám, és nem valószínű, hogy valaha is lesz. Még a „békajelenet" előtt jötten ki a konyhából, amikor észrevettek, s riadtan kérdezték: láttál valamit? Abban a pillanatban felismertem a helyzetet: csoda történt, a torta az enyém! Neeeeenem, válaszoltam tettetett csodálkozással, mert nem akartam elrontani a meglepetés szerzésének örömét. Ez a kedves család megemlékezett a hatodik születésnapomról.

A következő vasárnap anyám értem jött, és felhozott magával Budapestre. Nem értettem miért, de tettem mindent gépiesen, mintha nem velem történt volna meg. A lakást felismertem, de idegen volt. Csak ültem és ültem a heverőn, gondolatok nélkül. Apámat nem kerestem, ez meglepte anyámat; úgy érezte, feltétlenül közölni kell egy teljesen felesleges hazugságot:

– Apád éjszakai munkás.

Hatévesen mit tudtam én, ez mit jelent? Nincs ott, és később sem lakott velünk. Nem emlékszem rá, mikor és hogyan tudtam meg, hogy már a balatonlellei időkben elváltak.

„... a gyermekség a bűntelenség és a boldogság ideje, az élet Paradicsoma, az elvesztett Éden, amelyre az egész életutunkon vágyakozva tekintünk vissza." (Yalom)

Nekem Balatonlelle volt az Éden, ami elveszett, és amire máig vágyakozva tekintek vissza.

Gedichte

Game over?

Sie wandelt nachdenklich durch die Lande
In ihrem dunklen samtenen Gewande
Ihr Blick ist viel zu oft tränenblind
Dennoch sieht sie alles nur zu deutlich geschwind
So manches Mal glüht der Zorn in ihrem schweren Herzen
Wenn sie Mensch- und Tier-Leid sieht und unerträgliche Schmerzen
Nein, den Spiegel will sie niemandem vorhalten
Sie gibt nicht auf und hofft auf faires, gerechtes Schalten
Und Walten
Sie zeigt auf die düsteren Schatten an der Wand
Alles ist Menschen eig'nes Treiben und auch Schand' ...
Ignoranz, Diskriminierung, Machtmissbrauch
Und Respektlosigkeit
Länderübergreifend angewandt weit und breit
Ihre Augen funkeln schwarz wie des Raben Federkleid;
So fürchte dich!
Auf dem Grabe der Gier sitzt hämisch lachend der Sensenmann
Und freuet sich ...
Bist du der Stern in der Dunkelheit? Dann zeige dich!
Wer diese Frau ist? Na, das bin ich!
Nun ist also die Nacht angebrochen ...
Ziehst auch du dir die Bettdecke über den Kopf?
Ängstliches Herz schlägt laut wie auf 'nen blechernen Topf
Doch was ist's, was den Menschen so zaudern macht?
Dunkelheit Unsicherheit schafft
Die Sinne von visuell auf fein gestellt

Das Lauschen in die Finsternis zeigt die wahre Welt
Schatten an der Wand erwachen plötzlich zum Leben
Magnetisch bleibt der verunsicherte Blick schier daran kleben
Das Haus – es liegt so still da;
Scheint selbst im Tiefschlaf versunken ...
Selig, wer träumen kann vom Lebensrausch betrunken ...
Wirf endlich dein Bettzeug weg!
Wandle durch die Dunkelheit zu einem höheren Zweck
Lausche den Geräuschen der Nacht
Auch wenn Geisterschatten halten schaurige Wacht
Ziehe die Schuhe aus und fühle zwischen den Zehen das kühle Gras
Hörst du zu? Die Nacht erzählt dir was!
Tanze mit dem Mond in seinem magischen Schein
Wann fühlst du dein wahres Sein?
Endlich hast du's erkannt:
Deine Sinne leben! Instinkt genannt
Du bist ein Teil von allem;
Das erkennst du nun so klar wie das Sternenlicht
Die Finsternis wird erhellt durch deine wahre Sicht
Mag der Ängstliche sich weiter unter der Bettdecke verkriechen
Du aber beginnst Wahrheit zu riechen
Und dies ist eine Freiheit von wertvollstem Gut!
Niemand darf sie töten; stets dafür kämpfen müssen wir; nur Mut!
Aufeinandergehetzt Schwarz gegen Weiß,
Links gegen rechts und umgekehrt ...
Religionen werden wie Waffen eingesetzt
Und der Hass sich wie die Pest vermehrt
Wann arbeitet die Welt endlich Hand in Hand
Und ist zum Umdenken bereit?
Der Weg des wahren Friedens
Scheint für viel zu viele unerreichbar weit
Lernt der Mensch aus der Geschichte denn nie etwas dazu?
Propagandareden bescheren den Naiven stets trügerische Ruh
Zauber der Gezeiten ...

Wird man jemals hören auf die wahrhaft Gescheiten?
Lügnerischer Frieden du;
Mach nur weiter deine toten Augen zu!
Wollen wir wirklich daran glauben,
Dass der Gefallene erstarkt aus der Asche?
Leert der Reiche uneigennützig für den Armen seine Tasche?
Wir möchten an das Wohl und die Achtsamkeit
Für Mensch und Tier so gerne glauben ...
Fakten, keine fake news, die immer wieder enttäuschen
Und hehre Wünsche rauben
Mensch, merkst du's denn nicht?
DU allein wählst Leben oder Tod, du armer Tor!
Willst du dereinst einem Trümmerhaufen stehen bevor?
Mögen sich die Verantwortlichen im feigen Eigennutz
Ihre Hände in Unschuld waschen;
Eines ist und bleibt eine Tatsache:
Das letzte Hemd hat keine Taschen!

Déjà-vu ...

Das Mittelalter – die „gute" alte Zeit?
Viele scheinen nicht bereit,

die Dunkelheit dieser Epoche zu sehen;
hier meine Sicht zum besseren Verstehen

Es gab blutige Schlachten, Armut und die Pest;
die Folter, die Inquisition – allerdings auch das ausgelassene Fest

Enteignung und beinharte Fron,
gehörten ebenso zum Alltagston

Für die Reichen das üppige Gelage;
der armselige Tagelöhner war eine lästige Plage

Als Spielmann und in der Marktschickerei
war das oft darbende Volk ausgelassener und frei

Was also macht das Mittelalter aus,
dass es so viele zieht hinaus

zum Mittelaltermarkt, wo Altes scheinbar neu entsteht;
auch ich werde in den Bann geschlagen, merke nicht,
wie die Zeit vergeht ...

Überall duftet es nach Gegrilltem und kühlem Met;
Gaukler reißen Possen, Bogenschießen für die kleinen Recken –
alles geht

Ich erstehe Schmuck und Gewandung vergang'ner Zeit;
ich entspanne mich
Freilich über mich Schwarzgekleidete mancher wundert sich ...

Das prallt locker an mir ab;
allerdings mein „Talersack" wird schmaler und knapp ...

Eine Burg gibt's zu besichtigen, daran nehme ich noch teil
Rüstungen, Schwerter, das Streiterbeil

Kleine Gemächer und ein Saal für's abendliche Gelage;
Seltsam – plötzlich wünsche auch ich mir zurück diese Tage ...

Ich bestaunte den großen Küchentrakt;
es spielt draußen ein Dudelsack im eigentümlich bekannten Takt ...

Irgendetwas scheint in mir zu klingen;
ich will tanzen und ausgelassen singen!

Woher kenne ich nur dies' vertraute Stück?
Ans kühle raue Gemäuer gelehnt dreht sich für mich zurück

das Zeitenrad ... Ich seh' mich auf der Zinne steh'n;
warte auf meinen tapf'ren Ritter – werd' ich ihn je wiederseh'n ...?

Ich blinzle verwirrt und komme in die Gegenwart zurück ...
da treffe ich einen vertrauten Blick

Mein Weggefährte ergreift wissend lächelnd meine Hand
Ja! Ihm dereinst ich meine Liebe gestand!

Mit verändertem neuen Blick gehen wir über den Markt;
unsere Erinnerung ist lebendiger denn je Stück für Stück

Wer weiß, ob auch du das Mittelalter so ins Herz geschlossen ...
Vielleicht weil du selbst hast diese Zeit auf deine Weise genossen ...?

Totem

Sie rief ihr Totem, den Wolf, stets bei Nacht –
über diese Menschenseele hielt er ihr Leben lang treue Wacht

Wie oft meditierte sie über die Frage, warum denn nur
der Mensch sich abgewandt hat von Mutter Natur ...?

In Trance trat das mächtige Tier stets an ihre Seite heran;
viele Seelenreisen traten sie seit Jugendzeiten an

Ein hartes, entbehrungsreiches Leben
lag nun hinter der weisen Alten ...
Im Reservat freilich konnte sie ihrer Bestimmung gemäß
kaum schalten und walten

Doch war sie gefragt in aufgeschlossenen Kreisen
als versierte Ratgeberin und Medizinfrau,
gab so machen guten Rat, liebevoll und schlau

Anderen zu helfen, das war ihr Lebensziel,
Mann und Familie, das waren „Dinge", die gaben ihr nicht viel

Sie zog stets die Einsamkeit vor;
nachts machte sie auf das astrale Tor

Ein letztes Mal nun rief sie den Wolf, ihren Freund, den treuen
Er versicherte ihr, bald würde sie Grund haben, sich zu freuen!

Müde zog sie ihre Lebensbilanz ...
Wo waren geblieben die Zeiten von Respekt, Ehrfurcht und Tanz?

Seite an Seite mit ihrem Totem ging sie schließlich ein
in des Ahnenreiches heilenden Schein

Nicht ein einziges Mal sah sie zurück
Das hätte nur getrübt ihren nun glücklich strahlenden Blick!

Die Seelen von Mensch und Tier
verschmolzen, und ich wünschte mir:

Könnte ich mit der weisen Alten und ihrem Wolf heut' Nacht
reden und Rat einholen –
so halte ich wie sie dereinst einsame Wacht ...

Sirenengesang

Seemann, gib gut acht!
Das Verderben ist über dem Meer erwacht

Mit Augen, so strahlend wie der Ozean so blau,
der Körper wohlgestaltet, lang das schimmernde Haar dieser Frau

Sie locken mit sehnsuchtsvollem betörendem Gesang ...
Sei wachsam, sei bang!

Die Sirenen führen nichts Gutes im Schild;
Stürme und Strudel lassen sie entstehen –
dein Unheil führend so hemmungslos und wild

Dein Herz rast vor Angst, und doch kannst du ihr kaum widersteh'n ...
Das Boot wird sie am Felsen zerschellen lassen,
du wirst nie wieder geseh'n!

Die Sirenen mögen die Menschen nicht;
führen sie dich auf Irrwege, zeigen sie ihr boshaftes Gesicht

Diese Schadensdämonen in jungfräulicher Schönheit
werden mit dir kein Mitleid haben,
magst du noch so sehr gefangen sein von ihrem lieblichen Körper
im durchscheinenden Silberkleid

Seemann, verstopfe dir die Ohren
und setze die Segel so schnell, wie es geht!
Auf dass Sirenengesang von dir ungehört verweht ...

Rette dein Leben und rette dein Boot!
Lässt du dich betören,
findest du auf Meeresboden den sicheren Tod ...

Wedding Day

Der Hochzeitstag –
er war so wunderbar geplant von langer Hand –
alles war parat: die Blumen, der Ring, das Brautgewand

Der Erste Weltkrieg war in vollem Gange,
doch den Verliebten war nicht bange

Trotz Fliegeralarm und Bombenkrach
wurde sie seine Frau und in seinen Armen schwach

Es sollte ihre einzige und letzte Nacht gewesen sein;
zum Abschied am Morgen gibt sie ihm
ihr tränenfeuchtes Taschentuch so fein

Als sie erfuhr, dass ihr Liebster war gefallen,
nahm sie selbst ihren Abschied vom Leben und von allen

Als ruhelose Geister sie sich suchten und schließlich wiederfanden;
erneut sie sich ihre Liebe gestanden

Zwei Geister, treu vereint bis in alle Ewigkeit;
sie erlebten den Zweiten Weltkrieg – Horror weit und breit

Ungläubig wandern sie gemeinsam umher noch heut,
sie schreien mit stummem Mund:
„Wacht endlich auf, ihr dummen Leut!"

Gedichte

Alles ist möglich

Würde die Amsel singen
wäre es Sommer,
doch im geschlossenen Fensterrahmen
hängt ein Winterbild, ohne Schnee.
Die Sonne schläft lang
in diesen Tagen.
Der Wind holt tief Luft
und zählt bis hundert.
Bewegungslos ernst der Himmel
Grabsteingrau.
Bei Tage werden die Dramen der Nacht
zu müden Tänzern,
die über den Boden schlurfen.
Lichtscheue Gestalten,
die Melancholie atmen.
Wildtauben schlafen geborgen
im alten Walnussbaum,
seine Äste, wie nackte, abgenagte Knochen,
recken sich in den grauen Himmel.
Das verwaiste Nest
liegt aufgebrochen am Boden.
In der Luft hängt ein Räuspern,
wie nach einer Abschiedsrede.

Nach dem Regen

Die Füße wollen rennen!
Zwischen dunklen Wolkenwänden
springen rote Gummistiefel in Pfützen.
Bewegte Wolkenbilder,
die sich im Wasser spiegeln,
zerfallen.
Weiß-graue Wolken
verdrängen das stumme Schwarz,
der Spiegel wird klar,
die Füße bleiben stehen.
Unter dem offenen Himmelstor
ein Augenblick des Lichts,
von der Ewigkeit berührt,
der Sonne entzündet,
vom Himmel ausgeatmet.
Liebendes Licht
hält meinen Atem an,
ergießt sich über mich
und bleibt still
in der Pfütze liegen.

Am See im August

Zwei Jahre hat die Angst mich festgehalten,
jetzt schwimme ich wieder hinaus
in die Mitte des Sees.
Meine Seele leuchtet,
Wasser und Himmel nehmen mich auf,
die Angst hat mich verlassen.
Erregt schwimme ich in die neue Mitte,
mir meiner selbst bewusst,
tauche ein in das Geschenk der Hingabe.
Tiefes Glücksgefühl in kühler Wachheit.
Neu gewonnene Freiheit:
Alle vier Ufer laden mich ein.
Ich kann mir meinen Strand aussuchen,
weiß, dass ich ihn leicht erreichen kann,
werde ankommen,
selbst wenn ich sterbe.

Am Türrahmen

Wenn sich die Sirene
des Ambulanzwagens
mit den Weihnachtsliedern
des Kirchenchores verbindet,
steh' ich zwischen weißen Wänden
im Flur der Frauenstation
und lausche dem Klang der Ewigkeit
Tür an Tür mit dem Himmel
Neugeborene rechts
entartete Zellen links
der Schmerz und das Glück
der Schatten und das Licht
Abends das Erwachen
Morgens das Einschlafen.
Die Stimmen besingen den Schatz,
der tief verborgen
in uns liegt,
er würde sich heben,
mit den Jahren.
Hier, im sichtbar gewordenen Schicksal,
rufen die Geister jeden Einzelnen,
verteilen neue Aufgaben.
Meine Seele ist bereit …
… ich halte mich noch am Türrahmen fest.

Dum spiro, spero

Ist die Natur nicht wunderschön, einzigartig, fehlerfrei,
zart und gebrechlich, voller Anmut und Ausstrahlung
im Bewusstsein gut und richtig zu sein
ohne Fehl und Tadel
zu jeder Zeit ganz da zu sein
fraglos in sich zu ruhen
sich nicht verratend in ständiger Veränderung,
Sie war vor ihrer Zeit gedacht
und erstrahlt in Vollendung einer Idee

❦

Ranunculus asiaticus 16 Jahrhundert

... wir werden den Namen nicht vergessen ...
welch ein schöner Klang!
Was bedeutet, der Name?
Man sagt, er wird mit Bedacht ausgewählt,
einzig Mutter und Vater
wissen darum!
Sinn und Wunsch werden mit dem Namen vergeben,
lässt der Name den Mensch werden,
macht der Name den Menschen,
wird der Mensch zu seinem Namen,
wird der Mensch zu dem, was man den Namen nennt,
ist er von Anbeginn sein Name,
vor aller Zeit!

Was macht Liebe?
Sie verzaubert, sie träumt, sie ahnt und hofft,
auf Erfüllung, auf Herrlichkeit, auf Unermesslichkeit.
Ihre Einzigartigkeit, ihre Flüchtigkeit
ihre Fragilität
macht sie zu einem schützenswerten Gut.
Liebe fragt nicht,
sie ist da
Sie ist da vor ihrer Zeit!

Was ist Schönheit?
Sie erfreut, sie entzückt, sie schwingt, sie leuchtet,
sie ist Harmonie in Vollendung,
sie nimmt Raum und gibt ihn frei,
sie strahlt und lacht.
Niemand kann sich ihr entziehen,
sie verzaubert
das Herz und die Seele
und den Geist.

Was ist Freundschaft?
Sie ist ein Geschenk.
Sie schenkt Kraft, Stärke und Zuversicht.
Freundschaft fliegt nicht, sie zweifelt nicht,
sie ist ehrlich, dankbar, immerdar,
ohne Raum und Zeit.
Freundschaft ist ein Geschenk des Himmels und der Erde
und aller Götter
grazil und gebrechlich,
stark und zuverlässig,
Glücklich ist das Erleben!

Was ist Leben?
Ist Geist, Sinn, Idee, Traum
in höchster Erfüllung!
Nichts stellt sich ihm entgegen,
es ist unbeirrbar.
Leben ist Geist in höchster Vollendung!
Leben ist Überwindung des immerwährenden Sterbens,
zu jeder Zeit
Ist es Triumph!

Was ist der Tod?
Er ist Übergang, Reise, Veränderung.
Er ist Hingabe des Körpers der Seele und des Geistes.
Es ist Freigabe, Friede, Harmonie.
Er ist Vergänglichkeit in ewiger Wiederkehr.
Der Himmel nimmt die Seele,
Die Erde nimmt den Geist,
Das Wasser nimmt den Körper.
Alles bleibt lebendig…!

Was ist der Geist?
Er ist vor der Zeit,
allzeit bereit.
Er ist Donner und Doria,
Blitz und helles Licht,
unbändig, grenzenlos, endlos, frei,
ohne Frage nimmt er Bahn, Richtung und Weite.
Er ist jungfräulich,
wie die Farben und Klänge der Welt,
So ist er Alles

Was für wundersame Wesen sind wir Menschen.
Wie viel Leben durchleben wir,
in mannigfaltigen Wandlungen erscheinen wir.
Zu jeder Zeit sind wir vollkommen im Sein und Werden.
Alle Zeit mit der Hoffnung
und dem Willen auf das Zukünftige.
Jedes Tun und Lassen,
prägt Spuren
im Werden und Vergehen.
Nichts wird dem Vergessen anheimgestellt.
Die Seele, die unsterbliche, die unvergängliche,
die einzigartige, die hervorragende.
Sie weiß um das Entstehen
von Anbeginn,
Sie weiß um den Kampf
Sie weiß um das Wanken
Sie weiß um den Willen
Sie weiß um das Fortbestehen.
Im Buch des Lebens ist jede Seite beschrieben.
So bleibt jede Erinnerung an Vergangenes wach
und immer da!

❦

Juni 2020

Poems

Cutting the Tie

You think me a monster for having cut the tie
with God.
I gave her more than her beads of time.

The real monster bloomed inside
making a nest from cells
feeding on the shell that housed her.

You know I was merciful
though I'll take blame for your pain.
Those six nights of vigil when you sat beside her
inside the room yet outside
Prayed.

I could have come in then
you knew I was there.
Felt my visits as you drew your shawl around you.
But something about her - About you
kept holding me back.

Perhaps it was those boys she fed
every Friday afternoon at the corner of Oxford
who meant their *"Bless you Mama's."*

It does not matter,
my vocation comes with a 'no regret' clause.
Besides,
situations such as yours
where I dilly-dally *like you sorry lot*
puts my backlog in a spin.

Keeping the Master's plans on hold is generally not an option,
no matter my reservations.
Those young children hopeful of the glimmer
or that bus filled with mothers whose babies still suckled.

Moments that make me quite contrite
in need of counsel.
I often turn to Gabe, but he sits too high on his horse.
I mean he has done nothing since he delivered those messages.

So, I take my leave and work the factory lines
sometimes in haste.
Other times the constant shifts make me stupidly sloppy.
Remember Jonah's accident?
not too proud of the mess I made there.

But I have deadlines
and nobody messes with my boss.
You know what he does to the fallen
Hell, if I want to be split in two.

So, I was not being a monster
I just needed to explain.

Perhaps you'll feel this
as I whisper in your ear
when the dead of night breathes with life.

Wake up and know the grief has passed.
"It was for the best
she suffered too long.
At least we said goodbye."

And I won't be the monster who cut the tie.
Just the one
given this crappy job
of
carrying souls' home.

Still

Clouds of orange flames
burning our love to ashes.
Through the smoke we cough our hurt
eyes searching the remains
for a breath of love once shared.

In this place of turning you and I still hide
between the crackling of embers
caught under hot anger.
Our words stuck in bubbles.

Still
We beckon for the raindrops
to put out fires of
our crumbling paper hearts.

I Can Not

I will not talk about
the girls who lie
curled in this fluorescent room.
I will not tell you
that they are bruised
fruit indented with fingers.
I will not say
how their eyes shift
into split moon crescents,
seeking salvage from the storm
spread eagled on the bed
while my needle bonds their flesh.

When I ask them how
they fell downstairs
of government homes
or walked into cupboards
in zinc clad rooms
when I say a plastic chair
could not cut like broken glass
that stains your panties red.

They say:
Arrgh Doctor, you mos knows
fingers reaching for gaps in the unspoken
not quite reaching the lifeline
I throw.

I dare not talk about
this room of painted ghouls.
I dare not tell you
of salvation posters pinned
in doctor's rooms.
I dare not say
that my feeble delusions of healing
water these girl flowers
shredded by razor knuckles.

My woollen worded paintbrush
sucks all the coloured ink
hardly imprinting their monochrome lives.

They leave with white packages
of pills to numb the pain
knowing they'll be back
when the bruises turn yellow,
before the stitches pull taut.

My being twists as they disappear
to the demons out beyond.
I shall not call them men.
Real men have tender hearts
the gentlest of hands.

No
these are beings of burgundy
that feed
on skin
fuelled by brown bottles
of cheap beer
and angled needles
from backyard vials
whose yellow belly strength is shown
through drunken fists and tied up wrists
intoxicated moments
filling girls with infested seed.

I cannot talk
I cannot tell
I cannot say
for I am merely a bandage
covering septic lives
of broken girls.

Deliverance

My head throbs
as grey speckles make their way
across soft carpets in the mosque.
Here the Imam sits
counting prayer beads of ivory
sculpted to perfect eggs
strung tight like sinners deeds.

Imam will hear you now.
Send your wishes up to heaven.

We stand in pensive lines
desires wrapped in clingfilm
scarred with sins upon our hearts.

Imam is stoic
while we lay hopes at his feet.
This conduit of the faithful
telephone line of our prayers.

Men in robes kneel before him
kiss his hand
receive blessings with dry charm.
Imam will pray for long life.
Straighten bent up souls
ask for wealth
for cars
for sons
wives who do as they are told.

He tumbles in meditation
counting Ivory prayer beads
 Click, click, click
collecting the paycheck
for our deliverance.

We fail to lift the veils
of Imam who leads these people.

His masked cave of thoughts
beyond the preachers come to beg
but to HER waiting in his bed.

In this mosque where carpets are shadowed
in man above
God.
The white minaret grows heavy at his head.

I am

Blood nourished with black soil
dense with memories
of the African Sun
firm as the trees that shade me.
Grounded
by roots of the Baobab.

Southern Crosses guiding in endless skies untouched.
Bright
as gold and diamonds
spilled forth from her womb.

Safe
between oceans holding my core
each wave of white and blue a chant

"Child of my waters. African Child. Flow!"

Free
through shouting thunders of African storms
piercing shackles placed upon my ancestors
I am the brotherhood of humanity.

One November or Knowing Heart

This heart of mine how I marvel at its wonder
beating in tandem to the essence of me
perched within its delicately carved cage.

This heart of mine how I marvel at moments
when it shifts as my eyes see the storm
pulsing to the rhythm of waves within.

Then
Clenches
as rattled nerves bring biting nails to lips
Echoes
to unseen drums as my feet pound when I run.
Catching hard in my throat when I hear death's name.

Yet
Quiets
when I raise my hands in prayer
breathing the Divine.
Opens
when my mother's perfume tickles at my nose
her face shining like the moon.
Flutters
when my beloved winks at me across a crowded room,
still knowing after all these years.

Last
On the crest of this heart of mine
is the gift it gave me one November
when it split and shared a part of itself.

Then did so twice again
growing stronger with each tear.
Watching from its beating place.

As three children walk upon the Earth
carrying only a piece of me.

Ode to the Jacaranda

Oh Jacaranda –
To me you are the whispered boughs of belonging.
The comfort of branches stretching towards highveld skies.
Reaching longingly across the street to your brother,
until leafy fingers clutch in eternal togetherness.

I marvel at you through seasons changing,
pregnant fullness in the heat of summer,
when bees flit and flutter
like dust mites between canopied leaves
so green they shimmer
with reflections of heaven upon the earth.

Dropping the weight of your branches
in the rustling rust of autumn
until all that remains are
green parrots pirouetting as they sing
woodpeckers poking mottled heads
from coves carved in your core.

The falling of yourself
in the bare nothing of cold
I cherish your starkness as
winter branches peek out
of white morning mist

Oh ... and then
your glory in the spring,
when eyes delight at budding bursts
of lilac mauve periwinkle violet.

Purple, Purple, Purple.

With a flourish you shiver
share your flowers with the lawn.
At your head an exquisite crown
and at your feet a carpet
of rich purple blossoms

Where my children frolic about
throwing petals towards the sun.

Gedichte

Meine Geburt ins Ich

austreten
ins Anderssein
aushalten
allein zu sein
ringsherum
Farben –
ich in Schwarz
wo bin ich
gebettet?

❧

Was tun
gegen die Kälte?
Der Schrei bleibt
unerhört
die Sehnsucht
begraben –
das Lied weckt
die Ahnung
vom Menschsein!

❧

Ich habe 20 Jahre
Deine Armut geteilt
hab mein Licht über
Dich ausgeschüttet
hab Dich mit meiner
Lebensfreude genährt
Du bist abgesprungen
nach außen
das Feuer meiner Augen erlosch.
Der Sog Deiner Leblosigkeit
hat mir den abgründigen
Duft des Lebens
herangehaucht.
Ich hab geschmeckt,
wie Worte im Sumpf
ersticken –
wie über mir
ein Weg gepflastert wird
zu den Brettern der Welt,

ڿ

fast hätte ich vergessen
welche Blume ich werden sollte.
Du hast meine Worte verschluckt,
Dein Abgrund hat sie erstickt
Stumm bin ich geworden,
meine Seele ist im Sumpf
am Ertrinken –
DU MEIN GOTT
DÜRRE AUS DIESES FESTHALTEN
LASS VERTROCKNEN DIE FESSELN,
sodass die Worte
wiedererstehen
hinaufweisen
hineinweisen
zu DIR

Rückschau

Der größte
Schmerz war da,
wo mich
ein anderer
gelebt.

ಌ

Was bist Du
mein Ich
mein Geheimnisvolles
sprich
sprich aus dem Kerker
sprich, und die Mauern stürzen ein.
Wenn es da ist
wird Friede sein
in meinem Herzen.

ಌ

Und wenn du gelernt hast
glücklich zu sein
dass Du lachen kannst
    tanzen kannst
    sprechen kannst
    träumen kannst
    singen kannst
dann kannst Du ahnen,
was Leben ist!

... wo der Dunst
Deiner Tränen
sich mit dem Himmel
vermählt
und Diamanten
aufblitzen

Die Firma dankt

Die Sommerferien von Karl Baumann neigen sich dem Ende zu. Obwohl schon seit fast vierzehn Tagen unter Palmen an seinem Traumstrand in der Karibik, scheint sein Inneres nur bedingt Ruhe gefunden zu haben. Das Schlafmanko ist zwar inzwischen behoben, aber auf dem Liegestuhl fängt es jetzt im Kopf intensiv an zu arbeiten. Wie immer in den letzten Ferientagen, holen ihn die Gedanken zum Geschäft ein. Nicht nur die aufgelaufenen unerledigten Angelegenheiten und Dutzende wichtiger E-Mails warten darauf, abgearbeitet zu werden. Es geht wieder los mit der Jahresplanung für das kommende Jahr. Als Technischer Leiter ist er zuständig für Entwicklung, Konstruktion und Produktion in einer metallverarbeitenden Firma mit insgesamt 350 Mitarbeitern. Kein Riesenladen, aber immerhin, er ist für rund 280 Mitarbeiter verantwortlich. Die im kommenden Jahr zu erreichenden Umsatz- und Gewinnzahlen hat der Verwaltungsrat der Geschäftsleitung in seiner bekannt unerbittlichen Art schon im Frühjahr vorgegeben. Ob diese realistisch sind oder einfach nur dem Motto „Ziele sind möglichst hoch anzusetzen" entsprechen, wird sich dann im Verlaufe des neuen Geschäftsjahres zeigen. Wie immer war der Verwaltungsrat überzeugt, es muss ein „Challenge" sein für alle, beziehungsweise fast alle. Der Verwaltungsrat selbst zählt sich wie gewohnt nicht zu diesem Kreis, er sieht sich nur in der Pflicht, die Ergebnisse zu kontrollieren.

Baumann setzt sich auf, legt das Kopfteil des Liegestuhls ganz nach unten und dreht sich auf die Seite. Wie gerne möchte er jetzt den Gedanken ans Geschäft entfliehen und noch etwas schlafen. Aber die Gedanken an die Arbeit holen ihn nach wenigen Sekunden wieder ein und bleiben hartnäckig aktiv. Details überrollen ihn: Wo braucht es zusätzliches Personal und Investitionen in Produktionsmittel, welche Projekte sollten jetzt aufgegleist werden? Auf jeden Fall muss er nach den Ferien möglichst schnell eine Standortbestimmung zu den laufenden Projekten in Auftrag geben. Und er muss von der Verkaufsleitung die Schätzungen über die monatlichen Umsatzentwicklungen einfordern. Vor der Tür steht auch noch die diesjährige Lohnrunde. Dazu kommen die von den Mitarbeitern immer so gefürchteten und wenig geschätzten, zeitintensiven Endjahresgespräche. Früher wurden diese schlicht Qualifikationsgespräche genannt, aber heute will ja niemand mehr qualifiziert werden. Am Prozess und Ergebnis ändert dies jedoch kaum etwas. Die Mitarbeiter erhalten von ihren Vorgesetzten ein Feedback zu ihrer Arbeitsleistung und zu ein paar persönlichen Wesenszügen wie Selbstständigkeit, Teamfähigkeit, Verhalten gegenüber Vorgesetzten und Kunden sowie Sorgfalt und Ordnung. Ja, wo kämen wir da hin, denkt Baumann, wenn mit den anvertrauten Sachen nicht sorgfältig umgegangen würde und die Ordnung am Arbeitsplatz zu wünschen übrig ließe? Mindestens einmal im Jahr muss man den Mitarbeitern doch klar die Konditionen durchgeben. Alles läuft geordnet nach Checkliste ab und für die Mitarbeiterbeurteilung gibt es einen Beurteilungsbogen mit fixem Raster. So sind die Chefs auf allen Stufen für die so überaus unbeliebte alljährliche Aufgabe im Herbst gewappnet. Jeder kennt seine Pappenheimer in der Abteilung, was die Vorbereitung auf die Qualifikationsrunde vereinfacht. Baumann weiß, dass der eine oder andere seiner Kollegen sogar ganz auf die Gesprächsvorbereitung verzichtet: Profis haben es schließlich einfach im Griff!

Baumann ist etwas unruhig und dreht sich auf dem Liegestuhl auf die andere Seite. Noch offen ist die Entwicklung bei den Löhnen. Die Geschäftsleitung wird dieses Thema auf ihrer nächsten Sitzung besprechen. Natürlich wird der Verwaltungsrat bis dahin seine Sicht der Dinge einfließen lassen. Schon vor den Sommerferien haben die Gewerkschaften mit einer generellen

Lohnerhöhung von 2 % den Tarif durchgegeben, aber zwischen den Sozialpartnern wurde bisher noch keine Vereinbarung getroffen. Und wie so oft wird es auch in diesem Jahr so sein, dass sich die Konjunktur gegen den Herbst hin abkühlt, womit sich die unverschämten gewerkschaftlichen Forderungen von selbst in Luft auflösen werden. Fast traditionsgemäß sinkt auf den Oktober hin auch die Teuerung. Und wer will schon 0,1 % Teuerung ausgleichen, und das in konjunkturell schwachen Zeiten? Es ist so sicher wie das Amen in der Kirche: Den Mitarbeitern steht auch in diesem Jahr eine Nullrunde bevor.

Die Seitenlage wird unbequem. Baumann dreht sich auf den Rücken. Erst noch im Frühjahr hat der oberste Chef auf der Mitarbeiterversammlung großzügig in Aussicht gestellt, in diesem Jahr gute Leistungen auf jeden Fall speziell zu honorieren. Viele der Mitarbeiter konnten sich an eine ähnliche Aussage im vergangenen Jahr erinnern. Aber jetzt sieht die wirtschaftliche Situation einfach wieder anders aus und dem muss man eben Rechnung tragen. Klar, in den letzten Jahren hat sich das stetig wiederholt, aber es ist, wie es ist. Das Personalbüro prüft demnach nur, wer im neuen Jahr vertraglich zugesicherte höhere Entschädigungen erhält. Die Geschäftsleitung hat darüber hinaus beschlossen, bei den Chefs entsprechend ihrer Stufe und Verantwortungsbereiche eine Lohnerhöhung vorzunehmen. Eine Erhöhung mit Augenmaß, nicht zu viel, einfach ein Zeichen der Wertschätzung. Auf dieser Stufe steht die Arbeitsbefriedigung über der Entschädigung. Die wirklich Einzigen, die einmal mehr ganz allein ein happiges Jahr zu bewältigen haben, sind die Mitglieder der Geschäftsleitung, denkt Baumann. Hier wurde schon vor dem Sommer auf der Geschäftsleitungssitzung für deren Mitglieder über einen namhaften Betrag gesprochen, der das Gehaltsbudget für das kommende Jahr augenfällig erhöht. Soll doch niemand auf den Gedanken kommen, dass sich in dieser Firma bei den Personalkosten nichts tut! Auch der Verwaltungsrat glaubt, einmal mehr viel bewegt zu haben, und lässt sich das höher abgelten. Schließlich muss Leistung adäquat belohnt werden.

Baumann findet einfach nicht die ersehnte Ruhe. Er stellt das Kopfteil des Liegestuhls wieder etwas höher und legt sich halb sitzend wieder darauf. Er spürt die Wärme der Sonne durch die Palmenblätter. Schön, wirklich schön! Das hat er wirklich verdient! Die Gedanken ziehen ihn wieder in den Alltag. Die einzelnen Mitarbeitergespräche vollziehen sich jedes Jahr gleich. Er weiß, viele Vorgesetzte äußern sich mit kleinlichen Vorbehalten zu gemachten Aussagen und oft prägen Erinnerungen an mehrere Monate alte Einzelfehler die Gespräche. Selbstverständlich alles Aspekte, die ein höheres Gehalt auf keinen Fall rechtfertigen. Dass der Lohn auch im kommenden Jahr unverändert bleibt sorgt natürlich für Frust bei den Mitarbeitern. Sie können sich aber glücklich schätzen, überhaupt einen Job zu haben. Das Einzige, was Baumann daran stört, ist, dass dies vor allem bei qualifizierten Mitarbeitern zu erhöhter Fluktuation führt und dies die Firma mit zusätzlichen Kosten und Aufwand belastet. Aber noch immer lassen sich diese Lücken mehr oder weniger gut füllen. Auf dieser Stufe sind schließlich alle problemlos ersetzbar, früher oder später. Die Gedanken verflüchtigen sich, Baumann ist eingenickt.

Längst sind die Ferien Vergangenheit. Die Bräune in Baumanns Gesicht ist schon vor Wochen der ortsüblichen Blässe gewichen. Alles ist wieder wie gewohnt: Sitzungen bis spät in die Nacht und ein Klima in der Firma, das der trüben Herbststimmung in nichts nachsteht. Nur noch wenige Wochen und auch dieses Jahr ist wieder überstanden.

Seit Menschengedenken sind die Erstjahr-Lehrlinge der kaufmännischen Abteilung für die Verteilung der internen Post zuständig. So kommen diese durchs Haus und lernen die Abteilungen und deren Mitarbeiter kennen. Heute bringen sie an jeden Arbeitsplatz die „Herzliche Einladung" zum alljährlichen Weihnachtsessen. Kaum sind die Postzusteller verschwunden erfolgt eine Arbeitsunterbrechung, so auch im Sekretariat der Verkaufsabteilung. Hediger fragt die Holzen: „Gehst Du?" „Ich? Sicher nicht!", schrillt die Holzen zurück. Bedächtig dreht sich Stutz auf dem Bürostuhl: „Ich weiß nicht so recht. Ich meine, das Essen war ja eigentlich immer gut." Silvia Braun wendet sich vom Stehpult ab und geht langsam zur Diskussionsrunde. „Nicht am Weihnachtszirkus teilzunehmen ist vielleicht keine gute Idee." „Stimmt", sagt Hediger, „man muss sich innerhalb von zwei Tagen anmelden. Die können sofort sehen, wer sich drückt." „Und", ergänzt Stutz, „die Löhne und Beförderungen sind noch nicht gesprochen. Das könnte sich nachteilig auswirken." Das Thema erschöpft sich nach einiger Zeit und während des Tages wird es nicht mehr aufgegriffen. Im Personalbüro freut man sich über den zügigen Eingang der Anmeldetalons zum Weihnachtsessen.

Der Tag ist gekommen, das alljährliche Weihnachtsessen ist nun Tatsache. Elegant gekleidet, teilweise etwas overdressed die Damen, Arbeitsanzug mit Wochenfalten bei den Herren, wird allseitig herzlich gegrüßt, werden Hände geschüttelt, wird umarmt und geküsst. Die vorgängig geringe Motivation zur Teilnahme ist vergessen in diesen schön bereitgestellten Räumlichkeiten. Sogar ein übervoll geschmückter Christbaum steht in der Ecke, ganz nahe beim Rednerpult. Noch stehen alle mit leeren Händen etwas verloren herum und warten auf die Aufforderung, Platz nehmen zu dürfen. Vielen fehlt das Glas, an dem sie sich halten könnten. Aber es gibt gute Gründe, weshalb der Aperitif erst nach der kleinen Feier offeriert wird. Früher gab es während der Ansprache verschiedentlich unangebrachte Zwischenbemerkungen, welche zu allem Überdruss von den Gästen noch mit gut hörbarem Gekicher quittiert wurden. Nüchtern kann man den Worten des Verwaltungsratspräsidenten besser folgen, so die auch von der Geschäftsleitung mitgetragene Meinung des Personalchefs.

Der Personalchef tritt vor, klatscht in die Hände und bittet die Gäste mit lauter Stimme, ihre Plätze einzunehmen. Langsam verstummt die Gesellschaft und lässt die ersten Willkommensgrüße, die Vorstellung des Abendprogramms und die Ankündigung der Ansprache des Verwaltungsratspräsidenten über sich ergehen. Nun macht sich doch eine gewisse Anspannung im Raum breit, schließlich ist doch der oberste Boss des Unternehmens anwesend. Bedächtig schreitet diese imposante Figur zum Rednerpult und knöpft sich das jedes Jahr knapper sitzende Sakko zu. Groß und fest, wie ein 100-jähriger Mammutbaum, steht der Mann vor seinen Untergebenen. „Liebe Mitarbeiterinnen und Mitarbeiter", tönt es mit sonorer Stimme durch den Saal. „Wieder geht ein anspruchsvolles Jahr dem Ende entgegen. Ein Jahr, das uns alle außerordentlich gefordert hat. Ich danke Ihnen im Namen des Verwaltungsrates und der Geschäftsleitung herzlich für Ihren Einsatz." Die Ruhe im Saal ist erwartungsvoll. „Trotz unser aller Bemühungen haben wir in diesem hart umkämpften Markt unter enormem Preisdruck leiden müssen. Wir alle müssen also den Gürtel etwas enger schnallen." Ruhe im Saal. Nur ganz leise, aber gut hörbar kommt von hinten: „Der hat gut reden. Im Gegensatz zu ihm trage ich den Gurt schon lange im letzten Loch!" Leises Kichern und Schmunzeln geht durch die Versammlung. Bevor der ob der Szene leicht irritierte Verwaltungsratspräsident weiterreden kann, ist mit halblauter Stimme zu hören: „Wann gibt es endlich was zu essen?" Auch in diesem Jahr muss das Wichtigste des Abends sauer verdient sein.

Ein einziger Traum

Er atmete tief ein, als die Explosion ertönte, nur ein paar Blocks entfernt. Für einen kurzen Moment stand er da wie gelähmt, spürte nichts außer Angst und den Drang wegzulaufen, *Fluchtreflex* konstatierte sein Kopf nüchtern. *Vollkommen normal, das ist der Reptilienteil in deinem Gehirn.* Er hörte nicht hin. Einfach losrennen, egal wohin, verstecken.

Ja ... und doch stand er nur da, trotzte seiner Furcht und lauschte. Sirenen heulten auf, und dann knallten Schüsse in der Ferne. Er zuckte zusammen, ein metallischer Geschmack in seinem Mund. War das Kupfer? Man sagt, dass Blut so schmeckt, aber wer weiß schon wie Kupfer wirklich schmeckt. Sein Herz pochte so stark, als würde es gleich zerspringen, Schweiß rann ihm den Rücken hinunter. Dann die Schreie, Menschen, die weinten und schrien.

Der junge Mann blickte vorsichtig aus dem Fenster seines düsteren Verstecks. Seltsam distanziert sah er, dass alles in Schutt und Asche lag: Bruchstücke von Häusern, wie Spielzeug von Riesen in Stücke gehauen und achtlos liegen gelassen. Wo einst Menschen gewohnt hatten war nun nichts, eine schwarze Leere, zerbombte Straßen und Mauern. Was sollte er machen? Wo sollte er hin? Hierbleiben und womöglich auf den Tod warten? Oder dem Tod direkt in die Arme laufen? Wenn sie ihn erwischen würden, wäre es aus mit ihm. Schnell duckte er sich weg, als er Männer mit Waffen in den Händen die Straßen hinablaufen sah. Die Männer, die Mütter, Kinder und Väter auf dem Gewissen hatten und jetzt durch die Straßen zogen, um ihr Werk zu vollenden, die Überlebenden aufs Grausamste zu ermorden. Plötzlich hörte er Männerstimmen, die von der Wohnung direkt über ihm kommen mussten. Wut, es klang zornig. Dann hörte er eine Frau weinen und flehen. Er konnte die Panik in ihrer Stimme hören, aber die Worte waren nicht zu verstehen, im Gegensatz zu den Männern: Sie solle aufhören zu weinen, sonst würde ihr etwas passieren. Doch sie hörte nicht auf, ihr Flehen und Klagen steigerte sich noch, drang durch die Wände und hallte durch das ganze Haus. Er konnte ihre Angst spüren, wie sie um ihr Leben bettelte. Er hörte Kinder weinen. Die Männer schrien weiter, sie forderten sie auf, endlich ruhig zu sein. Nun schrien auch die Kinder, riefen nach ihrer Mutter und dann fielen Schüsse. Plötzlich war es still. Der junge Mann hörte nichts mehr. Keine weinenden Kinder und auch keine Frau. Er drückte sein Ohr gegen die Wand, lauschte in der Dunkelheit seines Verstecks.

Er hörte nur sein Herz schlagen, wie eine Basstrommel, aber dieses Mal schlug es für diese Frau und ihre Kinder. Diese Mörder! Mörder mit Gewehren in der Hand, Monster die behaupteten, im Namen eines (ihres) Gottes zu kämpfen, aber eigentlich kämpften sie gegen jede Art von Gott ohne Gewissen, ohne Ehre. Vorsichtig trat er ein paar Schritte nach hinten, jedes Geräusch vermeidend. Er suchte nach einem kleinen Lichtstrahl in der Wand, einem Loch in seinem dunklen Versteck. Obwohl sich seine Augen schon an die Dunkelheit gewöhnt haben mussten, war es stockdunkel. Er drehte sich um und bewegte sich vorsichtig zur Mitte des Raumes. Auf einmal spürte er etwas Nasses an seinen Füßen: kalt und glitschig, so wie dieser Raum, in dem er sich befand. Aber er spürte auch, dass es kein Wasser sein konnte, es wirkte dickflüssiger. Langsam tastete er sich immer mehr zur Mitte vor. Als er hier Schutz gesucht hatte auf seiner panischen Flucht, war er immer an der Wand entlanggekrochen, aus Furcht, in der Dunkelheit zu stolpern. Sein Atem ging nun stoßweise, die Angst wurde jede Sekunde präsenter und schwerer zu verdrängen. Er stieß an etwas Weiches,

Nachgiebiges, zögerte kurz und ging in die Hocke. Dann nahm er allen Mut zusammen und tastete den Boden ab. Sekunden später wurde er fündig: ein lebloser Arm auf dem Boden, an dem Arm wahrscheinlich ein Männerkörper, zu muskulös für eine Frau. Er musste sich zusammenreißen, um nicht loszuschreien, doch er brachte kein Wort heraus, nur ein Keuchen. Jetzt tönten wieder die Stimmen der Männer durch die Wand, aber es klang anders: Sie waren näher gekommen.

»Wo sind sie?«, hörte er einen der Männer rufen. Dann wieder Geschrei und Gewehrschüsse. Er versuchte, den Weg zurück in sein Versteck zu finden, fühlte sich aber merkwürdig orientierungslos. Die Sekunden vergingen, und dann hörte er Schritte. Er kauerte sich auf den Boden und kroch in die Ecke.

Lass sie vorbeilaufen, bitte! Aber es war zu spät, die Schritte verharrten direkt vor seinem Zimmer. Er konnte die physische Präsenz eines anderen Menschen spüren, sah förmlich die Abdrücke seiner Schuhe, die er hinter sich ließ, wie schwarze Schatten durch die Dunkelheit gezogen.

»Hier sind vielleicht welche«, schrie der Schatten. »Hier haben wir noch nicht nachgesehen.«

Er wusste, dies war sein letzter Moment. Die Tür sprang auf, die Mörder mit ihren obszön riesigen Gewehren sprangen herein und eröffneten das Feuer.

Der Wecker klingelte und er wachte auf, schweißgebadet. Er spürte, wie sein Herz immer noch wild pochte. Langsam öffnete er die Augen, als sein Radio ansprang.

»Guten Morgen Berlin! Heute erwartet uns ein strahlend blauer Himmel. Mehr zum Wetter gleich im Anschluss, aber jetzt kommt erst mal coole Musik von Lenny. Viel Spaß!«

Er seufzte, schaltete das Radio aus und zog sich die Decke über den Kopf. *Was für ein Albtraum!* dachte er sich, und war doch im nächsten Moment froh, dass es nur ein Traum war. Langsam schlug er seine Decke zur Seite und rappelte sich hoch. Er fragte sich, was er wohl gestern Abend im Fernsehen gesehen hatte, dass er so einen Traum hatte?

In Gedanken schweifte sein Blick zum Nachttisch, wo ein Tablett mit einer Tasse Kaffee stand. Er setzte sich auf den Bettrand und rieb sich die Augen. Neben dem Kaffee lag ein Zettel, eine Nachricht seiner Frau.

»Schlaf nur, du Faulpelz. Ich geh mal arbeiten, einer muss ja. Kuss.« Ihr altes Morgenritual. Er lächelte, griff zum Kaffee und nahm einen großen Schluck. Der Traum ließ ihn nicht los. Er fragte sich in diesem Moment, wie es war, wenn man in Wirklichkeit den Krieg erlebte, immer Angst haben musste. Wenn man um sein Leben fürchtete.

Es muss schrecklich sein, dachte er sich. Für ihn war es nur ein Albtraum, er konnte ja jederzeit aufwachen, aber was tun die Menschen, die das nicht können? Plötzlich klingelte es an der Tür. Er stand von seinem Bett auf, schnappte sich T-Shirt und Hose und eilte die Treppenstufen hinunter. Ein gut gelaunter Postbote begrüßte ihn freundlich und drückte ihm einen amtlich wirkenden Brief in die Hand.

»Einschreiben, hiermit zugestellt.« Er nickte dem Postboten nur zu und wusste: Das Schlimmste an diesem Morgen war eine Geschwindigkeitsübertretung, auf der Avus letzte Woche. Flüchtig blickte er auf den Brief und fragte sich, was er wohl dieses Mal bezahlen musste, als er im Augenwinkel wieder den kleinen Jungen sah. Vermutlich nicht älter als 4 Jahre und in zerlumpter Hose stand er auf der anderen Straßenseite und blickte zu ihm rüber – nein: direkt in seine Augen. Er hatte ihn schon oft gesehen und sich immer gefragt, woher er kam. Das Kind hielt einen kaputten Teddybären in der Hand, und das war irgendwie gruselig. Der junge Mann fragte sich, warum das Kind ihn jeden Tag immer wieder aufs Neue anstarrte. Ob er etwas von ihm erwartete? Geld? Süßigkeiten? War es Neugierde? Oder drehte er durch und da war niemand, so wie in „The Sixth Sense"?

Das war Quatsch. Er wusste zwar nicht, wie der kleine Junge hieß, wusste aber definitiv, dass er gegenüber im Flüchtlingsheim wohnte, zusammen mit seiner Familie. Letztens hatte er ihn am Eingang des Flüchtlingsheims gesehen, in Begleitung einer jungen Frau, vermutlich seiner Mutter. Der Junge starrte immer noch rüber und er gab sich einen Ruck und winkte ihm zu. Erst schien das Kind nicht zu reagieren und blickte ein wenig ängstlich drein, aber dann hob der Kleine die freie Hand und winkte zaghaft zurück. Dermaßen ermutigt lächelte er breit und beschloss, zu ihm rüberzugehen.

Er wusste nicht, warum er das tat. Vielleicht aus Neugier? Er machte viele Dinge spontan, aus dem Bauch heraus, aber das hier war mehr: Er wollte wissen, wer der Kleine war. Schnell trat er auf die Straße, wich einem Auto aus und stand dann vor dem Dreikäsehoch. Das Kind wich zuerst ein paar Schritte zurück und er glaubte schon, dass es vielleicht ein Fehler gewesen war, er wollte ja keinen Ärger. Aber nun war es zu spät und er beschloss, das jetzt durchzuziehen.

»Na du ...«, begann er lahm und registrierte, dass der Junge ihn verstand.

»Hab keine Angst, ich will nur „Hallo" sagen«, fuhr er fort. Keine Reaktion. Vorsichtig beugte er sich zu dem Kind herunter.

»Du hast da einen tollen Teddybär!« Große Augen und ein Lächeln.

»Tja, und da dachte ich mir, den schau ich mir mal aus der Nähe an.« Der Junge rührte sich nicht, blickte aber zuerst auf ihn und dann auf seinen Teddy. Schweigen.

»Wohnst du hier?«

Das Kind nickte und zeigte mit seiner kleinen Hand auf das Flüchtlingsheim. Der junge Mann blickte auf das Haus und nickte auch. *Ganz schön heruntergekommen*, dachte er sich. *Ein wenig Farbe und es wäre viel freundlicher.* Ein Mix aus lauten Stimmen und Fetzen von arabisch klingender Musik schallten bis zu der Stelle wo er stand. *Wie die Menschen dort wohl lebten?* So auf engsten Raum zusammen war es bestimmt nicht immer einfach, ganz besonders dann, wenn so viele unterschiedliche Kulturen aufeinandertrafen. Er schaute den Kleinen an und entdeckte eine kleine Narbe seitlich an seinem kleinen Kopf. Sein Traum kam ihm in Erinnerung.

Die hat er vom Krieg, ganz klar. Krieg hinterlässt immer Narben, und nicht alle konnte man so leicht sehen wie diese. Was war dem Kleinen nur passiert?

Noch in Gedanken blickte er auf. Das Kind war mittlerweile weitergelaufen und stand jetzt ein paar Meter entfernt am Eingang des Flüchtlingsheims. Vor ihm lag ein kleiner roter Ball, und der Junge hob ihn auf. Vorsichtig lief der Junge wieder zu ihm, den Ball fest in seinen kleinen Händen und bot ihn dann mit vorgereckten Armen an.

War das eine Einladung zum Ballspielen? Er fühlte sich unsicher, so richtig passend gekleidet war er ja nicht für sportliche Aktivitäten. Aber dann lächelte er, nahm den Ball entgegen und sagte

»Ja, lass uns spielen.« Das Kind verstand ihn und strahlte, auch wenn es vielleicht kein Wort Deutsch sprach. Eines wurde ihm in diesem Moment klar: Verständigung mit anderen funktioniert auch ohne Worte. Er nahm den Ball.

»Fang!«

Gedichte

Sohn

Mein Traum: ein Wunsch, ein sehnlicher,
es komm' zur Welt ein mir ähnlicher,
ein strammer, entzückend süßer Jung',
ein jemand, von der Lieb' Ursprung.
Entstammet aus der Kraft der Lende,
geführt als Keimling in den Mutterbaum,
gib meinem Leben endgült'ge Wende,
werd' der hellste Stern im Raum.
Einen Sohn zu kriegen, ihn im Arm zu wiegen,
einen Sohn zu haben, zu ehren ihn als größte aller Gaben.
Das Kind zum edlen Mann zu machen,
der Grund zu sein für dessen Lachen,
ihm Ohr zu leihen und Rat zu teilen,
wenn Not aufkommt zur Hilfe eilen.
Der Mann sich selbst im Sohn erkennt,
somit meint dessen Bedürfnisse kennt,
bei allem Versuch auch Fehler macht,
und hofft, dass ihn das nicht wann straft.
Ein Sohn des Blutes Linie führt,
die Zukunft seine Fährte kürt,
bis endlich selbst er Vater werd',
den man fortan bloß tief verehrt.
Des Mannes Stolz der Sohn doch ist,
'nen jeden gegen ihn auch misst,
und spürt, dass auch der Sohn ihn liebt,
sofern man ihm ein Vorbild gibt.

Das heißt dem Vater Söhne schenken,
es meint, den Mann in seiner Pflicht zu lenken,
es gibt ihm Kraft, es gibt im Ruh',
er lehnt sich zurück bis auf ewig macht die Augen zu.

Neuordnung/Überleben

Man graste und labte,
von allem war da,
die Zeiten des Habens,
nichts kriegen war rar.
Die Menschen im Wahn,
's lief endlos der Hahn,
wozu denn Verwendung?
Wen stört die Verschwendung?
Man gierte mehr Licht,
kein Ende in Sicht,
der Wohlstand als Kuchen, den Mäuler ersuchen.
Die Sitte der Menschheit, geeicht auf ein Kupfer,
Soziales verschneit,
wer will schon den Kummer?
So kam bald die Seuche,
und fing an zu meucheln, stieg über die Grenze,
griff an unsere Tänze.
Riss an sich das Gut,
schlug jedermanns Mut,
fixiert auf Kehlköpfe säugender Geschöpfe.
Sie keimte, die Zelle,
dies ganz ungehindert, verbreitete Schrecken,
überall, unvermindert.
Experten, Propheten,
'ne Schar gleich zur Stelle,
die and'ren lass beten,
jetzt richten's Modelle.
Es sei bloß 'ne Phase,
haltet durch, verstecket die Nase,
vermummt euch den Mund, so bleibt ihr gesund.
Man trug ihnen auf,
was tun und was lassen,

die Chöre zuhauf,
so bleibt just gelassen.
Es ausrotten das Ziel,
dazu braucht es nicht viel, hört auf unser Sagen,
so werdet ihr nichts wagen.
Schließt ab eure Türen, verengt eure Herzen,
die Zeiten nun schwärzer, nirgends noch Scherzer.
Kommt niemandem nah,
auch wenn's ist ein Liebster, Experimenten versagt,
sonst dran ist eur' Nächster.
Der Feind nicht der Virus, eure Panik der Zirkus,
der Hochlauf im Fokus, Mediziner im Hokuspokus.
Die Folgen bald tückisch,
nur Tote gab's kaum,
der Schaden gewaltig
für jeden mit Saum.
Die Zeiten nun anders,
als jemals zuvor,
den Menschen einander
stieg Misstrauen empor.
Wer trägt diesen Keim?
Wer will mir nur Schlechtes?
Ich bleib bloß noch heim und acht' auf mein Rechtes.
Gehofft, es würd' besser,
die Zeiten danach,
die Keimangst verwässert, die Scheu bald gemach.
Doch wahrlich, so war's nich',
der Abstand zeigt Wirkung,
die Menschen versagen Umarmung und Hoffnung.
Die Angst bald zur Norm,
schenkt Bindung nun Form, prägt Leben im Morgen,
gibt Macht ihren Sorgen.

Járvány és szerelem

– Ilyen forró augusztusi nap vízpartra megyünk, ugye?
Ezt kérdezte Zoltán Évától, akivel úgy tervezték a nyaralást, hogy egy héten át mindig máshová kirándulnak, és az albérletükben alszanak. A budapesti ház harmadik emeletén lombkoronára nézett az ablakuk, és két hónapja madárdalra ébredtek. Éva Zoltánra nézett, aki tíz évvel volt idősebb nála, és egyszerre jelentett mindent: szeretőt, testvért, apát.

Még külsőleg is hasonlítottak egymásra: barna haj, barna, fürkésző szemek, makulátlan bőr, tetoválás sehol.

Éva szendvicseket készített, Zoltán övtáskába süllyesztette a legfontosabbakat. Bankkártyát nem visznek, csak készpénz kell, kulcs és igazolvány, és jöhet a SZABADSÁG.

– Két vonat is megy reggel a Balatonra – indítványozta Zoli, de rögtön rájött, hogy rossz a választás. Bármennyire hiányoztak neki a fűzfasátras strandok, a leány szomorúsága kirekesztette az életükből a nagy tavat; ott halt meg Éva apja pár éve. Ákos motorjának kereke beleakadt egy vasúti sínbe, kivágódott egy közeli betonoszlopig. Hamar felfedezték, mégis későnek bizonyult.

– Velence jó lesz – javasolta Éva lefelé a liftben. – Akkor marad időnk, hogy este felugorjunk Verához.

Nem hívta Verát anyának, főleg mostanában, amikor az asszony a csinos szinglik életét élte. Egy divatüzletben volt eladó, robotnak egy percig sem érezte, és szórakoztató társaságnak számított.

A légkondicionált vonat épp szemben állt meg a fürdőépülettel, ahol wellnessmedencék is működtek, és gondosan nyírt füvön színes napozóágyak adtak biztonságos távolságot. A tiszta időben átláttak egészen a túlpartig, kerékpárostúráikat idézve: Sukoró, Lovasberény...

Számukra Magyarország akkor is csodákkal volt tele, amikor még nem zárták be köröskörül a határokat a világjárvány miatt. Éva arra gondolt, milyen jó lenne egyszer saját házban élni... nem éppen itt, de ahol Zoli szeretné. Neki meg mindegy, csak vele lehessen, meg a könyveivel. Ugyan kinek kellene egy bölcsészhallgató, aki még főzni sem tud, és gyümölcsöket rágcsál naphosszat?

A férfi egyszer megkérdezte tőle, hogy olvasta-e a Bibliát a sok klasszikus és a szórakoztató regények mellett.

– Igen – volt a tömör válasz.

– Tudod, Évi, az én szüleim még jártak hitoktatásra.

– És vallásosak is lettek?

– Nem kimondottan, de kaptak valami útravalót. Anyám nemrég azzal lepett meg, hogy bibliai hangulatba került a sok történés miatt: tűzvész Ausztráliában, özönvizek itt-ott, sáskajárás Afrikában, és most ez a pandémia. Neki olyan, mint egy figyelmeztetés. Bár ő mindig tudta, hogy mi a fontos és mi nem...

– Akkor biztosan te is tudod...

– Talán. Nem fontos például vagyont költeni látványos esküvőre és egzotikus szelfikre, amiktől csak úgy dagad a különben kedvelt Facebook-om. Például nekem akkor is tetszhet egy lány, ha nem ragaszt fel műszempillát, és nem sérti a hosszú körme a nyakszirtemet.

Jókedvűen beléptek az épületbe, és már kérték is a két jegyet.

– Sajnos csak bankkártyával vagy SZÉP-kártyával lehet megváltani – közölte a recepciós.

Zoltán közelebb hajolt hozzá és Éva tudta, hogy most érvelés jön: Magyarországon vagyunk, magyar forint a fizetőeszköz, abban hirdették meg az árakat, az is van a reklámtáblán, tehát...

Kibújt a strandpapucsából, és lábfejét a férfiéra tette. Előző este azt játszották, mennyire tudnak különállóan mozogni a lábujjaik. Éva a nagyujját erősen hozzányomta, hogy ne legyen most vita és rossz hangulat. Inkább menjenek tovább...

A recepciós egyébként készséges volt.

– Van itt a korzón egy szabadstrand napernyőkkel, értékmegőrzővel. Azt ajánlanám. Ott még és már hozzá mernek nyúlni a készpénzhez.

Sétáltak tovább. Jó volt látni a felszabadult embereket, akik közül egyre többen gondolhatták, hogy két hullám közt vannak. Irány az igazi hullám! Pár csoportot le is fényképeztek a part közelében. Mindenki vadul nevetett. Éva kicsit gonoszkodott:

– Úgy csinálnak, mintha a fogászaton panorámaröntgen készülne.

Kávét ittak az értékmegőrző melletti teraszon, aztán betértek.

– Kicsi rekeszt, vagy nagyot? – hangzott a kérdés.

– Kicsit – legyintett Zoltán –, akkorát úgyse tudna adni, ahová az én igazi értékem beférne.

A tulajdonos Évára nézett:

– Pedig nagyon karcsú. – Itt az A20-as. Könnyű megjegyezni, a húszas évet senki nem felejti el.

– Igen, ezt mi is így érezzük.

A strand legvégén volt pár fa, ott telepedtek le. Éva felakasztotta a ruháját egy ágra, Zoltán pedig a nagy törülközőre térdelt és két kővel megtámasztotta. Felnézett a lányra, s még térdelve mondta:

– Egy életén át vigyáznék az értékemre, ha te is úgy akarnád... Éva elsírta magát.

– Erős a nap, tudod, de én is azt szeretném...

Zoltán letépett egy fűszálat, a lány ujjára tekerte azzal, hogy az aranyra még két hónapig kell várnia. Ha nem baj...

– Nem. Van, aki többet vár. És nem is mindig az aranyra...

Fél napig voltak képesek megőrizni titkukat. Este Vera konyhájában kavargatták a limonádé csilingelő jégkockáit. Egyik ked-

venc helyiségük volt. A falon régi plakátok – egy egész gasztronómiatörténelem. Sok konnektor, ami nem jellemző a régi, pesti bérházakra. Modern edények, gyorsforralók és grillezők árulkodtak egy pörgős életstílusról.
– És te, Vera? – kérdezte Zoltán. – Ma is bejött az üzletbe a Zsákbamacska? Ez a becenév udvarias változatként született. Maguk közt Maszkos Kandúrnak nevezték az úriembert, aki az özvegy körül sündörgött. Verának pár hete megtetszett egy vevő. Sokat válogatott és jó ízlésűnek tűnt. Halszálkamintás, könnyű nyári zakót ajánlott neki. A férfi megforgatta, aztán annyit mondott, hogy ez a heringcsontos nem az igazi, de majd másnap ismét benéz. Talán az enyhe akcentus, talán az érdeklődő szemek tették, hogy az asszony többször visszagondolt rá.

Három másik alkalommal se vásárolt semmit az idegen. Nyakkendőnézegetés közben pettyes selymet ajánlott neki, hogy az jól menne a mákos hajához.
– Így mondják? – kérdezte a férfi. – Nálunk só-és-bors a jelzője. Üres kézzel ment el.
Ma is bejött, és már beszélgettünk – válaszolt végül Vera. – Évtizedek óta külföldön él, és a járvány miatt itt ragadt.
– Nana, lehet, hogy maffiózó – óvatoskodott Zoltán.
– Angol nyelvterületről?
– Ott is vannak. Vagy csak helyszíni szemlét tart, és majd kéri a kasszát – ugratta tovább.
Éva viszont a segítségére sietett:
– Ebből még minden lehet, ha nem tudnátok... Ősszel vásárol egy pár kesztyűt, és megkéri a kezedet.
– Ugyan!
– Magad mondtad, hogy tetszik, de még nem láttad az arcát.
– Talán nem is fogom soha.
– Mit tennél, ha nyúlszájú lenne?

- Évi, hagyd ezt a butaságot.! Vagy talán átiratkoztál pszichológiára? Az most könnyű lehet. Folyton mantrázzák, hogy pozitívnak kell lenni. Hát ez most gyorsan megy: egyre több a pozitív eredmény a fiatalok körében is. Remélem, ti óvatosak voltatok. Közben előkerült egy kis üveg Metaxa konyak. A régi, közös nyaralásból...
 - Én egész nyáron nem mentem strandra - folytatta minden sajnálkozás nélkül. - A Gellért kertje még mindig zárva van. Egyébként megfigyeltétek, hogy milyen fürdőruhákat hordanak?
 - Eléggé - kuncogott Éva. - Sokszor különböző színű a bikinifelső meg az alsó. Laza nemtörődömség, legalább ebben. Hordanak mindent, tangától a térdig érő nadrágig. Volt, aki fehér pólóban fürdött.
Vera keze közben szorgalmasan járt: felszeletelte a gyümölcskenyeret és négyszögletes üvegtányérra porciózta nekik.
 - Lehetett jó söröket inni? Mondjuk búzát vagy barnát?
 - Hogyne.
 - Egyéb érdekesség?
Szinte egyszerre robbant ki belőlük a nevetés.
 - Igen. Nálunk lánykérés.

Was there a Second European Hunnic State?
Translated: by Dr. Iren Novak

The short answer is: YES, THERE WAS a Second European Hunnic State (568 AD-843 AD)!

Of course, a categorical statement like this needs a more detailed, more serious and well-founded justification.

First, it is important to note that The Huns were mentioned by different sources under different names – the White, Black, Northern, Western, Kidarite, Hephtalite, Avar, Asian or European Huns - all belonged to one family of peoples, the Hunnic people. There is no sense in separating the Hunnic people into pieces and alienating some groups of them from the others. The events of the history of the Hunnic people fit together completely in space and time and show a perfect continuity. It is also important to know that the names of the Hunnic historical persons can be quite different in different chronicles. I hope that you will be able to identify the names mentioned bellow with the persons bearing them.

In order to answer the question that we asked in the title of this article, we have to examine two conditions:
1. Was there a significant number of Huns in the European region?
2. Did the Hunnic population create any kind of state, which was recognised by other states in the geographical region of Europe occupied by them?

1. The Hunnic People in Europe

The question who we can consider Hunnic is of primary importance here. Similarly, to other migrating nomadic people, their basic characteristic is the tribal structure. It suffices to mention that when in 219 BC the Hunnic sovereigns Kadar and Urga summoned the assembly of the Hunnic peoples in the Asian motherland, in order to found the nation, the leaders of 108 Hunnic tribes and 11 Hunnic clans took part in that life-changing historic event. (It is an interesting coincidence that there were 7 Hungarian tribes and 108 clans connected by the blood oath of the founding Hungarian people.) Earlier, these Hunnic tribes and clans had entered into temporary, short-lasting interest alliances. They had lived their lives independently from each other. It was only the language, the close or distant (blood) relationships, the ancient religion and a similar way of life that connected them.

Marauding and looting were 'daily routine activities' of the migrating nomadic peoples, including the Huns. It is no coincidence that women (girls and women) were considered the most precious 'loots' as they ensured population growth to balance the casualties of wars. As the women of other tribes, not those of the related tribes, were the targets of looting, the tribes concerned were definitely 'mixed-blood' ones, which means that there were no 'pure blood' tribes among nomadic people.

Interestingly enough, even the settled farming Chinese people welcomed the 'Hunnic migrants' hoping to acquire the Hunnic militant traits through the mixing of blood (aiming to improve the quality of the Chinese military). Therefore, if we speak about the Huns, we mean a people of mixed blood with mostly Hunnic character traits, traditions, customs, way of life, language, religion, etc. These qualities belong exclusively to them and makes them different from all the other peoples of the world.

There is another important thing worth mentioning, namely that the weakening, the breakdown or fall of an empire does not necessarily mean the fall or the disappearance of its people(s). The people of such empires continue to live. They either integrate with other nations, or live independently, gaining their strength to rise again, or live quietly in seclusion. It means that although the fifteen different state forms (with the world empire among them) created by the Huns from Asia to the heart of Europe, in different times, ceased to exist, the Hunnic people continued to live in their own way and did not disappear from the stage of history.

The collapse of the First European Hunnic State started with Sovereign Attila's death in 453 AD. It means that if we want to examine the history of a second Hunnic state, we have to consider the Hunnic presence in Europe starting from that time. The fact that Attila's empire stretched from the middle of Europe to Lake Aral makes the examination a bit more complicated. This was the territory where the original Hunnic tribes, some 'unwanted' allies or conquered foreign peoples lived within the framework of the Hunnic Empire. The scope of the present examination is limited to the European territory stretching as far as the River Ural and the western coastline of the Caspian Sea. The sources for the presence of the European Huns from 453 AD can be considered as follows:

1. The fall of the First European Hunnic State, after 453 AD.
2. The establishment of the European Avar Khanate under the leadership of Khan Baian from 568 AD.
3. The appearance of the Bulgarian people led by Asparuh in the Lower–Danube region from 650 AD.
4. The appearance of the Bulgarian people in the Carpathian Basin under the leadership of Kuber, starting from the Avaric rule after 650 AD.

5. From the conquest of Bat-Baian's Great Bulgaria by the Khazars from 670 AD.
6. After the fall of the White Hunnic (Hephtalite) state from 562 AD.
7. Independent migrating Hunnic tribes mainly from Western and North Western Asia from the fall of the Second Middle Asian Hunnic State, from 156 AD continuously.

Each source mentioned above deserves some explanation.

After the breakup of the First European Hunnic State, from 453 AD, the Hunnic tribes who did not want to take part in the inner power struggles left the collapsed empire. They migrated to other places trying to find shelter for themselves, even if they had to accept the supremacy of a foreign power and offer their own (mainly military) services.

The defeat of Ellak's army by the German rebels by the River Nedao (?) in Transylvania in 454 (together with Ellak's death) resulted in the separation and dispersion of further tribes. It would not be surprising to find that this 'dispersion' created the roots for the Western Szekely people. It is worth paying attention to a statement in a book by Andras Thoma and Gyula Henkey, entitled 'The Anthropological Characterisation of the Hungarian People'.

It says that *"Based on eight skull sizes, the regions Csallóköz, Rábaköz, Somogy, Palócföld, Kiskunság, Nagykunság and the Szekely Land show very little difference.* **There is a striking similarity between the people of Szekely Land and Rábaköz.** *However, the comparison of the Szekely patterns with those of the people living in the Romanian villages close to them shows large differences in form.* " Is it possible that the people living in Rábaköz are the descendants of the 'Western' Szekelys?

The third wave of the separation of the Hunnic tribes started in 469 AD. It was caused by Dingizik's overwhelming militancy. He died in a battle having been defeated by the East Roman army. This wave of separation was quite special as it concerned mainly the Hunnic tribes living in the area of The Black Sea and The Caspian Sea.

Finally, as far as Emas is concerned, the process was quite different from that of his brothers', Ellak and Dingizik. Emas was a more peaceful, more careful and more modest sovereign than his brothers. He could estimate his people's military power more realistically, and he avoided conflicts with the rebellious neighbouring people. Having 'hidden' the Eastern Szekelys in Transylvania, he led the rest of his people to the region of the Dnieper-Volga-Don Rivers. They mixed with the other nomadic people living there, and up until his death in 514 AD, he established a new empire, the Bulgarian Empire. The origin of the Szekely people has been the centre of heated debates and still is today. There are numerous theories, arguments and counter-arguments. It is important to note that the Szekelys still regard the area where they live as their motherland. They deeply honour their Hunnic origin. Besides, they are the most devoted guardians of the Hungarian traditions and language (the latter deserves some further analysis). No scientific or pseudo-scientific theories can deprive them of it. Surprising as it may seem, the dual Hunnic-Hungarian origin of the Szekelys might partly justify the Hunnic origins of the Hungarian people.

At first, it might seem to be strange to relate the European presence of the Huns to the appearance of the European Avar Khanate from 568 AD (under the leadership of Khan Bajan). In order to understand it, we must go back in time and space to the Hunnic motherland, to Asia to around 200 AD. The Asian Hunnic World Empire had collapsed by then. Most of the Hunnic tribes had migrated in several waves to the west, and the Hunnic motherland in Asia had depopulated. However, a remaining Hunnic tribe, the Ruans (means crooked worm in Chinese) or more frequently mentioned as the Zsuan-Zsuans, had strengthened to such an extent by 200 AD and had won so many battles against their neighbours that they established a new Asian empire stretching from the River Irtis to the Korean peninsula, which existed until 552 AD. It was in that year that the conquered Turkic people revolted and overthrew the Zsuan-Zsuan (Rouran) empire.

One of the signs of the Zsuan-Zsuan Hunnic origin might be the fact that the first ruler of the Zsuan-Zsuan Empire from 402 AD, Shelun, assumed the title 'senyo besides the title 'khagan' (khan), which was popular at that time. The title 'senyo' (shanju, tanhu, danhu, etc.) was used by the Hunnic sovereigns in Asia exclusively. Having been defeated by the Turkic people, the Zsuan-Zsuans supposedly changed their names. They are mentioned by historians as the Avars later.

The Avars ran away from the Turkic people mostly to Europe. They asked for asylum in Byzantium and they were granted it in 557 AD. The Hunnic interpreters of the imperial court had no difficulties in understanding the language spoken by the Avar envoy, Kandik, which might also refer to the Hunnic origin. By 562 AD, the Avars had occupied a large area stretching as far as the River Danube and had conquered several peoples (the Sabirs, the Hunno-Ugrians, the Utrigurs, the Kutrigurs, etc.) on their way.

European historians were confused about the Turkic statement that the Avars were not actually Avars, but were Turkic subjects who took up the more prestigious 'Avar' name to mislead others. Therefore, sources started to use the 'pseudo Avar' or 'Vark Hunnic expressions. However, this did not prevent the Avar khan, Baian from continuously extending his European empire. The fact that he established the centre of the pseudo -Avar Empire in the place which had been Attila's headquarters, might also indicate the European presence of the Huns. Actually, this is the point which makes clear the role of the European Avar Khanate in the European presence of the Hunnic people.

As we have seen, the European Avars are 'indigenous Huns'. Besides, the Avar khan Baian invited the three strongest Hunnic – Avar (Zsuan-Zsuan) tribes (Tarniah, Kotzager, Zabender), which remained in Asia, to join his European empire in 581-582 AD. They were happy to leave the Turkic slavery behind. As one of the proofs of the Hunnic origin of the Avar people, historians clearly stated that the language of the Avars was the Hunnic language and their clothing was similar to that of the Hunnic people. The only difference was in their hairstyle; while the Huns wore their hair in a ponytail at the back, the Avars had two plaits. (Sources do not mention how the Asian nomadic hairstyle changed later. The change in fashion might also have been the reason for this difference.) The settlement of the three tribes (including their warriors, common people, the livestock, etc.) significantly strengthened the European presence of the Huns.

The appearance of the Bulgarians (called the Bolgarians after having settled in the Lower Danube region) in Europe evidently strengthened the European Hunnic presence as the people of the Bulgarian (Bolgarian) empire led by Ernas were a mixture of Hunnic, Ogur and other nomadic people. After Ernas's death (514 AD) the Bulgarian Empire was also infected with the 'disease' of the nomadic people: it was weakened by power struggles for a long time until the Avars (Hunnic relatives) moving west to escape from the Turks put an end to these struggles in about 561 AD, and took the Bulgarians under their control; which meant that 'the Hunnic ruled the Hunnic'.

They lived together under some kind of Hunic - Avar dual power system until the weakening of the Avar Empire, following the death of Khan Baian in 602 AD. When the Avar khagan post became vacant in 632 AD, the Bulgarian Khan Kovrat requested it and he got it. Therefore, at that time the Avar Khan and the Bulgarian Khan was the same person, Kovrat. After his death (650

AD), all of his five sons demanded equal power for themselves (not keeping the birthright of the firstborn son). Having divided the empire into five parts, they dispersed. One of them, Asparuh, led his people to the Lower Danube region and established Lower Danube Bulgaria, the predecessor of the present Bulgaria. With this, he also strengthened the European presence of the Huns.

Another son of Kovrat, Kuber led his people to the Carpathian Basin where they were brought under Hunnic-Avar control. Not being satisfied with the 'co-habitance', Kuber resettled in Macedonia and united with Asparuh's people, which further strengthened the Hunic presence in Europe.

Kovrat's eldest son, Bat-Baian remained in the territory of their 'motherland', in Great Bulgaria, which became subject to the strengthening Khazar Empire in about 670 AD. As a result of it, some of the Bulgarian tribes migrated to their 'relatives' in Europe (see Asparuh's and Kuber's people). Consequently, this again contributed to the strengthening of the European Hunic presence.

The situation concerning the European Hunnic succession was a bit more complicated because of the collapse of the White Hunnic (Hephtalite) state. According to a small group of historians, the White Huns (the Hephtalites) were not actually Hunnic people, while a bigger group of them consider the Hephtalites 'genuine' Hunnic. According to the minority, the White Huns (the Hephtalites) appeared out of nowhere in Middle – Asia in the middle of the fourth century AD, and they started their triumph. There is a serious historical fact opposing this standpoint. As a result of the hopeless fights against the Chinese in the Asian motherland in the middle of the Fourth Century, the free Hunnic tribes gathered at the western edge of the motherland in 344-345 AD. In 346 AD, they decided to leave the motherland for good and headed westward. It was the third time that the Huns left the motherland following the previous outflows of 48 BC and 91 AD).

Some smaller Hunnic tribes remained in the Asian motherland, and they soon disappeared in the endless Asian steppes. A smaller group of the fleeing tribes also decided to go westward towards the northern areas above the Caspian Sea and the Black Sea (where the Hunnic tribes settled during the two previous outflows). A bigger group of the migrants also headed westward wanting to reach the Tarim Basin. They wanted to extend their control over the Sassanid Empire after having occupied the Tarim Basin. It means that when the chronicles mentioned the appearance of the White Huns (the Hephtalites) in that area, a significant number of Hunnic people arrived in the same area (Middle-Asia) at the same time (346 AD). However, these chroniclers report the appearance of a people only. So, it seems to be evident that the Hunnic people who fled their motherland and the White Huns (the Hephtalites) who introduced themselves by demonstrating their' Hunnic warfare' are the same people.

It is interesting to note that the name 'White Huns' comes from the ancient Chinese system of names for peoples, according to which those living in the north are called 'black', 'green/blue' refers to the people living in the east, southern people are called 'red' and western ones are referred to as 'white'. The people living within the territory of China are called 'yellow'. As an example, the tribes living in the northern part of the Hunnic motherland were the Black Hunnic people while those occupying its western part were the White Huns. As the third outflow took place from the western part of the motherland in 346 AD, the White Hunnic name is evident. The name 'Hephtalite' might come from the name of the 'Jetailito' Clan (also known as the Jetha Clan) which was the ruling clan among the mass of people who left the motherland.

It is advisable to be careful with the reports of the chroniclers about the Huns, as the Huns did not leave an 'authentic biography' to posterity. Even more, the chroniclers writing about the Huns were the representatives of the greatest enemies of the Huns who might not have been characterised as impartial. Paradoxically, while they were sometimes described as the 'dog-headed', ugly, rude, dark-skinned, slit-eyed, short gnomes, according to the chroniclers the just widowed Longobardian Queen, Romhilda fell in love with the young, handsome Khan Baian II at first sight, and she was willing to place the still functioning Forum Julii Castle into her enemy, the Khan's hands in 610 AD, in exchange for his love.

We can also mention the long-lasting close friendship of the 'monster' Attila and the highly educated Western-Roman general, Aetius. The White Huns (the Hephtalites) built up a strong, powerful empire. They conquered the eastern part of the Sassanid Empire and occupied the Gupta Empire in North India until they were totally defeated by the rapidly rising Turkic Empire in 562 AD. It resulted in the dispersion of the Hunnic tribes. Some of them escaped to Bactria and slowly integrated into the new environment, others went to North-West, in the direction of Europe. Their fleeing process happened concurrently with that of the Zsuan-Zsuan-Avar people of Hunnic origin. It was at that time (555 AD) that the Turkic uprising caused the fall of the Zsuan-Zsuan Empire, and their remaining people calling themselves the Avars headed west towards Europe. The result was the establishment of the European Avar Khanate from 568 AD (see above).

Finally, there were several nomadic tribes, with some Hunic ones among them, who were wandering in the Asian steppes continuously trying to find food. Later, when they grew stronger, they looked for opportunities to prowl or loot. These free migrating tribes were especially attracted by a certain geographical area, namely the Ural-Volga-Don region.

Starting from the breakup of the First Middle-Asian Hunnic state, from 34 AD, several Hunnic tribes visited that area and many of them remained there. There was an intense migration from 156 AD, from the fall of the Second Middle-Asian Hunnic State (i.e. from the breakup of the Western, Northwestern and Balkhash Lake Region Hunnic Alliances). It was not by chance that the new Hunnic World Empire including the First European Hunnic State - lead by Attila later - grew out of this tribal gathering from 362 AD on.

All in all, we can say that the European Hunnic presence had various and important sources in the period following 453 AD, and it reached its peak in the formation of The Second European Hunnic State.

2. The Second European Hunnic State

The end of the First European Hunnic State is marked by Dingizik's defeat and death in 469 AD, and by the death of the Hunnic-Bulgarian sovereign, Ernas in 514 AD. The question is whether during the period that followed (let's say from 514 AD) there was a national formation which could be considered a Hunnic ruled state and whether this state was recognised and proclaimed by other states, or whether these states showed some kind of behaviour indicating the recognition (like alliance of arms, peace making, tax payment, territorial transfer, soldiers' pay, sending and receiving messengers, etc.).

When examining the sources of the Hunnic presence in Europe, we can distinguish two elements which follow each other continuously in time and space and which can be considered as state formations, both together and separately. These are the European Avar Khanate and the European Bulgarian state foundation growing out of the Hunnic- Avar-Turkic-Kazar influences.

The Avar Khanate, which was more or less integrated into the European community (568-843 AD), functioned as a state for almost 300 years including 'foreign relations', military affairs, state organisation, control over the conquered peoples, and other responsibilities necessary for running a state. As the European Avar Khanate was of Hunnic origin and was controlled by the Huns, it seems to be quite evident that **The Second European Hunnic State** basically existed and functioned within the framework of the European Avar Khanate. It means that all the historical events connected to the existence and activities of the khanate actually apply to the Second European Hunnic State. Therefore, the name the Second European Hunnic State (EAK) will be used henceforth where the abbreviation EAK stands for the European Avar Khanate.

It is obvious that a state needs a geographical area where it can exist and where its people live. In 557 AD, Byzantine Emperor Justinianus promised the Hunnic (Avar) ambassador that in return for the defence of the Caucasian border of the empire, Byzantium would give a territory to the Hunnic (Avar) group of 200,000 people, escaping from the Turkic persecution. The escapees did not hesitate long. Five years later, in 562 AD, they reached the Danube, having conquered the peoples (Utrigur, Kutrigur, Sabir, Ugrian, Ant, etc.) on their way and having gained control over the Caucasus and the northern region of the Black Sea.

As soon as they reached the Danube, Hunnic (Avar) Khan Baian I. demanded the territories promised by the Byzantine Emperor. As the emperor was reluctant to fulfil the request, Baian I. occupied some land for his people by force. They invaded Small-Scythia (a valley on the right bank of the Lower Danube). Having put down the uprisings of the Slavic Ants, the Slovenians and the Vends, he went as far as the empire of the Franks, the Thüringen Mountains. Next, he acquired the territory of the present Hungary and established the seat of his giant empire by the River Tisza, in the place where Attila's headquarters had been. With this, the Second European Hunnic state finished the process of 'settlement' ensuring sufficient space to accommodate its people.

The acquisition of the territory in the Carpathian Basin was a military and political victory for the 'young' Second European Hunnic State (EAK). Meanwhile, the Longobard people, who were planning to occupy the Po Valley, were looking for allies to attack the Gepids, and Baian I. was ready to support them. After they had managed to defeat the Gepids, the Huns (the Avars) were given the territories freed by the Longobard's who were heading for Italy. This 'realised' the alliance of arms which also meant the official recognition of the Second European Hunnic State (EAK).

The new Byzantine emperor, Justinus was quite hostile to the Second European Hunnic State (EAK). However, in this kind of relationship where they 'fought like cats and dogs', the role of the dog was played by Baian I. Justinus did his best to provoke uprisings within the Hunnic (Avar) empire. Baian's reaction to each of these attempts was a military attack, and each time he successfully annexed additional areas from the empire. It was not rare that the emperor had to solicit peace. As a result, he was obliged to pay a high tribute price of peace and taxes. The emperors following Justinus were not in a better position if they opposed him. Tiberius suffered the same fate in 574 AD when he rejected to concede that in Sirmium Baian I. had bridges built on the River Sava – by builders and carpenters demanded from the emperor – and in this way he could easily lead his army into the empire. As soon as the bridges had been built, he sent an army of 100 thousand soldiers to devastate Moesia and Tracia, and to storm the imperial fort city, Sirmium. They managed to fulfil the mission successfully in 582 AD. He could not choose but to accept Baian I.'s severe conditions of peace. Tiberius was followed by Emperor Mauricius who also tried to oppose Baian I. As a response, he occupied and/or destroyed a series of Byzantine forts by the Danube, among them Singidunum in 584 BC. (He is said to have pardoned a small town, Augusta only because his wives had asked him to do so as they loved its spas.) As a result of these events, the emperor had to fulfil Baian's hard peace terms: he demanded the emperor to pay him gold pieces worth 80 thousand from 574, then 100 thousand from 584 and 120 thousand from 599 a year, and the empire was ready to pay these taxes.

There was a special friendship between the Frank King, Sigebert and Baian I. At the beginning of the formation of the European Hunnic Empire, in 562 AD, the Thüringhian expansion was stopped by Sigebert's Frank soldiers. Later in 566 AD, Sigebert's army suffered a crushing defeat from Baian I. However, instead of killing the captives, Baian I. let them go free including Sigebert himself. The two emperors contracted an everlasting peace treaty. Some years later, when Baian I. was chasing the Slavic rebels who had escaped to Frank land, it was Sigebert who supplied his army with food and the necessary equipment.

The Second European Hunnic State (EAK) fulfilled another important state function, namely the function of national unification by admitting related tribes living in other countries. In 581-582 AD, Baian I. invited the Hunnic (Zsuan-Zsuan – Avar) tribes, Tarniah, Katzager and Zabender, to come to the territory of the Second European Hunnic State (EAK). These tribes, who had been living under Turkic oppression, were ready to migrate to the land of their European relatives and get rid of Turkic slavery.

All in all, by then, Baian I. had earned a reputation in contemporary Europe. The neighbouring powers tried to live in peace with the Second European Hunnic State (EAK) as they had good reason to be afraid of its military strength and militant behaviour. Contemporary reports considered Baian's empire the direct continuation of Attila's European Hunnic realm, and it was mostly called Hunnia not Avaria.

The founder of the Second European Hunnic State (EAK), Baian I. died in 602 AD. The successor, his son, Baian II. launched a military campaign to Italy in 610 AD. He made peace with the Byzantine emperor Heraclius in 616 AD. Heraclius offered gold pieces worth 200,000 to him if he kept peace while the emperor was engaged in a war in Persia.

The war was long lasting, and Baian's successor Organa took the Persian side upon their request. Even with their help, it was impossible to put an end to the Persian-Byzantine war. The Byzantine Empire decided to use the old, well-tried tactic, namely he successfully encouraged the Slavic people living in the territory of the Second European Hunnic State (EAK) to rebel. This was the beginning of the rapid fall of the Second European Hunnic State (EAK). It could have totally collapsed if there had not been a favourable turn of events, which lengthened the life of the Second European Hunnic State (EAK) by a further 200 years even if it had weaker military and political power later.

From among the lawful successors to rule the empire, only Attila's youngest son, Ernas was alive by 469 AD. The European

Hunnic Empire had shrunk, while the number of peoples and their allies hostile to the empire had grown significantly. In a situation like this, Ernas, who had a peaceful nature, decided to resettle with his people in the eastern part of the Hunnic Empire, which was without a leader after Dingizik's death. (On their way, he left behind one of his Hunnic tribes, the Szekelys in Transylvania).

By uniting the Hunnic, Ogur and other nomadic peoples wandering in the steppes north of the Black Sea and the Caspian Sea, Ernas became the sovereign of a mixed people, the Bulgarian in 481 AD. After Ernas's death in 514 AD, a fierce 'internecine' war broke out within the mixed population, as usual. Besides, they were also fighting to win the favour of the Byzantine Empire. The most brutal war was between the two powerful Hunnic tribes, Kutrigur and Utrigur. There was even a danger of their complete physical annihilation. It was then, in 514 AD, that Baian I. intervened: on his way to Europe, he conquered the fighting Utrigur and Kutrigur Hunnic tribes, which was the strange case of the Huns conquering the Huns, some quirk of fate. However, they acted as benefactors by preventing the conquered from totally annihilating each other. In 628 AD, Kovrat united the two tribes (Utrigur and Kutrigur), which were under Baian's control, and some other tribes to establish Great Bulgaria and to free themselves from the Hunnic (Avar) control.

As Kovrat was aware of his power, he suggested that the Huns (the Avar) and the Bulgarian (Hunnic people) should hold the position of khan alternatively. He immediately announced his demand for the just vacant Hunnic (Avar) khagan's post. He managed to get the title of the Khan of the Second European Hunnic State in 630 AD. After Kovrat's death, most of Great Bulgaria fell into five parts and his sons Asparuh and Kuber ruled it. They settled at the estuary of the River Danube and in the

Carpathian Basin (from the latter place they moved to Macedonia later and united with Asparuh's people). The Transdanubian Bulgarian Empire gradually became stronger and larger. It conquered the nearby Slavonic people and invaded their territories. In 680 AD they occupied Moesia and Dobrudja, destroyed the Byzantine army, and in a peace, treaty made with the empire in 681, Byzantium recognised the Bulgarian state.

In spite of the Hunnic origin of the 'Bulgarian' people, most of the population of the Transdanubian Bulgarian Empire was of Slavic origin over time. During the reign of Bulgarian Czar Boris I., they adopted Christianity from Byzantium and created the foundation for Slavic literacy in 864 AD.

The political and military interests of the Second European Hunnic State (EAK) and the Danubian Bulgaria became quite different. In 802 AD, having forgotten about the Hunnic origin of his people, Bulgarian khan Krum allied with the Frank King Karl the Great and attacked the Second European Hunnic State (EAK). Together with the Franks, they made the Huns withdraw to the territory of present Hungary. Anyway, we can say that the integration of the Bulgarian-Bolgarian line breathed life into the dying Second European Hunnic State.

Meanwhile, a people of mixed origin (Bulgar) who had remained in the territory of Great Bulgaria led by Bat-Baian, was brought under the control of the Khazar Empire from 653 AD. Having got rid of slavery, some of the tribes of the conquered Hunnic-Ogur (Bulgarian) people slowly moved to Europe and strengthened the Hunnic presence there.

We can follow the existence, operation and presence of the Second European Hunnic State (EAK) in Europe in historical records until 843 AD. In 670 AD, Langobard King Grimoald suppressed the riot lead by Prince Friaul (Fiume) with Hunnic (Avar) help. There was intensive missionary work conducted by Reverend Emeran first and by Bishop of Worms Rupert later in the territory of the Second European Hunnic State from 696 AD on. The situation was quite tense in 768 AB because those Hunnic people who had been converted to Christian religion were considered subjects to the Franks.

Karl the Great's accession to throne in 768 AD was a decisive event concerning the weight and even the existence of the Second European Hunnic State. Although his mother was said to be of Hunnic (Avar) Khagan origin, Karl the Great did not respect his mother's descent. He persecuted the nomadic (Hunnic-Avar, German, Slavic, etc) people unmercifully and launched military campaigns to conquer them. This persecution had a religious reason as well. He strongly believed that every pagan has to be converted. This obsession led to the crusades later.

Karl the Great started to prepare for the destruction of the Second European Hunnic State (EAK) from 782 AD. In that year, he rejected the peace offer, and in 788 AD he finally decided to launch a campaign against the Huns (the Avars) when the Second European Hunnic State (EAK) supported the Bavarian Prince Tassilo who had rebelled against him. Karl the Great's military campaign started in 791 AD and ended unsuccessfully. The second campaign launched in 796 AD lasted long with alternating success. He could not win decisive victory despite the support he received from Bulgarian Khan Krum in 802 AD. His only achievement was to drive the Second European Hunnic State back to the territory of present Hungary. Karl the Great was not strong enough to bring them to heel or to make them Frank subjects. That can be proven by the fact that even after the campaign of 796-802 AD historians report of some sovereigns of the Second European Hunnic State (EAK) who tried to adapt to the new situation and converted to Christianity on their own initiative either actually or apparently. Some of them even chose a 'Christian name' for themselves like Teodorus (795-805 AD), Abraham (805-811 AD), Isaac (811-??? AD), Tutund (826-? AD).

In 822 AD, the representatives of the Second European Hunnic State (EAK) appeared at the annual Frank national assembly. The state is also mentioned in a letter of Pope Eugenius II in which the pope criticised the low number of conversions in 826 AD. It is also mentioned in the Treaty of Verdun. According to its provisions, Pannonia and Lower Pannonia had to be submitted to the Eastern Frank king Louise the German. However, it is important to note that at that time, by the regions Pannonia and Lower Pannonia the territory of the present Carinthia and Austria were meant not Hungary, which belonged to the Second European Hunnic State (EAK). By the time of the forthcoming Hungarian settlement, the state had ceased to exist, life was organised within independent tribes. Nevertheless, whenever the life of the people was threatened for some reason, there was always a sovereign to unite and mobilise the tribes to defend their interests.

In conclusion, there was a recognised state in the Carpathian Basin in 568-843 AD which can be rightfully considered a continuation of Attila's Hunnic empire - the Second European Hunnic State – based on the origin of its people, their character traits, customs, state, political and military activities and organisation. It might have a symbolic meaning that both the First and the Second European Hunnic States chose the same geographical area, the territory of present Hungary to be their headquarters. The end of the decline of the Second European Hunnic state was close to the settlement of the Hungarian people of Hunnic origin in the Carpathian Basin, which raises the question what we should call the appearance and settlement of the Hunnic Hungarians. Could it be **the Third European Hunnic State**?

If we extend the period of the state-level existence with the duration of the era of the Second European Hunnic State, we can say that in 220-843 AD the Hunnic people was ruled by sovereigns and khans from ten dynasties.

1. Dynasty THOBAN (219 BC - 61 BC) 15 persons.
2. Dynasty HOHANSA (61 BC- 220 AD) 41 persons.
3. Dynasty TSITSII (56 BC - 35 BC) one person, his death lead to the extinction of the dynasty.
4. Dynasty FONGHOTU (98 AD - 117 AD) 1 person.
5. Dynasty OSENBO (101 AD - 134 AD) 2 persons.
6. Dynasty LAN (303 AD - 328 AD) 3 persons called 'kings.'
7. Dynasty JETHA (442 AD - 562 AD), 6 persons, white Huns (Hephthalite) called 'khagans'.
8. Dynasty SEMEIN (362 AD - 404 AD) 1 person (+ 7 'chiefs').
9. Dynasty ERDU (404 AD - 514 AD) 7 persons (+ 4 'chiefs').
10. Dynasty DULO (481 AD - 740 AD).

Throughout the history of the Hunnic people, there were 15 forms of government shifted in time and space, starting from the Hunnic nation in a narrower sense, through the Hunnic Empire to the Hunnic World Empire. For the sake of simplification, we are going to call them 'states'.

1. Tribal living, occasional tribal alliances (3 000 BC - 220 BC) (Hoangsi 606 BC).
2. Asian Hunnic State (219 BC - 61BC) - **15** sovereigns (Thoban ...) world empire.
3. The First North Asian Hunnic State (53 BC - 35 BC) - **1** sovereign (Tsitsi).
4. South Asian Hunnic State (53 BC - 22 AD) - **36** sovereigns (Hohansa ...).

5. The First Middle – Asian Hunnic State (48 BC - 34 BC) - **1** sovereign (Tsitsi), empire.
6. The Second North Asian Hunnic state (49 AD – 91 AD) - **4** sovereigns (Funi ...).
7. The Second Middle-Asian Hunnic state (91 AD - 156 AD) – **2** sovereigns (Osenbo), empire.
8. Western Tribal Alliance.
9. North-Western Tribal Alliance.
10. Balhas Lake Area Tribal Alliance.
11. Asian Middle-Hunnic Alliance (98 AD - 117 AD) - **1** sovereign (Fonghotu).
12. Yellow Hunnic State, China (303 AD - 344 AD) - **3** sovereigns (Lan ...).
13. White Hunnic (Hephthalite) State (442 AD - 562 AD) - **6** sovereigns (Kunkhasa ...), empire.
14. European Hunnic State (362 AD - 514 AD) – **8** sovereigns (Balamir ...), world empire.
15. The Second European Hunnic State (568 AD - 843 AD) -? sovereigns (Baian I ...) name 'khagan', 'The Avar Empire'.

As we can see, the White Hunnic (Hephtalite) State and the First European Hunnic State existed concurrently.

Sources

1. Atilla Kódex, Gyűjteményes kiadás – 7 könyv egyben, Angyali Menedék, 2018.
2. Csornai Katalin: Négy égtájon barbár csillag ragyog, I. kötet, Budapest, 2007.
3. Sima Qian: A hunok legkorábbi története, Magyar Ház, 1997.

4. Zagd Batsajhan: A hun népek története, Farkas Lőrinc Imre Kiadó, 2006.
5. Hunok és rómaiak. Priskos rhétor összes töredéke, Attraktor, 2017.
6. Sándor József László: Hadak útján I., II., Sándor Kiadó, 2001.
7. Baráthosi Balogh Benedek összes turáni könyve, II., Baráthosi életműve – 18 kötet, Egyesített kiadás, Angyali Menedék, 2018.
8. Thoma Andor és Henkey Gyula: Az élő magyarság embertani jellemzése, 2000.
9. Debreczenyi Miklós: Az ősmagyar írás néhány hazai s oroszországi emléke, Pátria", Budapest, 1914.
10. Bartha Antal, Czeglédy Károly, Róna-Tas András: Magyar őstörténeti tanulmányok, Akadémia Kiadó, Budapest, 1977.
11. Götz László: Keleten kél a nap I.-II., Püski Kiadó, 1994.
12. Melich János: A honfoglaláskori Magyarország, MTA, Budapest, 1929.
13. Barabási László: Székely – magyar történelem Attilától máig, FRIG Kiadó.
14. Egyed Ákos: A székelyek rövid története a megtelepedéstől 1989-ig, Pallas Akadémia, 2013.
15. Dr. Szádeczky Lajos: A csíki székely krónika, 1905.
16. Cey-Bert Róbert Gyula: Hunok és magyarok konyhája, Püski, Budapest, 2018.
16. Franks, Moravians and Magyars, The Struggle for the Middle Danube, 788-907, Charles R. Bowlus, University of Pennsylvania Press.
17. The Syriac Chronicle known as that of Zachariah of Mitylene, F.J. Hamilton, London, 1899.
18. Р.Л. Манасерян: Гунны в отношениях с Ближним Востоком и Римским Западом, Алетейя, Санкт-Петербург, 2019.
19. Гумилев Л.Н.: История народа хунну, Lev Gumilev Centre.
20. Гумилев Л.Н.: Древние тюрки, Lev Gumilev Centre.

The list of Hunnic Sovereigns

From...	To...	Name	States	From...	To...	Name	States
606 BC	603 BC	Hoangsi	1	98 AD	124 AD	Vansisi	4
219 BC	207 BC	Thoban	2	124 AD	128 AD	Vusihosi	4
207 BC	174 BC	Bator	2	128 AD	140 AD	Huhijesi	4
174 BC	160 BC	Losang	2	140 AD	143 AD	Kuniu	4
160 BC	126 BC	Kunsin	2	143 AD	147 AD	Hulanjosi	4
126 BC	126 BC	Udan	2	147 AD	172 AD	Ilingsi	4
126 BC	114 BC	Itisa	2	172 AD	177 AD	Tutejosi	4
114 BC	106 BC	Ojong	2	177 AD	179 AD	Hutseng	4
106 BC	102 BC	Osuli	2	179 AD	188 AD	Kiangsu	4
102 BC	101 BC	Huliho	2	188 AD	195 AD	Kitsisi	4
101 BC	96 BC	Kutheho	2	195 AD	220 AD	Hususan	4
96 BC	94 BC	Doma	2	303 AD	310 AD	Lan	12
94 BC	85 BC	Holokko	2	310 AD	318 AD	Ladan	12
85 BC	68 BC	Ojente	2	318 AD	328 AD	Barzhan	12
68 BC	62 BC	Hilikuanko	2	442 AD	468 AD	Kunkhasa	13
62 BC	62 BC	Sientan	2	468 AD	486 AD	Eftalanus	13
62 BC	61 BC	Akjenkute	4	486 AD	505 AD	Toramana	13
61 BC	33 BC	Hohansa	4	505 AD	534 AD	Mihirakula	13
61 BC	59 BC	Toki	4	534 AD	562 AD	Vardhana	13
61 BC	60 BC	Otsian	4	562 AD	562 AD	Haganis	13
61 BC	60 BC	Ugur	4	362 AD	383 AD	Balamir	14
61 BC	61 BC	Kuli	4	383 AD	399 AD	Kun	14
58 BC	58 BC	Olentun	4	399 AD	409 AD	Uldin	14
56 BC	54 BC	Lusin	4	409 AD	411 AD	Karaton	14
56 BC	35 BC	Tsitsi	3, 5	383 AD	391 AD	Küve	14
53 BC	53 BC	Ilibok	4	391 AD	409 AD	Mohar	14
33 BC	21 BC	Hocului	4	383 AD	391 AD	Kadutsa	14
21 BC	12 BC	Sokai	4	391 AD	409 AD	Galan	14
12 BC	8 BC	Kuga	4	383 AD	394 AD	Taros	14
8 BC	13 AD	Okuluj	4	394 AD	408 AD	Kursik	14
13 AD	18 AD	Hienle	4	383 AD	394 AD	Uzor	14
18 AD	46 AD	Joti	4	394 AD	404 AD	Basik	14
46 AD	46 AD	Vutajtiho	4	404 AD	422 AD	Mundzuk	14
46 AD	49 AD	Funu	6	422 AD	434 AD	Rua	14
72 AD	87 AD	Joli	6	434 AD	445 AD	Bleda	14
87 AD	90 AD	Utaban	6	434 AD	453 AD	Attila	14
90 AD	91 AD	Jutsukien	6	453 AD	454 AD	Ellak	14
101 AD	119 AD	Osenbo	7	454 AD	469 AD	Dingizik	14
119 AD	134 AD	Tiakula	7	454 AD	514 AD	Ernas	14
49 AD	55 AD	Hoansi	4				
55 AD	57 AD	Kiufovu	4				
57 AD	59 AD	Ifajulu	4				
59 AD	63 AD	Hitungsi	4				
63 AD	85 AD	Hujesi	4				
85 AD	88 AD	Ituluju	4				
88 AD	93 AD	Hiulansi	4				
93 AD	94 AD	Ankuvo	4				
94 AD	98 AD	Tingtusi	4				
98 AD	117 AD	Fonghotu	11				

Thte list of 'Hunnic-Avar' and 'Hunnic-Bulgar' Sovereigns (Khagans)

\multicolumn{4}{c	}{HUNNIC-AVAR'}	\multicolumn{4}{c}{HUUNIC-BULGAR-BOLGAR'}
From...	To...	Name	State	From...	To...	Name	State
330 AD		Mugulu		454 AD	514 AD	Ernas	
??		Heduohan		514 AD	528 AD	Gordas	
402 AD	410 AD	Shelun		528 AD	555 AD	Magerus	
410 AD	414 AD	Hulu		555 AD		Uturgur	
414 AD		Buluzhen		555 AD		Kuturgur	
414 AD	429 AD	Datan				Sandilkh	
429 AD	444 AD	Wuti				Kinialkh	
444 AD	464 AD	Tuhezhen				Zabergan	
464 AD	485 AD	Yucheng		628 AD	650 AD	**Kovrat**	15
485 AD	492 AD	Doulun		668 AD	695 AD	Asparuh	15
492 AD	506 AD	Nagai		695 AD	718 AD	Tervel	15
506 AD	508 AD	Futu		718 AD	725 AD	Kormesij	15
508 AD	520 AD	Chounu		725 AD	740 AD	Sevar	15
520 AD	521 AD	Anagui		740 AD	756 AD	Kormisos	15
521 AD	522 AD	Poloumen		756 AD	762 AD	Vinek	15
522 AD	552 AD	Anagui		762 AD	765 AD	Telec	15
552 AD	553 AD	Tiefa		765 AD	766 AD	Sabin	15
553 AD		Dengzhu		766 AD	766 AD	Umor	15
553 AD		Kangti		766 AD	767 AD	Toktu	15
553 AD	554 AD	Anlouchen		767 AD	768 AD	Pagan	15
555 AD		Turk Khaganate		768 AD	777 AD	Televig	15
562 AD	602 AD	Bajan I	15	777 AD	803 AD	Kardam	15
602 AD	617 AD	Bajan II	15	803 AD	814 AD	Krum	15
617 AD	630 AD	Organa	15	814 AD	831 AD	Omurtag	15
630 AD	632 AD	Gostun	15	831 AD	836 AD	Malamir	15
632 AD	650 AD	**Kovrat**	15	836 AD	852 AD	I. Presijan	15
...	...	...		852 AD	893 AD	I. Boris	15
795 AD	805 AD	Teodorus	15	889 AD	893 AD	Vladimir	15
805 AD	811 AD	Abraham	15	893 AD	927 AD	I. Simeon	15
811 AD		Isaac	15	927 AD	969 AD	I. Peter	15
826 AD		Tutund	15	969 AD	971 AD	II. Boris	15
				650 AD		Kuber	15
				650 AD		Kotrag	
				650 AD		Alcek	
				650 AD	653 AD	Bat-Bajan	15
				653 AD		Khazar Khaganate	
				653 AD	690 AD	Bat-Bajan	

A nevem Föld

A szövetség

Egy hatalmas, kiszáradt fa előtt állt, ólomszürke felhők fedte ég alatt, melyeken a nap sugarai még nem hatoltak át. Messze s távol nem volt más. A szél, ahogy minden, lassan elhalt; utolsó suttogásának szavai még ott éltek benne, ám többé nem érintette arcát, nem lengette hosszú, fekete kabátját, ahogy az elkorhadt ágakat sem kárhoztatta további szenvedésre. Nyöszörgésük tovalett, a múlt folyamába süllyedt. Csend volt. Komor, ormótlan csend, olyan, amely nem adott nyugalmat, olyan, mint a háború előtti, félelemmel oltott légkör, visszafojtott sikolyoktól terhes, mely tárt karokkal fogadja a halált.

Tenyerét a fa kérgére simította. Érintése nyomán lehullott egy darabja, alóla pedig kibukkant egy zöld hajtás. Szerény kis csemete volt, aligha vérmesen növekvő, törekvő fajta. Álmodtam róla. Álmodtam minden egyes éjszaka az életről. A testemből bőrömön át fakadó, zöldellő életről; a szemeimből alázúduló, tiszta, kristályos életről; a mellkasomban lüktető, forró melegségből áradó életről; a tüdőmből felszökő lélegzetvételből fakadó életről. Nagyon régen nem álmodott már senki sem az életről. Nem így. Nem ilyen intenzíven, mintha az idő átláthatatlanságában ragadt emlékképek volnának, s álmomban egy új énem volt születőben. Egy új, ismeretlen én, mely egyre csak szólított, egyre átformált. Mindez már tisztábban sejlett föl, mint eddig valaha. Ahogy a zöld, szerényen alábukó hajtást ujjával megemelte, érezte az abban az apró kis testben áramló életet: a remény oltárán áldozott, ahogy az első, a sűrű felhők közül kitörő napsugár végigsimított apró levelén.

- Visszatértél, legszebb élet álmodója. - A nemtelen hang felhasította a csendet - oly fagyos volt, oly nagyon mentes minden földi érzelemtől. A fa ágai szörnyű recsegések, ropogások közepette törtek, alakultak és formálódtak, agóniája volt az utolsó létező életfoszlánynak, majd méhe lett egy addig alaktalan szörnyetegnek, aki most egy hatalmas, vézna sakál képében tetszelgett. A hófehér szemek mélységében az üresség új fogalmat nyert; halandó ha túl soká fürkészné, talán ép elméjét is elvesztené általa.

- Igazán soha nem is mentem el. - Hogy is tehette volna? Hogyan hagyhatta volna el örök helyét? Örök, amióta elfogadta sorsát. Félig szétroncsolódott teste kegyetlenül emlékeztette minderre, valahányszor tükörképe visszaverődött.

- Halott tested porát taposod - közölte a nyilvánvalót lelketlen hangon, torz mosolyra húzva pofáját, kivillantva éhségtől csöpögő agyarait. - És lám, az utolsó hajtásod is megtörtem, amely reményt fakaszthatott volna megromlott lelked talajában - fordította szemét ormótlan nagy mancsára, az ujjai, acélos karmai között kibukkanó zöld hajtásra, annak megtört szárára, mely olyan látványt nyújtott, mintha ember szegte volna nyakát. Ő, bár fájdalommal adózott a kicsiny életnek, meg sem rezzent. Annyi és annyi halál után, mely végeláthatatlan láncolatba kötötte a fájdalommal, még mindig érzékelte a legkisebb veszteséget is, hiába hinnénk, hogy ennyi sok veszteség után már immunissá vált.

- Mi értelme hát küzdened ellenem? Az ellenség nem én vagyok. Az egyensúly nem az én mohóságom, önzőségem miatt veszett oda. Az álmodat sem én loptam el, ahogy a testedet sem én szívtam csontszárazzá, egészen addig gyötörve, amíg minden nektárodtól el nem véreztél. És mégis, mindenek bűne rám száll. Én viselem majd mindennek a terhét, mert én képviselem az Univerzumban a negatív pólust. Minden, ami rossz, hozzám vezethető vissza - mondta.

- Legszebb élet álmodója, harcolni fogsz, és veszíteni - jelentette ki felszegve állát.

Villámként sújtotta a felismerés, hogy a sakál, mely két lábra ágaskodott, az ő alakját öltötte. A félig roncsolódott test olyan volt előtte, mintha tükörképet látna, s amint az mozogni kezdett, ösztönösen mozgott vele, hogy ez az illúzió ne törjön meg. – Emlékszem rá. Emlékszem mindenre. Mindenre, amit valaha elvettél. – A lángoló, aranyló szemek tökéletes ellentétjei voltak a régholt hófehérnek, ahogy biztos elszántsággal beszélt, míg hasonmása rezzenetlen arcát fürkészte. Tenebris szemei kipattantak, alakja megnyúlt, hátából, karjából, nyakából fekete lángok csapódtak ki, eltorzítva az addig tökéletes másolat képét.

Elvégre sosem valaki volt, mint inkább valami; valami, ami nem volt a jelen Univerzum szabályai közé szorítható, abban meghatározható és mérhető, ezáltal pedig elfogadható sem lehetett. Mélyről felgurgulázó nevetés visszhangzott át a kopár vidéken. A Nap fénye kialudt, tovatűnt az égboltról az újonnan lángba borult csillag, a sötétség súlyos bársony leple aláhullott a vidékre. Feketén lángoló aura vette uralma alá a teret és időt, megolvasztva a vékony határt álom és valóság között. Hirtelen mintha minden kiveszett volna a világból, amit valaha jónak hívtak emberi ajkak. Az üresség méhét megtöltötte a gonosz bűnre csábító nektárjával, elszívva az energiát mindenből, ami emlékeket hordozott. A levegő forró párától izzott, mégis a hideg növesztett jégvirágot a kövekre, törmelékekre, a fiú kezeire. Éjfekete hópihék hullottak alá, s csupán két fagyott írisz villogott a világosságot nélkülöző világban. Tűhegyes agyarak szúrták át a pokoli harmóniával telt levegőt. Árnyként nyúl egy kéz a nyakáért, hogy kifacsarjon minden lélegzetvételt, vele együtt minden utolsó csepp hangot, ám félúton megállt.

– Még nem vettem el mindent. – Tenebris hangja mindenhonnan érkezett – hol magasan cincogott, hol mélyen dörmögött. – Korántsem. De nem is kívánom. A Forrással ellentétben én adni is szándékozom. Mi mindent adhatnék neked, legszebb élet álmodója! Visszaadhatom... – A hullámvölgyet bejáró hangszín egyszerre nyugtatóvá lett, lágyan siklott a fiú fülébe, mámorító álmokat szőve elméjébe. Hirtelen rántást érzett, a talaj kifordult a talpa alól, a felkerekedő szél tollpiheként kapta föl testét és repítette túl és túl, egyre csak túl a lepusztult tájon át, körbe és körbe, amíg a bolygó szörnyű képe el nem homályosult, amíg a tompa szürkeségbe nem vegyült egyre több szín; zöld, majd kék forgataga, s egyszerre minden kitisztult. Végtelennek tetsző óceán hullámzott alatta, majd millió, milliárd élet nyüzsgött körülötte – hallotta, látta őket, érezte mindegyik szívdobbanását a sajátjával egy ritmusra verni, érezte az ösztöneikben rejlő csodát – majd egyetlen szempillantással később valami a habok közé vonta.

Szemét lehunyva adta át magát a víznek. Mire újra kinyitotta, sűrű erdő ölelte körül, és ezernyi madár dala táncolta körbe. A friss levegő megtelítette tüdejét, amely úgy itta magába az oxigéndús ájert, hogy már-már fuldokolt, de érezte, mint mossa át testét és elméjét és mint lesz egyre erősebb tőle, ahogy életre keltik még elhalt bal felének is minden szövetét. Majd' megveszett az érzéstől, annyira intenzív volt minden, annyira fájt, és egyszerre annyira boldog volt mindettől, még akkor is, ha csak egy rövid látomás erejéig tapasztalhatta.

– Ezt én mind visszaadhatom, és újra lehetsz Ő, lehetsz ismét a legszebb élet álmodója – szavalta a hang mardosó éhség lelkesedésével, és a megkísértett megszédülve igyekezett talpon maradni, miután a valóság belevájta karmait és bőre alá itta magát.

– Te nem vagy képes adni – szólalt fel a fiú, s bár határozottságot akart sugározni, hangja cserbenhagyta, elfulladt. Szemeit lesütve vájta körmeit tenyerébe, ahogy szétáradt benne a tehetetlenség érzete. Kár volt tagadnia, hogy az iménti rábocsájtott látomás felkavarta. Úgy érezte, már így is megfosztott lelke maradéka is odavész, ahogy az utolsó képek beleolvadtak a sötétségbe, és szem elől tévesztette őket.

– Képes leszek, ha magamba olvasztom egyszer, s mindenkorra a Forrást. Az Ő erejével elnyerem a teremtés képességét – mondta Tenebris, és mindennél ízesebben ejtette ki a *teremtés*

szót. – Hát nem látod? Én kezet nyújtok neked, amikor mindenki más hátat fordított. Talán azt hiszed, azért, hogy hatalmat nyerhessek – és ez így igaz. Ám azon hatalommal végre megtudhatom, milyen élni. Azt hiszem, ezt nálad jobban senki sem értheti meg. Úgy vágyom az életre, hogy az megőrjít, és tudom, hogy te is ugyanezt éled át. Éreztem. Éreztem, amikor körbeölelt régi éned fensége – zihálta a hang, és ahogy elhalt, úgy tért vissza az égre a Nap, melynek sugarai végigsimultak a kopár, lepusztult tájon. A fiú arcára eddigre kiült belső harcának árnya.
– Áruld el, hol találom! – érkezett a kérés Tenebristől a vele szemben álló irányába, aki az újdonsült világosság miatt kénytelen volt hunyorogni, és egy rövid ideig csupán egy homályos, karcsú alakot látott maga előtt. Egy még formálódó alakot, aminek bőre éjfekete volt és érintésre puha, akár a selyem. Minél közelebb ért, annál több emberséget nyert, arcán megjelentek az első vonások, testét pedig körbeölelte egy hosszú, szintén fekete köpeny.
– Ha máshogy nem bízol meg bennem, hát kössük össze sorsunkat. Te elvezetsz a Forráshoz, én pedig cserébe visszaadom az életed. Ha bármelyikünk is megszegi, a kötés felemészti az energiáját – nyújtotta karját – immáron teljesen emberi karját –, s mosolya, ami sejtelmesen ült arcán, szintén emberségesnek tetszett.

Összekötötte őket az ősi erő által koholt szövetség kötése, s sorsuk megpecsételődött a csuklójuk között feszülő ezüstszalag által.
– Mondd hát! Mondd ki! – nézett fel a kötésről Tenebris. Fejét felemelte, állát magasra szegte, hófehéren ragyogó szemei úgy fürkészték az előtte állót, mint a legszebb, legcsodásabb teremtményt, ami létezik.
– A nevem Föld. A nevem Föld, és ígérem, hogy a Forrás a tiéd lesz.

In Gedanken
Gespräch mit einem Flüchtlingskind

Ich bin anders als du,
denn ich wurde in einer anderen Zeit geboren.

Ich spreche eine andere Sprache als du,
denn du kommst aus einem anderen Land.

Ich freue mich wie du, wenn mir das Glück begegnet.
Und ich weine wie du, wenn der Schmerz wird zu groß
und keiner ist da, um zu trösten.

Als ich so jung war wie du, kam der Krieg –
Der Weltkrieg – der Zweite – für mich über Nacht.
Er nahm mir den Vater wie vielen anderen Kindern auch.

Ein deutscher Diktator schürte Hass gegen Menschen und Völker,
um Macht zu gewinnen und Land.

Besonders die Juden, die Schwachen und östlichen Völker
zahlten den Blutzoll.
So steht es in Büchern geschrieben.
Und die überlebten, erzählen davon.

Du lebst im Heute, bist jung – und wieder herrscht Krieg –
versinken Städte in Trümmern,
tragen Menschen unendliches Leid.
„Der Krieg ist so weit von uns",
sagen oder denken manche Leute,
die geboren wie ich in diesem Land.

Wo Frieden herrscht seit vielen Jahren,
wo keiner hungern muss,
wenn auch die goldnen Äpfel nicht für alle an den Bäumen hängen.

Nun bist du, ein Kind aus Syrien, zu uns gekommen.
Du bist anders als wir.
Deine Haare sind dunkel,
dein Teint ist bräunlich
von der Natur so gewollt,
von Mutter und Vater vererbt.

Doch die Mutter hat auch dich unter Schmerzen geboren.
sage ich denen, die Dunkle nicht mögen.

Wenn du vor den Schrecken des Krieges geflohen,
reich ich die Hand dir
und teile das Brot.

Ich hoffe mit dir, dass dein Vater noch lebt,
dass Geschoss oder Bombe nicht ihm,
der dir lieb,
die Beine abriss ...
nicht die Arme, die dich einst umarmten.

Ich hoffe, dass du zurückkehren kannst in dein Land,
wenn Frieden dort ist und Kinder wohl schlafen in ihren Häusern
und träumen können von Blumen und gütigen Menschen.

Ja, wir sind anders nach Herkunft, nach Alter,
nach Mentalität und Glauben.

Und doch gibt es etwas, was uns verbindet – ich sagte es schon:
Die Liebe zu Mutter und Vater lebt in uns beiden.

Wir beide sind MENSCHEN,
Kinder dieser Erde,
die es zu schützen gilt
und zu bewahren.

Eine andere werden wir nicht finden.

Alter und Glück

Kraft zu spüren, wenn das Alter sagt:
Deine Zeit ist gekommen
Die Zeit, die dich mahnt:
Jetzt gib acht.
Das ist Glück

Träume noch wagen
Wenn das Alter dir Grenzen setzt
Grenzen in Zeit und Raum
Manch Abschied
Schwer und bitter
Liegt schon hinter dir

Und doch
welch Glück,
die schwere Bürde ‚Leben'
noch zu tragen

Menschen lieben – *das ist Glück*
Um Zuneigung werben
Stärken aufspüren
Schwächen erkennen
und verzeihen
auch die eigenen
Hoffen auf den nächsten Tag,
dass er nicht gram dem heutigen sei

Auch – Menschen haben, die dir nahe sind
Freunde
Kinder,
Kindeskinder,
die Nachbarin von nebenan,

die Geborgenheit und Nähe schenken
Lebenssinn verströmen
Deine Neugier auf das
vielleicht noch Kommende wach halten
und auch den Rückblick auf das Gestern nicht verwehren
Das ist Glück

Glück?
Kein Zustand, der dauert
Glücksmomente sind es,
die dein Herz erwärmen
dein Vertrauen in das Leben stärken
So wie es ist
unvollkommen
widersprüchlich
wie wir selbst

So greife ich zur Feder um Euch, den Vor- und Nachgeborenen,
mit auf den Weg zu geben:
Lebt es, dieses bunte
schwere
wundervolle Leben

Lebt es, ohne an der Welt zu verzweifeln
Gründe dafür gäbe es genug

Das *Glück* dieser geschundenen Erde und Deins
– wenn überhaupt –
Kann nur
Mit Dir
durch Dich
durch uns gemeinsam gelingen
Ganz gleich, wie alt wir sind

Dresden, 22.10.2011

Mumbai

Met een schok geland, ben meteen onrustig wakker, zelfs pijnlijk vanbinnen, schuif mijn benen uit elkaar, trek de armen uit de schouderkom en deel mijn lichaam weer in, alles op zijn plaats. De bekende eindbegroeting van de stewardess charmeert mij niet, zij brengt haar woorden uit met een vermoeide glimlach die ik ken van gekreukelde hindoeplaatjes. Ziek ben ik, de hete lucht werkt als lauw water op mijn maag. Bijna brakend daal ik de vliegtuigtrap af en bevind mij al snel in een hal met groepjes pratende mensen. Zij kijken mij aan, een nadere beschouwing leert dat iedereen langs mij de ruimte in kijkt. Het restaurant is gesloten. Hoeveel ellendiger wordt het door talloze malen verkeerd doorverbinden. De centrale heeft geen greep op de aanvragen, het past in het beeld van Mumbai's afbrokkeling. De kans een tweede maal dezelfde operator te krijgen is vrijwel nihil en daarmee ook mogelijkheden van verhaal, maar toch. Woede over de eerste mislukte poging heeft tot gevolg dat de lijn, nu ook wel terecht, wordt verbroken. De man achter de balie is traag en vet, hij sluit met regelmaat de ogen, ik denk aan de morgen die gaat beginnen, het wordt gauw licht en ik besluit te gaan lopen.

Urenlang, afmattend, het is nog donker maar al vochtig tropisch warm. Daarna voel ik mijn benen niet meer, ze lopen automatisch, zo uitgebalanceerd dat de romp niet meer mee beweegt. In de buitenwijken aankomend, zie ik lange rijen mensen lopen in witte kleding, tropische indrukken. Het wordt lichter. Anderen liggen her en der op de grond te slapen. Zij slapen op en onder handkarren, in feite heel ordelijk, overal zacht gepraat. Tegen het decor van klassieke Engelse huizen lichten ze op in een mengeling van de opkomende zon en blekend maanlicht. Zij horen mij eerder dan dat zij er blijk van geven mij te zien. Achter mij loopt een stoet mensen op weg naar werk, begeleid door aanmoedigingen van kreupelen, blinden en hongerige kinderen met uitgestoken handen. Voor mij loopt een menigte vrij rustig, het heeft het effect dat huizen achteruit lijken te bewegen, waardoor ik het gevoel heb weinig verder te komen. Met moeite ruk ik mij los van de groep en gooi mij zijwaarts. Ik kan zo een dwarsstraat in lopen waarvan ik het bestaan niet had kunnen dromen. Voordat ik het besef loop ik alleen. Ondanks de beklemming heb ik aandacht voor architectuur die niet bij het klimaat past. Achter naast mij hoor ik het doffe lopen van een olifant, zijn lichaam omgeven met een vurenhouten bekisting. Voor transport, denk ik. Het zien van zijn poten stelt mij gerust, een deel van de werkelijkheid begrijpen is weldadig op dit moment. Het ochtendlicht komt vaag door. In de schemer zie ik iets vertrouwds, de huizen krijgen steeds duidelijker een Hollands karakter. Voor mij word ik een witte ophaalbrug gewaar. Naast mij zet de gekiste olifant zich in sukkeldraf en slaat tegen de smalle ijzeren constructie de kist in spaanders, spaanders die langzaam neerdwarrelen zoals ik wel in de herfst gezien heb met de schroefvormige blaadjes van mijn jeugdboom. De olifant ziet de weg voor zich vrij en galoppeert traag weg, zoals een zwaar dier betaamt. De grijsblauwe kleur van het ronde lijf doet mij denken aan de dood. De angst niet te weten waarheen te gaan, rijst als een tsunami op, als een grijze dreigende muur. Ik draaf als een schooljongen op klompen, veel sneller gaat het niet. Weldra is het dier uit mijn ogen verdwenen en ik, wanhopig, ga toch maar even zitten, niets aan te doen, een koele betonmuur in mijn rug.

 Door mijn hijgen heen meen ik zacht geloei te horen, het is meer gehuil dan geloei, het zou gehuil kunnen worden of het is net zo geweest. De omheining heeft een opening en wat ik zie zijn honderden opengesneden zwarte koeien met hoofden die rondknikken, zijwaarts rollen en doodsliederen zingen. Een zoete bloedgeur drijft me tegemoet, een zo vitale geur, ik vrees dat alle koeien zullen opstaan en mij zullen overlopen. De leeggebloede koeien zijn helemaal niet dood, zij kijken mij aan zoals zij altijd al deden, onderdanig morrend, met natte neus en droeve ogen. Ik had rustig kunnen blijven, maar besluit de traag galopperende olifant achterna te gaan. Andere buitenwijken doemen voor mij op en weer een rustige sliert mensen op de terugweg, kilometerslang. Uren verstrijken, het is te laat geworden om terug te lopen, het pad weer te vinden. Kantoormensen lopen me tegemoet, ik loop door. De dag zit er grotendeels weer op. Het is stiller geworden, mijn aandacht wordt getrokken door een overdekte ruimte, een soort boerderij zonder muren, waaronder glanzende koeien liggen te herkauwen alsof zij nooit iets anders doen, rustig en met waardige onderbrekingen, tijdens welke zij lijken na te denken. Zonder veel moeite maak ik mij los uit het grijze niets, ingetogen blij, gelukkig gevoel overal. Het is gelukt, hier kan ik jaren blijven.

Spiegel

'En jij, wat heb jij?'
'Ik heb de duisternis gezien.'
'De duisternis?'
'Het totaal vernietigde heb ik gezien, het zwarte, het volledig afgedekte, een ruimte waarin geweest is, leegte die verkleurd is.'
'Waar heb je het gezien?'
'Ik zie het nu overal. De huizen zijn donker ingekleurd, de randen van ogen zijn zwart, de plooien in het gezicht, de holte van de hand, de darmen van de koe, het vliegtuig tegen zonlicht, overal is duisternis. Het ligt als een besmettelijke laag over de hele wereld, de maan, tot ver in de kosmos, tot de rand van het heelal en verder.'
'Waarom ziet niemand die onpeilbare duisternis? Wat is jouw verhaal?'
'Heb ik niet. Ik heb geen verhaal, mijn verhaal is vernietigd, is al geweest, het is een leegte die volgde, als een schaduw van schaduw. Begrijpt u niet?'
'Ik begrijp het niet.'
'U bent het ook. U bent zwart als gesmolten asfalt, als kanker van de ziel. Ik zie een zwarte krans om uw hoofd, uw gezicht wordt vlak als een foto, donker als het licht in de ogen van een foetus op sterk water, als het binnenste van een galsteen, het onderste van een lawine. Mijn verhaal is geweest, ik hoorde het in een fractie van een seconde wegflitsen.'
'Maar je bent hier gekomen.'
'Ja, iedereen in deze stad is gekomen. Iedereen komt ergens vandaan. Niemand in deze stad kan hier geboren zijn, niemand.'

'Je moet met jouw verhaal voor de dag komen. Jij hebt immers een vader en een moeder gehad.'
'Het is niet meer dan donkerte in een segment van een dood insectenoog van een uitgestorven soort. Ik weet niet waar ik vandaan kom, laat staan waar ik heen ga.'
'Wat kan ik voor je doen?'
'U moet mij zegenen, zeg: "Gezegend zijt gij die de duisternis gezien heeft." Ik smeek u.'
'Waarom zou ik jou zegenen?'
'Heeft u het licht dan niet gezien? Ik heb de achterkant van licht gezien, de zwaarte van veren, het water van steen.'
'Jij moet het mij nu duidelijk maken. Het is bijna tijd. Ik heb nog niets van u begrepen.'
'Ik herhaal wat ik herhaal, het is de nietszeggende onverwoordbare kleurloosheid. U ziet het niet, maar de duisternis is al in de stad, het sluipt langs de goten de riolen in, de ratten gaan ermee vandoor. De duisternis is in mijn pupil, kijk zelf.'

Gerechtigkeit Gottes

Einblick zu haben in unser Inneres, Überschau zu halten über das eigene Leben, unsere Persönlichkeit in Einklang zu bringen mit der Gerechtigkeit Gottes kann uns Menschen gelingen, wenn wir wissen, worauf es in unserem Leben ankommt.

Wenn wir uns selbstkritisch betrachten, können wir erkennen, wie weit wir in unserer Persönlichkeit gereift sind.

Eine Hilfestellung gab uns ein weiser Freund, der uns erklärte, wie wir dem Ziel der Selbstbeurteilung näher kommen und welche Kriterien dabei eine Rolle spielen. Dieser Freund stellte sich uns durch den Mittler, Walter Eckert, mit folgenden Worten vor:

„Liebe Freunde, ich bin ein Diener des Herrn, ein Diener im Reiche Gottes. Ich bin Eigentum Gottes. Ich habe die Möglichkeit, hier zu sprechen durch die Verbundenheit mit meinem Werkzeug (Walter Eckert). Es ist eine geistige Freundschaft aus einem verdienstvollen Leben. Es ist der Dank des Himmels für ein segensreiches Leben, der Dank für die Wahrheit und für das Opfer, das gegeben wurde."

In einer seiner vielen Durchgaben erzählte uns unser Freund u.a. eine Begebenheit von einem Menschen, der kein gottgefälliges Leben geführt hatte.

„Liebe Geschwister, heute will ich über die Gerechtigkeit sprechen, Gerechtigkeit Gottes. Über das Richten, über das Urteilen, über die Gnade, über die Liebe, über das Heil, über das Lebendige.

Liebe Geschwister, wenn es heißt: Gott ist gerecht, wisst ihr, was sich hinter diesem Wort der Gerechtigkeit Gottes alles verbirgt? Alles ist gerecht an Wert in euch, um euch, für euch, für euer ganzes Leben, für euer Tun, für euer Handeln, für euer Denken und Streben, für eure Zukunft, für euer vergangenes Leben. Ihr seid Träger des Gerechtigkeitsplanes Gottes.

Euer Leben hier auf dieser Erde ist zum Teil Folge des Vergangenen, zum Teil Folge für euer zukünftiges Leben. In diesem Leben tragt ihr ab, baut ihr auf, bereitet euch die Stätte im Geistigen, schafft euren Weg im Irdischen. Ihr steckt im Geiste eure Wege ab. Aber dass dieses sich verwirklichen kann, dazu braucht es Gott und seine Gerechtigkeit, dazu braucht es ein Urteil des Himmels, dazu sind Richterengel beauftragt, da spricht Christus sein Wort und Gott sein Letztes.

Liebe Geschwister, wir sagten schon in früheren Durchgaben, ihr seid gezeichnet, gezeichnet durch euer Tun, durch euer Handeln, durch euer Denken. Wisst ihr, wir schauen in eure Seele hinein. Wir sehen euer Licht, wir sehen eure dunklen Stellen, wir sehen euer geistiges Gewand, wir sehen die Machart eures geistigen Kleides, denn ihr webt ja euer geistiges Kleid. Jeder Faden des Gewandes ist uns ein Auskunftsbüro. Wir sehen in jedem Faden ein Leben. Wir sehen auch darin eure Zukunft. Wir sehen auch eure Verschönerungsarbeit, ja, wir sehen den Glanz, den ihr euch schon errungen habt. Wir freuen uns über den Glanz, aber wir möchten gerne, dass dieser Glanz sich vermehrt und dass das Dunkle aus eurer Seele ganz verschwindet. Wenn ihr dann zu uns herüberkommt, werdet ihr betrachtet, und wir werden Recht sprechen. Wir werden euch aufmerksam machen auf die Verfehlungen eures Lebens. Wir werden euch zeigen, wo ihr fehlgehandelt habt. Wir werden jedes Wort von euch beleuchten, denn ihr wisst, nichts, aber auch nichts geht verloren. Die Gerechtigkeit ist das Wichtigste im Erlösungsplan. Gerecht vor Gott zu werden und gerecht befunden zu werden für das ewige Leben ist letztlich der Sinn eures Weges hier auf Erden. Das Wissen, alles in diesem Leben, was ihr tut, auch einmal wiedergutmachen zu müssen, ist doch von solch einer Wichtigkeit, dass es nicht vergessen werden sollte. Wenn die Lehre Christi recht verstanden worden wäre, dann hätte jeder Christ sich darüber im Klaren sein müssen, dass seine Lebensschuld bezahlt werden muss bis auf den letzten Heller. Dass alles das, was aus der Gerechtigkeit herausragt, wieder bereinigt werden muss, denn glaubt mir, liebe Geschwister, wenn diese Wahrheit recht verkündet worden wäre, so, wie Christus es gewollt hat, wäre sich heute jeder darüber im Klaren, dass er Verantwortung für seinen Nächsten zu übernehmen hat und jeder Mensch, der von sich glaubt, eine Position im Leben einnehmen zu können, um andere zu führen, auch für sein Tun verantwortlich ist und diese Verantwortlichkeit für sein Tun, nicht nur allein für sein Tun, sondern für das Geschehen an jedem anderen, über den er glaubt, Macht zu haben, zur Verantwortung gezogen wird. Dieses Maß der Verantwortung für die, die man führen will und über die man Macht ausübt. –

Liebe Geschwister, so manch einer hätte lieber als Krüppel, als Tauber, als Blinder, als armer Mensch gelebt, als je dieses Leben geführt zu haben. Vom Geistigen können wir nicht genug auf die Verantwortung hinweisen, die jeder auf sich nimmt, wenn er einen anderen Menschen führen will oder möchte.

Ein Mensch, der es wagt, von sich zu behaupten, in der Lage zu sein, das Schicksal anderer Menschen zu bestimmen und zu lenken, sollte daran denken, dass er Gott gegenüber und Christus eine so gewaltige Verpflichtung hat.

Gott wird jenen seine Hilfe senden, die sich wahrhaftig bemühen, wahrhaftig gerecht zu handeln. Er wird seine Boten schicken, die diesen begleiten, der es vermag, richtig zu denken und zu entscheiden. Aber, aber! Wer aus Hochmut, Machtgier, Herrschsucht, Geltungsdrang und all diesen trüben Eigenschaften sein Leben in Gefahr bringt, wird sehr, sehr teuer dafür bezahlen müssen, denn Gott ist gerecht, wahrhaftig gerecht und die Läuterung wird dementsprechend sein. Denn in seine Stufe kann er nur wieder hinein, wenn seine Seele sauber geworden ist. Läuterung heißt Heilung und Reinigung heißt Gerechtigkeit und letztendlich Gnade Gottes. Diese Gerechtigkeit Gottes hat man zu allen Zeiten versucht, so zu lenken, dass es für den, der da unten regiert (Luzifer), passend wurde. Er hat die Menschen verblendet, dass sie nur nach ihren Gelüsten die Macht gebrauchten. Sie haben wohl geredet von der Gerechtigkeit Gottes, aber sie haben nach ihm gehandelt und wie ist es heute? Wie wenig hat sich da geändert! Wie viele gehen mit der Gerechtigkeit von unten gegen den Menschen?!

Liebe Geschwister, ihr habt die Möglichkeit, die Wahrheit zu erkennen und ihr habt die Möglichkeit, das lebendige Wort für umsonst zu bekommen. Ihr seid von uns in die Schule hineingenommen; wir versuchen, euch Verlorenes, noch nicht klar Erkanntes und Neues zu geben. Wir versuchen, euren Blick zu lichten, zu öffnen, damit ihr eure Entscheidungen im Leben besser treffen könnt. Wir möchten diese Dinge, die uns wichtig sind, dass ihr sie versteht, euch begreiflich machen, durch Beispiele erklären. Aufzeigen, wo es darauf ankommt, um somit eure geistige Entwicklung zu fördern. Ihr sollt, wenn ihr mit euren Mitmenschen zusammenkommt, ein klares Bild von dem Reiche Gottes haben, von Christus, von seinen Worten und von seiner Lehre. Ihr sollt wissen, worauf es ankommt, dass es keine Träumerei ist, sondern ein Umsetzen der Wahrheit in das Leben, was ihr hier lebt, eine ernsthafte Tätigkeit und wirklich ein Ringen darstellt, ein Kämpfen um Erkenntnis, um Erfahrungen und um den rechten Weg. Es ist schwere

Arbeit für euch, für alle Menschen, in einem Leben das recht zu erkennen. Wir wissen, wie schwer es wirklich ist. Wir sehen vom Geistigen her alles, was sich um euch abspielt. Ihr lebt in einem glücklichen Feld. Ihr nehmt nur begrenzt wahr, was da um euch ist. Ihr könnt euch fast beschwerdefrei entscheiden. Ihr braucht die euch zu Gebote stehende Kraft nur anzuwenden, um den rechten Weg zu gehen. Mal ist es leicht, mal ist es schwerer. Mal wird mehr von euch gefordert, mal weniger. Mal wird zugelassen, manchmal wird das Zugelassene und die Prüfung hart. Aber ihr könnt in einem Rahmen wirken, den ihr versteht und dem ihr gewachsen seid.

Doch letztendlich müsst auch ihr, wenn ihr ins Geistige herüberkommt, Rechenschaft abgeben von eurem Leben.

Aber, liebe Geschwister, wir möchten darauf aufmerksam machen, dass das Handeln im Leben ganz wichtig ist. Dass ihr mit dem Herzen erkennen lernt, dass ihr eure Entscheidungen wirklich überlegt. Dass euch klar wird, ich habe für jedes Wort die Verantwortung, für jede Tat. Nehmt euch die Zeit! Und sei es nur ein Luftholen, ein kurzer Augenblick. Überlegt, was ihr sagt! Überlegt wirklich. Bittet! Bittet im Namen Christi, dass ein Geist der Gerechtigkeit und der rechten Lebensführung an eurer Seite stehen mag. Bittet des Morgens, dass alles, das von euch recht erkannt, dass alles Niedere, was um euch herum zum Stehen kommen wird, verdrängt wird, dass nur das Licht euch begleite. In jedem Moment, wo ihr fühlt, da kommt etwas auf mich zu, dass es mir schaden könnte. Atmet tief ein, richtet euch aus nach Gott, nach der Heiligen Geisteswelt, bittet in solchen Momenten wahrhaftig um Hilfe, dann wird es euch gegeben werden. Aber seid wachsam!

Ich möchte noch in diesem Sinne von einem Menschen sprechen, der in seinem Leben von sich meinte, ein Mensch zu sein, den

Gott begnadet hatte, mit Menschen umzugehen und auch das Recht hatte, über andere zu urteilen und somit sich doch im Geiste verschuldete. Dieser Mensch war in eine Familie hineingeboren worden, die einen großen politischen Einfluss hatte. Er war gewohnt, von Haus aus über alle, die in diesem Hause waren und die diesem Hause anhangen, zu regieren, abfällig zu sein so wie sein Vater, wie seine Mutter. Er gebrauchte wohlwollend diese Macht und missbrauchte auch diese Macht. Er bereicherte sich noch an den Ärmsten, die für ihn arbeiten mussten. Er gönnte diesen Mitmenschen keine freie Zeit. Sie mussten selbst am Sonntag für ihn Dienst leisten. Er hatte wohl seinen Platz in der Kirche, wo sein Name stand, sein Gestühl ausgerichtet, Herr von ... hatte seine eigene Begräbnisstätte wohlwollend von der Kirchenführung, weil selbst die Kirche ja von dem lebt, was diese Menschen zu geben haben, somit auch seine Macht noch unterstützten. Keinem Priester wäre der Gedanke gekommen, zu sagen: „Höre, was du da tust mit deinen Leuten, ist Unrecht. Du bist doch ein Christ. So kannst du doch nicht handeln!" Nein, nein. Die Priester, sie sprachen nur von den Goldstücken, die dieser Herr der Kirche gab. Was sie alles davon in der Kirche bauen konnten und herrichten konnten. Keiner sprach von dem wahren christlichen Leben. –

Und so ging sein Leben dahin. Viel Leid rechts und links sah er überhaupt nicht. Er ging nur seinen Interessen nach in seinem Kreis. Und als die Stunde kam, dass er von dieser Erde abtreten musste, überkam ihn großes Unbehagen. Er schickte nach dem Priester. Der Priester, sofort zu dem Herrn gerufen, kniete an seinem Sterbelager und betete, betete ohne Unterlass, aber in seiner Seele war keine Ruhe. In seiner Seele war plötzlich Angst. Er rief: „Nun sag' mir schon, geht mein Leben zu Ende, ist Schluss? Gibt es ein Weiterleben?" Der Priester: „Jaja, jaja – der Jüngste Tag, der Jüngste Tag!" – „Ich habe Angst!" Plötzlich erschienen Gestalten aus seiner Zeit des Lebens. Er erkannte den kleinen Jungen, den er zum Krüppel geschlagen hatte. Er sah die Magd, die gestorben war an Schwindsucht. Er sah die vielen Knechte und Mägde, die verkrüppelt und schwach verendet waren, plötzlich auftauchen. „Priester, wo ist denn das Himmelreich? Ich sehe nur Elend. Helft doch! Helft doch!" Der Priester: „Immer nur beten, beten, beten!" – selber schon Angst bekommen – richtete sich auf, wischte den Schweiß vom Angesicht des Herrn, der dalag, plötzlich sich gewiss werdend, wie armselig er doch war, wie arm sein Leben war. All das Gut, all der Reichtum, all die Macht hatten sein Herz nicht glücklich gemacht. Verlorene Zeit, vertane Zeit, verschwendetes Leben. Finsternis, Angst und Dunkelheit, so musste er gehen.

Lange Zeit war er im Dunkeln. Lange Zeit musste er durch Finsternis gehen. Die Schritte schienen ihm festgewachsen mit dem Boden, schleppend, ziehend, kriechend bewegte er sich vorwärts, immer getrieben von Angst und Verzweiflung von Stimmen; von Stimmen, denen er im Leben Unrecht getan hatte.

Lange, lange Jahre, lange Jahre ging es so. Bis mit einem Male ein Geist erschien und ihn ansprach: „Wie heißt du? Wo hast du denn gelebt? Was hast du denn getan, dass es dir so schwer ist?" Er sagte: „Ich weiß es nicht, ich weiß es nicht. Wo bin ich überhaupt? Ich war ein Christ. Ich habe so viel der Kirche gegeben." – „Jaja, der Kirche! Kennst du die wahre Kirche?" „Die wahre Kirche? Ist das nicht die wahre Kirche? Wo ist mein Lohn?" „Dein Lohn?" Da sagte dieser Geist: „Weißt du, was es heißt, dass Gott gerecht ist und dass Gott richtet? Und dass du zu zahlen hast bis auf den letzten Heller?!" Er erschrak. „Sind meine Sünden nicht von mir genommen? Der Priester sagte es doch. Ich habe das Abendmahl genommen und meine Sünden sind mir vergeben. Ich bin doch Christ." „Nein, nein, du bist kein Christ. Du hattest keinen wahren Glauben. Wärst du Christ, hättest du anders gehandelt. Nun komm, nun komm!

Wir wollen Gericht halten!" – Und da saß er nun. Und alles ging an ihm vorbei. Jeder, jeder, dem er Unrecht getan hatte. Er schrie, er weinte, er versuchte sein Angesicht zu verbergen, er wimmerte und er bat um Vergebung. Aber es ging so lange, bis auch der Letzte sich gezeigt hatte und ihm das vortrug, was er an ihm getan hatte. Und bei jedem spürte er den Schmerz, den er dem anderen zugefügt hatte, an seinem geistigen Leib. Erst da, nach diesem Gericht, wurde es ihm etwas leichter, und er war froh und glücklich, endlich eine schwere Arbeit verrichten zu dürfen, um wenigstens in etwas Licht zu stehen. Er nahm sich vor, wenn ich jemals noch einmal auf diese Erde gehen muss, so möchte ich ein einfaches, ganz einfaches Leben haben. Und ich möchte darum bitten, dass ich gerecht bleiben kann. Und nur eines wollte er, nur noch Diener sein.

Liebe Geschwister, so sieht es im Geistigen aus. Denkt daran, Verantwortung, Verantwortung tragen. Wer andere beherrschen will oder anderen dienen will, hat Verantwortung und der sollte wirklich Diener sein. Dann kann er das Himmelreich gewinnen. Dann kann er würdig sein.

Liebe Geschwister, trachtet zuerst nach dem Reich Gottes und seiner Gerechtigkeit. Erfüllt euer Leben mit dem wahren Sinn!

Friede sei mit euch, Gott zum Gruß"

Weitere Informationen über ähnliche Themen unter:
www.das-leben-erkennen.de

Walter Eckert und Thomas Kloevekorn

Gedichte

Corona

Alleinherrscher auf diesem Globus zu sein,
bilden sich viele Menschen ein.

Wir nur ein Staubkorn im gesamten Getriebe sind,
unser Schicksal wird von ganz anderer Seite bestimmt.

Sind, und das ist nicht gelogen,
sogar schon bemannt zum Mond geflogen.

Nun kommt da, nur durch das Mikroskop zu seh'n
ein winziges Virus daher und zeigt uns auf, wo wir steh'n.

Es hat viel Macht und schon Tausenden das Leben genommen,
auf eine Heilung ist von uns noch niemand gekommen.

Den weiteren Fortgang durch Termine zu benennen,
lässt unsere Naivität deutlich erkennen.

Die Experten in Massen aus allen Richtungen erscheinen,
wissen aber nicht wirklich, was sie eigentlich meinen.

Es wird diskutiert vorwiegend über Geld und was man begehrt,
wenn wir tot sind, ist das ohnehin nichts mehr wert.

Als das Klopapier dann plötzlich Wertpapier war,
kam nicht jeder Anleger gleich damit klar.

Unsere Hilflosigkeit und Unwissenheit auf allen Seiten,
werden uns noch so manchen Kummer bereiten.

Es ist sehr deutlich anzuseh'n,
die Dummen sterben irgendwann aus,
aber die Dummheit bleibt besteh'n.

Der Mikrokosmos hat zugeschlagen,
unsere Gegenwehr war das Versagen.

Wer sich mit den Naturgesetzen anlegen mag,
hat schon verloren am selben Tag.

Vielleicht ist das auch unsere Chance,
wiederzufinden die Balance.

Ein wenig mehr Demut wäre angebracht,
hat schon manchen vernünftig gemacht.

Klaus Eichmann 04.05.2020

Die Zeit

Die Zeit ist da und wird immer bleiben,
keine Macht und niemand kann sie vertreiben.

Sie ist immer gleich, neutral und gerecht,
kennt weder gut, böse, noch schlecht.

Es liegt an Dir, was Du aus ihr machst,
ob Tag oder Nacht ist, oder Du gerade erwachst.

Die von uns als gute und schlechte Zeiten erkannt,
werden immer als zu kurz oder zu lang benannt.

Oft sind sie in gleicher Länge vorgekommen,
werden von uns aber sehr verschieden wahrgenommen.

Und doch brauchst Du beide, um zu erkennen,
was als gut und was als schlecht zu benennen.

Wenn sich gute und schlechte Zeiten die Waage halten,
ist das gut so und Du hast Dich richtig verhalten.

Nur Dein Schicksal kann zum Teil mitbestimmen,
ob Du wirst im Regen oder im Sonnenschein schwimmen.

Dein Schicksal zu ändern wird Dir nicht gelingen,
da andere Mächte dieses bestimmen.

Wie kostbar die Zeit ist, sagt Dir jeder ohne zu lügen,
denk dran, Du kannst nur begrenzt über sie verfügen.

Klaus Eichmann 15.06.2020

Der Pfennig

Der Pfennig war ganz unten auf der Leiter zu seh'n,
gefolgt vom Zweier, Fünfer, Groschen bis auf Stufe zehn.

Erster Silberling auf Sprosse fünfzig,
war dieser zu beachten künftig.

Es folgte die Deutsche Mark auf Stufe hundert
weltweit beliebt, stabil und sehr bewundert.

Die Schwester dieser Deutschen Mark,
kam dann als Zwilling mit auf den Markt.

Es kam der Fünfer an die Reihe dann,
man nannte ihn auch den Heiermann.

Den gab es auch noch aus Papier,
nicht sehr beliebt, konnte aber nichts dafür.

Die anderen sechs Scheine, die von zehn bis tausend steh'n,
waren alle ganz oben auf der Leiter zu seh'n

Unser Pfennig hatte sie erweckt zum Leben,
ohne ihn würde es sie alle nicht geben.

Wer den Pfennig nicht ehrt, ist des Talers nicht wert,
ist absolut richtig, sonst wären alle Geldwerte null und nichtig.

Drum halt mal inne und denke daran,
was ein Pfennig so alles bewirken kann.

Klaus Eichmann, 05.04.2020

Dialekt

Als der Sachse das Wort Kunstgewerbe aussprach,
fingen alle zu lachen an.

Da kann man mal sehen,
was man mit Dialekt so alles machen kann.

Wenn die Kunst zur Gunst im Gewerbe wird,
das dann zu so manchem Irrtum führt.

Klaus Eichmann 07.05.2020

Sprachgebrauch

Die Sprache in unserer Kultur hat sich doch stark gewandelt,
dabei es sich besonders um ein Hauptwort handelt.

Jemand schon seit Stunden auf dem Örtchen saß,
und was anderes machte, als sich den Bauch vollfraß.

Was dann rauskam aus seinem Bauch,
ist jedes zweite Wort in unserem Sprachgebrauch.

Klaus Eichmann 14.09.2014

Paragrafen

Paragrafen wie Sand am Meer bestehen,
von uns erdacht, nicht jeder kann sie wirklich verstehen.

Mancher braucht dazu einen Anwalt, damit er versteht,
der übersetzt erst einmal für Honorar, um was es hier geht.

Richter, Anwalt und Klägervertreter,
starten dann für viel Geld mit großem Gezeter.
Jeder von ihnen Jura studierte,
oft aber alles mit drei verschiedenen Meinungen resultierte.

Der Verlierer kann dann für noch sehr viel mehr Geld
in Berufung gehen und ist vielleicht dann der Held.

Wer Recht will, kann sich dieses häufig erkaufen,
wenn ihm das Geld fehlt, muss er nebenher laufen.

Dabei könnte doch alles viel einfacher sein,
setzt man für die Flut von Paragrafen die zehn Gebote ein.

Die kosten doch nichts, reichen aus,
sind an der Zahl gering und sehr begehrt,
haben sich seit Jahrtausenden immer wieder neu bewährt.

Die kann auch sicher jeder versteh'n,
brauchen keinen Übersetzer und sind nicht zu verdreh'n.

Viele Macher der Paragrafen wurden in Ideologiewasser gebadet,
die zehn Gebote haben bisher aber noch keinem geschadet.

Hinter diesem Prozedere steht ein Begriff,
den man Wahrheit nennt.
Wer um diese würfeln will, sich total verrennt.

Entscheide Dich für die Gebote und setze diese ein,
die Paragrafen werden dann ganz von selber
gar nicht mehr nötig sein.

Klaus Eichmann, 07. April 2020

Episode uit „De Jongen Onder De Douche"

Kuala Lumpur, najaar 2008

Woorden werden omgezet in daden.
Dit gebeurde we met ons zeiljacht afgemeerd lagen tegen een houten drijfvlot in de sterk vervuilde en stinkende haven 'Port Klang'. Aan drama geen gebrek, zo kwam in me op.
Afscheid op een vuilnisbelt.
Dertig jaar samen en hier, halverwege onze wereldomzeiling, spat de boel uit elkaar.
De vlucht voor Maureen naar Nederland was geboekt en voor zover we dat konden, probeerden we nog wat praktische afspraken te maken. Veel werd er niet gesproken.
In die ijzige stilte kwam het moment dat we van boord stapten, op weg naar het kleine station, waar we de trein naar het vliegveld van Kuala Lumpur namen.
Een reis van twee wanhopige geliefden die ik in dezelfde sfeer nooit meer mee hoop te maken.
Een stuntelig en emotioneel afscheid op het vliegveld van Kuala Lumpur volgde.
Een afscheid waarbij ik mijn gedachten geen enkele vorm van betekenis meer kon geven.
Totaal in mezelf gekeerd, nam ik de trein weer terug naar de haven waar we de boot hadden achtergelaten.
Mijn relatie van dertig jaar zet ik op het spel voor een jonge vent die ik nauwelijks ken in een land aan de andere kant van de wereld.
Maar dit keer moest en zou ik er achteraan gaan.
Terug naar de hoek van de straat in Haarlem waar ik in het donker mijn eerste ervaring opdeed.

Terug naar al die momenten rond mijn puberteit waar ik de sfeer zo vaak had geproefd en er weer afstand van nam.
Terug naar de onbevangen, seksuele emoties toen het moraal nog niet zo speelde. Naar de eerste verliefdheid voor mijn vriend Henk bij de marine.
Ja, ik had tijd nodig om uit te zoeken wat ik met mezelf en mijn leven verder nog wilde.
Me zien te bevrijden van het eeuwige dilemma.
Behoefte aan rust in mijn hoofd.
Dat was er te vaak niet geweest en begon me, maar ook ons, meer en meer in de weg te staan.
De trein stond al even stil.
Ik schrok op uit mijn gedachten, stapte uit en legde het laatst stukje naar de boot te voet af.
Het plotseling alleen zijn en de schreeuwende stilte om me heen maakten me gek. Ik voelde hoe ik de controle over mezelf begon te verliezen.
De waanzin ten top.
Alsof ik het zelf niet wilde, maar werd gestuurd.

Toen ik het jacht, waar we jarenlang ons leven aan hadden toevertrouwd, zachtjes schommelend aan de landvasten zag liggen, had ik gillend naar het vliegveld willen terugrennen en uitschreeuwen dat het me speet.
Dat ik nog verschrikkelijk veel van haar hield.
Dat ik dit helemaal niet wilde.
Maar in plaats daarvan klom ik aan boord, dook zo snel als mogelijk de kajuit in om compleet over mijn toeren in een vreselijke huilbui uit te barsten, die maar aanhield en aanhield omdat ik weigerde de werkelijkheid onder ogen te zien.
En dat was maar goed ook.
Want ik had nooit kunnen accepteren dat deze kentering in mijn leven er een was die de wereld voor Maureen en mij voorgoed zou veranderen.

Zes jaar later, Istanbul, maart 2014

Samen met Deniz loop ik het suitehotel in Taxim binnen. Voorafgaand aan ons vertrek uit Alanya had ik online drie overnachtingen geboekt.

Taxim is dé uitgaanswijk in Istanbul. De leukste theekeldertjes, de venters op straat, de specialiteitenwinkeltjes.

Je vond er van alles, en ook nog binnen loopafstand.

Door de hele wijk trof je kleine restaurants aan waar je voor een bescheiden bedrag je honger kon stillen.

De geur van kruiden en specerijen die rondhing in de smalle straatjes.

De gezellige drukte in de wat grotere winkelstraat, waar je nog steeds op de oude tram kon springen, die je vervolgens naar het Taximplein bracht.

Het sprak me geweldig aan.

Het suitehotel had me bij aankomst niet teleurgesteld.

Het was zo goed als nieuw en nog maar net geopend.

We kregen een grote kamer toegewezen met een keukentje, een ruime badkamer, een dubbel bed en tv.

Zelfs een koelkast en magnetron ontbraken niet.

We haalden de koffers leeg en ruimden de suite in zoals we het wilden hebben.

Meteen daarna besloten we de omgeving te verkennen.

Istanbul en dus ook Taxim waren door de ligging achter het Taurusgebergte een stuk koeler dan het aan de kust gelegen Mahmutlar waar mijn woning stond.

Alles konden we te voet af en in het aangename voorjaarszonnetje liet ik de nieuwe omgeving op me inwerken.

Het Taximplein, mede bekend door de vele demonstraties die daar met regelmaat plaatsvonden, sloegen we natuurlijk niet over.

Ook daar veel toeristen en een drukte van jewelste. Maar een toerist voelde ik me niet. Daarvoor was ik al te lang in Turkije. Ik had me al aardig weten te conformeren aan de bestaande cultuur.
Zoals we erbij liepen leek het op doelloos rondslenteren, maar zo was het niet.
Er hing duidelijk een soort van spanning in de lucht.
Dat merkte ik ook bij Deniz, die net zomin als ik op cultuurvakantie was.

Deniz ben ik een paar maanden geleden in Alanya haast letterlijk tegen het lijf gelopen. Het was al laat in de avond. Treuzelend langs de haven en schaars verlichte straatjes, zocht ik de weg terug naar mijn auto.
Plotseling stond hij voor me. Een jongeman, schaars gekleed in jeans waar een paar afgetrapte gympies onderuit staken.
Met een ondeugende glimlach om zijn mond, waarin een rij prachtige tanden te zien waren, stelde hij zich aan mij voor.
Toen ik hem nader observeerde, zag ik een slank postuur, kort krullend donker haar en een ongeschoren gezicht waardoor ik zijn leeftijd moeilijk kon inschatten.
Maar dat guitige vriendelijk gezicht, die donkere ogen, hielden me gevangen.
Na een iets te lange stilte vroeg ik hem plotseling wat hij hier nog aan het doen was.
Onomwonden en met dezelfde glimlach gaf hij aan dat hij op zoek was naar een gay vriend.
Tien minuten later zaten we in mijn auto op weg naar mijn woning in Mahmutlar

Terugkomend van de eerste verkenning van Taxim, werden we ook nu weer met alle beleefdheden in het suitehotel ontvangen.
We zochten de kamer weer op, lagen languit op het bed voor de televisie en lieten de tijd voorbij gaan.

De avond was gevallen.

Tijd om te gaan doen wat de eigenlijke reden was waarom we hier waren.

Omgekleed in sobere donkere kleding verlieten we voor de tweede keer die dag het hotel.

Buiten het hotel kon je via een smalle straat, nauwelijks breed genoeg voor een auto, naar beneden lopen, naar de brede doorgaande autoweg die Taxim omringt.

Daarachter lag de sloppenwijk.

Liep je omhoog, dan kwam je al snel in de grote winkelstraat en uitgaanswijken terecht.

'Nu moeten we daarheen,' zei Deniz en hij wees naar beneden.

Zodra we de drukke randweg waren overgestoken en de donkere steegjes van de sloppenwijk inliepen werd ik meer alert.

Ik voelde de spanning stijgen.

Half afgebouwde woningen, onbewoonbare krotten en stank van rottend vuil.

Een wegspringende kat zag ik krijsend in het donker verdwijnen.

Maar angst had ik niet.

Daar had ik waarschijnlijk al te veel voor meegemaakt.

Als achttienjarige slenterde ik al in de sloppenwijken van steden als Lissabon en Barcelona waar de marineschepen hadden afgemeerd.

Ik herinnerde me hoe ik op sinistere plekjes op de zwarte markt dollars wisselde in de geldende valuta.

Hoe ik daar door schade en schande steeds beter in was geworden.

Jaren daarna, en weer terug in de burgermaatschappij, heb ik tien jaar met criminelen in de zwaarste strafgevangenissen gewerkt.

De onderwereld is dan wel een andere wereld, maar als je de etiquette kent en weet hoe je te gedragen, hoeft het niet per se gevaarlijk te zijn.

Laat je daar niet zien als je er niets te zoeken hebt.
Heb je dat wel, dan ben je handel.
En daar is altijd interesse voor.
Wetende wat het doel van deze verkenning samen met Deniz zou zijn, had ik alles van waarde in het hotel achtergelaten, en slechts een afgepast bedrag aan geld bij me gehouden.
Op een bepaald moment hield Deniz stil en liet hij weten dat het beter was dat ik eerst wat achterbleef.
'Je bent dan wel geen toerist, maar wel een buitenlander,' zo zei hij. 'Dat kan afschrikken.'
Ik hield me stil op een hoek van een donkere steeg.
Met vijftig Turkse lira's in zijn hand en een capuchon over zijn oren liep Deniz alleen verder, totdat ik hem in het donker zag verdwijnen.
Na een paar minuten verscheen hij weer en liep me zonder wat te zeggen met een korte knik voorbij, terug naar de verlichte randweg.
Ik volgde gedwee.
Aan de overkant, weer tussen de toeristen, liepen we deze keer de weg omhoog, richting het uitgaansgebied. Daar schoot hij een van de Turkse theekelders in en zag ik hoe hij in een stil hoekje achter een tafeltje plaatsnam.
Ik volgde zijn voorbeeld en schoof aan.
Na een snelle controle of niemand ons in de gaten hield, opende hij onder de tafel zijn hand.
Voor de eerste keer in mijn leven aanschouwde ik twee tot mijn verrassing hele kleine blauwe pilletjes waarna hij ze onmiddellijk weer wegstopte.
'Je kan ze het beste met thee innemen,' fluisterde hij me toe.
We bestelden thee waarna Deniz opstond en naar het toilet verdween.
Kort daarna verscheen hij weer en vertelde me dat hij een van de tabletten in tweeën had verdeeld.
Het leek hem beter dat ik met een halve begon, zei hij.
Daar was ik het eigenlijk wel mee eens.

Hij overhandigde me de halve tablet, stopte zelf een hele vliegensvlug in zijn mond en dronk hem weg met de thee.
Ook daarin volgde ik hem.
We bestelden nog een tweede thee, lieten wat later een paar munten op tafel achter, en verlieten het theehuis.
Er werd weinig gesproken.
Voor de omgeving had ik totaal geen oog meer.
Het enige wat me bezighield was wat er met me zou gebeuren.
Maar er gebeurde nog niets.
Opnieuw doken we een theegelegenheid in.
'Gebruik geen suiker,' zei Deniz. 'Suiker doet het effect teniet.'
Terwijl hij die woorden uitsprak en ik hem nog eens aankeek, zag ik dat hij wat onrustig was geworden.
Hij keek van zich af, maar leek niets te zien.
Een van zijn benen scheen hij niet stil te kunnen houden; het ging met de snelheid van een naaimachine op en neer.
Zijn handen hield hij strak in elkaar geklemd, alsof hij het koud had.
'Thomas,' zei hij plotseling met een wat hees beverig stemmetje dat niet van hem leek te komen, 'ik ben zo blij dat je dit met mij wilt doen.
Ik hou erg veel van je en ik wil je bedanken voor alles wat je al die maanden voor mij hebt gedaan.'
Met een schok keek hij me aan op een manier die ik niet eerder had gezien.
Intens en verliefd alsof hij me wilde zoenen, maar iets hield hem tegen.
Week in mijn hart pakte ik zijn hand die op tafel lag.
Ik schrok.
Warm en nat van het zweet zoals die aanvoelde.
Hij was duidelijk onder invloed en ik was dat duidelijk nog niet.
Maar ik wilde het wel.
Ik wilde bij hem blijven.
Hetzelfde voelen.

'Geef me de andere helft!' zei ik.

Snel stopte ik die in mijn mond en spoelde het met het restje thee weg.

'Kom, we gaan,' zei hij, en stond weer op.

Zonder doel of bestemming liepen we opnieuw door de smalle, drukke straatjes.

Bij het passeren van een van de cafés hoorde ik het geluid van een gitarist naar buiten komen.

In een korte beweging pakte ik Deniz bij zijn arm en trok hem mee naar binnen.

Nog voordat ik had plaatsgenomen, bestelde ik een groot glas bier en een mineraalwater voor mijn vriend.

Met grote teugen slokte ik het bier naar binnen.

Even geen thee meer.

Ik verwachtte en hoopte dat het bier het effect van mijn tablet zou versterken.

Verdomme, nu wil ik het meemaken.

Meteen nadat mijn glas leeg was, nam ik opnieuw het initiatief, rekende af en trok Deniz achter me aan de straat weer op.

Eerst dacht ik nog dat het snelle biertje te hard was aangekomen, maar toen ook bij mij het zweet in mijn handen begon te staan, begreep ik dat dit toch echt wel de xtc moest zijn.

Deniz sloeg zijn arm om mij heen en dat had eerder nog nooit zo goed gevoeld.

'Laten we naar het hotel gaan,' zei hij nog steeds op dat trillende toontje.

Een beter voorstel kon ik niet bedenken.

Met hem aan mijn zijde, zijn arm om mijn nek, had ik verder op de hele wereld niets meer nodig.

Gearmd vanuit een ontstane behoefte om zorg voor elkaar te hebben, maar vooral ook om bij elkaar te zijn, liep ik met hem terug naar het hotel.

Het werd steeds drukker op straat.

Drommen mensen kwamen ons tegemoet die we, gearmd als we liepen, met perfectie ontweken.

Dat was ik me gewaar, maar het voelde alsof de anderen niet bestonden en wij de enigen waren op de wereld.

Bij het hotel aangekomen passeerden we, nog steeds in elkanders armen verstrengeld, de nachtwaker die ons met opengesperde ogen nastaarde.

Zonder een woord te wisselen liepen we de trap op naar onze kamer.

Ik wilde niets liever meer dan alleen met hem zijn.

We ploften op het dubbele bed en zetten de tv aan.

Populaire klanken van de muziekzender MTV vulden de ruimte waar we ons onderuitgezakt tegoed aan deden.

Van tijd of verdere plannen trok ik me niets meer aan.

Hier was het goed.

Opnieuw voelde ik een arm om mijn nek.

Deniz trok me naar zich toe, keek me strak in mijn ogen en een lange, intense en erotische kus volgde.

Hier was ik aangeland en hier wilde ik mijn hele leven blijven.

Ik had me nog nooit zo gelukkig gevoeld.

Zo vrij.

Zo makkelijk allemaal.

Een paradijs om me heen, en naast me de mooiste jongen van het land waar ik verschrikkelijk veel van hield.

En steeds voelde ik zijn warme mond weer op de mijne en ik was niet van plan daar ooit nog mee te stoppen.

Dat dit zou leiden tot een catastrofe had niemand mij op dat moment kunnen wijsmaken.

Sinngeschärft

Milan stand in der Nähe der U-Bahn und starrte auf sein Handy. Er war genervt, dass er bei diesem Gig heute für seinen Bruder einspringen sollte. Milan hasste es, im Mittelpunkt zu stehen. Ganz im Gegenteil zu seinem Zwillingsbruder, den das Gekreische der Menge regelrecht zu Höhenflügen anfeuerte. Rampenlicht und E-Gitarre waren nicht Milans Welt, doch er hatte seinem Bruder versprochen, ihn heute würdig zu vertreten. Was für ein Schauspiel, dachte Milan, als er plötzlich aus seinen Gedanken gerissen wurde. „Entschuldige, kannst du mir sagen, ob die nächste Bahn nach Grunewald fährt?" Milan blickte auf und es traf ihn wie ein Blitz. Es war, als erfassten seine Augen alles auf einmal. Ihre strahlend grünen Augen wirkten wie zwei Smaragde. Ihr Teint schimmerte ebenmäßig im Sonnenlicht und ihre dunkle Lockenmähne hatte sie zu einem lockeren Zopf gebunden. Ihr blauer Wanderrucksack wirkte überdimensional groß, doch Größe und Schwere schienen ihrer zarten Figur nichts auszumachen.

„Do you speak englisch?" Ihre Stimme riss Milan aus seiner Starre. „Nein ... entschuldige ... Ich ...! Yes, also ja ... die Bahn fährt nach Grunewald." Sie bedankte sich und ging lächelnd an ihm vorbei. Wieder traf es ihn wie ein elektrischer Schlag, als er ihren Duft wahrnahm. Sie setzte sich auf eine der Bänke. Er beobachtete aus den Augenwinkeln, wie sie sich ihre Kopfhörer aufsetzte. Ob sie Musik hörte oder ein Hörbuch?

Milans Gedanken überschlugen sich! Ihm war bewusst, dass ihm so etwas bestimmt kein zweites Mal im Leben passierte. Doch er stand einfach nur da wie ein bewegungsloser Trottel.

Von außen wirkte Milan wie einer dieser unterkühlten Künstler. Auf Frauen hatte er mindestens eine so große Anziehungskraft wie der Mond auf das Wasser. Doch seit Evis Tod wollte er niemanden mehr an sich heranlassen. Mit dem Unfall seiner Schwester hatte sich alles in der Familie verändert. Milan hatte seine komplette Gefühlswelt mit ihr begraben. Bis zum heutigen Tag!

„*Los, Milli, jetzt mach schon! Du kannst doch nicht einfach nur dastehen und sie anstarren. Frag sie nach ihrer Nummer!*" Milan hörte die Stimme seiner Schwester und zuckte zusammen. Er drehte sich so ruckartig um, dass er fast über Colins Gitarre stolperte. Gänsehaut lief ihm eiskalt den Rücken hinab. „*Du hast schon richtig gehört. Mach schon!*" Milan schaute sich hektisch um, ob sich jemand einen Scherz mit ihm erlaubte. Doch da war niemand, bis auf die junge Frau.

„*Milli, wenn ich könnte, würde ich dir in den Hintern treten. Du siehst mich nicht, aber ich weiß, dass du mich hören kannst*" „Scheiße! Ich glaub, ich dreh durch." „*Nein, du drehst nicht durch! Sowas passiert halt, wenn du mit deinen Schamanenfreunden ein Pfeifchen zu viel rauchst.*" „Du bist es wirklich! Nur du weißt von meinem Trip zu den Schamanen." „*Sag ich doch!*" „Heilige Scheiße!" „*Was für eine nette Begrüßung nach vier Jahren Jenseits!*" „Du scheinst dich nicht verändert zu haben." „*Nein, Bruderherz! Wieso sollte ich auch? Stört ja keinen mehr.*" Er hörte das Lachen seiner Schwester. Es durchströmte ihn wie ein helles Glockenspiel. Milan wusste schon immer, dass es auf dieser Welt Dinge gab, die man nicht erklären konnte. Jeden anderen hätte es an der Stelle umgehauen. Milan wusste schon als Kind, dass es mehr gab als das, was man mit bloßem Auge sehen kann.

Als seine Großmutter starb, sah er wochenlang ihren Geist. Für ihn war das normal. Nachdem er beim Abendessen immer wieder für Omas Geist mitdeckte, wurde ihm sehr schnell klar, dass seine Sicht der Dinge eine andere war. Seine Mutter verließ schluchzend den Tisch und sein Vater bestrafte ihn mit Hausarrest. Nur seine kleine Schwester versicherte ihm, dass sie ihm glaubte. Sie war seine engste Verbündete in der Familie. Vermutlich war Colin einfach der falsche Zwilling. Milan und Evi hatten viel mehr gemeinsam. Als Teenager bewunderte Evi ihren großen Bruder. Er sah so gut aus mit seinen schwarzen Haaren und dem sehnsuchtsvollen Blick. Alle Welt liebte ihn. Colin hingegen war der Partyclown der Familie. Für ihn gab es nur Rockstar, Glitzer und Tamtam! Sex, Drugs and Rock'n'Roll inklusive! Doch auch Colin hatte sich durch Evis Tod verändert. Seine Frau lag seit 3 Uhr nachts in den Wehen. Das war der einzig legitime Grund, warum Milan heute für ihn beim Gig einsprang.

„*Erde an Milan! Bist du noch da?*" „Ja! Nerv nicht, ich bin beschäftigt." „*Mit was? Leichenstarre?*" „EVI!!" „*WAS denn? Hast du etwa deinen Humor verloren?*" „Ja, irgendwie hat mir deine trockene Schule die letzten Jahre gefehlt." „*Na dann wurde es Zeit, dass ich endlich das offene Fenster in dir fand. Sie ist übrigens daran schuld, dass du mich hören kannst. Sie hat dein Herz unter Strom gesetzt. Jetzt mach schon, bevor sie weg ist.*" „Kann nicht. Hab gleich einen Auftritt." „*Colin wird's verkraften. So was passiert dir nur einmal im Leben!*" „Dass meine tote Schwester mit mir redet?" „*Nein, du Hirni! Dass dich jemand auf den ersten Blick elektrisiert. Sprich sie an!*"

Er sah rüber zur Bank: „Sie ist weg!" „*In die Bahn, los!*" Milan schnappte sich die Gitarre und sprang rein. „Was zur Hölle mach ich hier? Colin wird mich umbringen und dich gleich mit." „*Da kommt er bei mir ein bisschen zu spät!*" Milan musste lachen, während er sich durch die überfüllten Abteile kämpfte. Er verlangsamte seine Schritte. „*Was ist?*" „Ihr Duft! Sie muss ganz in der Nähe sein." Er drehte sich um. Da saß sie. Sie schaute verträumt zum Fenster hinaus. Die Kopfhörer immer noch im Ohr und den Rucksack zwischen ihren Beinen festgeklemmt. Sie hörte Musik, das wurde Milan klar beim Blick in ihre Augen. Er blieb in ihrer Nähe stehen und wollte für den Moment einfach nur fühlen wie diese Wärme in ihm aufstieg. Er wollte plötzlich alles für diese Frau tun. Sie in die Arme nehmen und nie wieder loslassen. Er wollte sie für immer beschützen! „*Dein Telefon vibriert.*" „Was?" „*Dein Telefon!*" „Na toll, der hat mir jetzt noch gefehlt!" „*Colin?*" „Jepp!"

„Verdammt Milan, wo steckst du? Der Veranstalter rief schon viermal bei mir an und Helena schreit in immer kürzeren Wehenabständen." „Ich bin in der falschen U-Bahn gelandet." „Willst du mich V E R A R S C H E N ?" Colin schrie wütend ins Telefon „Wenn du dafür keine gute Erklärung hast, werde ich dich an meine Gitarre tackern und in den Sümpfen von Mordor ertr..." Den Rest hörte Milan nicht mehr. Evi schrie dazwischen „*Raus hier! Sie ist ausgestiegen.*" Mit einem Satz sprang er aus der Bahn und stürzte hinter dem hellblauen Rucksack her.

Er folgte ihr in sicherem Abstand. Er kam sich vor wie ein Stalker. Sie bewegte sich leicht und unbeschwert. Ihr lockiger Zopf tanzte im eigenen Rhythmus. Ich will sie malen, ihre ganze Schönheit! So muss es Colin ergangen sein, als er Helenas Song schrieb. Alle lachten ihn aus, weil er plötzlich eine Ballade produzieren wollte. Vom Hardrocker zum Weichspüler! Für Colin war es eine Art Wiedergeburt. Der Song war der Durchbruch seiner Karriere. Seine Fans hatten ihm schnell verziehen. „*Ich hab ihm die Nummer nicht verziehen. Er hätte einen Song über mich schreiben sollen.*" Jetzt erst wurde Milan wieder bewusst, dass Evi auf unerklärliche Art und Weise zurückgekehrt war. „Sei nicht so hart mit ihm. Helena hat ihm damals den Schmerz genommen. Er fühlte sich dafür verantwortlich, was passiert ist."
„*Ich weiß! Aber es war nicht seine Schuld. Er hätte mich auch nicht davon abhalten können, in das Auto zu steigen.*" „Er konnte monatelang nicht spielen. Er sagte, er sei innerlich verstummt."

„Ja, ja und dann kam die gute Helena und hat unseren Rockstarprinzen wachgeküsst." „So ähnlich!" *„Sie hat die Situation ausgenutzt. Sie ist und bleibt eine blöde Zicke!"* Milan lachte. „Offenbar gibt´s im Jenseits keine Karmaarbeit." *„Pffff ... Karma! Die Dinge passieren einfach, sonst wär ich nicht tot."* Milan wurde nervös. *„Was ist?"* „Keine Ahnung!" Plötzlich war Milan hellwach. Er ließ die Gitarre fallen und rannte los. Gerade rechtzeitig packte er den hellblauen Rucksack und zog mit aller Kraft daran. Dann knallte er mit voller Wucht rückwärts auf dem harten Boden auf. Der schwere Rucksack drückte ihm dabei in die Rippen und nahm ihm die Luft. Er sah kurz Sternchen vor seinen Augen flimmern. Dann wurde es leichter, als die junge Frau von ihm runter und zur Seite rollte. Der dicke E-Truck raste leise surrend an ihnen vorbei.

„Scheiße! Oh Gott! Scheiße!", schrie die junge Frau. Sie beugte sich über ihn. „Bist du o.k.?" Milan blinzelte „Ja, alles gut!" „Sieht nicht so aus." „Geht gleich wieder!" „Oh Gott. Du hast mir das Leben gerettet. Ich war so in Gedanken und die Musik ..." Sie ließ sich nach hinten fallen und schlug die Hände vors Gesicht. „Ich hab dich in Gefahr gebracht" „Mich? Wohl eher dich!" „Tut mir leid!" „Muss es nicht." Sie sah Milan in die Augen. „Kenn ich dich?" „Ich glaub nicht." *„Pinocchio wäre stolz auf dich"*! Evi kicherte. *„Frag nach ihrer Nummer."* „Ich sollte erst nach ihrem Namen fragen" „Was?" „Sorry. Das müssen die Nachwirkungen bei Nahtoderfahrungen sein." Sie lachte „Lilly. Mein Name ist Lilly."

… immer, wenn's echt wichtig ist …

Also gut, ich erzähl ja schon weiter.

Als ich mit Papa fertig war, ging ich rüber ins andere Zimmer zu Vidal, die immer auf dem Sofa liegt, und sagte: „Los, macht schon, Ihr beiden. Ich muss mir ein Bild machen. Was kommt dann, wenn das Neue ans Tageslicht kommt und anfängt?" Vidal guckte ziemlich komisch. „Wer hat Dir denn das eingetrichtert, Kleiner?" Sie sagen immer eine Frage, wenn sie keine Antwort wissen. „Wie, eingetrichtert?" Sie sagte: „So gestelzte Sätze. Auf was wartest Du denn? Es gibt jeden Tag was Neues.". Ich war baff. „Wenn ich's wüsste, wär's ja nicht neu." Jonny lachte: „Lass ihn doch, dumme Gans, Kinder kapieren nie, was Erwachsene reden."

Zu mir sagte er: „Und Du verpiss Dich, Dumpfbacke! Wir fangen bestimmt nichts vor einem Spanner an, und jetzt wollen wir was anfangen, nicht wahr, Schatz? Deine Mutter ist aus dem Haus." Er schob mich zur Tür und ich trat nach ihm und schlug ihn und rannte zurück und ließ mich wieder in den Sessel plumpsen. „Mit verschränkten Armen dasitzen ist gut, das macht Eindruck", sagt Opa. Das machte ich. Sie lachte schon wieder, ich werde wütend. „Ich bleibe, bis das Neue kommt und Du ihn erhörst! Macht endlich!" Sie guckte wie Clarissa, wenn sie die Windeln voll hat. „Vom Sohn vom Metzger Schweiniger weiß ich nämlich, das Erhören ist das Schönste und Größte auf der Welt." Da grinste sie: „Kleiner, die Schönste ist Harrie Potters Freundin Hermine, und der Größte ist der liebe Gott. Noch vor Lady Gaga. Frag den doch. Nur der weiß es."

Ich werde noch wütender. Aber sie fangen nix an. Da packt Jonny mich und brüllt und wirft mich raus und ich falle hin und die Türe knallt. Denkste! Ich dreh mich um und linse durchs Schlüsselloch, dass ich endlich das wahre Leben sehe. Leider geht's nicht. Aber ich höre, wie Vidal vor Schmerzen stöhnt. Ok, das kenn ich, das ist nicht neu, kann's also nicht sein. Sie kriegen bloß ein Kind, und macht Mama oft, ist noch langweiliger als Schule. Am Ende schreien immer beide, weil Kinderkriegen wehtut. Sagt die Hebamme. Papa sagt aber, es tut nur der Frau weh. Was soll's.

    Das mit Vidal war für die Katz. Na ja, sie ist ja auch krank und nimmt jeden Tag eine Pille. Heimlich. Bestimmt will sie, dass Mama sich keine Sorgen macht. Ist o.k., ich sag auch nix.

    Wie's dann weiterging? Immer wenn's so kommt, gehe ich rüber in mein Wäldchen. Da bin ich oft. Weil da kann ich denken. Wenn's nicht zu sehr regnet, ist's da trocken. Regen mag ich nicht. Ab und zu stöhnen auch da welche. Warum müssen sie die Kinder im Wald kriegen, wo's doch Sofas gibt? Vielleicht ist es, weil sie keins haben, weil sie arm sind. Der Pfarrer sagt: „Wer arm ist, dem steht das Himmelreich offen." Egons Leute leben von der Stütze, die sagen: „Wer arm ist, lebt in der Hölle." Da kenn sich einer aus. In der Bibel steht: „Der Herr hört Euer Schreien, die Ihr arm seid." Vielleicht ist es das, und sie schreien gar nicht, weil sie Kinder kriegen, sondern weil sie im Wald besser zu hören sind als im Haus mit der Zimmerdecke und dem Dach zwischen ihrem Mund und dem Ohr vom Herrn.

    Aber da kann ich mich nicht auch noch drum kümmern. Opa hat gesagt: „Mach Du nur immer *Dein* Ding und kümmer dich nicht, was andere sagen. Aber sag's Papa nicht." Opa ist doch der Klügste von allen.

    Aus dem Versteck im Baum hole ich das Messer und den Holzkopf Pfarrer Siebentaler. Eigentlich soll sie den lieben Gott kriegen, aber es sagt mir einfach keiner, wie der aussieht. Muss er eben das Gesicht vom Pfarrer kriegen. Kann ja nicht *so anders* sein. Schließlich sind sie verwandt, die zwei. Und den Kopf kann ich aus dem Kopf.

Beim Schnitzen kann ich den Dingen auf den Grund gehen. Das hab ich von Papa gelernt. Letzte Woche, als er mir das Videogame weggenommen hat. „Knabe", wenn's schon so anfängt, ist er sauer, „Du bist zu oberflächlich." Ich fragte: „Was ist das?" Was dann kam, hab ich nicht gut behalten. „Oberflächlich ist, wenn Du nicht tief genug bohrst. Du musst den Dingen auf den Grund gehen, oder Du lernst nie das wahre Leben." Dann kam noch was: „Du musst Dir ein Bild machen, und Du musst was ans Tageslicht bringen. Dann fängt was Neues an."

Schnitzen tu ich schon lange. Aber das ist mein erster ganzer Kopf. Wenn er fertig ist, kriegt ihn Elise. Sie hat schon viel von mir gekriegt. Ich krieg nie was von ihr. Mama musste mich mal trösten: „Mach nur weiter so, mein Sohn, irgendwann *muss* sie Dich erhören." Aber bisher war das noch nicht der Fall. Oder hab ich's bloß verpennt? *Genau das ist ja der Mist, dass man alles nicht mitkriegt!* Ich muss es aber wissen und frage Elise: „Hast Du mich schon mal erhört? Mama sagt, Du musst das." Ich wusste es, sie wird bloß rot und kichert. „Du kannst es mir ruhig sagen. Ich sag's auch nicht weiter! Aber Papa sagt, ich muss den Dingen auf den Grund gehen." Sie sagte trotzdem nix und rannte weg. Weiber sind doof.

Das mit dem Erhören ist nämlich das zweite Ding. Blöd war ich, dass ich wieder zu Papa bin. Eben, bevor ich bei Vidal war. „Also Papa, ich will jetzt endlich dem Erhören auf den Grund gehen, wie Du gesagt hast. Was bringe ich da ans Tageslicht, wie Du gesagt hast? Bei Elise oder so."

„Knabe, Du bist doch aufgeklärt." Er war schon wieder sauer. „Es ist doch alles gesagt, was man wissen muss!" Ich gab nicht klein bei: „Ist das neu, was dann anfängt?" Aber verdammt! Is ja gut! Tschuldigung! Da kam wieder nur das doofe Lachen. Er kriegte sich gar nicht mehr ein: „Für Dich ja, für mich nicht."

Da hol mich doch der Sonstwer, was fängt einer mit dem Quatsch an? Nee, nicht schon wieder meckern, *Sonstwer* darf man sagen, sagt Opa.

Ich bin dann noch zu Elises Bruder, dem Streber. Ich meine, wer Abitur hat, der lernt doch so was. „Wenn ich doch wüsste, wie man bis zum Grund unter der Oberfläche bohrt und wie man von da was Neues mitbringt!" Jetzt sag ich mal was: Wenn einer sich aufplustert wie Kermit der Frosch und Ernie zusammen, das krieg ich mit: *„Es gibt gar nichts Neues unter Gottes Himmel, es gibt nur die Niederkunft des ewig Gleichen",* oder so ähnlich, *„und Gott ist tot",* und *„Nietzsche lebt."* Ich hab's aufgeschrieben und weggeschmissen.

Da ist's doch besser, einer hält das Maul. Ich hab's ihm gestopft: „Schluck Deinen Abfall selber, Du Müllbeutel!" Der Spruch ist von Jonny, der kommt gut.

Und jetzt? Den Lehrer und den Pfarrer lass ich aus. Was bringt das noch? Da bleibt dann nur noch einer.

Also, lieber Gott, sag Du mir endlich, wie's jetzt weitergeht. Was kommt nach dem ganzen Kram mit dem Erhören und alles? Du hast doch das Tageslicht gemacht! Vidal sagt, nur Du kannst es wissen. Du musst nämlich wissen, wie echt wichtig mir das ist. Dann krieg ich hoffentlich das Videogame wieder. Opa sagt, das ist mein Ding.

Ach wär das toll, wenn das doofe Gefühl weg wär, dass ich *vielleicht nie* bis zum Grund bohre.

Warum ich Dich frage? Weil's eben keiner weiß! Vidal lacht sowieso nur, Jonny ist blöd wie Brot, sagt Papa. Und Elise sagt nie was zu gar nix. Da bleibt das jetzt an Dir hängen!

Ich sitze also auf meinem Baumstumpf und schnitzte und warte auf eine Antwort. Fertig, ein Nasenloch hab ich jetzt, eins muss ich noch. Dann ist er ganz. Ohren kriegt er keine. Vielleicht hast Du in echt auch keine. Wer nix hört, kann nix antworten. Ob jeder schlecht hört, wenn er alt ist? Denk nur an Opa! Und die sind mir auch zu schwer. Leider hat's so ein Nasenloch auch in sich. Musst du ganz schön lange bohren. Und für heut hab ich keine Lust mehr.

Ob er eigentlich echt aussieht, der liebe Gott Siebentaler? Egal, Elise darf ja nicht wissen, wer das ist. Die verpetzt mich dann, und der Pfarrer meckert, wenn einer den lieben Gott schnitzt: „Keiner darf sich ein Bild machen." Paragraf 1.

Aber stopp mal! Wenn *sie* fragt, wer das ist? Dann bin ich vielleicht gekniffen. Was täte Mama dann? Nix täte die! *Und was die kann, kann ich auch. Dann sag ich eben auch mal nix.* Ja, das tu ich, das ist geil! Mist, geil darf ich ja auch nicht sagen. Und da war auf einmal alles klar!

Danke, lieber Gott! Jetzt weiß ich, glaub ich. Auf den Grund gehen kann ich jetzt. Wieso? Wenn der Pfarrer in der Kirche ruft: „Herr, erhöre mich!", weiß er dasselbe nicht wie ich nicht, was dann anfängt. Und steht genauso doof da wie ich. Ist doch so! Weil dem sagt ja auch immer keiner nix, wenn's echt wichtig ist.

© Peter Fleischhauer

Az elveszett lány

Első rész

Eszter lassan kinyitotta a szemét. A zsalugáteren átszűrődő napsugarakat nézte, amint a réseken át a nap sugarai bekúsztak a szobába, és a fénycsíkok kezdték felváltani az éjjeli sötétséget. Beszívta a kora reggeli friss levegőt, érezte a hideget, ami kintről áradt. Tél volt. Hosszú idő óta az első tél, amikor már korán, november végén megjött a hó, s vele együtt a hideg, nem eresztve a hónapokat, fagyban tartva a napokat és az embereket. Mindig nyitott ablaknál aludt, vastag gyapjútakarója alatt nem fázott. Egyedül feküdt az ágyban, egyedül élt. Pontosabban a két macskájával és a tacskójával négyesben. Férfi már rég nem volt sem mellette, sem az életében. Két lánya közül a nagyobbik Amerikában, a kisebbik pedig Ausztráliában élt. Férjnél voltak. Unokáit – volt három is – egy évben csak egyszer látta személyesen, felváltva. A lányok kétévente látogatták meg: egyik évben az egyik, a másik évben a másik. Így minden évben láthatta valamelyik gyermekét és egyik unokáját. Szülei már meghaltak, testvére nem volt. Magányos volt. Lassan felkelt, a köntösét az ágy végéből felvéve magára terítette és kiment a konyhába. A macskák vidám nyávogással üdvözölték, a tacskó eszement gyorsasággal mozgatta a farkát, így kívánva jó reggelt a gazdájának. Enni adott nekik, majd feltett forrni teavizet, bekészített egy kávét. Kiment a fürdőszobába. Levetkőzött, és a zuhanykabinnal szembeni tükörben megtekintette magát. Lélekben még mindig 30 éves volt, de a személyi igazolványa szerint ez év szeptemberében töltötte be a 60-at. Soha nem volt vékony alkat, a teltkarcsú volt a helyes kifejezés, ami lánykorában jellemezte. Helyén volt mindene elöl is, hátul is. Szemnek kellemes formába volt öntve alakja, a férfiak megfordultak utána bármerre járt is, de 40 felett már a heti három alkalommal elvégzett kimerítő torna sem segített: csak szaladtak fel a kilók. Évről évre egyre nagyobb erőfeszítésébe került, hogy megőrizze nőies alakját, de tudta, hogy nem nyerhet, csak az időt tolja ki egy kicsit. 45 évesen vesztette el végleg a csatát. Tudta, hogy jönnek a kilók, és bármit is tesz, csak lassítani tudja a folyamatot. Még csinálta, de már rég lemondott arról, hogy valaha is visszanyeri legalább a teltkarcsúságát. Hasa volt. Nem nagy, de volt. Utálta, de már nem tudott mit tenni ellene, a combjai is megvastagodtak, a narancsbőr már korán megjött, a feneke is nagy lett, a mellei – melyek hajdanán ágaskodva, duzzadva, meredtek előre – megadták magukat a gravitációnak. Utálta a tükröt. Számtalanszor megfogadta, hogy öszsze fogja törni, mert csak az elmúlásra emlékezteti. Bosszúsan állt be a tus alá, és gyorsan lezuhanyozott.

 Szárazra törölte a testét, köntösébe bújt, és visszament a szobába felöltözni. A konyhába ment, bekapcsolta a kávéfőzőt. Miután lefőtt a kávé, kitöltötte az előre elkészített csészéjébe és az asztalhoz ülve szájához emelte. Belekortyolt, élvezve a frissen főzött kávé aromáját. Szeretett kávézni, szerette a friss kávé illatát. Élvezte az első kortyokat, ahogy a forró folyadék szétáradt a testében, és ahogy a koffein lassan kifejtette hatását. Kinyitotta a szemét. Pillantása az asztalon heverő borítékokra esett, és az azon heverő levélpapírokra. A tegnap esti emlékezés kellékeire. Mellettük gyűrött fényképek hevertek – látszott, hogy nem albumban tartották őket. A fényképeken ugyanaz a férfi volt: hol kerékpározás után, izzadt fővel, szélesen mosolygott a kamerába, hol hegytetőn állva pózolt.

 Látható volt még egyenruhában, valami távoli országban, lebarnulva, sportos alakkal, háttérben a kék tengerrel. A múlt jutott eszébe, és újra rátört a szomorúság és a keserű érzések egyvelege. A képeken nem csak a férfit látta, számára az a remény maga volt. A reményt, hogy a hátralévő életében még boldog lehet. Csak ez az érzés éltette, hajtotta az utóbbi fél évben. Hozott már életében egy-két rossz döntést, talán többet is, mint más. De élete legnagyobb hibáját soha nem tudja megbocsájtani magának. Ahogy most él – egyedül, magányosan –, az sorozatos hibás döntéseinek és büszkeségének egyenes következménye. Ezt ma már pontosan tudta. Nem bánta a sokat, csak azt az egyet, de azt nagyon! Minden egyes alkalommal, amikor csak rá gondolt, valami láthatatlan erő szorította a mellkasát, mint valami jeges kéz, szája megtelt keserűséggel, és újra és újra arra gondolt: bárcsak visszaforgathatná az idő kerekét! Lehunyta a szemét, és lassan belekortyolt a kávéjába.

Második rész

Kislányként egy kis vidéki faluban nőtt fel. Szüleinek nem volt más gyermeke, így különös gonddal nevelték, és minden szeretetüket megkapta. Édesapja rajongott érte, szakmunkás volt, így – mint minden embernek vidéken – volt egy kis műhelye. Eszter imádott a műhelyben lenni! Ott mindig történt valami, mindig születtek valami csodák. Az első időkben segített a rendrakásban, csavarokat válogatott, alátéteket rendezgetett, nagyon élvezett minden percet, amit a műhelyben töltött. Később már komolyabb dolgokat is megtanult. Míg a többi lány babázott vagy sarazott, ő villanymotort tekercselt, forrasztani, majd később hegeszteni is megtanult. Apjának volt egy motorja, együtt motoroztak. Szerelni is szerelte a gépet. Az első időkben még csak az apja elé, a benzintankra ült, így mentek a faluban, de ahogy megnőtt, már hátul ült, az ülésen. Először kerékpározni tanult meg, de csak azért, hogy minél előbb jöhessen a motor. Szülői engedéllyel már 16 évesen megszerezte a motorkerékpárra a jogosítványt. Egy évvel később gépkocsira is levizsgázott, de a nagy szerelem a motor maradt. Imádott motorozni, a szabadságot jelentette, hogy felülhet a gépre, és csak megy, amerre a kedve tartja. Szép nagylánnyá cseperedett, apja nem győzött vigyázni rá. A motorozás során kezdett megismerkedni a fiúkkal. Persze tudta, hogy mit is akarnak tőle, az érdeklődés kölcsönös volt, de úgy vélte, nem kell mindent elkapkodni. Flörtölt velük, incselkedett, néha egy-egy fiúval, aki szimpatikus volt, csókolózott is, de tovább nem ment, és nem engedte meg nekik sem, hogy továbbléphessenek. A középiskolát a megyeszékhelyen lévő bentlakásos gimnáziumban végezte el. Amikor csak lehetett, azonnal utazott haza a szüleihez és a motorjához. 17 éves volt, amikor a faluban lévő gyermekkori pajtása egy hétvégén megkérdezte, hogy gurulnának-e együtt? Tetszett neki a fiú, és igen mondott. Közösen kezdtek el motorozni. Mindenki a saját gépén, kisebb-nagyobb túrákat megtéve.

Ezeken a kirándulásokon néha megálltak pihenni, beszélgettek, jókat nevettek, jól érezték magukat egymás társaságában. Eszter minden vasárnap visszautazott a kollégiumba. Azt vette észre, hogy egyre jobban hiányzik neki a fiú.

Minden gondolata körülötte forog, alig várja, hogy újra péntek legyen, és utazhasson haza, hogy együtt legyenek. Egyre jobban belehabarodott, és mire feleszmélt, már szerelmes is lett. Jó érzés volt, nagyon jó. A nap minden percét vele akarta tölteni, és úgy látta, hogy ő sem közömbös a fiú számára. Egy szombati napon, amikor kirándultak a közeli hegyekbe, megtörtént, ami ilyenkor szokott. A furcsa és a jó kavargott benne, és valami határtalan érzés a fiú iránt. Elhatározták, hogy amint Eszter végez, összeházasodnak. A fiú két évvel volt idősebb, és a helyi szövetkezetben dolgozott, mint gépkocsivezető. Eszter a végzést követően a háziorvosi rendelőben helyezkedett el, mint asszisztens. Kedvessége és a lényéből sugárzó bája nagyban segítette az ott lévő betegeknek elviselni a várakozást.

Eszter szülei hallani sem akartak a dologról, de addig-addig ment a szóváltás, a beszélgetés, amíg beadták a derekukat. Még azon a nyáron, amikor Eszter leérettségizett, férjhez is ment a fiúhoz. Határtalanul boldognak érezte magát. Fél év múlva a férjét behívták katonának.

Mindketten tudták, hogy eljön majd a pillanat, de valahogy nem akartak tudomást venni róla. Most, hogy valósággá vált, kissé félszegen nézegették a behívóparancsot.

– Csak egy év – vigasztalta a férje. – És azalatt is hazajövök, meglásd. De te is eljöhetsz meglátogatni.

Miután megvigasztalták egymást, már nem is tűnt olyan félelmetesnek és hosszúnak a katonaidő. Egy hónap elteltével volt az ünnepélyes eskütétel, amire Eszter elutazott. Együtt jöttek haza; a férjét a többiekkel együtt hétvégére hazaengedték. Nagyon örültek egymásnak, sok megbeszélnivalójuk akadt. Teltek a hónapok. Eszter minden hónapban egy alkalommal meglátogatta a férjét, mert az különféle okok miatt nem tudott hazajönni. Egyre jobban hiányzott neki, és azt vette észre, hogy rettentő erős vágy kezd eluralkodni rajta, amely néha olyan erősen tört rá, hogy alig bírt vele. Ilyenkor motorra pattant, és igyekezett a figyelmét a gép kezelésére fordítani, hogy ne kelljen másra gondolnia. Érzéseit azonban nem tudta elhessegetni, csak még erősebbé váltak. Ettől csak feszültebb és idegesebb lett.

Egy ilyen motorozás alkalmával megállt egy pihenőben, hogy igyon és megpihenjen. Levette a sisakját, kortyolt a vízből. Csak ült a motoron, szemét lehunyta, engedte, hogy a friss szellő borzolja, játsszon a hajával. Arra nyitotta ki a szemét, hogy egy másik motoros gurult mellé. Ő is levette a sisakját. Egy szőke, kék szemű férfi ült a másik motoron, és megkérdezte, hogy segíthet-e. Eszter megköszönte a segítséget. Elmondta, hogy csak pihenni állt meg, és lassan indul is tovább. Nem tudta felidézni, hogy hogyan történt, de beszédbe elegyedtek. Elmondta, hogy férjnél van. és a férje most katona. Nem, nincs gyermekük, és itt lakik nem túl messze. A férfi is beszélt arról, hogy nős, neki

PETER FLOWER | 157

viszont van gyermeke. Észre sem vette, hogy elszaladt az idő, és legalább egy másfél órát beszélgettek. Közben beesteledett. Utólag nem is értette, hogy miért mondta el mindezt a férfinak. Az felajánlotta, hogy elkíséri, mert ilyen sötétben már nem olyan biztonságos egyedül motorozni. Eszter szívesen fogadta a felajánlást, és elindultak. A házhoz érve megkérdezte a férfit, hogy megkínálhatja-e egy teával. Az elfogadta. A motorokat betolták hátra az udvarba, az utcafrontról senki nem láthatta a gépeket. Eszternek nagyon tetszett a férfi. Sóvárgást, vágyat érzett iránta. A tea után, még ott a konyhában megcsókolta. Vele töltötte az estét. A férfi a felkelő nappal együtt távozott. Eszter nem tudta, mi ütött belé, csak azt érezte, hogy szüksége van a férfira fizikailag, ahogy az ember eszik vagy iszik.

Valahol legbelül, a lelke mélyén érezte, hogy nem túl helyes, amit tesz, de azzal nyugtatta magát, hogy az érzelmi megcsalás az igazi megcsalás, és Ő nem volt szerelmes a szőkébe. Jó volt a vele töltött idő, de nem volt belé szerelmes. Szüksége volt rá, mint férfira, de csak a vágyát csillapította vele. A vágyat, ami elemi erővel tört rá időnként, és nem bírt vele.

A találkozások megismétlődtek, rendszeressé váltak. Három hónapon keresztül minden héten szombaton találkoztak. A férfi minden egyes alkalommal hajnalig maradt. A harmadik hónap utolsó szombatján Eszter megkérte a férfit, hogy többet ne jöjjön, és ne is keresse. Három hét múlva a férje leszerelt. Újra együtt voltak. Eszter szerelmes volt a férjébe. Egy év múlva megszületett a kislányuk. Nagyon boldogok voltak. Eszter otthon maradt a babával, a férje dolgozott, mint általában szokás. De otthon nem csinált semmit. Eszter először arra gondolt, hogy a férje lusta; noszogatta, figyelmeztette az otthoni teendőkre, de egyre nehezebb volt, mert a babával is foglalkoznia kellett, a férje pedig úgy viselkedett, mint egy kamasz fiú, akinek mindent a szájába kell rágni, le kell ellenőrizni, hogy tényleg megcsinálta-e. Így telt el két év. A kislány bölcsődébe ment, és Eszter egy kicsit szabadabbá vált. Amíg a kislánnyal volt otthon, lefoglalták a mindennapi teendői, a férje is vele volt, de tudta, hogy ez már nem tart soká. Neki elég egy gyermek, nincs szüksége egy felnőtt gyermekre. Neki férfira van szüksége, nem fiúra! Még egy fél évig húzták, majd csendben elváltak. Nem vitatkoztak, csak mindenki ment a maga dolgára.

Időközben Eszter megpályázott egy állást a fővárosban, amit meg is kapott, így felköltözött a kislányával. A válást követően eladták a házat, a rá eső részből tudott albérletet fizetni, és még elég tartaléka maradt. Megkezdte az életet a nagyvárosban. Hamar beilleszkedett az új munkahelyén. Gyorsan szert tett új barátokra, ismerősökre. Ismerkedett is, néha randizott, ilyenkor a kislányára a barátnője vigyázott. Időnkét színházba, koncertekre is ellátogatott.

Azt vette észre, hogy van a hónapnak négy olyan napja, amikor szabályosan megvadul. A vágy olyan mértékben hatalmasodott el rajta, hogy alig tudott uralkodni magán, és csak egy volt a fontos: csillapítani bármi áron. Ez az érzés nagyon megrémítette. A telefonkönyvből kikereste egy szakember telefonszámát, és bejelentkezett szakrendelésre. Az orvos szerint nem volt semmi baja, egészséges fiatal nő, az átlagosnál nagyobb igényekkel. Találjon egy magához illő, hasonló igényekkel rendelkező férfit, és boldogan fognak élni. Ez volt a diagnózis. Már azt hitte, hogy mentálisan beteg. A rohamait – mert magában így nevezte – megoldotta alkalmi ismerősökkel, de tartós és hoszszútávú kapcsolatra vágyott, ez kívánta a gyermeke és a saját érdeke is. Barátnője szerint úgy viselkedett, ahogy azok a férfiak szoktak, akik a szabad szerelemben hívőknek vallják magukat. Ezen néha vitatkoztak, de nem erőltették a témát. Ideje elég kevés volt a munka és a kislány mellett, így hát úgy döntött, hogy kipróbálja az internetes társkeresést.

Itt nem kellett feltétlen találkozni, lehetett levélben ismerkedni. Majd kiválasztja, hogy kivel akar találkozni. Nem mellesleg anonimitást is biztosított. Nem megvetendő dolog. Belevágott. Megfogalmazta, mit gondolt magáról, mit gondolt a leendő partnerről, és feladta a hirdetést.

Nem volt túl sok ideje, így csak három nap múlva tudta megnézni, hogy kapott-e választ. 30 üzenete volt! Atyaég – gondolta. Egyesével kezdte megnyitni őket. Gyorsan haladt, az obszcéneket már az első két szó után törölte. Hamarosan 5 üzenet maradt. Ebből kettőnél a kor – szerinte – nem paszszolt. Maradt három, ami ígéretesnek tűnt első olvasatra. Randevúra hívta őket. Mivel még nem akarta megjegyezni a nevüket, így csak a hétfői, keddi és a szerdai pasi néven emlegette őket magában.

A hétfői és a keddi pasikkal egy bevásárlóközpontban találkozott, egy kávézóban, ez így biztonságos volt számára. Szimpatikusak voltak ugyan, de még hátra volt a szerdai, és addig nem akarta eldönteni, hogy melyik lesz a szerencsés, aki eljöhet a második találkozóra. A szerdai férfi nem tudott elmenni a bevásárlóközpontba, de jelezte, hogy amennyiben megfelelő, a belváros egyik forgalmas terén felveszi kocsival, mert mennie kell dolgozni, addig tudnak beszélgetni, és majd meglátják, hogy mi lesz.

Így történt. Állt a járda szélén, meglátta az autót. Megállt, és ő beszállt. Rövid bemutatkozás után a férfi besorolt a forgalomba. Eszter ránézett a férfira és érezte a gyomrába felkúszó izgalmat. Az ágyékából fakadt, hirtelen hőhullám öntötte el, arca kipirosodott, alig kapott levegőt. A férfi megkérdezte, hogy minden rendben van-e, majd kissé lejjebb húzta az ablakot, hogy kiszellőzzön a kocsi belseje. Eszter még soha nem érzett ilyet. Olvasni olvasott róla, hogy van ilyen, *meglátni és megszeretni*, de azt gondolta, hogy ez csak olyan valamiféle írói meg filmes dolog, s a való életben ilyen nincs. És most ott állt, illetve úgy ült ennek a férfinak az autójában, mint akit áramütés ért, és nem látott, nem hallott, csak szédült bele, hogy itt volt az, akire mindig is várt. Tudta, hogy mélységesen beleszeretett a férfiba, ott abban a pillanatban. A hangok csak halkan, mintha valami messzi távolból szólnának, úgy érkeztek hozzá, nem is értette igazán, hogy mit jelentenek. Néha helyeselt, néha csak bólogatott. Itt jó lesz? Igen, persze – és kiszállt a kocsiból. Még eljutott a füléig, hogy mikor találkoznak legközelebb, de csak az állt a járdán, és nem hitte el, hogy mindez vele történik.

Este, miután a kislányát lefektette, írt a hétfői és a keddi pasiknak, hogy köszöni szépen, igazán nagyon kedvesek voltak, de nem erre gondolt, és sok sikert kívánt nekik. Közben a szerdaitól kapott üzenetet. Összeszoruló gyomorral nyitotta meg: csak nem mondja le? Nem, nem mondta le, hanem csak írt egy nagyon kedves levelet neki, amelyben újra megerősítést kért a következő találkozójukkal kapcsolatban. Megnyugodott. Az eljövendő találkozás izgalmával feküdt le aludni. A hátralévő pár nap alig akart eltelni. De mint mindennek, a várakozásnak is vége szakadt, és eljött a nagy nap. Úgy készült a találkozásra, mintha még soha nem randizott volna. A legjobb formáját szerette volna mutatni a férfinak. Egy étteremben volt a találkozó. A férfi vacsorára hívta, könnyű bort fogyasztottak és sokat beszélgettek. Jó humora volt, gyakran megnevettette. Eszter már nem is emlékezett arra, hogy mikor nevetett, és mikor érezte magát ilyen jól.

Biztonságban érezte magát, amikor vele volt. És a szeme! Ó, Istenem, a szeme! Olyan tiszta és ártatlan volt! Miközben beszélgettek, a férfi folyamatosan az ő szemébe nézett. Elmesélte, hogy házas, van gyermeke, és most nem fog több lépést megtenni, Eszterre hagyja a döntést. Bármi lesz is, azt elfogadja, és köszöni, hogy vele töltötte ezt az estét. De Esztert nem érdekelte, hogy házas. Értékelte, hogy nem hazudott neki, de ez nem érdekelte. Akarta ezt a férfit. Nem alkalmilag, hanem sokáig, talán örökre! Csak a most érdekelte, aztán majd meglátja.

Így kezdődött a kettőjük története. A férfi is belehabarodott Eszterbe. Már nem titkolták az érzelmeiket, nem beszéltek közös jövőről, csak a mának, a pillanatnak éltek. Így telt el a két év. Esz-

PETER FLOWER | 161

ter boldog volt, de többet akart. A férfi viszont nem erőltetett semmit. Eszter nem merte megkérdezni a férfit, hogy elveszi-e feleségül. Mivel nem voltak férj és feleség és együtt sem éltek, így Eszter időnként a barátnőjével kettesben ment el szórakozni. Hol moziba, hol színházba, hol koncertre jártak, és gyakran mentek táncolni is.

A táncestek alatt Esztert sokszor és sokan felkérték. Egy idő után megjelent egy férfi, aki többször is felkérte, és volt olyan is, hogy az egész estét együtt táncolták végig, majd egy asztalhoz ültek, beszélgettek. A férfi azt mondta, hogy elvált, és egyedül van. Eszternek szimpatikus volt, de szerelmes volt a szerdai barátjába. Ez persze nem tartotta vissza attól, hogy ezzel a férfival csókolózzon tánc alatt és után. A férfi randevút kért Esztertől és elmondta, hogy többet akar tőle holmi egy-két táncestnél. Nem kapott egyenes választ; Eszter időt kért. Arra gondolt, hogy döntésre viszi a dolgot. Vagy-vagy!

Találkozott a szerelmével és őszintén elmondta, hogy találkozgat egy férfival, aki többet akar tőle, neki is tetszik, de természetesen nem történt még semmi köztük. Látta, hogy a másik összerázkódott, szemét lehunyta, pár percig nem szólalt meg. Amikor kinyitotta a szemét, szóra nyitotta a száját, azt mondta, nagyon szereti Esztert, és éppen ezért nem áll a boldogsága útjába. Ő most nem tudja megadni neki azt, amit talán ez a férfi igen. Sok boldogságot kívánt, majd elviharzott.

Eszter csak állt ott. Tudta, hogy most nagyon megbántotta, de nem tudott mit kezdeni a helyzettel. Nem érezte jól magát, de neki a kislányára és önmagára is gondolnia kellett. Miközben végiggondolta, hogy mit tegyen, görcsös fejfájás tört rá. Remélte, csak a gondok miatt jelentkezik. Nem törődött vele sokat. A táncpartner pár nap múlva hívta telefonon, és találkoztak. Bár még mindig a másik férfit szerette, de ez kedves volt figyelmes, és az első perctől kezdve a közös jövőt emlegette. Találkozgattak, majd egyre komolyabbra fordult a dolog. Már együtt voltak vagy négy hónapja, a férfi már nála is lakott az albérletben, amikor egy nap csörgött a férfi telefonja.

– Vedd csak fel, fürdök.

Felvette. Egy nő szólt bele, aki állítólag a férfi felesége volt és azt szerette volna mondani a férjének, hogy jöjjön haza, mert beteg a kislánya. Eszter csak állt ott, mint akit egy nagy kalapáccsal fejbe kólintottak! Mi van?! Házas?!

– Ki volt az?

– A felséged – válaszolta, és teret engedve haragjának, minden dühét a férfira zúdította. Hogy hogyan lehet ilyen aljas és hazug, hogyan élhetett így vissza a bizalmával? A férfi nagy magyarázkodásba kezdett, amiből veszekedés kerekedett. Eszter nehezen békélt meg. A férfi próbálta vigasztalni, hogy már nem jelent neki semmit az a nő, és el is fog válni. Eszter 16 hetes terhes volt, és most nem tudta, mi lesz. Elmondta a férfinak, hogy gyermeket vár tőle.

Becsületére legyen mondva, az állta az ígéretét, amit Eszternek tett, hogy elválik, és együtt neveljük fel majd a közös gyermeküket. Egy hónapon belül a válás rendeződött, majd egy újabb hónap múlva a férfi felesége lett. Feleség lett hát másodszor is. A férfinak nagyon jó foglalkozása volt, vállalkozóként dolgozott, nagyon jól keresett.

El is költöztek az agglomerációba, egy nagy családi házba, kerttel, kutyával, macskával, ahogy kell. Eszter bizakodott. A férje is az átlagnál nagyobb igényekkel bírt, így a vágyat, amely egykor időnként oly nagy erővel kínozta, már nem érezte. Bár szerette a férjét, de szerelmes még mindig a szerdai férfiba volt. Azt gondolta, hogy idővel az érzés majd elmúlik, de nem, nem múlt el. És igen, soha nem érezte még olyan jól magát senkivel, mint a szerdai férfival. Ha van tökéletes páros, akkor ők azok voltak. Ilyenkor, amikor rá gondolt, szomorú lett. De visszazökkent a valóságba és azt látta, hogy van egy nagy háza, két lánya, nincsenek anyagi gondjaik – talán ez is elég lesz a boldogsághoz.

De nem volt elég. Férje egyre többet kimaradozott, Eszterre maradt a gyerekekkel való foglalkozás, a saját munkája, és a ház, illetve a körülötte lévő kert rendben tartása, a család ellátása. Robotnak érezte magát. Egy biorobotnak. Egyik este megvárta a férjét, aki szokás szerint későn jött haza, és elpanaszolta neki, hogy mennyi teher hárul rá, és szeretné, ha ő is segítene neki. A férje magából kikelve közölte vele:
– Elvettelek, nem? Nem ezt akartad?! Van házad, gyermeked, én jólétben tartalak, neked az a dolgod, hogy engem kiszolgálj! Eszter teljesen ledöbbent ezen a kirohanáson, és azon, hogy ordítoztak vele. Többet nem hozta szóba. A beszélgetés után görcsös fejfájás vett erőt rajta. Aztán a fejfájások egyre gyakrabban jelentkeztek nála, de nem tulajdonított neki nagy jelentőséget. Az évek teltek, Eszter minden héten pénteken színházba, minden második héten koncertre járt. Minden harmadik héten, szombaton táncolni ment a barátnőjével. A férje már réges-régen nem közeledett feléje, és Esztert sem érdekelte már a férje. Bár a démonjai nem tűntek el, arra az alkalmi ismerősei jelentették a megoldást.

Harmadik rész

Egy napon úgy döntött, hogy tárcsázza a szerdai férfi telefonszámát. Az meglepődött a híváson. Megbeszéltek egy találkozót, melyen az eltelt évtized alatt történteket mesélték el egymásnak. A találkozó végén Eszter feltette a kérdést, hogy szereti-e még őt a férfi? A válasz „igen" volt. Újra találkozgatni kezdtek, és az addig elfojtott érzelmeiknek már szabad utat engedtek. Olyan szerelem lángolt fel bennük, amitől az első hónap után mindketten megrémültek. Olyan heves, szenvedélyes, már-már romantikusan magával ragadó volt, hogy féltek, hamar itt lesz a vége. De már tervezgették a jövőt: mindketten el fognak válni, és együtt folytatják az életüket. Így telt el lassan két év. Eszter nagyon boldog volt, mert bár hetente egyszer vagy kétszer találkoztak, de ez alatt két év alatt, nyoma sem volt a démonjainak, eltűntek. Kiegyensúlyozott, harmonikus személyiséggé vált.

Ja, és boldog volt. Nagyon boldog. Egy napon a férfinak munka-ügyben el kellett utaznia egy hónapra. Nem nagy idő, kibírjuk, vélte Eszter. A következő szombaton a barátnője elhívta táncolni. Nem nagy ügy, mondta neki, csak lazítunk egy kicsit.

Hogy az elfogyasztott alkohol, a fények, a zene és/vagy a tánc, avagy az összes nagy kavalkádja volt-e az oka, nem tudta már ő sem, csak azt, hogy másnap reggel egy motelszobában ébredt egy férfi mellett, akinek még a nevét sem tudta. Gyorsan felöltözött, elrohant. Hogyan mondja el a szerelmének, mit is tett?

Tudta nagyon jól, hogy a férfi érzelmileg annyira rá van hangolódva, hogy nem hazudhat. Minden hangulatváltozását, lelke minden rezdülését érzi. Úgy döntött a legjobb, ha elmondja, és bocsánatot fog kérni.

Így is tett. Elmondta. Bocsánatért esedezett. A férfi csak állt szótlanul, majd kisvártatva csak annyit mondott:

– Neked mindent megbocsájtok, mert nagyon, de nagyon szeretlek! Remélem, megtalálod, amit keresel! Azt kívánom, légy nagyon boldog! – Ezt követően sarkon fordult, majd köszönés nélkül otthagyta Esztert.

Ennek már öt éve. Eszter még próbált levelet írni, magyarázkodott, de a férfi válaszra sem méltatta. Mélységesen elkeseredett és úgy döntött, hogy vezekelni fog. Minden vasárnap a templomba ment, egy idő után meggyónt. A vallásos révület egy évig tartott. Démonjai kezdtek visszatérni. Újrakezdődött minden elölről: a koncertek, a táncestek, az alkalmi partnerek, akik az idő múlásával egyre fiatalabbak lettek. Eközben a lányai felnőttek, férjhez mentek. Ő pedig ott maradt kettesben a férjével, akivel már csak alkalmanként váltottak egy-két szót. Miután kirepültek a lányok, egy év elteltével szép csendben elváltak. A házat eladták, Eszter a rá eső részből vette azt a kis házat, amiben most is lakott.

Közben eltelt újabb öt év. Öt éve, hogy teljesen egyedül élt; a férfiak, kik szerették, vagy csak azt hazudták, hogy szeretik, már rég sehol nem voltak, varázsa a kor előrehaladtával megkopott, még a démonjai is elhagyták. Szívében keserűség és csalódottság lakott, és csak saját magára haragudott azért, amit a szerelmével tett. A világ sohasem értette meg őt, és úgy vélte, hogy már ő sem érti a világot.

Negyedik rész

Újra kortyolt a kávéból. Ez hideg. Fél évvel ezelőtt levélben kereste meg a szerelmét, egyelőre csak a szokásos kérdésekkel: *hogy vagy, mi újság*. Később levelezni kezdtek. A férfi már egy szomszédos országban élt, egyedül. Eszterben újult erővel támadt fel a remény, hogy az idő talán elmosta a régi bűnöket, és most, életük alkonyán talán újra boldogok lehetnek. Együtt. Talán...

Ránézett a faliórára. Ideje indulnia. Még dolgozott. Felöltözött és bement a munkahelyére. A kollégái szerették, csakúgy, mint a főnöke.

Mindenkihez volt egy kedves szava, segítőkész volt, és valami megmagyarázhatatlan báj lengte körül, ami nagyon vonzóvá tette még így hatvan felé is.

Délelőtt kapott egy telefonhívást. Egy számára ismeretlen számról kereste egy fiatalember, aki olyan vezetéknéven mutatkozott be, mint amit a szerelme viselt.

Elmondta, hogy édesapja megbízásából telefonál, aki azzal bízta meg, hogy ha történik vele valami, értesítse erről az ezen a számon lévő személyt. Eszter gyomrát görcs kezdte szorítani, szíve egyre hevesebben kezdett dobogni, torkában egyre növekvő gombócot, fojtogató gombócot érzett. A fiatalember folytatta mondandóját, hogy sajnálattal értesíti, édesapja a tegnapi nap folyamán, az esti órákban szívrohamban elhunyt. Eszter kezéből kihullott a telefon, szeméből patakokban kezdett folyni a könnye, a fejében görcsös fájdalom jelentkezett.

Kollégái nem tudták elképzelni, hogy mi történhetett. Főnöke behívta magához, Eszter pedig elmondta, hogy egy nagyon közeli barátja halt meg. Vigasztalni próbálták, majd hazaküldték, hogy pihenje ki magát. Útban a vonaton csak folyt a könynye. Nem érdekelte, hogy látják az emberek, sőt azt akarta, hogy lássa a világ a fájdalmát, mert számára a mai napon a remény és a szerelem együtt halt meg. Hazaérve megetette az állatokat.

A levelek és a fényképek még mindig az asztalon hevertek. Újra elolvasta mindet, s amikor végzett, kezdte elölről. Közben folyamatosan a férfi képét nézte a fotókon. Kint feketére váltott a világ, mintha csak tudná, hogy Eszter ma este gyászol. Levetkőzött, ruháit összehajtogatta, kiment a fürdőszobába. Megmosta a haját, letusolt. Hajszárítás után bement a szobába, legalább egy félórán át válogatta a fehérneműit, amikor végre megtalálta a megfelelőt. Felvette, halványkék hálóinget öltött, leellenőrizte magát a tükörben, majd bevonult a hálószobába. Az ajtót bezárta, lefeküdt. A takarót akkurátusan eligazította, kezeit maga mellé tette a takaró fölé. Szemét lehunyta, szája szegletében halvány mosollyal elszenderedett.

A rendőrök két nap múlva mentek ki a házához. Miután nem ment be dolgozni, a főnöke értesítette a rendőrséget és elmondta nekik, hogy Eszter egy hívást kapott, ami után nagyon zaklatott lett, ő pedig hazaküldte pihenni, azóta nem látták.

A házhoz kiérkező járőr dudált, kiabált, csengetett, de nem válaszolt senki, így betörték az ajtót. A hálószobában, az ágyában fekve találták meg Esztert. A kihívott mentőegység már csak a halál beálltát tudta megállapítani. Két napja halott volt.

A rendőrök elolvasták a konyhaasztalon heverő leveleket, látták a színes szövegkiemelővel aláhúzott részt: *"Ha kell, ezer világon át, és tízezer életen keresztül foglak keresni, míg csak meg nem talállak!"* – írta a férfi valamikor. Találtak képeket egy férfiról. Az egyikre rá volt írva tollal: *"Még találkozunk, szerelmem!"*

A halottkémi vizsgálat stroke-ot állapított meg.

Berührte Haut erinnert sich

Als Lea an diesem Morgen ihr neues Handy zu beruflichen Zwecken einrichtete, war ihr nicht bewusst, was sie damit auslöste. Aufgrund ihrer Nebentätigkeit im medialen Bereich war auch eine neue Facebook-Seite vonnöten. Lea öffnete die Seite, um sie zu bearbeiten. Sie staunte nicht schlecht, als sie seinen Namen sah. Dort stand er ganz groß als Freundschaftsanfrage. Warum als Anfrage?, fragte sie sich, denn sie hatte noch keinerlei Kontakte in diesem Handy und ihre SIM-Karte war nagelneu. Auch diese Nummer kannte noch absolut keiner. Und doch starrte sie auf seinen Namen. Ihr Herz schlug höher. Sie hatte sich in den letzten Monaten immer vorgestellt, wie es wohl wäre, wenn sie ihn beruflich wohl mal am Telefon haben könnte.

Lea arbeitete in einer Zulagenstelle für Riesterrenten und hatte auch Versicherungsgesellschaften und Banken aus der bayerischen Region in ihrem Kundenstamm. Mehrfach kam der Gedanke auf, ob sie sich zu erkennen geben sollte. Sie war sich sicher, sie sollte, obwohl sie ihn vor gut zwei Jahren so vor den Kopf gestoßen hatte.

Eine sehr gute Freundin von Lea stellte damals den Kontakt wieder her, weil sie zu einem Kameraden von ihm noch immer Kontakt hatte. Als Lea mit ihm telefonierte, war alles so sehr vertraut, als hätten sie sich nie aus den Augen verloren. Lea war gerade dabei, sich von ihrem Mann zu trennen. Sie hatte so viele Gedanken im Kopf und auf einmal brachte Thorsten, so sein Name, wieder Licht in ihr Leben. Sie fuhr weg, um heimlich mit ihm telefonieren zu können. Thorsten erzählte ihr, dass er sie nie vergessen konnte und an der Küste geblieben wäre, wenn sie es zugelassen hätte.

Durch die Gespräche stellten Lea und Thorsten fest, wie ähnlich sie sich waren. Gleiche Gedanken, gleiche Erlebnisse und immer so nah, als hätten sie sich gestern erst gesehen.

Sie versprachen sich in diesem sehr kalten Winter, sich kommenden August, wenn er in der Nähe war, zu treffen und Kaffee zu trinken. Doch als es so weit war, bekam Lea kalte Füße. Die Trennung von ihrem Mann war gerade ausgesprochen und alles wuchs ihr über den Kopf. Auch ihre Gefühle. Sie stieß ihn ein weiteres Mal von sich weg. Seine Euphorie, sie zu sehen, war ihr zu diesem Zeitpunkt zu viel.

Dabei hatte alles vor 28 Jahren so unbeschwert begonnen. Mit gerade mal 18 Jahren traf Lea den 17-jährigen Marinesoldaten Thorsten der Fregatte Köln. Sie lernten sich in einer Kneipe kennen und verbrachten ein bis zwei Abende zusammen. Sie telefonierten auch, als er am Wochenende zurück in Bayern war, doch für mehr gab es keine Option. Immer dabei waren sein Kamerad und Leas Freundin. Lea konnte sich nicht wirklich darauf einlassen. Sie war damals klischeebehaftet. Marinesoldaten galten im Allgemeinen als Aufreißer und wollten nur Mädels abschleppen. Sie wollte niemals eine Marinebraut sein, denn zudem gab es die langen Seefahrten, an denen ihr Herz vor Sehnsucht zerbrochen wäre. Doch Thorsten schien da ganz anders zu sein.

An einem Sonntagmittag stand er gegen 12 Uhr vor Leas Tür. Sie hatte ihre Schicht in einer nahe gelegenen Diskothek bis morgens um sieben getan und war froh, endlich schlafen zu können. Ihre Laune war im Keller, als man sie weckte, und so benahm sie sich unmöglich ihm gegenüber. Sie war so abweisend zu ihm, wie es generell gar nicht ihre Art war – und doch wollte sie einfach nur ihre Ruhe haben. Vielleicht war es aber auch nur Angst, wieder enttäuscht zu werden nach all den Verletzungen, die andere ihr zugefügt hatten. Währenddessen träumte Thorsten seinen Traum, mit ihr und Kindern in einem kleinen Häuschen an der Küste zu leben. Davon sagte er ihr kein Wort, als er am kommenden Montag für sechs Wochen zur See fuhr.

Sie hatte deswegen all die Jahre über immer wieder ein schlechtes Gewissen gehabt. So richtig vergessen konnte sie ihn nie. Lea fragte sich, ob Thorsten ihr überhaupt noch antworten würde, nachdem sie ihn das zweite Mal so abgeblockt hatte.

Dennoch sah sie sich diese Zeilen schreiben „LG aus Friesland" und legte ihr Handy ohne weitere Beachtung zur Seite.

Eine gute Stunde später las sie: „Hallo, wie geht es dir?" Sie konnte es kaum glauben und sie begannen zu schreiben. Sie erzählten aus ihrer beider Leben.

So wie Lea in den letzten eineinhalb Jahren ihre Trennung und deren Folgen verarbeitete, musste Thorsten in dieser Zeit eine der schwersten Krankheiten überstehen. Ein halbes Jahr hatten die Ärzte ihm mit der Diagnose Bauspeicheldrüsenkrebs gegeben, der ihm den Tod direkt vor Augen hielt. Doch Thorsten kämpfte sich ins Leben zurück. Oft mit dem Gedanken, sie nur ein einziges Mal wiederzusehen, wie er ihr diesmal verriet. Sie war seine Motivation gewesen.

Beide hatten das Gefühl, es sollte alles so kommen und von diesem Moment an telefonierten sie fast jeden Morgen und Abend und schrieben zwischendurch. Es waren tolle Gespräche. Sie lachten sehr viel und Lea wurde jeden Morgen mit wunderschönen Sonnenaufgängen aus dem Allgäu belohnt. Thorsten sendete sie ihr direkt vom Spaziergang mit dem Hund, die schönsten Sonnenaufgänge, die sie je gesehen hatte. Jeder einzelne ein Traum.

Dass sie sich sehen wollten, wurde beiden sehr schnell klar, doch sie trennten 808 km voneinander. Innerhalb von zwei Tagen buchte Lea die Zimmer für eine Pension in der Mitte der Strecke. Ihre Spontaneität gefiel ihm sehr und beide freuten sich jeden Tag mehr aufeinander. Der Schatten, der auf ihm lag, war seine Frau und seine zwei Kinder. Lea wusste zwar, dass die Ehe nur noch auf dem Papier bestand, dennoch wollte sie keine Familie zerstören. Nach ihrem letzten Erlebnis mit einem Mann, mit dem sie seine Trennung durchlebt hatte, hatte er ihr die große Liebe vorgespielt, aber nie wirklich öffentlich zu ihr gestanden. Als „Belohnung" hatte er sie dann mit zwei anderen Frauen hintergangen. Das wollte sie nie wieder erleben. Er hatte ihr das Herz gebrochen. Jetzt ließ sie sich erneut darauf ein. Es fühlte sich so gut an und er tat ihr so unendlich gut. Obwohl beide so weit voneinander entfernt waren, waren sie sich so nah.

Sie konnten sich spüren, obwohl 800 Kilometer zwischen ihnen lagen. So viele Dinge passierten zwischen ihnen, die unfassbar und manchmal sogar unheimlich waren. Ihre Einstellungen zum Leben, ihre Träume, alles schien sich ineinander zu fügen. Sie passten, wie man in Norddeutschland sagte, wie Arsch auf Eimer. Die Sehnsucht, sich gegenseitig noch mal neu kennenzulernen wurde immer stärker. Es war, als hätten sie sich erneut gefunden und nun konnte alles passen. Thorsten ließ sie deutlich spüren, welchen Stellenwert sie in seinem Leben hatte und beide begannen sich wieder ineinander zu verlieben.

Der Weg zueinander war eine Tortur. Die 450 km zogen sich unendlich. Staus und die brütende Hitze waren unerträglich. Nur der Gedanke an den anderen machte den Weg erträglicher. Lea starrte an jenem Freitag des geplanten Treffens voller Vorfreude auf die sich öffnende Zimmertür der kleinen, unscheinbaren Pension, bis er endlich vor ihr stand.

Die Umarmung so fest, dass sich keiner mehr lösen wollte. Ein Augenblick nach 28 Jahren, den keiner mehr erwartet hatte. Beide hatten viel über dieses Wochenende gesprochen und Thorsten legte Lea sehr ans Herz, dass er keinerlei sexuelle Erwartungen an sie hatte und beide die Nähe des anderen einfach nur genießen sollten. Doch ihre Nähe wurde so wunderschön zärtlich und intensiv, dass alles passierte, was passieren sollte. Lea genoss seine sanften Streicheleinheiten. Kein Mann zuvor hatte sich ihr jemals so sehr hingegeben und sie so zärtlich verwöhnt. Thorsten hielt sie so sehr fest, dass sie endlich das Gefühl hatte, angekommen zu sein. Er liebkoste ihre Lippen mit seinen. Seine Finger strichen zärtlich jeden Zentimeter ihres

Gesichtes. Sein Daumen glitt sanft über ihre Lippen und seine Blicken waren dabei so sinnlich und fasziniert, dass sie nichts anderes wollte, als sich ihm genauso hinzugeben.

Die Art und die Leidenschaft, wie er sie liebte und in sie eintauchte, war traumhaft intensiv und schön. Sie liebten sich an diesem Wochenende mehrfach und jedes Mal wurde es schöner, sinnlicher und leidenschaftlicher. Doch genau das sollte ihnen zum Verhängnis werden. Ein so atemberaubendes Gefühl, das zwischen zwei Menschen wunderschön und nicht hinterfragt werden sollte, brachte alles ins Wanken.

Das Wochenende endete mit einem schmerzhaften Abschied. Lea und Thorsten wussten, dass es so kommen würde, denn einen gemeinsamen Rückweg konnte es noch nicht geben. Seine geschriebenen Worte jedoch ließen sie glauben, dass es ein Happy End zwischen Ihnen geben könnte, auch, wenn sie noch einige Zeit Geduld haben musste. Für ihn war sie die neue Frau in seinem Leben. Ja, vielleicht war sie naiv. Vielleicht einfach nur verliebt in den Mann, den sie noch mal neu kennenlernen durfte – in der Hoffnung, dass er es ehrlich mit ihr meinen würde – jetzt, wo sie endlich wieder bereit war, ihr Herz zu öffnen.

Lea setzte sich kraftlos ins Auto. Über 400 km Rückweg lagen vor ihr und die Situation war kräfteraubend für sie. Zu Hause angekommen, schrieb sie ihm, dass sie gut angekommen war; legte sich in ihr Bett und schlief erschöpft ein. Sie las noch, dass auch er gut angekommen war.

Zwei Stunden später saß Lea tränenüberflutet in ihrem Sessel. Alles in ihr zerbrach erneut. Thorstens Gewissensbisse hatten die Macht übernommen. Er selbst beschrieb sich als der Dreckskerl, der immer die anderen verurteilt hatte, die ihre Frau betrogen und nun musste er sich eingestehen, dass auch ihm so etwas passiert war. Er hatte sich einem Gefühl hingegeben, was er so unendlich vermisst hatte.

Der Verrat an seiner Frau und das schlechte Gewissen seinen Kindern gegenüber, die ihn auch noch sehnsüchtig begrüßten, brachten ihn zu Fall. Er hatte die Macht der Gefühle und die Hingabe zu Lea deutlich unterschätzt. Dann auch noch der gute Freund, der ihm ins Gewissen redete, obwohl er ihm selbst ein Alibi gab, gaben ihm den Rest. Heuchlerisch, aber wirkungsvoll. Und Leas Teufelchen lächelte, weil sie erneut den gleichen Weg gegangen war, den sie nie wieder gehen wollte. Einen vergebenen Mann zu lieben! Ihr Herz zerbrach in tausend Teile. Sie wusste, sie hatte keine Chance gegen eine Frau und zwei Kinder und dennoch konnte sie an nichts anderes mehr denken als an seine unglaublich sanften Berührungen auf ihrer Haut. Sein Streicheln, dass sie in eine andere Welt getragen hatte. Seine Finger, die zart über ihre Lippen glitten. Die jeden Zentimeter ihrer Wangen liebkosten, über die jetzt nur noch ein Wasserfall an Tränen strömte. Und trotzdem wird sie es nie vergessen, denn berührte Haut erinnert sich – immer.

Hase Cookie in Paris
Poupon mit den Vergiss-mein-nicht-Augen

Ein Tag wie im Bilderbuch. Die Sonnenstrahlen leuchten in unserem kleinen Holzhaus, das im Garten von Marianne steht. Die Eisengitter glänzen kristallfarben: rosa, grün, blau und gelb. Der Akazienbaum hat rosa Blüten. Gelbe Rosen blühen, Schneeglöckchen, Veilchen, Vergissmeinnicht, diese erinnern mich an die blauen Augen meiner Pariser Freundin Poupon.

OH, wie ich mich nach ihr sehne. Ich bin doch ein bisschen verrückt, wo ich so glücklich mit Noe und meinen 3 Kindern bin. Sie sind doch so unterschiedlich.

KIKI, mein Hasenmädchen, ist wunderschön, ihr weißes Fell mit den rötlich-zarten Streifen, wenn die Sonne scheint, sieht sie aus wie eine Hasenfee.

OKO und ARON, meine 2 Hasenbuben.

OKO, der Starke.

ARON, der Vife.

Haha. Ich bin ein stolzer Hasenvater.

Wenn die Sehnsucht nach meiner Pariser Freundin Poupon nicht wäre. Vielleicht habe ich Reisefieber oder ich befinde mich im Urlaubsfeeling?

NOE – versteht sie es, wenn ich verreise?

Nach Paris in die Stadt der Liebe. Paris. Der Eiffelturm, dieses hohe Eisenmonster, lauter Eisenstäbe, 300 Meter hoch. Vielleicht ist noch die Freiheitsstatue an der Spitze? Mit der französischen Fahne.

Marianne heißt sie: „Wenn sie so ist, wie Marianne: Gerechtigkeitssinn, Bücherwurm, Hunde und Hasenflüsterin?" Dann bin ich richtig in Paris.

Am Liesinger Bach wohnt mein Freund Ändru, der Silberreiher. Er ist groß und seine Flügel kann er ausbreiten mindestens so riesig wie ein Hubschrauber!

Fliegt immer kreuz und quer, die Äste wackeln und die Blätter fallen. Er ist ganz ein Wilder. Ändru liebt die verschiedenen Bäume, die hier wachsen, die Enten, die im Bach schwimmen und wenn Leute Brotwürfel auf die Wiese legen, er kann sich nicht beherrschen, anschließend hat er Durchfall!

Ändru wird mit mir nach Paris fliegen, mit seinem gelben Klappschnabel wird er mich halten?

Überrede Ändru, den Versuch zu wagen!

Mein Vorschlag, nach Paris zu fliegen, er hält mich doch nicht für verrückt?

Französisch lernen sollte ich auch.

Merci, Thank Beaucoup, S'il te plait.

Was meinst du, was man noch alles für Frankreich wissen muss?

Vor allem die Telefonnummern der Rettung und Polizei ...

Ändru fliegt über mir – meine Haare stellen sich auf. Ich rufe, meine Haare stellen sich auf. Willst mich rasieren?

Meine Haare fliegen in alle Himmelsrichtungen.

Herrlich, Cookie, wie du aussiehst? Ändru, wo ich doch zu keinem Frisör gehen will. Haareschneiden. IGITT!

Wenn das Tom hört – dein Frisör?

Cookie, du leuchtest in allen Farben, verwandelst du dich.

Ändru, ich bin sauer auf dich, daher leuchte ich grün, wie grüne Schlatzmasse! Kotz-Kotz!

Aus Cookie wird doch kein Frosch werden? Bist ein Zauberer, Ändru, großes Maul, du Großkotz, führst dich auf wie ein Raubtier. Ich hoffe, es blühen keine Blumen in der Hölle.

Ändru, jetzt kannst du dich beweisen, Schnabel auf, halte mich, wir fliegen nach PARIS.

In BERLIN machen wir halt. WARUM? Mariannes Freundin Margot ist Inhaberin eines Wellnesstempels, in Wedding. Da machen wir Pause.

Ihr Garten ist in der Nähe.

Wenn es so ist, können wir morgen starten! Ich bin in Form.

Schau, Ändru, die Fische halten die Köpfe aus dem Wasser, damit du sie freiwillig verzehren kannst.

Die Mäuse verkriechen sich in die Erde. Maulwürfe machen einen großen Bogen um dich, siehst du die Haufen von Erde?

Krähen schreien und trommeln ihre Sippschaft zusammen. Die Vögel singen, wie bei einem Konzert. Ist ein verrückter Tag heute!

Polljana bellt, sie sieht den Engel YLSI. YLSI ist auch da, will sich verabschieden mit einem Paris-Plan.

Boss (Gott) hat es gehört. Euch Doofen. Ihr zwei, in die Stadt der Liebe?

Wien – Stadt der Musik! Wenn sich die beiden umarmen leuchten rote Musikherzen.

Die Kondensstreifen am Himmel ziehen. Nicht die in der Unterwäsche, sondern die „Weißen" am Himmel.

Cookie, geht es dir so wie mir, ich bin verliebt in Paris!

Meine Gedanken drehen sich gerade um BERLIN.

Alexanderplatz, die Weltuhr ... Date mit Margot? Vor dieser Uhr, wie originell. Viele Liebespaare treffen sich dort. Die U-Bahnen in Gelb, wie in Wien die Post. Pakete in Wien, Fahrgäste in Berlin zum Job.

Berliner Zoo mit den Raubtieren: „Wir brauchen einen Raubtiergutschein, sonst gibt es kein Überleben in Berlin."

Margot – HILFE – bitte einen ausstellen!

Cookie wird nur ein kleiner Abstecher. Keine Angst, du bist doch kein Angsthase.

Auf los geht's los – Messer, Schere, Kopfnuss ... betäubt, ich nehme dich, Cookie.

We are flying!

Häuser, Bäume, Berge, Wolken – Alexanderplatz ... Garten ... Kaputt ... Wasser ... Margot!
Wir sind in Berlin – deine Stelzenfüße, Ändru, unter die Dusche.
Ändru, meinen Rücken hast du total ausgedehnt, mit deinem Schnabel. Jetzt habe ich eine „GLATZE" auf dem Rücken?
Eine Sonne hast du, Cookie. Bist du ein absurder Reiher.
Wir müssen nach Paris.
Margot macht dir eine Stone-Massage, exklusiv eine Reiki-Behandlung und alles ist perfekt.
Cookie, du hast dann Energie für 100 Jahre.
Ändru, deine Beine kann sie auch behandeln, mit einer Fußreflexzonenmassage! Da darf sie fest kneten.
Die Berliner Luft macht mich hungrig, ich gehe Karotten ernten. Margot besorgt dir Schabenfleisch. Faschiertes in Wien. Tartar in Paris.
Ich möchte FISCH!!! Vom Kreuzberg-Markt!
Mein lieber Ändru, was du alles willst, habe ich doch mein Geldbörserl vergessen. GELD-MARIE.
Fisch habe ich für meinen Reiher, klar doch, heute frisch gekauft.
HURRA. HURRA – er ist da. Der Fisch. Danke.
Margot, in deinem Garten blühen rosa Röschen, darf ich einen Strauß zu meiner Freundin POUPON mitnehmen?
Nee, dafür wirst du etwas tun, Cookie? Einen Schmatz geben sagen wir Wiener. Busserl? Kuss natürlich, sagt ihr in Deutschland.
Margot, mir wird heiß, ich glühe wie ein Vulkan und verstaubt bin ich auch. Spritz nicht so – statt Kuss schmutzige Regendusche.
Ändru und Margot, ich bin jetzt ein toller Hecht, gepflegt ... ich putze mir jeden Tag meine Zähne, mit Gras.
Wirst ein eleganter Pariser.
Jetzt singen wir noch gemeinsam den Song von Hildegard Knef. Für euch soll es rote Rosen regnen, es sollen euch zwei Wunder begegnen ...
Ja, so soll es sein!

Die Vergissmeinnicht-Augen warten auf mich – Poupon ich bin doch verknallt? Bei der Seine wird sie sein, in der Nähe des Eiffelturms. Träum weiter, Cookie bis morgen – Träume machen schön!

Guten Morgen – Ändru, ich habe geträumt, wir sind schon in Paris!

Cookie bereit, ich nehme dich mit meinem Schnabel und ab geht der Flug!

Konzentration, wir fliegen ...

Ändru, ich sehe schon von Weitem den Eiffelturm, dieses Stahlgerüst! Meisterwerk der Eisenkonstruktion. Höhe 320 Meter, auf vier gemauerten Sockeln, 3 Plattformen und einen Balkon, man kann von allen Seiten in vier Himmelsrichtungen schauen.

Mit den Schauen, das ist so eine Sache nur Häuser ...!

Cookie, ich sehe die Brücke vor dem Eiffelturm über die Seine. Da werden wir landen!

Grünfläche – Boote – Wasser. Poupon flaniert jeden Tag entlang der Seine.

Von ihr weiß ich, es gibt auch Bäume hier. Wunderschöne. Denn bei einem von ihnen ist sie zu finden.

Mittagsschläfchen und Karotten von Margots Essen. Fisch haben wir auch.

Margot hat uns einen kleinen Rucksack mitgegeben in Rot mit der Aufschrift: "Immer bereit".

Sie verwechselt uns doch nicht mit Pfadfindern?

Cookie, hast du den Rucksack bemerkt auf meinem Rücken? Ja. diese LEUCHTSCHRIFT in Gelb hat mich total geblendet. Ich sehe nun ROSA. Rosa – jetzt muss ich lachen und mit dem Schnabel klappern – Rosa Augen können nur verliebte Hasen haben.

Cookie, kannst noch schauen? Die Schiffe – die Passagiere winken uns. VIVA FRANCE!

OL La La ... wir sind da!

AMOURE ... MARIANNE – würde sofort singen ... 194 Länder von Mark Forster. Dreaming von Ty Tender. Was kann denn schon geschehen, ich glaube, ich liebe das Leben!
Sie ist die „GREASY" Madame.
Cookie, rede nicht so viel von Marianne, sonst bekomme ich Sehnsucht nach ihr.
Ändru, wir sind in Paris, Stadt der Liebe, da kann man verrückt, entzückt werden.
Cookie jetzt müssen wir nur den Liebesbaum, wo sich vermutlich Poupon aufhält, suchen?
Mit dem Herzen eingestanzt für die Ewigkeit. C+P?
UFF, jetzt muss ich lachen, so verrückt ist nur Liebe in Paris.
JA, JA, zu Hause in Wien –
NOE und 3 Kinder? HAHA.
HURRA, Cookie „C 'EST la VIE", so ist das Leben!
Cookie, hinter dem Liebesbaum POUPON, von Weitem sehe ich schon ihre Vergissmeinnicht-Augen!
Diese Augen –BLAU bis Atlantis-Meer-Wellen-STÜRME ... das Herz macht BUM. BUM.
Liebe kann wunderschön sein. Rotes Herz-Cookie?
Umarmung "WUNDERVOLL" Schmatz links und rechts – BUSSERL, wie im Traum.
Cookie und ÄNDRU.
DU-Beau!
Poupon – ich flaniere jetzt mit euch zum Place de VOSGES. Stadtteil Marais. Ein quadratischer Platz 140 x 140 Meter. Mit einem rechteckigen Brunnen und das Reiterstandbild Ludwig XIII. Wir können picknicken und uns sonnen lassen.
Cookie – du kannst dein Fell ausziehen? ÄNDRU, hier im Park? Dir werde ich gleich ein paar Federn rupfen!
Ob es Goldfische im Brunnen gibt?
Die Orange leuchten wie die Sonne, wenn sie dich sehen, ÄNDRU, bekommen sie eine rote Farbe – Vorsicht, „Gefahr"!

Legen wir uns in das Gras – Pfoten strecken – Stelzen bewegen.

Herrlich, dieses Gefühl, Poupon neben mir, wie wenn die Zeit stehen geblieben wäre.

Schmetterlinge im Bauch, Herzflattern!

Ich könnte springen, tanzen und Poupon umarmen! Cookie, bist du im Land der Träume.

ÄNDRU, ja, aber man muss auch ein bisschen verrückt sein.

Cookie – Morgen am Place de la Bastille!

Diese Säule – Erinnerung der Revolution – muss ich unbedingt sehen. 47 Meter hoch!

Auf der Spitze „Geist der Freiheit"! In vergoldeter Bronze. Wie gigantisch!

Ändru, ich will aber in den Park von Versailles zum Liebestempel. Mit den 12 korinthischen Säulen rund um die Statue Amors, der seinen Bogen schnitzt.

Cookie, jetzt erlebe ich Paris. Sieh dir einfach mal die Kaffeehäuser an, wie in Wien, nur die Menschen hier in Paris verzehren die Mehlspeise und den Kaffee zu schnell. Die Croissants und Baguettes? Die Männer – Kellner in Anzügen – weiße Hemden und schwarze Hosen wie Pinguine. Das Parfum raucht aus ihnen heraus wie ein Schornstein.

Pleasure, Merci ... nicht SERVUS, Hallo, Dankeschön ... ich habe Heimweh!

Komm, verabschiede dich von den Vergissmeinnicht-Augen – wir fliegen heim.

Ändru, du bist der Supermann, ich habe festgestellt, in Wien ist es wunderbar.

Mariannes Garten, meine Noe – der Pfeil, der mich getroffen hat von AMORE – ich spüre ihn nicht mehr.

Die Sehnsucht nach Wien ist unbeschreiblich!

Morgen starten wir – retour in die Heimat.

Genieße, schaue in die Vergissmeinnicht-Augen und nimm Abschied – COOKIE.

AU ReVOIR ... meine Liebe, es war wie im Traum, aber Morgen „ABEND" bin ich wieder in Wien.
Die Pariser Straßen haben menschliche Eigenschaften, denen gegenüber wir machtlos sind.
Adieu 'm AMORS ... oft sind wir machtlos.
Gymnastikübungen, meine Stelzen strecken, die Flügel aufwärmen, mein Schnabel klappert und Cookie, wir fliegen!
Wie ein Turbo-Antrieb ästhetisch – provinziell – höre ich auf vielleicht noch poetisch!
Wiesen, Wälder und dieses kleine Häuschen an der Liesing.
Heimweh –Marianne empfängt uns. Hast du uns vermisst?
Meine Lieben und wie! Noe und deine Hasenkinder warten schon.
COOKIE-AMOURE – VORBEI?
Marianne, ich liebe meine Familie, es war ein Traum und Träume sind doch wunderschön ... ODER?

Gedicht

Sommer in Wien

Weißt du, wie der Sommer wirkt,
wie Sonnenstrahlen leuchten, blinken, kitzeln,
wie sie die Blässe der Haut verfärben,
wie Schmetterlinge im Gerstenmalz,
die Sonnenrose heißen,
wie Fische in der Liesing schwimmen,
wie Kinder herumtoben,
die Erwachsenen einen Meter im Elefantenabstand –
ihre Liebesschwüre preisgeben.
Ich mit den Wörtern schmuse,
ja, es ist Sommer,
auch für euch, für uns ALLE – genießt das Leben!

Gedichte

Das Kübelkind oder Panta rhei

Ach du, mein liebes Kübelkind,
Wir sind jetzt, wo die Winde sind:
Am Meer, am Meer.

Stockrosen platzen rot an grauen Wänden.
Weißer Sand glüht rau auf engen Stränden
Am Meer, am Meer.

Im flachen Wasser steht ein Mann
Und sucht, was er nicht finden kann
Am Meer, am Meer.

Er spricht zu sich: Das Kübelkind,
Das Kübelkind ich nicht mehr find'.
Es ging verloren in dem Wind
Am Meer, am Meer.

Ach du, mein liebes Kübelkind,
Wir sind jetzt, wo die Winde sind:
Am Meer, am Meer.

An Strand liegen

Am Strand liegen,
Die Zehen in den heißen Sand bohren,
Dem Wasser zuhören,
Dem Schrei der Möwen;
Den Segelbooten folgen
Und auch dem Dampfer
Fern am Horizont.
Den Sand durch die Finger rieseln lassen,
Den Strandhafer bewundern
Und den Flug der Seeschwalbe.
Wenn du den Stein aus dem Wasser fischst,
Verliert er seine Schönheit.

❦

Lösung

Die Türe quietscht.
Ich sage: Sie singt.
Und schon ist es
Erträglich.

❦

Tassengedichte (Auszug)

Wie alles begann

Auf dem Tisch stand eine Tasse,
Nein, keine Tasse wie gewohnt,
Nein, diese Tasse war bewohnt.
Ein Tier umrundete mit seines Körpers Masse
Das graue Einerlei der Tasse.
Ganz friedlich stands wie alle Tage
Und stellte doch die bange Frage:
Wo komme ich her, wo geh ich hin?
Hat denn mein Leben einen Sinn?
Wer von den Trinkern löst die Fragen?
Da sagte ich: Ich will es wagen!

Kuh

Kühe weiden auf den Tassen
Wir haben sie das machen lassen,
Weil wir die Milch, die sie uns spenden,
Als Kaffeesahne gern verwenden.
Allein die großen grünen Fladen
Wollt auf den Tassen niemand haben.
Kultur liebt meistens nur das Schöne
Und nicht das Dunkle und Obszöne.
Die Wirklichkeit kann man auf Tassen
Nur ohne Fladen wirken lassen.

Fliege

Die Fliegen machen – keine Frage –
Den ganz normalen Tag zur Plage.
Sie summen immer um die Köpfe
Aller duftenden Geschöpfe.
Drum besser dieses Summgetier
Als Bild zu einer Tassenzier
In Ton gebrannt.
Kein dunkler Fleck an heller Wand.
Auf Tassen folgt man mit Vergnügen
Den meisterlichen Fliegenflügen.

Spinne

Die Spinne konnte es nicht fassen:
Ihr Netzwerk klebt auf Kaffeetassen.
Rund um die Tasse wird erfasst,
Was so in eine Tasse passt:
Kaffee und Zucker, Milch und Worte
Und auch das Stückchen Sachertorte.
Nichts bleibt der Spinne jetzt verborgen.
Der Kaffeetrinker macht sich Sorgen.

Krokodil

Ein Krokodil schnappt gerne zu.
Hat es geschnappt, dann gibt es Ruh.
Für Taschen, Schuhe, Ottomanen
Wurd es gejagt von unseren Ahnen.
Die Haut von diesem Ungeheuer
Ist schön und leider auch sehr teuer.
Doch selten liegt es auf dem Becher
Eingefleischter Kaffeezecher.
Darob war es oft eingeschnappt,
Dann hats in diesem Buch geklappt.

Schluss

Oskar heißt des Nachbarn Hund.
Er ist gelb und treibt es bunt.
Er hat nichts zu tun mit Tassen,
Drum könnt man ihn beiseitelassen.
ABER: Das Ende kündigt keiner besser
als dieser kleine Mäusefresser.
Mit ihm, wir können's noch nicht fassen,
verlassen wir bemalte Tassen
Und kehren in die Welt zurück.
Vielleicht ein kleines Stückchen weiser,
Vor allem aber etwas leiser.
Wir lassen Spinnen, Fliegen, Ziegen
Auf den Tassen ruhig liegen,
Weil wir – selbst beim späten Spülen –
Ihre Liebe zu uns fühlen.

Voer om over na te denken

Eindelijk is het zover. Alles heb ik er voor over om de dag fantastisch te laten verlopen, een dag om niet te vergeten. Niets wat mij in de weg staat. Ik kan zomaar invulling geven aan mijn wensen en verlangens. Mijn God, waar heb ik dit aan te danken?! Vervelende gedachten, een lichaam dat anders niet mee wil werken, alles schijnt geparkeerd te zijn. De dag zal moeten aanvoelen als overweldigend en niet minder. Is dit veel gevraagd? Ik moet mij niet begeven in hopeloze varianten van dit leven. Het zou zo moeten zijn dat ik, als ik eraan terug denk, niets anders meer wil dan leven. Er moet een verlangen vanuit gaan, een verlangen dat overheerst en een zoete smaak achterlaat.

Laat ik geen verwachtingen koesteren. Is het mogelijk zonder verwachtingen in dit leven te staan? Natuurlijk zou het moeten kunnen.

De vraag of het zonder kan in dit leven is niet met zekerheid te beantwoorden.

Op een andere manier tegen de dingen aankijken, zou dat niet de oplossing zijn? Een verwachting die misschien niet uitkomt, kan op deze wijze ondervangen worden, is mijn gedachte.

Even naar buiten om van de frisse lucht gebruik te maken. Achter in de tuin zal de plek zijn waar ik eerst naartoe ga. Niet nadenken over de dingen in de wereld om mij heen. Alleen te voelen hoe heerlijk het is om in de tuin te zijn.

Hoe geluiden van vogels en omgeving op het gevoel inwerken.

Een roodborstje op de tak, duiven die koeren op het dak, het schildpad in de vijver, waar de vissen hun leven leven. Onze honden die blijk geven van hun aanwezigheid. Als dit geen goed begin is, waar gaat het dan naartoe?

Hoe ver gaan die gevoelens van bewustwording?

Leef als het roodborstje, de duiven, het schildpad en de vissen. Onbekommerd als de honden.

Ik ben mij van de pracht bewust, de natuur die eigenlijk wil aangeven hoe goed het leven kan zijn. Een frisse kijk op de natuur doet wonderen. Alles gaat zoals het gaat.

De kracht die uitgaat van een ontkiemend zaadje is als die van een vulkaan die op uitbarsten staat. De processen die zich afspelen in de kern, leidend tot deling van de cel tot de vorming van een prachtig natuurwonder.

Het spreekt mij aan en ik krijg er een weemoedig gevoel van.

Ik ga te rade bij mijn raadgever, het verstand dat continu in mij werkt en mij terzijde staat. Laat ik hem gemakshalve Cerebro, mijn beste vriend, noemen.

Een naam waarin het woord cerebrum verborgen zit, de oplader van mijn denkwerk, de levenskracht.

'Cerebro, weet dat ik de dag goed zou willen beginnen. Ik ben er klaar voor.

Kan en mag ik liefde ervaren? Is een afwachtende houding niet het beste?

Zeg mij, moet ik geduldig toezien of zijn er manieren om het ongrijpbare in mijn bezit te krijgen? Het woord bezit lijkt mij egoïstisch.

Is liefde dan niet egoïstisch?'

'Mijn beste vriend, laat ik je dit zeggen: liefde is alles wat een mens nodig heeft. Verlang ernaar maar eis het niet op. Je zult ontdekken dat, als je er actief naar op zoek bent, je er dan bekaaid van af komt.

Sta open voor het mooie in dit leven. Geef de warmte die je hebt aan je metgezel, je geliefde of aan wie je je vertrouwen schenkt, mogelijk aan degene die op je wacht. Ontdek dat geven je gelukkiger maakt dan te ontvangen.'

'Cerebro, zijn er verschillende soorten verlangens? Als geven gelukkiger maakt dan ontvangen, waarom is het dan zo lastig om weinig of niets te bezitten? Bezit is toch een aards genot waar een hemels smaakje aan vast kleeft? Waarom is het moeilijk om bezit af te staan?'

'Het zou duidelijk moeten zijn dat materieel stoffelijk bezit vergankelijk is.

In ieder geval tegenovergesteld is aan onstoffelijke geestelijke rijkdom, die je meedraagt het graf in voor het leven na de dood. Wordt de mens daar niet op afgerekend, mijn beste vriend?

Is daar iets zinnigs op te zeggen, of is er een antwoord dat dicht in de buurt komt van de waarheid? De waarheid die zichzelf niet prijsgeeft.

Als je wilt dat mensen blij met je zijn, geef ze dan onvoorwaardelijk wat van je aardse bezit en schenk dat aan hen die het nodig hebben.

De liefde van het geven wordt vertaald in blijdschap die niet in woorden is uit te drukken.'

'Het denken heeft mijn ogen doen openen, mijn dank daarvoor. Ik voel dat de dag goed begint. Ik zal eerst mijn vrouw verrassen en zeggen dat ik van haar hou. Daarna zal ik wat geld overmaken naar mensen die lijden en niets bezitten. Mijn kinderen zou ik op een etentje willen trakteren. En met zijn allen en de familie ergens een huisje huren. Mijn vrienden verrassen op een terrasje.

Die gedachten alleen al maken mij gelukkig, beste Cerebro.'

Als ik mijn gedachten de vrije loop laat gaan, ontdek ik veel tegenstrijdigheden. Weinig bezitten en toch alles weggeven door mensen die zelf moeite hebben om rond te komen, daar heb ik grote bewondering voor.

Mensen die in overvloed leven en niets weg kunnen geven, maar alles voor zichzelf houden, daar heb ik geen goed woord voor over.

Het is moeilijk mijn oordeel achterwege te laten, het laat mij niet los dat er mensen zijn die in rijkdom leven en niet kunnen delen met hun medemens.

Verdriet en boosheid voeren bij mij de boventoon.

Kon ik alles maar weggeven aan hen die zelfs geen dak boven het hoofd hebben en zien dat zij gelukkig worden.

Laat ik dit zeggen, ik ben daartoe niet in staat. Ik kan me niet losmaken van het aardse bezit. Eigenlijk moet ik me daar diep voor schamen. Kon ik maar de helft weggeven, mogelijk voel ik mij dan bevrijd van die tegenstrijdigheden.

De dag begint aan de wastafel in de badkamer. Het opfrissen na een heerlijke nacht geslapen te hebben doet de mens goed.

Nieuwe energie volop aanwezig, ik voel mij als een vis in het water.

Dromen

De wereld om je heen vergeten.
Ergens te zijn waar je niet bent.
Omhuld door schimmen en door gedachten bezeten.
De geest is daar waar niemand hem kent.

Er ontwaart flarden van herkenbare bron.
Niet weten zet zich voort in activiteit van de ogen.
Beelden die komen, verdwijnen als sneeuw voor de zon.
Uit de slaap ontwaakt, het voelt als bedrukt en opgetogen.

Eens werd ik wakker van een bijzondere droom.
Of was het een ingeving met een bepaald doel?
Ondanks de vele emoties hield ik die in toom.
Geïnspireerd door een idee met een goed gevoel.

Maak je dromen waar en ga ervoor.
Het gegeven dat zomaar in en bij je op is gekomen.
Een vingerwijzing die je brengt op het goede spoor.
Grijp die aan als teken van Gods dromen.

Auszug aus Romanprojekt „Taranto"

Trafalgar Day 1940 war Geschichte. Der 135. Jahrestag der berühmtesten Seeschlacht des britischen Empire war unspektakulär vorbeigegangen. Und damit auch das Ereignis, das eigentlich in der vergangenen Nacht hätte stattfinden sollen. Aber alles war ruhig geblieben, nichts hatte den Schlaf gestört. Etwas Überraschendes, etwas Unvorhersehbares musste geschehen sein, hatte der Geschichte einen Strich durch die Rechnung gemacht. Grund genug, nervös zu sein.

Admiral Cesare Malvezzi lief unruhig vor seinem Kartentisch auf und ab. Es war noch früh am Tag, die Brücke nur schwach besetzt. Die Hälfte der Mannschaft war auf Landurlaub und der Rest lag noch in den Kojen, kurz vor dem üblichen Morgenappell. Leichte Nebelschwaden ankerten über dem äußeren Hafenbecken von Taranto, dem Mar Grande, und es hatte zu nieseln begonnen. Kühle Luft strömte in den metallbeschlagenen Raum und blätterte in den Mappen und Dokumenten, die auf dem Tisch lagen. Die späten, ungewöhnlich kühlen Oktobertage und der kalte, stählerne Rumpf des Kriegsschiffes, das sich Littorio nannte, schienen die Hitze des Sommers für immer vergessen machen zu wollen.

Man konnte es drehen und wenden wie man wollte, es machte einfach keinen Sinn. Was war da draußen geschehen? Hatten die Engländer gar ihre Pläne geändert? Die Ungewissheit machte dem Admiral schwer zu schaffen. Schließlich trat er durch das offene Schott hinaus in den Morgen, hinaus auf den offenen Laufgang, der die ganze Brücke umschloss. Dort lehnte er sich gegen das stählerne Schanzkleid und ließ sich die leichte Brise um die Nase wehen. Er legte seinen Kopf in den Nacken, genoss die kühle Nässe in seinem Gesicht. Manchmal kann Regen auch etwas Beschützendes haben, nur nicht heute, nach dieser schicksalshaften Nacht. Er trat ein paar Schritte zur Seite, lehnte sich über die Reling und ließ seinen Blick den mächtigen Schiffsrumpf hinab ins dunkle Wasser fallen, in die runzelige Elefantenhaut seiner geliebten See. Schon seit er denken konnte, hatte das Meer ihn gerufen, hatte er sein Leben dem einen Ziel gewidmet: die Wasser der Ozeane zu befahren. Ausgebildet in der Accademia Navale in Livorno hatte er, als privilegierter Sohn einer Landadelsfamilie Piemonts, schnell Karriere in der Regia Marina Italiana, der königlichen Kriegsmarine gemacht. Von ersten Geleitschutzfahrten in der Adria während des Ersten Weltkriegs bis hin zu den aktuellen Einsätzen vor der libyschen und abessinischen Küste, immer war er für sein Land ganz vorn mit dabei gewesen. Nein, als Stubenhocker konnte man ihn wahrlich nicht bezeichnen. Cesare Malvezzi gehörte auf die Brücke eines Schiffes, nicht in die dunklen Korridore, Büros und Konferenzräume einer maritimen Einsatzzentrale. Die Arbeit in den Stäben der Supermarina in Rom, für die er hin und wieder abkommandiert wurde, war ihm zutiefst verhasst. Nur dank seiner exzellenten Beziehungen war es ihm immer wieder gelungen, nach kurzen Zwangspausen wieder zur See zu fahren. Diesmal hatte man ihm sogar ein hohes Schiffskommando übertragen, die Befehlsgewalt über die südlichen Flotteneinheiten in und um Taranto.

Er konnte wahrlich stolz auf des Erreichte sein, und trotzdem wollte sich dieses Gefühl bei ihm nicht einstellen. Lange hatte er, getreu seiner soldatischen Pflicht, einem Regime gedient, dessen er sich nun zunehmend schämte. Vor allem in Libyen und Abessinien hatte er zusehen müssen, wie Persönlichkeiten und die Menschlichkeit in Trümmer gelegt wurden. Und seit dem unseligen 10. Juni dieses Jahres war seine geliebte Heimat im Krieg, im Krieg gegen einen übermächtigen Gegner. Der faschistische Machthaber in Rom hatte sich einem größenwahnsinnigen Verbündeten an den Hals geworfen, sich in einen Konflikt gegen den Rest der Welt hineinziehen lassen, der nicht zu gewinnen war. Er war überzeugt, dass sein geliebtes Italien aus diesem Krieg in eine schmachvolle Niederlage und ins Elend katapuliert werden würde. Noch war es streng geheim und nur ein erlauchter Kreis war eingeweiht, aber genau in einer Woche würde sein Land von Albanien aus in Griechenland einmarschieren und damit eine weitere Front gegen die Alliierten eröffnen, mit wahrscheinlich fatalen Folgen. Aber die räuberische Expansionspolitik des Duce kannte offenbar keine Grenzen mehr und die militärische Elite des Landes folgte ihm willfährig.

Seufzend richtete er sein Fernglas nach Norden, auf die zunehmend erwachende Stadt. Sein Blick wurde durch das diffuse Licht des anbrechenden Tages, durch den Vorhang nieselnden Regens und durch die Aufbauten eines gewaltigen Schlachtschiffs behindert, das direkt vor ihnen ankerte, der Caio Duilio. Trotzdem konnte er in der Ferne den schmalen Kanal ausmachen, der den inneren Hafen, den Mar Piccolo, mit dem äußeren Hafen, dem Mar Grande, so spektakulär verband. Auch die Drehbrücke war zu erkennen, die dieses Nadelöhr für jedes ein- und auslaufende Schiff überspannte und damit die Neustadt mit der auf einer flachen Felseninsel liegenden Altstadt, der Città Veccia, verband. Backbordseitig ging das Mar Grande in den Golf von Taranto über, durchbrochen von den vorgelagerten Inseln San Pietro und der Isoletto San Paolo, auf denen gerade noch erkennbar Flakgeschütze drohend in den Himmel ragten. Nicht zu sehen, aber trotzdem da: Hunderte Minen knapp unter der Wasserlinie, welche die Einfahrt vom Golf in den äußeren Hafen nur durch schmale Zufahrtsrinnen ermöglichte. Dazwischen die Schemen schwimmender Stahlpontons, gespickt mit Flugabwehrgeschützen, Suchscheinwerfern, Horcheinrichtungen, Sperrballons und Torpedonetzen. Tarantos Mar Grande war damit ein bestens geschützter Ankerplatz von etwa sechs Kilometern Durchmesser – und zu seicht für getauchte U-Boote, um unbemerkt hineingelangen zu können. Damit besaß die Stadt einen der am stärksten befestigten Flottenstützpunkte und Militärhäfen der Welt. Wohin der Admiral auch seinen Blick wandte, überall lagen seine Schiffe. Auf der Steuerbordseite der Littorio, in Ufernähe und in der Nähe der Dockanlagen dümpelten im Morgengrauen, aufgefädelt wie auf einer Perlenschnur, die Großkampfschiffe Giulio Cesare, die Vittorio Veneto und die Andrea Doria vor sich hin. Ringsum ankerten noch weitere Schiffe: Kreuzer wie die Fiume und die Zara sowie zahlreiche Zerstörer. Und hinter der Littorio waren die mächtigen Umrisse der Conte di Cavour zu erkennen, mit der ihn viel verband. Schon als junger Kadett hatte er auf diesem Schlachtschiff gedient, das noch vor dem Ersten Weltkrieg vom Stapel gelaufen war und schon viel Marinegeschichte gesehen hatte. Ob diese allerdings so ehrenhaft gewesen war, bezweifelte er mittlerweile immer mehr. Auch seine Karriere nahm er damit nicht aus. Als Oberbefehlshaber der Marineeinheiten hier hatte er seinen Befehlsstand auf der Littorio eingerichtet. Vor ein paar Jahren noch hätte er es nie für möglich gehalten, einmal auf der Brücke dieses brandneuen Schiffs ein eigenes Flottenkommando zu führen. Die Littorio war erst 1937 vom Stapel gelaufen und eines von vier Schlachtschiffen der modernen Vittorio-Veneto-Klasse – das Beste, was italienische Werften zu liefern imstande waren. Mit ihren acht Ölkesseln und den Vierwellen-Turbinen war die Maschinenleistung auf fast 130.000 PS hochgeschraubt worden, was ihr eine Höchstgeschwindigkeit von 30 Knoten ermöglichte. Mit einer Wasserverdrängung von über 41.000 Tonnen, einer Länge von 224 Metern und einer Mannstärke von etwa 1.950 war die Littorio damit ein beachtlicher Kampfkoloss, der es mühelos mit den englischen Kampfschiffen im Mittelmeer aufnehmen konnte. Neun 38 cm-Geschütze und weitere großkalibrige Schiffskanonen, automatische Flugabwehrgeschütze und schwere MG-Nester, geschützt von einer mächtigen 35 cm-Horizontalpanzerung, machten sie im Ernstfall zu einem eisenspeienden Feuerberg. Nur im scharfen Einsatz hatte sie sich noch nicht richtig bewährt, aber das stand ihr zweifelsohne noch bevor. Denn dieser unselige Krieg hatte ja erst seine Klauen geschärft, bevor er wohl gnadenlos zupacken würde. Die Littorio war sein Flaggschiff geworden, kein Superkampfschiff wie die japanische Yamato oder die britische Hood, aber für das Mittelmeer, das Mare Nostrum, wie es der Duce gerne bezeichnete, maßgeschneidert.

An den Kaianlagen des inneren Hafens der Stadt, dem Mar Piccolo, und dem neugierigen Blick verborgen lagen im Moment ebenfalls unzählige Schiffe eng an eng. Darunter mehrere Kreuzer, Zerstörer und U-Boote, unzählige der schnellen Torpedoboote, Minensucher, einige Tanker und Versorgungsschiffe, dazu zwei Lazarettschiffe. Auch das Marinearsenal mit seinen ausgedehnten Dockanlagen und die Wasserflugzeugstation waren dort zu finden. Eine beachtliche Flottenkonzentration in den beiden Hafenbereichen, die aber, nach Ansicht des Admirals, bewegungslos und defensiv auf dem Präsentierteller lag. Seit dem Ausstieg Italiens 1935 aus dem Washingtoner Marineabkommen, das die Tonnage und die Anzahl schwerer Kampfschiffe der großen seefahrenden Nationen beschränkte, war von der Regia Marina der zügige Ausbau ihrer Seestreitkräfte vorangetrieben worden. Damit besaß Italien die derzeit fünftgrößte Flotte der Welt.

Während der Admiral seinen Gedanken nachhing, trat sein Adjutant, Capitano Carlo Biffi, aus dem Schatten der Brücke und lehnte sich neben seinem Vorgesetzten an die Reling. Biffi bewunderte diesen klein gewachsenen, kahlköpfigen Mann in seiner marineblauen Uniform. Er hatte etwas, das andere hohe Offiziere der Regia Marina nicht hatten: Humor und Empathie, soweit man sich das in seiner Position überhaupt leisten konnte. „Ammiraglio …", begann er, nachdem er seine Umgebung gründlich auf ungeliebte Zuhörer geprüft hatte. „Sie sollten sich nicht allzu viele Sorgen machen. Die andere Seite wird ihre Gründe gehabt haben. Bald wird es eine weitere Gelegenheit geben. Wir können uns jederzeit wieder darauf einstellen, jederzeit angemessen reagieren. Sehen Sie es einfach als gelungenen Testlauf." Er begann an seinen ausgestreckten Fingern aufzuzählen: „Die Lieferung von Wasserstoff für die Sperrballons konnte, wie geplant, verzögert werden. Daher sind nur wenige aufgestiegen. Die Torpedonetze sind und bleiben auf absehbare Zeit sowieso nur notdürftig gesetzt. Auch um die Schiffe herum sind viele Lücken. Es besteht zudem kein Grund, die Männer in erhöhter Alarmbereitschaft zu halten. Kein Mensch, auch die Supermarina nicht, rechnet mit einem Angriff. In den Augen aller wäre das reinster Selbstmord. Alles verlässt sich auf unsere augenblickliche Flottenstärke hier. Also kein Grund, am Erfolg zu zweifeln, Ammiraglio. Das Ereignis ist nur verschoben und Monsignore wird uns sicherlich neue Nachrichten bringen."

Der Admiral nickte bedächtig. „Ja, wahrscheinlich haben Sie recht. Die Ingleses können und dürfen nicht auf eine solche Gelegenheit verzichten. Und trotzdem haben wir noch einen langen Weg vor uns. Kriege werden am Ende gewonnen, nicht am Anfang, Biffi. Und seit der Duce vor sieben Jahren sich das Heeres- und Marineministerium unten den Nagel gerissen hat, sind nur faschistische Lakaien und Günstlinge in den Stäben der Supermarina. Alles Idioten, keine Ahnung von taktischer und strategischer Seekriegsführung. Nicht von ungefähr kommen solche Befehle, den Schlagabtausch in offenen Gewässern zu vermeiden, um unsere teuren Schiffe zu schonen. Ich halte nichts von dieser kurzsichtigen Doktrin der ‚abschreckenden Präsenz': die Annahme, dass die bloße Anwesenheit einer starken Flotte den Gegner vor feindseligen Aktionen abhält. Jetzt liegen wir hier herum, nur defensiv, und warten. Ziehen uns zurück in die scheinbar sicheren Häfen. Gut für uns im

Moment, Biffi, aber schlecht für die Regia Marina und ihren Stolz. Da beneide ich diese Ingleses. Deren Kommandierende scheuen nicht die Konfrontation, suchen aggressiv den Kampf Schiff gegen Schiff. Sie werden es noch erleben, Biffi, dafür werden die Ingleses die Früchte des Erfolges einfahren, früher oder später. Und wir helfen ihnen dabei." Der Adjudant senkte seine Stimme. „Sie wissen, Sie gehen damit ein großes Risiko ein, Ammiraglio."

„Sie auch, Biffi, Sie auch. Und ein paar Eingeweihte in der Supermarina ebenfalls. Glauben Sie ja nicht, dass mir das alles leichtfällt. Ich hadere mit dem Schicksal. Für alle Beteiligten ist das Unternehmen höchst riskant, und auch wenn alles nach Plan läuft, wird es auf beiden Seiten Opfer geben. Vor allem werden es Italiener sein, Biffi. Gnade uns Gott! Die Geister, die wir riefen, Biffi, die werden wir jetzt nicht mehr los."

Eine peinliche Pause entstand. Der Adjudant räusperte sich: „Wir verkürzen damit ein sinnloses Gemetzel, einen vielleicht langjährigen Krieg." Dann deutete er auf die Bordwand nach unten: „Ich vertraue auch auf unser geniales Schutzsystem. Es wird Schlimmeres verhindern." Das Schutzsystem war eine italienische Erfindung, auf die man wahrlich stolz sein konnte. Große, wulstförmige Verkleidungen, die knapp unter der Wasseroberfläche entlang der ganzen Schiffslänge vom Bug bis zum Heck verliefen, nahmen große Luftzylinder auf, die als Puffer im Fall eines Torpedotreffers an oder knapp unter der Wasserlinie fungierten. Die Explosionsenergie eines detonierenden Gefechtskopfs sollte damit den Schiffsrumpf nur abgemildert erreichen. Der Admiral schüttelte den Kopf: „Ja, ja, der gute, alte Umberto Pugliese, der Schöpfer der Littorio-Klasse und unseres Schutzsystems. Ist übrigens ein alter Freund meiner Familie. Hat jahrelang an dieser Schutzeinrichtung herumgetüftelt. Aber Sie wissen ja, dass sich das Pugliese-System im scharfen Einsatz noch nicht bewähren konnte. Ich habe da so meine Zweifel. Aber jetzt, Biffi. Lassen Sie zum Morgenappell antreten und die Barkasse bereit machen. Andiamo! Sie wissen ja, mio fratello hat es nicht gerne, wenn man ihn lange warten lässt." Während der Admiral in die Brücke zurückkehrte und den Niedergang zu seiner Kajüte hinabstieg, spielten seine Hände unbewusst mit einem Stück Papier in seiner Uniformjacke. In seiner spartanisch eingerichteten Kajüte angekommen, zog er es hervor. Es war das Foto eines würdevollen, freundlich dreinblickenden Mannes in weißer Admiralsuniform und Schirmmütze, die Brust voller stolzer Orden. ABC, oder Admiral Sir Andrew B. Cunningham, war seit etwa einem Jahr Oberbefehlshaber der britischen Mittelmeerflotte. War er wirklich der neue Nelson, wie von ausländischen Zeitungen immer wieder propagiert? Eigentlich war es anmaßend, ihn mit dem größten Seelord aller Zeiten zu vergleichen, mit dem Helden viel beachteter Seesiege wie St. Vincent, Abukir, Kopenhagen und dann natürlich Trafalgar. Während seiner Studienzeit hatte er viel über dieses taktische Genie gelesen und die Seeschlacht aller Seeschlachten in allen Einzelheiten studiert. Die siegreiche Schlacht gegen die französisch-spanische Armada hatte indirekt zur Niederlage Napoleons auf dem europäischen Festland beigetragen und damit die Geschichte Europas wesentlich beeinflusst. Die Schlacht am Kap von Trafalgar, südlich der spanischen Hafenstadt Cádiz, schaltete Frankreichs Flotte als Rivalin der Royal Navy endgültig aus. Napoleon war fortan nicht mehr in der Lage, die uneingeschränkte Seeherrschaft Großbritanniens zu gefährden, die im Lauf der Jahrhunderte immer weiter ausgebaut werden konnte. Admiral Horatio Nelson fiel zwar in der Schlacht, wurde damit aber endgültig zum englischen Volkshelden. Der berühmte Tagebucheintrag Nelsons vor der Schlacht hatte sich tief in Cesare Malvezzi eingebrannt. Er konnte ihn auswendig zitieren:

Montag, 21. Oktober 1805. Sichtete bei Tagesanbruch die Vereinigte Flotte des Feindes in Ost bis Ostsüdost; hielt darauf zu; setzte das Signal, Schlachtordnung einzunehmen und zum

Gefecht klarzumachen; der Feind lief in südlicher Richtung: Um sieben halsten die feindlichen Schiffe nacheinander. Möge der große Gott, den ich verehre, meinem Lande zum Wohle ganz Europas einen großen und glorreichen Sieg verleihen; und möge keine Pflichtverletzung irgendeines Mannes ihn trüben; und möge Menschlichkeit nach dem Sieg der vorherrschende Zug in der britischen Flotte sein. Für mich persönlich vertraue ich mein Leben dem an, der mich geschaffen hat, und möge sein Segen sich auf meine Bemühungen legen, meinem Lande treu zu dienen. Ihm gebe ich mich und die gerechte Sache anheim, deren Verteidigung mir anvertraut ist. Amen, amen, amen.

Trafalgar Day wurde im Gedenken an den Sieg zu einem inoffiziellen Feiertag und der 21. Oktober zu einem symbolträchtigen Datum, dessen sich die Engländer immer wieder gerne bedienten. Auch in diesem Jahr sollte dieser Tag etwas Besonderes bringen. Der Trafalgar Day des Jahres 1940 aber war vorbeigegangen und das Ereignis hatte nicht stattgefunden. Warum, verdammt noch mal? Hatte dieser ABC, dieser neue Nelson, versagt oder es sich einfach anders überlegt? Konnte man ihm und seinem Stab überhaupt trauen? Er, Cesare Malvezzi, spielte ein wahrlich riskantes Spiel. Und er war abhängig von einem zutiefst misstrauischen Feind. Hoffentlich war dieser Cunnigham ein Ehrenmann. Er hoffte auf das gegebene Wort dieses neuen Nelson, und er hoffte, bald mehr zu erfahren. Admiral Cesare Malvezzi entschied sich, mit dem Frühstück zu warten, bis sein Gast an Bord sein würde …

Zu lang, zu lange schon ...

Das Morphin entfaltete seine Wirkung. Das Morphin tat ihm gut. War wie immer sein Verbündeter, hatte es ihn doch durch all seine Siege und Niederlagen begleitet. Zwar hinterließ es bei ihm die schon vertraute Benommenheit, aber das würde vorübergehen. Bald würden sich die Schmerzen zurückziehen und das gleichzeitig eingenommene Pervitin ihn in die erwartete euphorische Stimmung führen. Die hatte er auch bitter nötig, angesichts der verheerenden Umstände. Gleich würde auch seine rechte Hand nicht mehr so unnütz an seinem Arm baumeln, zitternd sich jeder Kontrolle entziehend. Die Hand, die er sonst immer krampfhaft auf dem Rücken hielt, sie dort vor der Welt zu verbergen suchte. Ja, das Morphin und das Pervitin, sie hatten ihn nie enttäuscht, würden ihm auch jetzt weiterhelfen.

Der Mann im bodenlangen, dunklen Mantel und dem tief in die Stirn gezogenen Hut trat hinaus auf den abgedunkelten Vorplatz. Er hatte nicht schlafen können, hatte es im düsteren Zimmer des Gästehauses einfach nicht mehr ausgehalten. Er hatte rausgemusst – allein! Am Vorabend waren sie nach einer wahren Odyssee erschöpft im altehrwürdigen Fürberg angekommen, er mit einem kleinen Tross treuer Gefolgsleute. Angesichts der prekären Kriegslage und der frühen Jahreszeit waren keine Gäste hier und die Wirtsleute hatten, ohne Fragen zu stellen, ihnen die Schlüssel für diese eine Nacht in die Hand gedrückt. Brave Leute! Es gab ihn also doch noch, den deutschen Patrioten. Sie wussten nicht, wer da gerade unter ihrem Dach Zuflucht gesucht hatte, aber hohen Parteifunktionären stellte man keine Fragen, half gerne weiter. Und dank der an ihm vorgenommenen äußerlichen Veränderungen war er nicht als der erkannt worden, der er eigentlich war. Kurz nach ihrer Ankunft hatte es zu schneien begonnen und es war für den ersten Maientag ungewöhnlich kalt. Unsicher, in einem seltsam schlurfenden Gang hielt er auf den See zu. Bald war er in der Schwärze des Uferwegs verschwunden. Die Nacht hatte sich hinter ihm geschlossen.

Seine müden Augen mussten sich erst an die Gestaltlosigkeit um ihn herum gewöhnen, während er fortwährend über dicke Wurzeln stolperte. In der fahlen Dunkelheit kroch der Weg nur so dahin, der Boden unter ihm gestalt- und charakterlos. Inzwischen war eiskalter Wind aufgekommen, rauschte gegen die Bäume. Auch der Schneefall wurde dichter. Er fror und in seinem unrasierten Gesicht begannen sich Eiskristalle festzukrallen. Immer wieder musste er sich seine seitlich ins Gesicht fallenden Haarsträhnen zurückschieben, in einer für ihn so typischen, grotesken Bewegung. Er hielt sich weiter auf dem schmalen Uferweg, aber dieser Weg wollte offenbar kein Ende nehmen, zog sich länger dahin als gedacht. Aber das schien ihm in letzter Zeit öfter so vorzukommen.

Dann hatte er gefunden, was er suchte. Eine offene Lichtung direkt am Wasser, wo er sich auf einem umgestürzten Baumstamm niederlassen konnte. Zu seinen Füßen wagte sich das Ufer mit einer dünnen Eisschicht einen knappen Meter aufs dunkle Wasser hinaus. Gegenüber, am anderen Seeufer, duckte sich jämmerlich der schwach beleuchtete Ort unter dem niedergehenden Schnee. Und schlief, war sich der Anwesenheit eines alten, kranken Mannes nicht bewusst. Wie sollte er auch? Alle Welt vermutete ihn weit weg, als Teil eines Aschehaufens in einem von Bombentrichtern übersäten Hinterhof. Es war knapp gewesen, aber er hatte Glück gehabt, war noch rausgekommen. Ja, das Schicksal hatte wohl noch einiges mit ihm vor! Im Moment fühlte es sich gut an, wieder hier zu sein, an einem heimatlichen Bergsee zu sitzen und ein chaotisches Berlin im Todestaumel hinter sich gelassen zu haben.

Er hatte wahrlich Großes vorgehabt, aber umgeben von Hochmut und Heuchelei war es einfach unmöglich gewesen, anständig zu führen. Diese ganze Generalität, ein Haufen niederträchtiger Feiglinge und Versager, ohne Ehre! Er hatte bei Gott nie eine Akademie besucht wie diese Dilettanten, diesem Geschmeiß des deutschen Volkes! Aber er hatte es ihnen gezeigt, anfangs, als sie von Sieg zu Sieg geeilt waren. Und dann noch diese Verräter aus dem engsten Kreis, die sich in der Not aus dem Staub gemacht, eigenmächtig Verhandlungen mit dem Feind geführt hatten. Dieser fette, aufgeblasene Reichsmarschall, dieser Schmarotzer und Faulpelz, dieser korrupte Parvenü. Und dann noch der Reichsführer SS – ausgerechnet sein treuer Heinrich, von dem er es überhaupt nicht erwartet hatte. Welch hinterhältiges Komplott, welch ein Verrat – an ihm, am ganzen deutschen Volke! Sie gehörten alle an die Wand gestellt, würden irgendwann bezahlen mit ihrem eigenen Blut! Er ballte die gesunde Faust in seiner Manteltasche, Zorn loderte auf und er bebte, vermochte nicht zu sagen, ob wegen der eisigen Temperaturen oder der kalten Wut. Das jahrelang in seinem Mund gesammelte Gift wurde jetzt mit einem Schwall ausgespuckt und er schrie still vor sich hin.

Wenigstens Magda G. hatte Wort gehalten, hatte das eingelöst, was sie ihm versprochen hatte. Ein Leben nach dem Untergang konnte sie sich nicht vorstellen, wollte so ein Leben auch ihren Kindern ersparen und hatte alle sechs in ihren Betten getötet, bevor sie sich selber das Leben nahm. Was für ein heroischer Akt, von dieser tapfersten Frau im ganzen Reich, ein Beispiel für kompromisslose, deutsche Opferbereitschaft. Unwillkürlich fasste er sich in die Manteltasche und fischte eine kleine Metallkapsel und die Taschenuhr daraus hervor. Beides ein Geschenk seines ach so „treuen Heinrichs". Beinahe neugierig hörte er dem leisen Schlagen der Uhr zu. Unter gleichmäßigem Tick-tack-tick-tack trennte der Zeiger die Sekunden ab. Nur zwei davon und der Tod würde sich keine Zeit mehr nehmen, wenn einmal die Kapsel zwischen den Zähnen zerbissen war. Zyankali, die letzte Versicherung den Zeitpunkt des eigenen Todes selbst wählen zu können.

Man konnte es wenden, wie man wollte und es war schlicht eine Tatsache: Keiner hatte ihn und seine Visionen je begriffen, auch nicht seine engsten Mitstreiter. Was hätte das Deutsche Reich doch für Möglichkeiten gehabt! Aber was hatte er immer gesagt: Das Leben vergibt keine Schwächen und das Mitleid ist eine Ursünd, ein Verrat gegen die Natur. Nur der Stärkere, der Bessere überlebt. Er hatte sich in seinem Leben diesem eisernen Gesetz gehorchend jedes Mitgefühl versagt. Menschlichkeit war nur ein Geschwätz dieser Schweinepfaffen! Und wenn ein Krieg verloren ging, dann war es doch eigentlich vollkommen wurscht, ob dabei auch das Volk zugrunde ging. Ein Volk, das so versagt hatte, hatte nichts anderes verdient. Es hatte sich einfach als das Schwächere erwiesen. Darüber konnte man keine Träne weinen.

Und doch, vielleicht war die Erlösung nur durch Untergang zu erreichen. Ein gestärktes Germanien aus den Trümmern könnte neu erwachsen. Und auch er selbst würde aus den Fehlern der Vergangenheit gelernt haben. Er würde noch mehr Härte, noch weniger Mitleid zeigen müssen, eiskalt sein. Dieses neue, aus der Asche eines verlorenen Krieges auferstehende deutsche Volk würde den Feind wieder von der besetzten Heimatscholle über die Reichsgrenzen zurückjagen, zurück in die Steppen Russlands, zurück in die Normandie, über den Ärmelkanal und den Atlantik. Seine treuen Werwölfe würden dabei rücksichtslos vorgehen. Meinten die wirklich, er würde tatenlos zusehen, wie diese Judenschweine ihn abmurksten? Ein neues Bollwerk würde entstehen, ein neues Bollwerk gegen das Weltjudentum, dem „Vergifter aller Völker". Es war alles vorbereitet. Morgen schon würde es Richtung Süden weitergehen. Ein U-Boot wartete dort auf ihn und damit ein neuer Anfang ...

Er blickte nachdenklich auf die schweren, breiten Wellen des Sees. An ihren Oberflächen trugen sie weiße Schaumkronen, unter ihnen begruben sie nasskalte Geheimnisse. Er schauderte. Ein schwerer Stein um seinen Leib gebunden und er würde nie aufgefunden werden. Der Wind wehte einen immer dichteren Vorhang aus Schnee heran. Er starrte in die Dunkelheit, auf der Suche nach Schatten in der Finsternis, auf der Suche nach dem, was nicht hier sein durfte. Dann horchte er auf, das Knacken von Geäst drang an sein Ohr. Plötzlich war seine Angst übergroß und sein Atem ganz klein. „Hessbach, sind Sie das?" Aus dem Dunkel der Bäume löste sich die vertraute Gestalt seines Adjutanten. Trat auf ihn zu. „Ja, mein Führer." Das Plopp der gedämpften Waffe verlor sich in den herabhängenden Schneematten der umliegenden Bäume.

Stiller Feind

Ein Zug fegt durch das Land,
drückt jeden an die Wand.
Er hält nicht an, er rast vorbei,
als ob er ein Tsunami sei.

Ein Zug fegt durch das Land,
er dabei viele Opfer fand.
Trägt nämlich tödlich Fracht mit sich,
droht mir und ängstigt mich.

Ein Zug fegt durch das Land,
zerreißt auch das Familienband.
Kann meine Kinder nicht umarmen,
der stille Feind, ohne Erbarmen.

Ein Zug fegt durch das Land,
zeigt uns vieles nur gebaut auf Sand.
Kann meine Enkel nicht mehr sehen,
der stille Feind lässt es geschehen.

Der stille Feind grassiert an jedem Ort,
ist immer da, geht nicht so einfach fort.
Aber eines, stiller Feind, das merke:
Zusammenhalt heißt unsere Stärke.

Lasst uns Hürden auf die Gleise legen,
dass er bremsen muss, nicht fegen.
Für unsere Schwächsten wir den Abstand halten,
und unser Zusammenleben neu gestalten.

Ein Zug fegt durch das Land.

Gedichte

Beautyfarm

Deï Geia Gundi, a Witwe mid 65 Joah(r)
schaud hiaz hechtsns wia 30 aus, wia(r)gli woah(r)!
Sie houd si näimli in oana Beauty-Farm hea(r)richt'n låss'n!
Wia deïs g'wia(r)kt houd, is gua(r) nid zan fåss'n.
Ma dakeïnnt s' jå iwahaupst nid wieda!
A sou a Figua(r) mid iah(r)'n Göüta, und deis ouhni Mieda!

Iahri Träinansäick sein total geglättet
und d' Waumpm dua(r)ch Å:saug'n gaunz eïntfettet.
D' schiefi Nås'n hå(b)'m s' iah(r) g'richt,
und dua(r)ch Botox houd s' direkt a Puppa(r)lg'sicht.
Iah(r) Douppükinn is koumplett vaschwund'n!
Und an sou oan dicht'n Hoarschouba houd s' ah,
gaunz ohni kloani Wund'n!

An Oa(r)sch wia zeichn'd, straumm und rund.
D' Scheïnkln straff und glått. Und ea(r)scht da Mund:
g'schwungani Lipp'm, daunk Collagen sei(n) s' füllich
und a Haumma-Dekolletee, deïs woa(r) sicha ah nid büllich.
Deï Brüste, straumm und prall durch Silikoun,
wea(r) houd d'n souwås mid iah(r)'n Göüta schoun?

„Za(r)wås deïnn?", hån ih s' oamul g'frågt.
„Ih woaß ah nid", houd s' d'rauf nia(r) g'sågt,
„ih wuit' oa(n)fåch wiss'n,
wia weid deï ba sou oana Renouvierung geïnga!

Åwa oa(n)'s gibt 's schou(n), wås deï dua(r)t nid vasteïnga,
und deïs lousst ma gua(r) koa(n) Ruih:
waunn ih schloufa wüll, muiss ih d' Haxn au(n)zuig'n,
sunst griach ih d' Aug'n nid zui!

Und nau wås: innan grama meini Boana,
und da Kåli riesl'd, s' is zan Woana!
Dou drei(n) mia(r)kst d' ea(r)scht, wia deï Joah(r) vafluign –
iwa's Baujoah(r) kaunnst d' troutz oana neich'n Faschad nid luign.

Sou hån ih 's schmea(r)zli dou nau schnöüll kapiea(r)d:
an oldi Tsches'n wia(r)d nid beïssa,
ah waunn ma s' auß'n neich lackiea(r)d!"

Dialoug

„Servas, Oida, g'schamsta Diena",
sågt da oane, „ma mea(r)kt 's glei', bin ih a Wiena!"
Sågt da aundari: „Hawe d' Ehre, Hochvaeah(r)da,
wia s' sicha hea(r)'n, bin ih a Gschea(r)da,
aus 'n scheïnan Bua(r)g'nlaund!"
„Jå, genau sou san s' ah banaund!",
sågt d'rauf dea(r) aus da Stådt,
dea(r) glaubt, dass a-r-an Vua(r)teu håd.
Dea(r) voun Laund houd g'mia(r)kt: boid gibt's a G'freïtt,
und af deïs auffi mid eahm glei oamui gscheid Deitsch g'reïd't:
„Ah sou? Wia moanan s' 'n deïs? Deïs hån ih schou(n) gea(r)n,
sou aufblousani Plutza find't ma jå nia(r) in da Stådt Wean!
Sein s' froh, dass ma åb und zui zu eïng außi keïmma,
zan Ei(n)kaffa und a neich's G'waund mit hoam neïmma!
Waunns ins nid häds, standat's schou(n) scheï(n) bled dou,
weul wea(r) dadat d'n sinst eïga Oawad måcha? Oisan sein s' frouh,
dass si fleißichi Bua(r)g'nlandla dou um deïs gaunzi dan schea(r)n
und ålli Woucha zuväläissi in Deanst foah(r)'n nouch Wean."
„Dua di ned schwanz'n, bud'l di ned auf!
Sou woa(r) 's jå ned g'mant!", sågt da Weana glei d'rauf.
Mia(r) neïhmma 's Leï(b)'m loucka und måcha gea(r)n Schmäh
af Koust'n vou d' Aunda(r)n, deïs duat maunchismoi weh.
Deïs is unsa Natua(r), sou is 's imma schou(n) g'weïs'n –
af da Tangent'n steht a trumm Schüdl 'Wien ist anders!',
houst 'd deïs ned g'leïs'n?"

Ei(n)kaffa nouch Corouna

Hiaz, geïgan Eïnd von da Corouna-Beschräinkung,
is mei(n) Frau wieda laungsaum keïmma aus da „Vaseïnkung"
und houd feïstg'stöült, dass iah(r) 's G'waund neamma passt.
Oisan houd s' oan lougisch'n Eïntschluss gefasst:
a neichs Kloadl muiss hea(r), weul hiaz kimmt da Summa
und da Corouna-Virus houd iah(r)
eh d' Fruahjoah(r)smoude g'numma!
Sie houd g'sågt zu mia(r): „Franzi, gehst d' mit in d' Stådt?
Schaumma, wås da Glatta Scheï(n)'s in da Auslåg håd!"
Na, mia(r) woa(r) deïs zwoa(r) eh nid sou gaunz recht,
åwa, si is ma nix iwablie(b)'m,
weul dou keïnnts mei(n) Frau ziemli schlecht!
Houd nid laung dauat und mia(r) zwoa
sein schou(n) Auslåg'n schau'n gaunga, is eh kloa(r)!
Ban Glatta houd iah(r) a Summakladl b'sunda(r)s g'fålln.
"Houst eh a Göd mid? Weul du muisst deïs daunn zåhln!",
houd s' zu mia(r) g'sågt, und mia(r) woa(r)'n schou(n) d'rinn.
Glei is a aufmea(r)ksaume Vakeifarin keïmma zu iah(r) hin:
„Suachan s' wås bestimmtes?", houd s' as g'frågt,
Und mei(n) Frau houd, ouhni vü zan iwaleïg'n d'rauf g'sågt:
"Ih mechad deïs Kload'l dou in da Auslåch prouwiea(r)'n,
weul 's ma g'fållt und ih daspoa(r)ad ma a laung's Gustiea(r)'n!"
D' Vakeifarin woa(r) leicht irritiea(r)t und zoagt mid'n Finga hin:
„Moana s' deïs ea(r)nst? Na jå, wia s' glau(b)'m!
Aundari gangad'n hoid in d' Umkleidekabin!"

FRANZ GEISSLER

In da Apotheïkn

Waumma koani Meïdikameïnte braucht, daunn is deïs scheï(n)!
Troutzdeïm muiss ma mau(n)chismoi in d' Apotheïkn geïh(n),
sou wia mei(n) Nåchbarin, d' Hea(r)mi, a junge, fesche Frau,
deï moumentan solo is, wia laung schou(n), woaß ma nid genau.
Iah(r) leïtzta Hawara is iah(r) näimli auf und davou(n),
und hiaz g'lust's as åb und zui wieda nouch oan Mau(nn).
Åwa in Fråg kimmt nid ia(r)gandoana,
sounda(r)n schou(n) a g'scheida,
weul deï sie sou keïnnt, deï bringa in Beïtt jå gua(r) nix weida!
Hoagli is s' näimli schou(n), iah(r) passt nid a jeïda,
vua(r) oi'm koa(n) junga nid
und schou(n) gua(r) koa(n) oida Veïda!
Oisan is s' vulla Houffnung in d' Apotheïk'n gaunga,
weul eïppa kunnntat s' dua(r)t mit Glick oan faunga.
A weïng g'schamich mid oan rod'n Sche(d)l beigt sa si iwa d' Bud'l
und frougt gaunz leise,
dass 's koana hea(r)t, d' Apotheïkarin, deï blade Trudl:
„Ih brauchat fia(r) ålle Fälle an Gummi!
Håbts eïs ah iwagroßi XXL-Kondom'?"
„Jå, sicha! Mia(r) fiah(r)' ålli Greß'n!
Wü'st d' eïppa glei oan hå(b)'m?"
„Na, deïs braucht 's nid!", sågt Hea(r)mi drauf,
daweul sa si gaunz valeïg'n d' Hoa(r) zarafft,
„måcht 's da 'wås aus, waunn ih dou herin woa(r)t,
bis das oana kimmt, dea(r) sou oan kafft?"

Ois Zeige bam G'richt

Da Huiwa Friedl muiss 's ea(r)schte Moi zan G'richt,
weul a Zeige wua(r)'n is ba oana bled'n G'schicht:
ba da Kreizung vuarau(n) is a Weana mid sein Auto keïmma
und houd wuin d' Reid zan Åbuig'n in d' Aungagåss'n neïmma.
Dabei houd a oan Mopedfoahra iwasehg'n
und houd 's neamma dabreïmst, und schou(n) woa(r) 's g'schehg'n:
in Friedl sei(n) Freind, da Leitna Luis, houd s' Moped vazoug'n,
dabei is deïn sei(n) Oidi, d' Leïni, hint åwig'floug'n
und houd si in Sche(d)'l au(n)g'haut und d' Haund 'broucha.
Seï hå(b)'m d' Rettung g'riaffd,
deï hå(b)'m s' daunn in Spitål g'fiah(r)t nouchha.
Ba da G'richtsvahaundlung beleah(r)t in Friedl da Råt:
„Måch' ma 's kua(r)z, si is schou(n) spåt!
Ih werd' seï hiaz zan Unfoi befråg'n,
und seï miass'n nia(r) deï Woahrheit såg'n!
Hå(b)'m s' deïs vastaund'n? Guid!
Oisan: wia hå(b)'m seï deïs g'sehg'n?
Wia is eahnara Meinung nouch dea(r) Unfoi g'schehg'n?"
„Na jå, da Weana houd nid g'scheid g'schaut
und da Luis houd 's Moped variss'n,
dabei houd 's deï Leïni hint' åwig'schmiss'n,
und schou(n) is s' dou g'leïg'n in Dreïck!"
„Guid, wia weid woa(r)'n seï dabei voun da Unfoistöüll' weïg?"
„Deïs muiss ih hiaz voun deïn Zeïd'l dou å:leïs'n:
sie(b)'m Meta und 56 Canti sein deïs söl(b)'m g'weïs'n!"
„Wiasou keïnna seï deïs sou genau såg'n?"
„Weul ih ma deïnkt hån: irgandoa(n) Troutt'l
wia(r)d mi sicha danouch fråg'n!
Deïsweïg'n hån ih 's nouchg'meïss'n! Ih bi' näimli' schlau!
Weul, waunn 's d'rauf au(n)kimmt, woaß ih 's daunn genau!"

FRANZ GEISSLER

Gedichte

Und die Welt dreht sich weiter

Überfallartig ist er irgendwann aufgetaucht.
Der Virus
Zuerst Lichtjahre entfernt.
Aber dann, plötzlich ist er zur Bedrohung für uns alle geworden.
Der Virus
– man sieht ihn nicht
– man hört ihn nicht
– man riecht ihn nicht.
Und doch ist er da.
Und macht uns Angst.
Er ist mitten unter uns.
Er zwang uns zur Vollbremsung.
Nicht nur dich und mich,
nicht nur uns Deutsche,
nicht nur uns Europäer.
Nein, die ganze Welt.
Er macht nicht halt vor
Arm und Reich
vor Weiß und Schwarz
für ihn sind wir alle gleich.
Alle Werte sind auf den Kopf gestellt worden.
Zeitweise hatten nur noch Geschäfte auf,
die „System relevant" sind.
Heißt das, dass nur noch jemand,
der für den Staat von Nutzen ist, bedeutend ist?
Was heißt das für uns Unbedeutende?

Der Funke einer Befürchtung taucht auf.
Was ist denn jetzt von Bedeutung?
Wer ist denn jetzt von Bedeutung?
Auf einmal hieß es:
„Bleibt zu Hause – Besinnt euch auf euch selbst"
Doch was bleibt uns übrig, wenn man
– die Arbeit
– die Familie
– die Freunde
abzieht?
Der Alltag ist ein anderer geworden.
Man hält Abstand.
Doch was war das für ein Leben? Ohne Nähe!
Die einen nickten sich verbündet zu.
Andere waren habgierig und verbissen,
rafften und hamsterten und wenn es nur um Klopapier ging.
Mancher hatte auf einmal unendlich viel Zeit.
Hatte man die eigentlich vorher nicht auch?
Der Mensch, die sogenannte „Krone der Schöpfung"
hatte sich bisher gefühlt als der Herrscher der Welt,
der alles im Griff hat.
Doch jetzt war er macht-los geworden.
Denn der Einzige, der die wahre Macht hatte
und immer noch hat, ist der Virus.
Er zwingt uns in die Knie und zur Demut.
Der Mensch ist dann doch nicht so stark,
wie er sich das eingebildet hat.
Die Natur schert sich nicht um die Menschen.
Der Frühling schoss letztes Jahr unbeirrt in die Zweige.
Und er wird es wieder tun.
Alles fing zu blühen an und zeigte uns,
dass die Welt sich weiterdreht.
Und die Menschen ließen sich nur allzu gern trösten:
Irgendwann, früher oder später, wird dies alles zu Ende sein.

Aber!
Werden wir noch die Gleichen sein, wie vorher?
Auch zwischenmenschlich?
Auch persönlich?
Haben wir erkannt, was wirklich wichtig ist?
Gesundheit, Nähe, ein freundliches Wort, Hilfsbereitschaft?
Es wird eine Zeitrechnung vor dem Auftreten des Virus
und die Zeit danach geben.
Irgendwann, noch viel später,
werden wir unseren Kindern und Enkelkindern von der Zeit
vor der Ausbreitung des Corona Virus berichten.
Es wird sich unwirklich anfühlen.
Und es wird immer mehr verblassen.
Vielleicht taucht er dann wieder ab ins Nichts.
Wir sollten uns größte Mühe geben, die Lehren,
die uns diese Zeit mitgibt, nicht zu vergessen,
sondern in unserem Herzen, in unseren Seelen bewahren,
was wirklich wichtig ist.

Lichtblick

In jedem Frühling fängt alles wieder an
zu blühen und zu wachsen.
Wie aus dem Nichts
bricht neues Leben hervor.
Woher kommt das?
Tief in deinem Inneren liegt auch etwas verborgen,
dass dir die Chance ermöglicht, Neues zu erschaffen.
So wie in der Natur
nach einem noch so kalten Winter
immer wieder
neue Blüten, neue Triebe,
neue Schöpfungen hervorkommen,
so kann auch durch dich
immer wieder Neues entstehen.
Du musst es nur zulassen.

Fahrschule des Lebens

»Mensch Conny, begreif doch endlich: Du bist der Pilot deines Lebens. Du musst den Hintern hochkriegen und was aus deinem Leben machen. Das macht kein anderer für dich.« Gitta atmete hörbar durch.

»Das sagst du so leicht«, jammerte Conny.

»Verdammt, es ist auch leicht. Du musst einfach nur mal anfangen.«

»Wie soll ich denn anfangen?«

»Ich würde vorschlagen, du machst dir mal eine Liste. Eine Liste mit all den Sachen, die du schon immer mal machen wolltest. Wovon dich Klaus all die Jahre abgehalten hat. Und dann arbeitest du sie nach und nach ab. Es wird Zeit, dass du endlich mal was für dich tust, was dir wichtig ist.«

»Hhm«, war alles, was Conny dazu einfiel. Tief im Inneren wusste sie, dass ihre Freundin recht hatte. Aber nach all den Jahren, in denen sie sich nur nach ihrem Mann und den Kindern gerichtet hatte, hatte sie ganz verlernt, auf sich selbst achtzugeben.

Die Frauen hatten sich bei ihrem Lieblingsgriechen getroffen und wie immer ihre Leibspeise Tsatsiki und Moussaka gewählt. Dazu hatten sie sich guten Rotwein gegönnt.

Gitta riss sie aus ihren Gedanken: »Wie ist das eigentlich mit dem Führerschein? Wolltest du den nicht immer schon machen?«

»Ach, ich komm doch überall mit Bus und Bahn hin.«

»Sagt wer? Du? Oder Klaus?«

»Na ja, es stimmt doch«, wand Conny kleinlaut ein.

»Auto fahren zu können ist ein Stück Unabhängigkeit. So hast du selbst vor wenigen Jahren argumentiert. Bis es dir Klaus dann immer wieder ausgeredet hat und du dann irgendwann aufgegeben hast.«

»Ja«, gab Conny kleinlaut zu.

»Du darfst deine Ziele nicht aus den Augen verlieren. Wenn du sie nicht verwirklichst, dann wird da nie was draus.«

»Was ist, wenn ich das nicht schaffe?«

»Hey, du gehst erst einmal in die Fahr-SCHULE.« Letzteres betonte Gitta nachdrücklich. »Schule! Verstehst du? Eine Schule ist zum Lernen da.«

»Aber ich weiß nicht, ob ich das kann«, entgegnete Conny ängstlich.

»Das haben schon ganz andere geschafft. Und überhaupt, du darfst nicht auf das gucken, was du nicht schaffen könntest, sondern auf das, was du erreichen willst.«

Conny sah das zögerlich ein. Nach einem weiteren Glas Merlot versprach sie ihrer Freundin sich nächste Woche in der Fahrschule anzumelden.

Gina hatte den Kopf zur Seite geneigt und sie abschätzend angesehen. Dann hatte sie gegrinst und gesagt: »Na, dann bin ich mal gespannt.«

Das war Samstagabend gewesen.

Am Montag in der Mittagspause schleppte sich Conny schweren Herzens zur Fahrschule. Ihr Mut von Samstag war wie weggeblasen. Sie musste sich zu jedem Schritt selbst ermutigen. Sie wollte ihr Versprechen einhalten, nicht nur ihrer Freundin, sondern auch sich selbst gegenüber.

Vor der Tür hielt sie kurz inne und dachte daran kehrtzumachen. Aber ihr war klar, dass sie sich selbst diesen Wunsch erfüllen musste. Viel zu lange hatte sie sich und ihre Ziele aufgegeben.

Sie betrat die Fahrschule. Eine sympathische Frau, ca. 40 Jahre alt, nahm ihre Anmeldung entgegen. Gemeinsam suchten sie einen Termin für die erste Fahrstunde. Da ein anderer Fahrschüler abgesagt hatte, konnte dies schon Ende der Woche sein.

Erst erschrak Conny, dann gab sie sich einen Ruck und sagte: »Okay.«

Als sie am Freitagnachmittag zur Fahrschule kam, klopfte ihr das Herz bis zum Hals. Der Fahrlehrer war ein Mann Ende 50. Durch sein freundliches Lächeln strahlte er eine ungeheure Ruhe aus. Er reichte Conny die Hand und stellte sich vor: »Mein Name ist Schröder.«

»Winter, Cornelia Winter«, erwiderte Conny und ergriff schüchtern die Hand.

Seine Hand war warm und weich. Conny entspannte sich etwas.

»So, dann wollen wir mal«, sagte Herr Schröder und führte Conny zum Auto.

»Was, jetzt schon? Ich kann doch noch gar nichts.« Die Fahrschülerin erschrak.

»Keine Sorge. Ich bin ja auch noch da. Ich habe alles im Griff.«

Der Fahrlehrer wies auf die Pedalen im seinem Fußraum und auf die doppelten Spiegel.

Am liebsten wäre Conny jetzt fluchtartig aus dem Auto ausgestiegen, aber dafür war es jetzt zu spät. Ihr Herz flatterte wie ein gefangener Schmetterling. Sie holte tief Luft und drehte den Schlüssel um. Verwundert stellte sie fest, dass Herr Schröder das Auto aus der Parklücke manövrierte und es auf die Straße lenkte.

Als sie auf der Fahrbahn waren, forderte er Conny auf: »Jetzt sind Sie dran.«

Zaghaft übernahm sie jetzt das Fahren. Doch sie merkte, dass Herr Schröder korrigierend eingriff, wenn es nötig war. Dabei erklärte er ruhig und geduldig, worauf sie achten musste.

Der Fahrlehrer bat sie, den Blinker zu benutzen: »Es ist wichtig, dass die anderen Autofahrer wissen, wohin Sie wollen. Denn nur dann kann man auf Sie Rücksicht nehmen und sich entsprechend verhalten.«

Ach, wenn ich immer wüsste, wo ich hinwill, dachte Conny schwermütig. Aber sie sah ein, dass dies wichtig für sie und die anderen war.

Plötzlich tauchte eine Baustelle vor ihnen auf. Rot-weiße Schilder standen auf einmal im Weg, die sie umfahren musste. Schweißperlen traten auf Connys Stirn. Sie saß kerzengerade und war extrem angespannt. Ihre Finger umklammerten das Lenkrad so krampfhaft, dass ihre Fingerknöchel weiß hervortraten. Ihre Handflächen wurden feucht und rutschig.

Dies entging Herrn Schröder nicht. Er übernahm gelassen die Führung und lenkte.

Er gab ihr den Tipp: »Bitte achten Sie immer auf Ihr Ziel. Das dürfen Sie nie aus dem Auge verlieren. Wenn Sie auf die Absperrbaken schauen, steuern Sie geradewegs darauf zu.«

Conny musste an ihre Freundin denken, denn das hätte auch von Gitta kommen können. Sie gab Conny auch immer den Ratschlag, nicht auf das zu schauen, was schiefgehen kann. Wichtig ist, dass man darauf hinsteuert was, man erreichen will.

Danach fuhren sie in ein Industriegebiet. Große Lastwagen tauchten auf der Nebenspur auf. Connys Puls beschleunigte sich schlagartig. Ihre Atmung wurde hektischer. Herr Schröder spürte die Ängste, die seine Fahrschülerin bekam.

»Wenn Sie auf Ihrer Spur bleiben und dabei immer wachsam sind, was die anderen vorhaben, kann Ihnen nichts passieren.«

Auch diese Empfehlung konnte Conny auf ihr Leben übertragen.

Irgendwann hatte sie es geschafft. Die erste Fahrstunde war überstanden.

Conny konnte im Nachhinein nicht sagen wie, aber sie hatte es überlebt.

Zum Abschied sagte Herr Schröder: »Das war doch schon mal ganz gut.«

Diese Worte waren wie ein warmer, wohltuender Schauer für die gestresste Frau.

»Wir sehen uns nächste Woche wieder und dann geht es weiter. Auf Wiedersehen«, verabschiedete sich der Fahrlehrer.
»Auf Wiedersehen.« Conny war extrem erschöpft, aber auch ein klein wenig stolz auf sich.
Abends rief Gitta an: »Und? Wie war's?«
»Na ja«, hauchte Conny schwach.
»Wie? Na ja. Hat es Spaß gemacht?«
»Es war mega anstrengend. Auf was man alles achten muss. Fußgänger, andere Autos, Fahrräder, Verkehrsregeln. Ganz neben bei auch noch schalten und lenken.«
»Ja, das Leben ist anstrengend«, lachte Gitta.
»Na hör mal. Das war es wirklich.« Conny war ein wenig verärgert, weil sie so wenig Mitgefühl von ihrer Freundin bekam.
»Nun, auf dem Sofa sitzen und andere fahren lassen ist nicht so mühsam. Aber es hält eben abhängig.«
Conny war müde und beendete das Gespräch nach kurzer Zeit.
In der nächsten Fahrstunde fuhren sie eine kurze Strecke auf der Autobahn.
»Nur Mut, geben Sie Gas. Trauen Sie sich! Sonst kommen Sie nie dort an, wo Sie hinwollen.«
Warum hat Auto fahren so viele Parallelen zum wahren Leben?, fragte sich Conny.

Virtual Reality Nightmare

Graduation Results Day

David had gotten up early that day: this was due to the fact it was graduation results day. David had been told to go to college, which he did, so he could study science at university. This was America 1999, so technology was where the money lay. Being 20 years old meant David could go to university. David's father – Jonathan – was a science and technology expert himself: he had been the inventor of the virtual reality headset. This meant he had millions of dollars in his bank account. This also meant he could push his son – and pay for his son's studies. Once David graduated college, he would be encouraged to go to university and follow in his father's footsteps. Technology and science were advancing the world. And David's father wanted him to make the same money. Jonathan knew how intelligent and gifted his son. That was why when David graduated from college, Jonathan knew he had done the right thing by pushing his son into his studies. And his son got all A's and B's. Jonathan was immensely proud. He made sure everyone knew how gifted and motivated David to be. It was a wonderful day to celebrate and a day David's father would never forget.

Science, computers and technology were very important to Jonathan. And his son felt the same. David was a real computer geek: he knew the ins and outs of any computer. And much better than his high school and college counterparts. This also meant David could be sneaky and pull the wool over people's eyes. He could get revenge on someone without anyone knowing: David was that clever. In fact, so clever he had some help passing his college exams. But this was a secret David would take to the grave.

And someone knew: and proceeded to blackmail David. Needless to say, they were found dead from a shotgun bullet to the brain. It was ruled suicide: the killer that clever.
Perhaps as clever as David.

The Oddball Electronics Shop

It was two days after David's graduation ceremony when he got the strange email.
It was from an electronics shop in a nearby town. The shop was a shop David had never heard of: which surprised him. Who told them his email address? But – David being who he was – decided to reply. The shop was quick to answer and told him he could sample a new headset. David knew his father had invented the virtual reality headset years ago. But the sender seemed to think it would be best for David to try the headset in person. So the next day David got into his car and drove to the area the shop was located. Of course the shop was difficult to find. But find it David did. And walking into the shop, David was in awe of all this technology: it was like being in the year 3000. And he was ecstatic to be there.
The shop assistant introduced himself by name, which was Zachary Zephyr. David thought it a strange name, but assumed it was made up. Still, Zachary Zephyr – who liked to be addressed by his full name – showed David around the shop. It was a mish-mash of smart phones, drones, batteries, mini helicopters, tablets... the list went on. David was in heaven. And then he saw the blue headset: and was in utter awe. He stared at it and asked to try it on. Of course Zachary Zephyr did not hesitate to agree. David was in love with this new technology and purchased the headset immediately. Zachary Zephyr told him of all the programmes he could use and how to optimise its uses.

And so David left the oddball electronics shop with a virtual reality headset that no one but himself would ever use. For what he didn't know was the devil had magicked the electronics shop. For when David arrived home, the shop that was never there, disappeared as quickly as it appeared. Zachary Zephyr had done his work for the devil. For David was to not know Zachary Zephyr the devil's slave: he himself guilty of past crimes and cursed to serve the devil until his debt was paid.

David Puts The Headset On

In his bedroom, David put on the blue headset that had been programmed by the shop assistant, so he knew what he was doing. The first programme was called "Mission To Mars"and David loved every minute of it. In fact, he loved the whole 60 minutes of it. He travelled around the red planet in a small buggy. He also soared through Mars atmosphere on a spaceship. And David used other environments: such as travelling to Jupiter's moons. He also enjoyed seeing earth from space. The quality, too, from the headset was incredible and amazed David. He had spent $300 on it. And it was worth every penny.

Dinosaurs

The next day, David decided to go to the Jurassic Park programme. He had loved that film as a kid: he went to the cinema for every subsequent Jurassic Park film. Even back then, he read up on the dinosaurs: he couldn't get enough. He was amazed by how dinosaurs had ruled the planet for 250 million years. Then the next day they were destroyed. He hoped the human race would never be destroyed like that. But he felt technology would advance the world and take the human race to other planets. Planets that would harvest life and keep humankind going until the universe died.

But little did David know as he used the virtual reality Jurassic Park programme he would scream in fear and never wake up.

David had been on the programme for over two hours when the narrator described the T-Rex's hunting techniques and how he had a bird brain, which David found fascinating. But the speaker's voice remained the same, even as the T-Rex came near the car. Because David was sitting in a safety car designed by the headset. However, David was still very scared. He tried to take off his headset but it wouldn't come off: it felt like glue. But David knew he had to escape the virtual reality programme. He pulled and pulled, willing the headset to come off, so he would be back in his bedroom. Then he finally realized it wasn't going to come off. He knew he was in deep trouble. And he knew the exact reason why.

It all seemed to make sense: the odd email, the male assistant, the difficulty of finding the electronics shop... David had shot his friend for threatening to tell how David had substituted his grades on the exams with someone else's grades. Therefore the other student hadn't been able to go to university. David had nearly failed his exams because he had felt pressured and hard done by, in spite of his father's money. And he needed his father's approval and his father's respect. David had been prepared to kill to save face.

And now he was directly in front of a fearsome T-Rex, roaring and determined to eat him: there was no escape. David's scream stuck in his throat and he felt his heart stop from indescribable fear. He knew he was dead, the headset a curse he was destined to discover.

Oh Father: The Twist

Jonathan was devastated by his son's death. His son had been found with a stopped heart and a virtual reality headset on. David had literally died from fear. At the funeral, Jonathan told how proud he was of his son's success. His son had graduated from college and could've been a world famous scientist. This saddened Jonathan. His son had been his world. He also knew something others didn't: of how he had stolen the design blueprint of the first headset. How Jonathan had been desperate for money and wanted fame and glory. Stealing the designs was the only thing Jonathan had ever done wrong. But what he had done had angered the designer, who vowed to curse the headset. For it was he who had made the electronics shop appear and he who had employed Zachary Zephyr to entice Jonathan's son into buying the cursed virtual reality headset.

Jonathan had an inkling of all this. But he still did not know what his son had done. Cheating by changing the exam grades was found out later, after the investigation into David's death. For David wasn't known to have a heart problem. Yet he had been found dead from fear with a headset on. It was a mystery to unravel. And Jonathan vowed no one else would ever access that particular headset. But a few years later, it was stolen from Jonathan's garage and never found again.

The real designer of the headset knew justice had been served.

THE END

Der Mützenmann

1

Die Frau sitzt in dem eher schäbigen Café. Das einzige, das sie am Rande der Stadt in den Ausläufern der Pyrenäen gefunden hat. Sie hat sich vor dem strömenden Novemberregen hier herein geflüchtet. Ihr Rucksack und der gelbe Regenmantel hängen zum Trocknen über dem Stuhl, den der Wirt vor den prasselnden Kamin geschoben hat. Außer ihr sitzen noch zwei ältere Männer, Pensionisten wahrscheinlich, an dem kleinen Tisch in der Nähe der Tür. Mit rauen, fast unverständlichen Worten sind sie in ihr Kartenspiel vertieft.

„Maldito!", „Verdammt", versteht die Frau immer wieder, wenn einer der Männer seine Karten auf den Tisch knallt. Eine trübe Deckenbeleuchtung bringt nur spärliche Helligkeit in den kleinen Raum. Es ist schon Nachmittag. Die Wärme des Kaminfeuers, vermischt mit den Speisegerüchen aus der Küche, verdichtet die Luft in dem Raum zu einer fast greifbaren Masse. Müdigkeit befällt die Frau, als sie die leere Kaffeetasse vor sich abstellt.

Sie hatte die Wirtin schon nach der Möglichkeit eines Nachtquartiers gefragt.

„No", war die mürrische Antwort. „Im nächsten Ort, noch 10 km entfernt, da gibt es eine Herberge." Die Frau kramt eine zerknitterte Landkarte aus ihrer Umhängetasche und studiert den Weiterweg. Da wird sie sich wohl auf den Weg machen müssen. Als sie sich erhebt, um den Anorak vom Stuhl beim Kamin zu nehmen, öffnet sich die Tür, und herein tritt ein weiterer Gast. Die Nässe tropft von seinen Schuhen. Er wirft seinen Schaffellmantel über den Stuhl beim Kamin, von dem die Frau soeben ihren Rucksack wegnimmt, um ihn über die Schulter zu schwingen. Auf dem Kopf trägt er eine eigenartige Mütze, wie sie die Musikanten bei ihren Auftritten zu tragen pflegen. An seinem Gürtel hängt ein Kuhhorn. Die Blicke der beiden begegnen sich für einen langen Augenblick. Seine Augen sind hell wie der Himmel bei Sonnenschein. Funkelnd wie Kristalle. Die Frau wendet sich ab. Ihr ist unbehaglich zumute, als ob der Fremde in ihre Seele blicken würde.

„Adónde tu vas? Wo willst du hin bei diesem Regen?", spricht sie der Mann an und rückt einen zweiten Stuhl zu dem Tisch, an dem die Frau vorher gesessen hat.

„Venga, bleib, jetzt trinken wir etwas, das uns, dich und mich, aufwärmen wird. Ich komme auch von draußen, von dort oben, wo ich bei den Hütten nach dem Rechten sehen muss. Oben in den Bergen liegt schon Schnee. Da kriechen die Geister schon aus den Steinlöchern und treiben ihr Unwesen, wenn man nicht immer wieder einen Schnaps hinstellt. Ja, da machst du große Augen. Man muss sich mit ihnen gutstellen, sie sind die Herren der Berge. Wenn man nach einer Bergtour heil ins Tal gekommen ist, bläst man mit diesem Horn das Dankgebet in alle Himmelsrichtungen.

He, Señora! Zwei Gläser Café Flammado, brennender Kaffee!"

Der Mann steht auf, nimmt sein Kuhhorn und bläst in jede Ecke des Raumes sein Gebet an die Geister.

„Va bien, José", ruft einer der Kartenspieler, „jetzt sind wir aber nicht auf dem Berg."

Der Mann winkt lachend mit seiner Hand und nimmt der Wirtin die beiden Gläser mit dem „brennenden Kaffee" ab. Er brennt wirklich mit einer leicht bläulichen Flamme. Die Frau hat mit großer Bewunderung den Mann beobachtet. Er ist groß, drahtig, ein blonder Dreitagesbart umrahmt den immer spöttisch schmunzelnden Mund. Das dunkelblonde Haar fällt leicht gewellt bis in seinen Nacken. Ein eigenartiger Zauber geht von ihm aus. Vielleicht, weil er so sicher und ohne Hemmung auftritt. Der Schnaps im Kaffee färbt die Wangen der Frau rosig. Wärme und Zufriedenheit durchströmen sie. Wenn sie nur hier irgendwo bleiben könnte. Nur nicht mehr in die verregnete Kälte hinaus.

„Du kannst heute nicht mehr weiter, bei diesem Wetter", beginnt der Fremde.

„Ich wohne nicht weit von hier. Du fürchtest Dich doch nicht vor einem fremden Mann? Einfach ist es bei mir. Einen Hund habe ich auch. Also, komm, ich bin müde! Venga!"

Die Frau hat die ganze Zeit noch kein Wort gesprochen, seitdem der Mann mit der eigenartigen Quastenmütze den Raum betreten hat. Sie ist nicht zu Wort gekommen. Einfach verstummt. Auch hat sie Mühe, die Sprache des Mannes zu verstehen, der während seines Gesprächs immer wieder in seine baskische Muttersprache gewechselt hat.

Sie nickt ihm zu und will ihren Kaffee an der Theke bezahlen.

„Das geht auf mich", sagt der Mann, der José genannt worden ist, und wirft der Wirtin eine Handvoll Münzen hin. „Das passt schon", ruft er beim Hinausgehen und schiebt die Frau vor sich am Arm durch die Tür.

„Adónde vamos?", fragt die Frau.

„Es ist nicht weit. Ich schlafe bei meiner Mutter. Mein Haus habe ich vermietet, weil ich ohnehin so viel fort bin. Da wohnen Leute aus Nepal, ein nettes Ehepaar. Den Dachboden habe ich für Besucher hergerichtet. Dort lagern auch meine verschiedenen Habseligkeiten, meine Boote, meine Handpuppen. Die Requisiten. Ich bin Puppenspieler, Liedermacher. Früher war ich Lehrer. Bleib ein paar Tage hier, dann kann ich Dir die Stadt aus der Nähe zeigen. Wenn das Wetter besser wird, können wir noch eine Wanderung in die Berge machen."

Die Frau muss sich sehr anstrengen, um die eigenartige Aussprache von José zu verstehen, vor allem, weil er immer wieder baskische Wörter seinen Erklärungen beifügt.

Nach kurzer Zeit entlang der schmalen Straße erreichen sie die hell erleuchteten „Plaza Prinzipal", von wo sie nach rechts in eine Häuserzeile abbiegen. Bald erreichen sie in kleines Häuschen, von einem Minigarten umgeben, in einer nicht dazu passenden Gegend.

Auf das Klingeln und Klopfen von José hin öffnet eine kleine Frau mit dichtem schwarzen Haar und exotischer Kleidung die Tür.

„Tamara, ich bringe eine Wanderin, die hier gestrandet ist. Kannst Du ihr etwas zu essen machen, ich komme später vorbei. Ich muss nach meiner Mutter sehen, damit sie sich keine Sorgen macht."

José steigt mit der Frau die steile Holztreppe hinauf. Oben im Eck befinden sich ein niedriges Bett mit Nachttischlampe, ein Lehnstuhl, Kisten und Schachteln. Masken schmücken die Wände. Ein Fahrrad lehnt im hinteren Eck. Ein Kanu hängt von der Decke herab.

„Tamara macht Dir morgen ein Frühstück. Wenn Du Lust hast, zeige ich Dir dann die Stadt. Das heißt, herumlaufen kannst Du allein, wir treffen uns zu Mittag bei der Kathedrale. Dann gehen wir in eines der typischen Lokale, wo es kaum Touristen gibt. Am Nachmittag ist im Kulturzentrum ein alter Film angesagt. Du kannst gerne mitkommen."

José verlässt sein Haus. Die Frau sitzt etwas erschöpft am Küchentisch bei der Nepalesin und trinkt den köstlichen Bergkräutertee, den diese ihr zubereitet hat. Hunger hat sie keinen mehr. Eine lähmende Müdigkeit überfällt sie, als sie die Stiege zu ihrem Bett hinaufsteigt. Alles erscheint unwirklich, wie ein Traum, den sie doch erst träumen wird. Bevor sie sich noch mehr Gedanken über den heutigen Tag und ihr Zusammentreffen mit José machen kann, ist sie schon eingeschlafen.

2

Stimmen aus dem unteren Stockwerk lassen den Beginn des neuen Tages erahnen. Die Frau richtet sich auf und späht aus dem kleinen Dachlukenfenster. Grau, grau, Regen wie gestern. Nur mühsam kann sie den gestrigen Tag rekonstruieren. Die lange Wanderung auf dem Pilgerweg über die Berge, der Regen, die schmerzenden Gelenke, die Rast in der Bar und dann dieser eigenartige Mann, der sie einfach in Besitz genommen hat. Gegen dessen Gegenwart sie sich nicht wehren konnte – ja, eigentlich nicht wehren wollte. Zu lange schon war sie allein und hat unter dem Alleinsein gelitten. Obwohl sie sich früher oft die Freiheit aus der ehelichen Bindung ersehnt hatte. Nicht konkret, mehr ideell!

Unten hört sie die Tür ins Schloss fallen. Wahrscheinlich ist das nepalesische Paar arbeiten gegangen. Rasch zieht sie sich an. Sie hat in ihrem Rucksack gerade genug zum Wechseln mitgenommen. Im Bad ist ihre Morgentoilette bald erledigt. Gespannt mustert sie ihr Gesicht. Die Wanderung hat ihre Haut gebräunt. Kantig treten die Wangenknochen hervor. Sie muss unbedingt mehr essen, mehr auf sich schauen. Hat sie dem Mann, der etliche Jahre jünger zu sein scheint, gefallen? Oder war das nur die spanische Gastfreundschaft?

Auf dem Tisch in der kleinen Küche steht eine Thermoskanne – wahrscheinlich ihr Kaffee. Daneben Brot, Butter, Marmelade, Milch, wie in einem 5***** Hotel. Oder sogar besser. Neben ihrer Tasse liegt ein Stadtplan, auf dem ihre Straße rot eingekringelt ist und dann die Route in das Stadtzentrum blau unterstrichen. Ein kleiner Stadtführer ergänzt die Reiseliteratur. Die Frau schmunzelt. Wahrscheinlich vermietet José sein Bett auf dem Dachboden öfter an Wanderer und Pilger. Viel kann er nicht verlangen.

Während die Frau isst, studiert sie Führer und Landkarte. Ja, heute wird sie das Angebot von José, hierzubleiben, annehmen.

Sie braucht ein wenig Erholung, vor allem die Gelenke. Aber morgen! Morgen geht es weiter, jeden Tag weiter, wie es sich für Pilger gehört. Dort, an dem heiligen Ort ist die Schuld vergeben. Aber warum nicht schon hier? Ist sie uns nicht schon durch Christus vergeben? Die Frau muss an ihren Religionsunterricht als Schülerin denken. Gott vergibt nicht durch Leistung, sondern aus Gnade. Ach was, das ist doch schon lange her. Sie macht diese Pilgerwanderung, um zu vergessen, oder zu verarbeiten, alles, was seit dem Tod ihres Mannes geschehen ist. Die Kinder verstehen sie nicht. Sie sollte zu Hause bleiben und die Enkelkinder versorgen, die Kinder unterstützen, die alle an ihrer Karriere arbeiten.

Sie aber wünscht sich ein neues Leben und – diesen anderen Mann möchte sie auch vergessen. Zu sehr schmerzt seine Untreue.

Die Glockenschläge vom Kirchturm her, der in der Nähe sein muss, mahnen sie zum Aufbruch. Sie nimmt ihren Umhängebeutel, Geld, Landkarte und Stadtführer, öffnet die Haustür und steht staunend in der unbekannten Umgebung. Die Berge sind in Nebel gehüllt, es regnet leicht. Aus dem Schirmständer schnappt sie sich einen bunten Schirm, um ihrer Stimmung noch mehr Akzente zu verleihen und zieht los. Es ist nicht schwer, der bezeichneten Route zu folgen. Die Straße führt leicht abwärts, an einem Friedhof vorbei, den sie sich für eine spätere Besichtigung aufhebt. Links unten sieht sie das Meer glänzen. Die Straße wird breiter, Geschäfte reihen sich aneinander. Orientierungspfeile tauchen auf und weisen in die verschiedensten Richtungen. Bald ist sie an der Promenade angekommen. Rechts oben auf dem kleinen Berg thront der steinerne Christus und erinnert sie an ihre Reise nach Brasilien, die sie mit ihrem Mann unternommen hatte.

Unten im Sand zieht sie ihre Wanderschuhe aus, krempelt die Hosenbeine hinauf und läuft lachend in das regenweiche Salzwasser, wie in ihrer Jugend, als sie mit den Eltern die Urlaube mit Zelt und Faltboot genossen hatte. Es ist nicht wirklich kalt. Unentwegte schwimmen sogar. Sie geht die Strandpromenade weiter nach links und biegt dann bei einem Schild ins Zentrum zur Kathedrale ein. Enge Gässchen nach allen Richtungen. Ein Geschäft neben dem anderen, Restaurants mit regennassen Stühlen auf der Gasse, Tapabars, in denen sich die köstlichsten Brötchen stapeln, schöne elegante Menschen, neben denen sich die Frau in ihrem Wandergewand hausbacken vorkommt. Eine Allee führt zum Platz der Kathedrale. Da es nun stärker regnet, geht die Frau hinein. Drinnen wunderbare Klänge. Der Organist übt für die Messe am Sonntag, oder ist diese Musik für die Kirchenbesucher oder als Touristenattraktion gedacht?

Wie dem auch sei, die Frau setzt sich in eine der hinteren Bänke, schließt die Augen und gibt sich den ungeahnten Klängen hin.

Es ist fast 12 Uhr, als der Organist verstummt, die Kirche sich leert und auch die Frau vom Strom der Zuhörer hinausgespült wird. Was hat José gesagt? Zu Mittag bei der Kathedrale! Ja, dann kann sie ja hier warten. Im Nu strecken ihr Bettler und Zigeunerinnen mit Kindern die Hände entgegen. Die Frau greift in die Tasche ihres Anoraks und zieht ein paar Münzen heraus. Als sie aufschaut, schaut sie in die kristallenen, verschmitzten Augen von José, der ihr auch die Hand bettelnd entgegenstreckt.

Die Frau gibt ihm ein paar Cent und lacht laut, so überrascht sie die Anwesenheit von José.

„Vamos", sagt er, „ich habe Hunger. Was möchtest Du essen? Du bist viel zu dünn. Komm, da gibt es eine gute Tapabar."

„Ich brauche aber eine Suppe vorher, weil ich ganz durchgefroren bin."

„Eine Brodo vorher, dann Tapas jede Menge und hinterher eine richtige Schokolade."

José läuft mit langen Schritten voraus, sodass die Frau kaum Schritt halten kann. Sie verliert ihn im Gewirr der Menschen in den engen Gassen fast aus den Augen. Kavalier ist er keiner, denkt die Frau, als sie atemlos neben ihm steht. Er studiert die Ankündigungen im Glaskasten vor einem alten Gebäude.

„Das ist das Theater, da ist heute eine Musikaufführung mit den typischen baskischen Flöten und Trommeln. Interessiert Dich das? Das musst Du unbedingt sehen und hören. Ich werde zwei Karten reservieren. Das ist am Nachmittag. Am Abend schauen wir uns einen alten Film im Kulturzentrum an."

Auch diesmal kommt die Frau kaum zu Wort. Mühsam folgt sie seinen Erklärungen und bittet ihn, langsamer zu sprechen. Da es wieder angefangen hat zu regnen, flüchten sie in die nächste Tapasbar.

„Die ist auch in Ordnung", sagt José.

Sie stellen sich an der Bar an, wo sich die köstlichsten Happen auf kleinen Brötchen türmen: Lachs, Hering, Oliven, Käse ... und und und. José bestellt eine heiße Bouillon für die Frau und lässt sie einige Tapas aussuchen. In einem Eck finden sie trotz des Gedränges einen kleinen Tisch, an dem sie sich gemütlich niederlassen. José spricht nicht viel. Er angelt sich eine der baskischen Zeitungen, die auf einem Stuhl liegen und vertieft sich in die Kommentare. Die Frau löffelt wortlos ihre heiße Bouillon und genießt die Tapas, die sie sich ausgesucht hat. Es stört sie, dass José sie scheinbar vergessen hat. Kein Wunder, ihre Sprachkenntnisse sind einfach für richtige Konversation zu mangelhaft.

Nun legt auch José seine Zeitung beiseite und beginnt zu essen. Er trinkt ein Glas Bier. Vielleicht wird er jetzt gesprächiger, denkt die Frau.

„Oh, wir müssen uns beeilen", ruft er plötzlich, „das Konzert fängt an!"

Sie packen ihre Jacken und Schirme und verlassen fluchtartig die Bar. Zum Theater ist es nicht weit, praktisch auf der anderen Straßenseite. José kramt die Karten aus seiner Tasche. Der Saal ist dunkel, nur die Bühne erhellt. Die Musiker haben bereits Platz genommen. Es ist ein Blasorchester mit Schlagzeug. Die beiden finden in den hinteren Reihen noch zwei Plätze am Gang. Da kann José seine langen Beine ausstrecken. Mit einem großen Tusch wird das Konzert eingeleitet. Ein Musiker, mit seiner baskischen Flöte, der Txistu, und Einhandtrommel spielt, begleitet von den anderen Musikern auf ihren Instrumenten. Gebannt beobachtet die Frau die Behändigkeit des jungen Musikers, der mit einer Hand die Flöte spielt und mit der anderen die Trommel.

„Hast Du noch Energie, um diesen alten Film anzusehen? Wahrscheinlich wird er in Englisch gebracht und auf Spanisch synchronisiert. Aber Du verstehst ja Englisch. Bei mir ist es etwas anderes."
Das Konzert ist zu Ende. José eilt voraus. Die Straßen sind voll von Menschen, es ist gegen Abend. Überall schön gewachsene Frauen mit langen schwarzen Haaren und schwarzen Glutaugen. José selbst ist hellhäutig, blond und mit blauen Augen und einem kurzen Bärtchen auf der Oberlippe. Schauen die ursprünglichen Basken so aus? Die Sprache ist ja die älteste europäische Sprache. Sie hat keinerlei Ähnlichkeit mit irgendeiner der anderen Sprachen.

Der kleine Raum im Kulturzentrum, wo der Film gezeigt werden soll, ist ebenso gut besucht. José kennt einige der Besucher. Es scheint ein Art Filmklub zu sein, wo immer wieder alte Filme gezeigt werden. Besonders interessant ist ein englischer Film aus den 50er-Jahren mit Kirk Douglas in der Hauptrolle: The Ace in the Hole. Ein verkrachter Journalist versucht, aus der Bergung eines Archäologen aus einer eingestürzten Höhle Profit zu schlagen, indem er die Bergung verhindert bzw. verzögert. Er möchte die Bergung filmisch ausschlachten und veranlasst die Anbohrung der eingestürzten Höhle. Der Wissenschaftler aber stirbt vor der Rettung an einer Lungenentzündung, der

Journalist, um den reißenden Absatz der Geschichte betrogen, stirbt an einer Infektion durch eine Scherenverletzung.

„Du isst zu wenig", sagt José nach dem Filmereignis. „Wir werden jetzt eine richtige Schokolade trinken und Churros dazu essen. Diese in Schokolade getunkten Teigschlangen." Gesagt, getan, die Frau muss sich diese einheimischen Köstlichkeiten in den Mund stopfen. Die Schokolade ist so dick, dass sie fast steht. Wieder kann sie sich nicht wehren. Das Lokal ist typisch einheimisch, nichts für Touristen. José, der Puppenspieler, ist bekannt.

José begleitet die Frau durch die Dunkelheit des regennassen Straßengewirrs bis zu seinem Haus und weiter auf den Dachboden seines Hauses. Die nepalesische Familie ist nicht zu Hause. Der Regen trommelt noch immer auf die Dachziegel über dem Gebälk. Eine knisternde Intimität verbreitet sich plötzlich in dem halbdunklen Raum, als José sie küsst und die Masken neugierig wie Zuschauer von den Wänden starren. Die Frau will sich dieser Stimmung gar nicht entziehen. Zu sehr hat sie unter der Einsamkeit des letzten Jahres gelitten, die der Mann nun mit seiner Umarmung wegzaubert.

Aus dem Buch „Mama muss zur Reparatur"

Freizeitstress

Zu Hause angekommen, versuchte ich mich erst mal vom Modus „Lehrerin" auf den Modus „Mama" umzustellen. Das war gar nicht so einfach, wenn einem noch der Kopf brummte und man sich total kaputt fühlte. Was ist heute noch so alles angesagt? Mein Gehirn versuchte auf Hochtouren sich umzustellen: „Es ist Mittwoch, da ist Ballett für Frieda. Emma muss noch die Sachunterrichtsmappe für die Bewertung ‚schön machen' und für den Test lernen. Auf dem Weg zum Ballett kaufen wir noch schnell das Geschenk für den Kindergeburtstag und ein Brot und ... Ich kann nicht mehr!" Als ich in den Garten kam, lag mein Mann Sven im Liegestuhl und machte sein berühmtes „Powernapping", also Ausruhen auf hohem Niveau, wie er sagt. Klar, nach einem harten Vormittag in unserem ruhigen und schönen Zuhause, mit einem Cappuccinöchen ein bisschen an einem Konzept schreiben, musste sich der werte Herr natürlich erst einmal ausruhen. Wie gerne wollte ich das jetzt auch machen, da tönte er mir bereits entgegen: „Hallo Schatz! Wir grillen heute Abend mit den Nachbarn, ich habe vorhin alles eingekauft. Kannst du vielleicht den Salat machen, der schmeckt dann immer am besten." Natürlich, ich hatte ja sonst nichts zu tun, und Ausruhen wird auch überbewertet! Und mit einem Salat, da sind wir mal ehrlich, war es ja nun auch nicht getan. Da hieß es aufräumen, vielleicht kurz saugen, gucken, ob das Gäste-WC klar war, Getränke kalt stellen, die Terrasse herrichten und den Tisch decken. Jetzt würde ich wieder bis spät in die Nacht mit „Gastgeberin sein" beschäftigt sein. Damit es nicht zu langweilig würde, lud Sven natürlich auch noch die anderen Nachbarn ein, bei uns war es ja immer so gesellig. Das war ja auch immer schön, aber nicht, wenn der Stress morgen früh um 6 Uhr gleich weiterging und ich um 8 Uhr auf Knopfdruck wieder meine Lehrerinnenrolle komplett ausfüllen musste. „Ich kann nicht gleichzeitig eine perfekte Gastgeberin sein, weil ich auch Lehrerin sein muss, ich kann nicht die perfekte Lehrerin sein, weil ich auch Mutter sein muss (will), ich kann nicht die perfekte Mutter sein, weil ich auch Hausfrau sein muss, ich kann nicht die perfekte Hausfrau sein, weil ich auch Liebhaberin sein muss", ging mir durch den Kopf. Das Spiel könnte man noch ewig so weitertreiben.

Ich brauche 'ne Kur.

Ich hetzte also wieder mal den viel zu kurzen späten Nachmittag mit den Kindern von A nach B, und während ich zu Hause aufgeräumt, geputzt, Terrasse vorbereitet, den Tisch gedeckt und den Salat mit meiner Spezialsoße (natürlich selbst gemacht auf Wunsch eines Einzelnen) zubereitet hatte, hatte mein fleißiger Mann auch bereits ganz toll die Kohle angezündet. „Ich habe schon den Grill fertig!", informierte er mich voller Stolz. „Gaaaanz toll gemacht!", erwiderte ich, zugegeben nicht ganz überzeugend, aber Männer sollte man ja loben!!! Das sang Barbara Schöneberger ja auch so schön in einem Lied … am besten finde ich da die Stelle, als sie ihren Mann mit den Worten lobt: „*... und danke für die Blumen von der Tanke, danke, danke.*" Als Antwort bekam ich nur: „Jaja, ich weiß, du machst ja ALLES und ich NICHTS." Das Thema wollte ich eigentlich nicht anfangen, aber wo er recht hatte, hatte er recht. Während ich noch überlegte, wie ich darauf reagieren sollte, setzte er noch einen drauf: „Such dir doch einen anderen, ich helfe dir auch, dich ins Internet zu stellen, das kannst du ja nicht." Das war aber sehr nett, vielleicht sollte ich das wirklich tun. Wenn mir Sven auch

ROSA GOLD | 243

nur einmal richtig erklärt hätte, wie ich bei Computerproblemen vorging, anstelle von: „Lass mich das mal machen", und in seinem Kopf höre ich noch den Nachsatz „dusselige Kuh". „Guck, das ist **ganz einfach** ...", sagte er immer. An der Stelle „ganz einfach" schaltete ich stets ab, denn dann wurde es kompliziert, und er klickte hier und da mit der Maus, und alles ging furchtbar schnell. Ich kapierte nichts!

„Das kann man schon so machen, aber dann ist es halt Kacke!",

vor allem für mich, denn nächstes Mal würde ich wieder nicht wissen, wie es funktionierte. Neulich wollte ich für ein Arbeitsblatt ein Bild verwenden und hatte Sven gefragt, wie das mit dem Einscannen geht. Ihr dürft dreimal raten, wie diese Geschichte ausgegangen ist. ... Ich habe ein vorhandenes Bild ausgeschnitten und aufgeklebt, fertig. Und was glaubt ihr, es war **ganz einfach** und ging auch richtig schnell. In der Zeit würde ich es nie im Leben schaffen, ein Bild rauszusuchen, einzuscannen und anschließend auch noch in das richtige Format zu bekommen, geschweige denn ein Textfeld an die gewünschte Stelle einzufügen.

Na ja, den Spruch mit „ich ALLES und er NICHTS" ließ ich zunächst mal so stehen, denn ... um Punkt 18.30 Uhr klingelte es auch schon an der Tür, die Nachbarn waren da. Wie schaffen die es, immer so pünktlich zu sein? Hm, o. k., vielleicht lag es daran, dass die beiden Frauen nur jeweils halbtags arbeiteten, das würde ich ja auch gerne. Leider ging es ja nicht, denn seit wir wieder, nach einem Jahr Berlin, in unserer Heimatstadt wohnten, musste ich voll arbeiten, und mein Mann erfüllte sich währenddessen seinen Traum von seiner eigenen Kaffeerösterei. Dafür hatte er seinen Job als Führungskraft aufgegeben und verließ sich nun ganz auf mich. „Ick freu mir!" Während sich die Männer fachsimpelnd mit einem Glas Rotwein um das offene Feuer zusammenrotteten, im Sinne von „echte Männer brauchen den Blick in das offene Feuer", das war schon in der Steinzeit so, versammelten sich die Frauen, auch wie es sich gehörte, in der Küche, um die letzten Vorbereitungen zu treffen. Nebenbei konnten wir uns auch schon mal etwas über die Männer austauschen. Meine Nachbarin Sille berichtete als Erste von ihrem Friseurbesuch am letzten Samstag. Sie und ihr Mann haben auch zwei Kinder in dem Alter unserer Kinder. „Am Samstag sagte ich nach dem Frühstück zu meinem Mann, dass ich nun zum Friseur gehen wolle und gegen halb drei zurück sei, und er sollte daran denken, dass wir anschließend um drei bei meiner Mutter sein wollten. Was meint ihr, was passiert ist, mal so ganz hypothetisch in den Raum gesprochen? Und bedenkt, er ist ein ausgewachsener, logisch denkender Mann mit Führungsqualitäten." Auch wenn diese Beschreibung wirklich stimmte, mussten alle an dieser Stelle etwas schmunzeln. Ich wagte mich ganz forsch, mit etwas sarkastischem Unterton vor und behauptete: „Na ja, ist doch klar! Mittagessen hat er um 12 Uhr fertig, danach ist Mittagsschlaf für den Kleinen bis 14 Uhr angesagt, in der Zeit macht er die Küche sauber. Nach dem Mittagsschlaf machen sich alle frisch und stehen startklar vor dem Haus, wenn du wieder vom Friseur da bist, damit ihr pünktlich zu deiner Mutter kommt." Alle versuchten ihr Lachen zu unterdrücken, doch Silles Lachen wurde immer lauter und ging schon fast in hysterisches Lachen über, denn das wünscht „frau" sich doch, und es war ja objektiv gesehen auch gar nicht so abwegig. Nachdem sie sich etwas beruhigt hatte, schilderte sie folgende, tatsächlich abgelaufene Szene: „Bei meiner Rückkehr fand ich eine Horde überdrehter Kinder vor. Die Große hopste mit deiner Tochter Emma auf dem Sofa um die Wette. Die Reste vom Mittagessen klebten noch auf dem Herd und dem Fußboden. Der Kleine hatte natürlich nicht geschlafen und baute nur mit einem Schlafsack bekleidet einen Duploturm mit meinem Göttergatten. Von der Idee, pünktlich und ganz entspannt bei meiner Mutter anzukommen, hatte ich mich bei diesem Anblick schon verabschiedet. Über meine neue Frisur wurde auch kein Ton gesagt." Wir versuchten in unserem sich nun anschließenden Gelächter etwas Mitleid einfließen zu lassen. Mitleid für Sille, aber auch für uns selbst, denn solche Szenen kannte komischerweise jede von uns. Ich versuchte dieses Spiel aufzunehmen und das Ganze noch zu überbieten: „So, jetzt ich! Ich habe auch was", begann ich meinen Vortrag. „Wisst ihr, was passiert, wenn man am Sonntag beim Frühstück vorschlägt, in den Zoo zu gehen? Ich meine, wie läuft das ab, bis wir alle fertig im Auto sitzen?" Auf den Gesichtern der beiden sah ich, dass sich verschiedene Szenarien, wie ein innerer Film, abspielten. Jetzt war die andere Nachbarin, Sonja, an der Reihe, ein Statement abzugeben: „Sagen wir mal so, dein Mann sitzt alleine, aber pünktlich und angezogen im Auto." „Richtig, die Kandidatin erhält 100 Punkte!", schoss es nur so aus mir heraus. „Der Haken an der Sache ist bloß der, ich bin noch im Schlafanzug. Denn während ich noch zwischen Küche, Bad, Keller und Kinderzimmer hin und her gerast bin, um Trinkflaschen zu füllen, Äpfel und Knabberstangen in Tupperschalen zu füllen, Regenhosen, Wechselsachen und Fleecejacken für die Kinder rauszusuchen, den Kindern beim Anziehen geholfen habe, hat mein Mann mit seiner Zeitung noch eine längere Badezimmersitzung abgehalten oder besser gesagt, er hat eine längere Besichtigung der Keramikausstellung genossen und sich anschließend gemütlich fertig gemacht. So stand er nun im Flur mit dem Autoschlüssel in der Hand und sagte: „Ich bin fertig, wir können los, oder kann ich dir noch IRGENDWIE helfen?" Ich guckte ihn mit großen Augen an und sagte nur mit leicht sarkastischem Unterton: „Nö, also wir können sofort los, vielleicht merkt ja keiner, dass ich im Schlafanzug bin." Den Witz hat er IRGENDWIE nicht verstanden. Ich hätte vielleicht fragen sollen, wie ihm mein neues Outfit gefällt. Egal, es is, wie es is", schloss ich meine Ausführungen.

Die offene Tür

Viele Jahre hatte er dort gestanden, in jenem Winkel zwischen dem alten Schrank und der Garderobe. Er war mit den Jahren selbst zu einem Möbelstück geworden. Zu etwas Vertrautem, Dazugehörigem, etwas, das man nicht mehr wirklich wahrnimmt, höchstens aus den Augenwinkeln. Er war ein Relikt aus früheren und alten Zeiten. Die alten Zeiten war die Zeit des Großvaters, von dem er eigentlich stammte. Er war ein runder, gelb-brauner Rucksack mit breiten Ledertrageriemen und zwei Außentaschen, die auch mit Lederzungen zu verschließen waren. Wahrscheinlich hat er sie auf seinen Bergtouren benutzt, oder auch bei jenen Wanderungen mit seinem Enkel. Diese Ausflüge, die immer einen ganzen Tag gedauert hatten, führten sie in die Wälder der Umgebung des kleinen Städtchens. Man war früh aufgebrochen, mit Lumpi, dem Dackel. Die Brotzeit auf dem Rücken wanderten sie hinaus aus der Stadt und verbrachten den Tag in den Wäldern, wandernd, erzählend und Tiere beobachtend. Am Abend kehrten sie oft erst nach Einbruch der Dunkelheit zurück. Der Enkel hatte den gleichen Rucksack, nur in klein. Später sollte er den großen erben, der ihn auf einigen seiner Reisen begleitete. Obwohl erben eigentlich nicht der richtige Ausdruck ist. Er fand ihn eines Tages auf dem Speicher, verstaubt in einem Schrank, lange nachdem der Großvater gestorben war. Es war kurz vor einer seiner ersten längeren Reisen. Diese Reise war im Grunde die Fortführung jener Wanderungen seiner Kindheit und frühen Jugend. Zusammen mit einem Freund und einem alten, in Ehren ergrauten Jagdhund. Er hatte ihn eines Nachts vor einer Diskothek sitzend angetroffen. Er fragte den Hund, ob er wohl nicht hineindürfe, in den Schuppen. Der Hund sah ihn an, mit seinen treuen braunen Augen, stand auf, schüttelte sich und ging mit ihm. Das sollte die nächsten Jahre so bleiben. Sie wanderten und reisten viel zusammen und waren zwei unruhige, heimatlose Geister, die sich gefunden hatten, zwei Wanderer zwischen den Welten. Manchmal trug er dem Hund etwas aus einem Buch vor, das er dabeihatte. In dieser Zeit meist aus einem der Bücher Nietzsches, die er gern im Gehen las. Es war eine Art Zwiesprache, die die beiden hielten, wobei die Kommentare des Hundes eher einsilbig ausfielen. Immer wieder waren sie ein kurzes Wuff, um sein Herrchen vor einer Gefahr zu warnen, in die es lesend und für den Weg blinden Auges gestolpert wäre. Sie waren zwei Peripathetiker, die im Gehen philosophierten, wobei der Hund eher der Naturphilosophie huldigte.

Vor einigen Jahren hatte er sich dann niedergelassen. Der Grund war: natürlich eine Frau. Ein bezauberndes, elfenhaftes Wesen, schwebend und auch noch nicht ganz auf der Erde angekommen. Zwei verwandte Seelen hatten sich getroffen, hungernd und dürstend nach einem Hafen, auszuruhen. Sie verschmolzen ineinander, lösten sich auf und hatten Mühe, sich wieder selbst zu finden.

Er saß wie oft in letzter Zeit an einem kleinen Schreibtisch am Fenster, das den Blick offen in die Weite des Südens freigab. Irgendwann hatte er angefangen zu schreiben, aus den Fragmenten der vielen Tagebücher seiner Reisen, Geschichten zu formen. Sein Blick schweifte von den Konturen der schneebedeckten Berge zurück ins Zimmer. Wie zufällig blieb er hängen an einer großen Bodenvase mit getrockneten Blüten einer blauen Hortensie. Kurz dachte er an das Gedicht Rilkes über die blaue Hortensie, aber er konnte es nicht mehr ganz aus dem Gedächtnis rekonstruieren. Als er aufstand, um nach einem Gedichtband zu suchen, in dem er es vermutete, blieb er abrupt stehen. Ja, etwas war merkwürdig an dem Anblick der Vase. Er hatte es gleich gespürt, aber anfangs nicht zu fassen bekommen. Natürlich, jetzt wusste er es: An diesem Platz hatte immer der Rucksack gestanden. Wo war er? Er stellte die ganze Wohnung auf den Kopf, suchte im Keller, in der Garage – nichts. Wie so oft, bei den Dingen, die man immer um sich weiß, man braucht sie eigentlich nicht. Doch kaum sind sie weg, vermisst man sie.

Mit diesem Augenblick setzte wieder die alte Unruhe ein, die so viele Jahre sein steter Begleiter gewesen war und, seit er mit seiner Elfenfrau lebte, in den Hintergrund getreten war, wie eine leise Ahnung.

Als sie an diesem Abend nach Hause kam, stand die Wohnungstür einen Spalt offen. Auf dem Tisch lag ein Zettel, mit einem Gedicht.

Darunter stand: „Verzeih mir, ich muss wandern, ich liebe Dich."

Corona Tanz

Seit jenen Tagen
da sich die Menschen
mit stoffumhüllten Häuptern
nur noch allein im Kreise drehn
hat sich die Zeit gedehnt
bis hin zum Horizont.
Die Ufer, die so nah sich waren
verschwimmen weit
in trübem Dunst.
Wir stehen da und schauen
staunend in den Himmel
der groß und blau
und unbefleckt sich wölbt.
Unter uns der Boden schwankt –
schnell baut man Brücken
hier und dort
um nicht in Mooren zu versinken.
Wir halten uns mit Worten und mit Gesten
und Töne schweben durch den Raum
es sind der Vögel Frühlingslieder
die uns begleiten, wie im Traum.

Karácsonyi gondolatok és kérdések

2019 karácsonyán, majd' 75 évesen merült bennem fel, mit tettem az utóbbi 35 évben. Eközben gyerekeim és unokáim a karácsonyfa alatt szorgosan tevékenykedtek, és én csak néztem őket.

Ami biztos: egy gyógyíthatatlan betegség végstádiumából kibernetikai módszerek segítségével sikerült újszerű aktív ingerterápiát összeállítanom, s így meggyógyulnom. Sikerült még többeknek szintén meggyógyulnia, de nem sikerült a módszert elfogadtatni e betegségkörre az akadémikus orvoslás képviselőivel, pedig az alkotóelemek törzskönyvezett gyógyszerek voltak, de más célokat szolgáltak.

Ennek megfelelően csodának mondható gyógyulást tudtam magaménak, ezért hálából Istennek ajánlottam további életemet. Nemsokára érkeztek az isteni elfogadást és adományt érzékeltető jelek és hatni kezdtek: például béna beteg újra tudott mozogni, vagy egy lány riadtan futott ki a szobából, hogy elkezdett látni stb. A jelenlévők mindannyian meglepődtek, s elkezdtünk játszani és kísérletezni vele.

Mi volt ez a hihetetlen adomány? Erő, valamilyen erő, ami meghaladott engem, és a másik embert gyógyította. Dr. Egely György bioenergiamérője nálam 0-át jelzett. Ekkor meggyújtott egy gyertyát tőlem 5 m-re és kérte, hogy próbáljam eloltani, s mindenki meglepetésére a gyertya elaludt egy pici mozdulat hatására egy pillanat alatt. Úgy látszik, az emberben van másfajta erő és energia is, amiről nem tudunk semmit, és ami más rendszerben értelmezhető, mint a mi szokványos földi terünk (X, Y, Z koordináták) – idő (másodperc, perc stb.) –, tömeg (kg, tonna stb.) –, energia (erő és út szorzata, helyzeti energia, mozgási energia).

A karácsonyfa alatt üldögélve jutottak eszembe Nikola Tesla és Einstein gondolatai: „Ha meg akarod fejteni az Univerzum titkait, gondolkodj energiában, frekvenciában és rezgésben."
Ekkor kezdtem el játszani az E = m x c2 einsteini képlettel: Mi lehet, ha m = 0 vagyis nincs tömeg, de van fény (rezgés)? Ekkor E = 0 a földi szabályok szerint, de úgy is érthetjük, hogy blokkolt, nem működő energia, talán a fekete lyuk? Ebbe bekerülve eléggé féltem (élményeimet majd külön írom le), de itt megtapasztaltam és láttam, hogy az Istenre gondolás létrehozta a fényt.

Elszakadva az einsteini képlettől, ha „kivesszük" a tömeget, mint nem létezőt, akkor elszakadunk a megszokott tér-idő rendszerétől, és akkor itt másfajta térről kell beszélnünk. Ez lehet a világűr a fekete lyukkal.

Mi lehet, ha a képletből hiányzik az *m*, vagyis az energia (gondolati vagy akarati vagy hitbéli erő vagy energia) és a fénysebesség között keresünk közvetlen összefüggést? Ezzel a képlettel közelíthető meg az eseményhorizont leírása a fekete lyuk körül, annak és a világűrnek a működése?

Ilyenkor biztos, hogy a fény sebessége változatlan? A gondolati erő/energia nem „rángathatja" a fényt?

Lehet, hogy az energia összefügghet a fény sebességével? Vagy az energiától függhet a fény sebessége a tömeg/anyag nélküli világban? Lehet, hogy erre a sebességre van szükség a bolygók közötti utazgatásra, avagy a térugrásokra? Mindenesetre ez egy csendes és gyors mozgás, legalábbis ezt tapasztaltam, amikor a csillagközi vendége lehettem.

Itt kaphat másfajta értelmet a frekvencia és a rezgés? Ebben a világban fogalmazhatók meg minden anyagtól független érzetek, gondolatok – pl. a jó, a rossz, a szeretet stb. Ez az az erő/energia, ami pontosítja a géneket, ami lehetővé teszi a gének gyógyítását.

És mi lehet, ha a fény sebessége végtelen? Akkor az erő is végtelen? Ez lenne a mi Teremtőnk?

Végül is kiindulhatunk-e abból, hogy Isten teremtette a látható és nem látható világot, és amiről az előbbiekben írtam, az a nem látható világ? Isten öröktől fogva e világ része?

Tehát mondhatjuk, hogy az univerzum áll
- az anyaggá sűrűsödött anyagi energiavilágból (azaz a tér-idővel leírható, általunk megszokott világból) és
- a világűrből, ahol csak az anyagtalan energia létezik általunk ismeretlen struktúrában és létezési formában (ezt gondolati energiavilágnak hívhatjuk), és ezek a látható anyagi és nem látható gondolati energiavilágok bizonyos szegmenseikben átjárják egymást, és kapcsolódhatnak is egymáshoz!

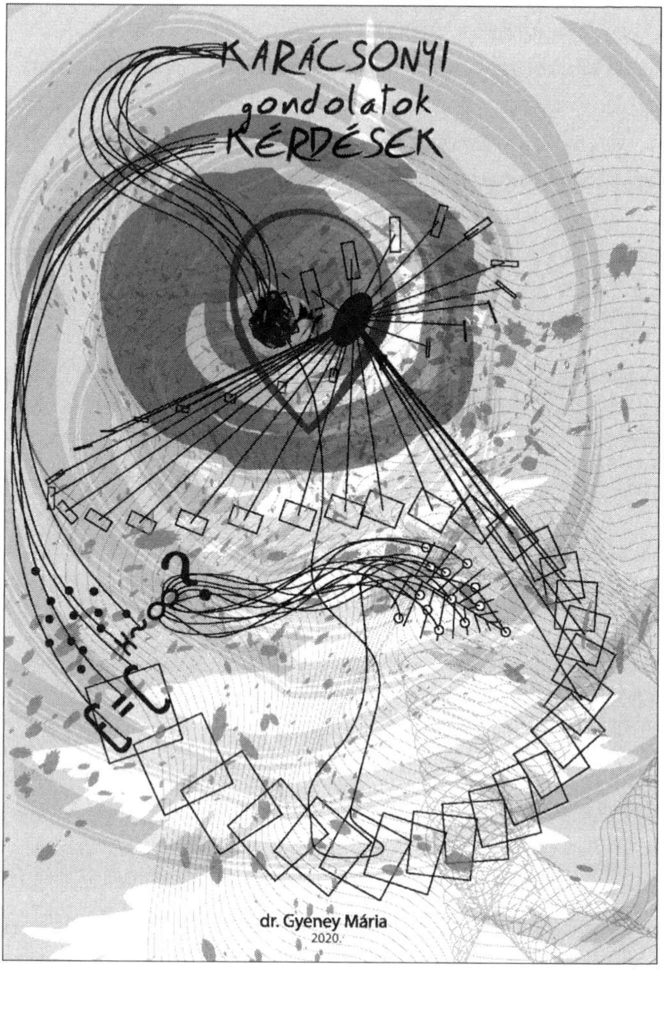
KARÁCSONYI
gondolatok
KÉRDÉSEK
dr. Gyeney Mária
2020.

CHRISTMAS THOUGHTS AND QUESTIONS

On Christmas day, 2019, at age of 75, I was contemplating what I had been doing for the last 35 years while my kids and grandchildren were busy under the Christmas tree and I was watching them.

What is certain is that, during the end stage of an incurable disease, I had been able to use an active cybernetic method to design a novel active stimulus therapy to heal myself. Many more people were also healed, but the method was not accepted to use against this disease by representatives of academic medicine; and that, although the components were all registered medicines, they also served other purposes.

Accordingly, this was a miraculous healing, so I thanked God and expressing my gratitude I offered the rest of my life to Him. Soon, signs of Divine acceptance and endowment came in and began to work. For example, a lame patient began moving again, and a blind girl ran out of the room in shock, realizing that she was suddenly able to see, and so on. Everyone present was surprised, and we started playing and experimenting with it.

What was this incredible gift? Power, some kind of power that had saved me and healed others. Doctor György Egeli's bio-energy meter showed me at 0. Then he lit a candle five meters away from me and asked me to try to extinguish it, and to everyone's surprise, the candle was blown out instantly. It seemed as if another kind of power and energy in man had been released that we knew nothing about, that had been interpreted in some system other than our usual earth space (X, Y, Z coordinates) – time (seconds, minutes, etc.) – (mass (kg), tons, etc.) – energy (power and path product, positional energy, motion energy).

I remembered a statement that Einstein had made while sitting under the Christmas tree: "If you want to find the secrets of the Universe, think in terms of energy, frequency, and vibration."

This is when I started to play with the Einstein formula, $E = m \times c2$.

What if $m = 0$ ergo there is no mass but there is light (vibration)?

- Then $E = 0$, according to the rules of the earth, but can we also interpret it as blocked, non-functioning energy, may be a black hole? Getting into it, I was pretty scared (I'll describe my experiences separately), but here I experienced and saw that merely thinking of God created the light.
- Breaking away from the Einstein formula, if we "remove" the mass as non-existent, then we break away from the usual space-time system and then we have to talk about a different kind of space. This could be the outer space with the black hole.

What if the m is missing from the formula, and we have to find the direct correlation between energy (thought or will power or belief power or energy) and the speed of light? Could we approach the description and operation of the event horizon and the outer space with this formula?

In such cases, is it certain that the speed of light is unchanged? Can it be that the thought power / energy is "pulling" the light?

Could energy be related to the speed of light? or can energy depend on the speed of light in a world without mass? Maybe this is the speed that is needed for traveling between planets, or for space jumps? For any case, this is a calm and fast movement, at least that was what I experienced when I was a guest at Interstellar.

Could frequency and vibration have a different meaning here? Feelings and thoughts that are independent from all mass can be formulated in this world e.g. good, bad, love. It is that power/energy, that refines the genes that makes it possible to heal the genes. And what if the speed of light is infinite, then the power is infinite as well? This would be our Creator?

Can we, after all, assume that God created the visible as well as the invisible world, and what I have written above would be the invisible world? Is God part of this world of infinite time?

So, we can say that the universe extends – from the material energy world (i.e. the world we are familiar with in space-time), which has become densified into matter, to space, where only non-physical energy exists in a structure and form that we do not know anything about (this is called the mental energy world), and that these visible material and invisible mental energy worlds penetrate, merge into each other and can interconnect in certain segments.

Thank you Árpád Deli for his collaborative editing!

Karanténbéli gondolatok és kérdések

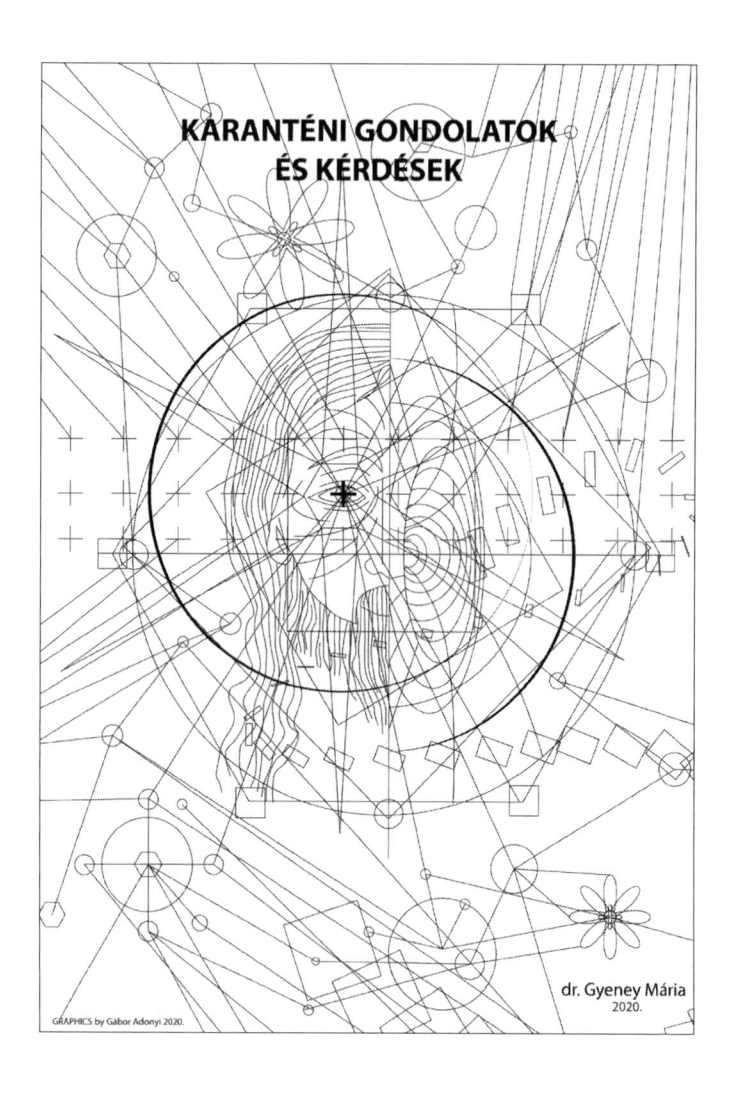

„Azon a napon, amikor a tudomány elkezdi tanulmányozni a nem fizikai jelenségeket, egy évtized alatt nagyobb utat tesz meg, mint létezésének összes korábbi századában."
Nikola Tesla

Karácsonyi gondolataimat lezártam könnyedén azzal, hogy a világmindenség két jól elkülöníthető térből/világból tevődik össze, azaz mondhatjuk, hogy az univerzum/kozmosz/világmindenség áll:

– az anyaggá sűrűsödött energia világából, az általunk ismert tér-idő és a tömeg rendszerből a numerikus matematika eszközeivel leírható formában;
– az anyagtalan energia világából, amely egy általunk ismeretlen struktúrában és a fogalmak szubjektív formájában létezik – ezek a nem fizikai jelenségek. A meghatározásához szükséges matematikai háttér még kidolgozásra vár.

Úgy gondolom, a vizsgálódásomnak vissza kell fordulnia a Teremtés folyamatának különböző megközelítéseihez, ahol a fentihez hasonló Univerzum-felosztásokkal találkozhatunk.

TEREMTÉS?

A materialista gondolkodók az anyag valamilyen létformájának ősrobbanásából indulnak ki. Ma már néhányan felvetik azt a kérdést, hogy „mi volt előtte?".

A tibeti filozófia az őseredeti tér közegéből indul – ezt a végtelen teret senki sem teremtette, de ebből árad ki minden tapasztalat.

Két amerikai atomtudós (dr. Emillo Segre és dr. Owen Chamberlain) az antiproton létezésének igazolásával tágabb teret biztosít az ősi filozófiák értelmezéséhez is.

MÁRIA GYENEY | 259

1./ létezik antianyagi atom, amely az anyagi atom tulajdonságaival írható le.
2./ Létezhet egy antivilág.
3./ Lehet, hogy e két világ összeütközésükkor megsemmisítheti egymást.

A. C. Bhaktivedanta Swami Prabhupáda: Könnyű utazás más bolygókra

„A teista gondolkodók az antianyagon egy másfajta anyagi energiát értenek, amelyre a természeténél fogva (anyagtalan energia) a megsemmisülés nem vonatkozhat". Elkülönítik a múlandó anyagot az öröktől. A Bhagavad-gítában a teremtő energia két formája szerepel: *az anyagnak önmagában nincsen teremtőereje*, azonban ha ezt az élő energia irányítja, akkor keletkeznek az anyagi dolgok. Az anyag tehát nyers formájában a Legfelsőbb Lény rejtett energiája. Az antianyagi részecske az anyagi testen belül van.

Szent Biblia, Károli Gáspár revideált fordítása – Mózes első könyve

1. Kezdetben teremté Isten az eget és a földet. (Nincs meghatározva, hogy miből.) (1Móz 2,4.5; Zsolt 33,6;89,12;136,5; Csel. 14,15;17,24; Zsid. 11,3; Jób 33,4)
2. A föld pedig kietlen és puszta vala, és setétség vala a mélység színén, és az Isten Lelke lebeg vala a vizek felett.
3. És monda Isten: Legyen világosság: és lőn világosság. (2Kor. 4,6)
4. És látá Isten, hogy jó a világosság; és elválasztá Isten a világosságot a setétségtől.

Szent Ágoston

Isten valamilyen láthatatlan ősanyagból formálta a világot, azonban ez az ősanyag nem egy már előzőleg létező valami volt, hanem Ő maga teremtette. A kézművesek tevékenysége és Isten tevékenységének hasonlóságára utal Ágoston akkor is, mikor azt mondja: „Ugyanezt az anyagot nevezte víznek is, amely fölött Isten szelleme lebegett, miként a kézműves akarata (*ihlete*) lebeg a létrehozandó alkotás felett."

Órigenész a következőket írja a Principiumokról (Arcanum: princípium – „alapelv, vezérelv"; >a filozófiában< alap-ok, ős-ok, vég-ok") című művében: „Tehát az egész érvelés abba torkollik, hogy Isten két általános természetet alkotott: a látható, vagyis a testi természetet, és a láthatatlan, vagyis a testetlen természetet."

Wikipédia: A teremtés folytonossága /szerkesztés/

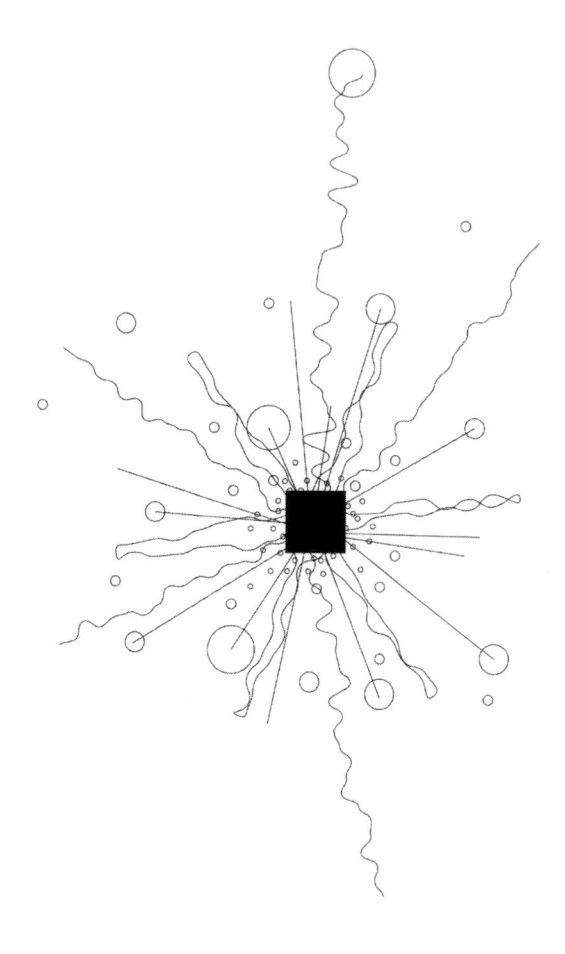

ANYAGGÁ SŰRŰSÖDÖTT ENERGIA

„Isten a világot láthatatlan formában teremtette meg, majd e láthatatlan világba helyezte a látható világ csíráit. Mai terminusokkal élve mondhatnánk, hogy Isten beprogramozta az ősanyagot."

A fentiek szerint mi is lehet az ősanyag? Egy olyan láthatatlan „testetlen anyag", aminek nincs sem szerkezete, sem tömege, sem energiája, csak van, s minden beolvad a gondolat kivételével.

Tehát lehetséges, hogy a mai tudós világ által fekete lyukaknak nevezett objektumok ilyen „testetlen anyag" objektumok, amelyeket erőteljes fényudvar határol, amit ún. eseményhorizontnak nevezünk. Lehet, hogy én tényleg ebbe a masszába estem bele... Visszaidézve, az egyik meditáció alatt egy sűrű, fekete masszában találtam magamat. Az első gondolatom a félelmen túl: mi lehet ez a végtelennek tűnő massza? Szökési kísérletem egy pontján pedig megvillant a menekülési lehetőséget adó fény.

Még sok-sok gondolat foglalkozik e témával, ezek számát fogja növelni ez az esszé is.

Összefoglalva: szinte minden elképzelés a teremtésről végső soron egy élő energiából, mint teremtőből indul ki (még talán az ősrobbanás hívei is), mert ugyan kicsit szkeptikusan, de hozzáteszik: azért az ősrobbanás előtt lehetett valami... De mi?

Már a Teremtés koncepciójában megjelennek határok a létrejött világok között meghatározott elkülönülési szempontok szerint, így beszélünk anyagi világról és energia világáról, vagy a látható és nem látható világról. Továbbgondolva, az Univerzumunkat még sokféle szempont szerinti csoportba sorolható világokra oszthatjuk fel. Ez az esszé a fenti alapvető elemzési irányok szerint foglalkozik a világmindenség főbb felosztási elveivel.

Nem tudom elfogadni, hogy egy robbanás utáni káosz magától létrehozza a bonyolult Világmindenséget, amelyben az ismeretünk bővülése során egyre több rendet és működési szabályt ismerünk fel, persze velük együtt egyre több kérdés merül fel bennünk. Egy olyan kiindulópontot sem találtam ebben a káoszban, ahonnan beindulna egy mozgás, ami a teremtés kezdőpontja lehetne.

Próbáltam megfigyelni az anyagot, hogyan tud külső hatás nélkül, a formáira és a benne lévő mozgó alkatrészekre támaszkodva létrehozni valami új objektumot, ami aztán tovább

MÁRIA GYENEY | 263

változik. Addig eljutottam, hogy valamilyen erő beavatkozására sikerült mozgásba lendülni az anyagnak, de leállt a folyamat további beavatkozások nélkül.

Eljutottam oda, hogy az anyag nem tud teremteni, még a helyzeti energiájával, azaz a potenciális munkavégző képességével sem; más princípiumot kellett keresni, még akkor is, ha annak a kiválasztott létezőnek, ami képes teremteni, nem ismerjük a létrejöveteli mechanizmusát.

Az én világomban a teremtő Istenünk jelölte ki a rávonatkozó törvények és lehetőségek határaival világunk helyét, s hozta létre a Világmindenséget. Ez a gondolkodásom alapelve, **DOG- MÁJA**. Azt gondolom, innen kezdve kutathatjuk

A VILÁGMINDENSÉGET.

Vallásaink, hitvilágunk öröktől fogva létezőnek tekintette Teremtőnket, és nem sokszor foglalkozott részletesen múltjával, létével. Az emberek közvetlenül fordulnak bajaikkal és örömeikkel hozzá, tehát ismerik alkotói tulajdonságát. Ösztönösen kiáltanak fel a hitetlenek is, ha bajba kerülnek: „Istenem, segíts!". Órigenész és még többen Istent fogadják el teremtőnknek, aki létrehozta

A LÁTHATÓ ÉS NEM LÁTHATÓ VILÁGOKAT

Az anyagi világ az, amit mindenki elfogad, akár Világmindenségként, akár annak részeként. Ennek megfelelően először vizsgáljuk meg az anyagi világot.

WIKIPÉDIA: Egyszerűen fogalmazva a fizika az anyag tulajdonságait vizsgáló tudományág. Bővebben: a fizika az anyaggal és mozgásával, illetve téren és időn át történő viselkedésével, valamint a vele kapcsolatos elgondolásokkal – mint az energia és erő – foglalkozó természettudomány. Az egyik legalapvetőbb tudományos terület, a fizika fő célja a világegyetem/világmindenség/univerzum viselkedésének a megértése.

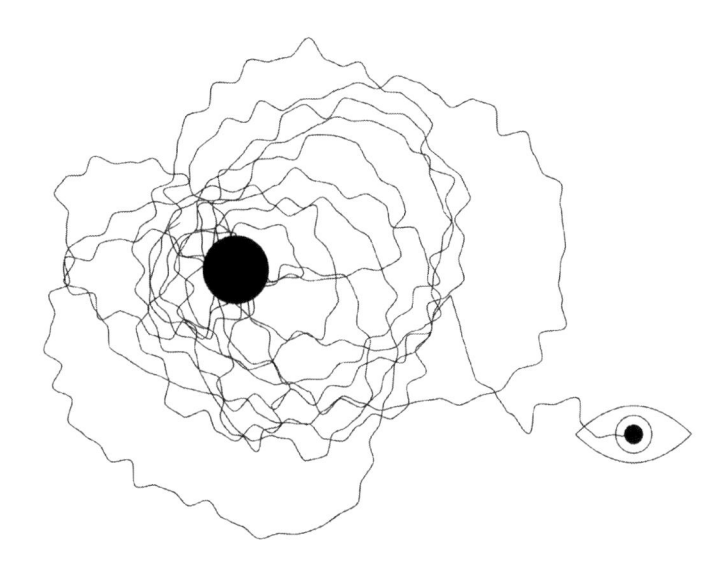

LÁTHATÓ ÉS NEM LÁTHATÓ VILÁGOK

Láthatóság szempontjából milyen világok alkothatják a világegyetemünket? Nagy dilemma! Furcsa kérdés, pedig a mai világnézetünk szerint olyan anyagokról beszélünk, amelyek különbözőképen kitöltik az univerzumunkat, csak még nem találtunk mindegyikre rá.

Az anyagtalan energiák – térfoglaló képességük hiányában – szimbiotikus kapcsolattal az anyagban nyilvánulnak meg, ez nagy többségében így van, és kijelenthetjük róluk, hogy láthatatlanok: pl. a „jót" érzékeljük, de nem látjuk.

MÁRIA GYENEY | **265**

Ennek megfelelően a láthatóság szempontjából az anyag világát kell vizsgálnunk, amit három jól elkülöníthető részre bonthatunk fel.

Látható anyagok világa, amelynek elemei anyagi részecskékből tevődnek össze, és sokféle szempont szerinti vizsgálatokkal ismertük meg.

Vizsgálóeszközökkel látható világ, amelynek elemei nagyrészt anyagi részecskékből tevődnek össze, és a rendelkezésre álló vizsgálóeszközökkel részben kivizsgáltak.

Nem látható anyagi világrész, amelynek alkotóelemei nagyrészt anyagi részecskékből tevődnek össze, de egyetlen elemét sem látjuk, legalább is a jelenlegi ismereteink szerint. Nem vizsgáltuk, nem is kerestük, pedig lehet, hogy már megvan az eszközök egy része a kutatásukhoz. Ez utóbbit kell részletezzem, ahogy én érzékeltem, esetenként belekukkanthattam e rejtélyes világba, keveset láttam, inkább csak észleltem. Többen részesei lehettek ennek az élménynek, akik úgynevezett előző életeket, vagy előző korokat vizsgáló meditációkon vettek részt. Ebben a világban láttam tárgyakat, amelyek a mi világunkban is használatban voltak, ruhákat, amelyek különböző korok divatját tükrözték, és embereket is. Hozzá kell tegyem, elsősorban nem csak meditációban! Magam számára úgy fogalmaztam meg, hogy ezek a világok különböző frekvenciasávokon belül léteznek. Valójában nem lehet átlátni az egyik frekvenciasávból a másikba, úgy, ahogy a tévécsatornák is elkülönülnek egymástól. Elmesélek egy érdekes tanítást, amit játékként élhettünk át. Egyik barátom dühösen kért, hogy csináljak valamit az autójával, mert a rendőrök minden alkalommal igazoltatják egy sarkon, ahol mindig nagy a forgalom. Csak véletlenszerűen kértem az Égieket (gondoltam, a fény sebessége szab határt a különböző frekvenciájú világok között), hogy növeljük meg a fény sebességét, annyira, hogy a rendőrök ne láthassák az autót, de mások igen. Ettől kezdve az autót nem állították meg. A tulajdonos pár hónap múlva zaklatottan hívott, hogy keressem meg az autóját. Sem a rendőrök, sem én, sem senki nem találta. A tulaj talált rá magyarázatot – mi is –, hogy miért nem láttuk a szállítási idő alatt sem.

E világok – hasonlóan a mi világunkhoz – téridőben rendeződtek. Amit láttam, azt anyagi létformának láttam. Ezeket a világokat különböző korok világaiba, életviteli formákba, hitvilágonként stb. sorolhatjuk be, mint ahogy a földi életben is találkozunk velük fejlettségi szintjeik szerinti elkülönültségben. Ezt a témát, majd különálló esszében dolgozom fel.

„A hiányos megfigyelés csupán a tudatlanság egyik formája, amely felelős a sok morbid fogalomért és az ostoba ötletekért."
Nikola Tesla

AZ ANYAG

Felmerült bennem, milyen világunk lenne, ha nem lenne energia, azaz m = e/c2, ahol e = 0, akkor az m csak 0 lehetne, azaz nem lenne, tehát az anyag energia nélkül nem létezne? Játszszunk tovább! Ha c2 = 0, akkor e/c2 művelet nem értelmezhető, mert nincs olyan szám, ami 0-val szorozva m-et adna. A c2 akkor 0, ha a fény sebessége, azaz a c = 0, vagyis a zárt rendszerünkből kivonjuk a fényt. Marad az anyag és a helyzeti energia a vákuumban. Ha az anyagra nem hat semmilyen energia, akkor az időben változatlan marad ugyanúgy, mint a potenciális energiája is. A potenciális energia is kivonódhat?

– Akkor beszélhetünk „halott" anyagról?
– Vagy inkább mozgás nélküli anyagról, amelynek szerkezeti elemei (pl. elektronok) sem mozognak.
Ez lehet a Teremtés újszerű gondolatainak kiindulópontja?

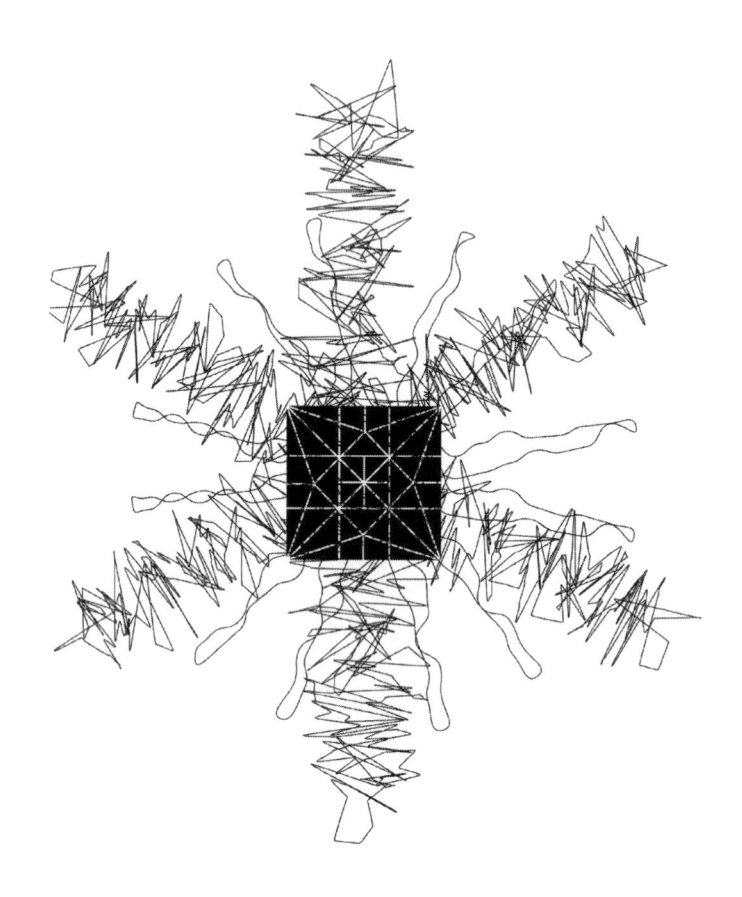

ANYAG

Mi is a 0?

Az anyag elemzésében óriási szerepet játszik a **0,** ezért vizsgálni kell a 0 értelmét, értelmezhetőségét. Meg kell állnunk, fel kell tennünk a kérdést: végül is mi is a nulla? Létezése mintha különböző világokat választana szét... Ha a numerikus matematikában vizsgáljuk szerepét, akkor egy 'n' dimenziós térben a végtelen számsorokat választja + és – számhalmazokra, azaz határpont. A többdimenziós tér koordinátarendszerében az origó. Az, hogy milyen nulla, csak a konkrét vizsgált rendszer nevéből ragadhat rá.

Már a IV. századi hindu írásos emlékekben előfordul a nulla, mint üresség, űr szót helyettesítő jel. Mint érdekességet említem meg a Wikipédiából: Brahmagupta (India) volt az első, aki szabályokat adott meg a nulla használatához a számításokban. Bizonyosságokat nem közöl, nem lehet tudni, hogy matematikája mire támaszkodott.

A nullát az ókori görögök és rómaiak nem ismerték.

A Gergely-naptárban nem volt 0. év.

A maja naptár a 0. nappal kezdődik, ami a Gergely-naptár szerint visszaszámolva i.e. 3114. augusztus 11-én volt. Ha szigorúan nézzük, lehet nulla? Igen, mert ez a nap csak élettér, az idő vonatkozásában 0, valamennyi nap idővel határolt anyagtalan élettér, és az események történését, azaz az anyagi világ eseményeit ebben az idő mértékével határolt űrben (=téridő) mondhatjuk el. Mégis, mint ilyen, a 0. nap a kezdeti események sorozatát tartalmazza! Ugyanakkor az események szempontjából ez mindenképpen az első NAP. Ami majd folytatódik a további eseményekkel, és a rendszervizsgálat szempontjából + vagy – számsor elemeivel kapcsolhatjuk a napokat az egyes eseményekhez.

A zéró kifejezés Fibonaccitól származik; ezt olaszosan zefirónak írta, s ez rövidült le zéróvá.

Ha 0 szinonimája a zéró, a semmi, az üresség, az űr, akkor egy gondolati ugrással azt is kimondhatjuk-e, hogy a 0-t leíró szinonimák fogalmai betölthetik-e az 'n' dimenziós energiatér origójának szerepét?

AZ ANYAGTALAN FOGALMAK KÖRÉBEN BESZÉLHETÜNK-E ORIGÓRÓL?

Minden megfontolás nélkül bedobhatjuk-e egy elkülönítő vonalak nélküli, anyagtalan matematikai térbe, és értelmezhetjük-e megfelelő átgondolással kidolgozott matematikai összefüggésrendszerben egységesen a 0 szinonimái közül bármelyiket is a tér origójaként? (Szerintem igen, mert tudnunk kell, hogyan összegezhetjük például a jót mennyiségileg és minőségileg). E gondolatsort hallva egy sakkmester azonnal megkérdezte, hogy ha az 1 egységnyi jóhoz hozzáadom az 1 egységnyi rosszat, kioltják-e egymást? Megint megjelenik a szubjektív ítélet, hogy egyáltalán a jó ellentéte-e a rossznak? Ha egyértelműen igen, akkor közömbösítheti, mert akkor olyan rendszerben vizsgálódunk, amelyben a szubjektív mércék egymásnak komplementerei. Ezzel a problémával főként bonyolult társadalmi rendszerek elemzésénél találkozhatunk, és munka közben, amikor szubjektív megoldást alkalmazunk (pl. életviteli értékek szerinti rangsorolás).

Induljunk ki abból, ha tér van, akkor kell origójának lenni (ez lehet az egyik dogmánk?). Mi lehet origó? Csak olyan, minden fogalom által elfogadható elem, amely azonos paraméterekkel leírható minden fogalom rendszerében, és nevezhetjük „kapcsolódási pont"-nak, vagy „átmeneti pont"-nak, vagy „váltópont"-nak.

A 0 szinonimái betöltik-e az origó szerepét az anyagtalan fogalmak által meghatározott térben? Egyáltalán lehet-e egy pont az energiák terében az origó? Egyáltalán milyen energiatereket határozhatunk meg? Kezelhetjük-e (talán nevezhetnénk szubjektív matematikának)?

Ezekre a kérdésekre csak akkor tudunk válaszolni, ha néhány **energiateret** elhatárolunk, akár a teljesség igénye nélkül. Újra meg kell állni, és tisztázni kell, hogy mit értünk az anyagtalan energia alatt. Én az **örök mozgásra** tippelek. Ha ezt elfogadjuk, akkor egy pont nem lehet az energiatér origója! Meg kell keresnünk az örökmozgók közül a legkisebb elemként elfogadhatót!

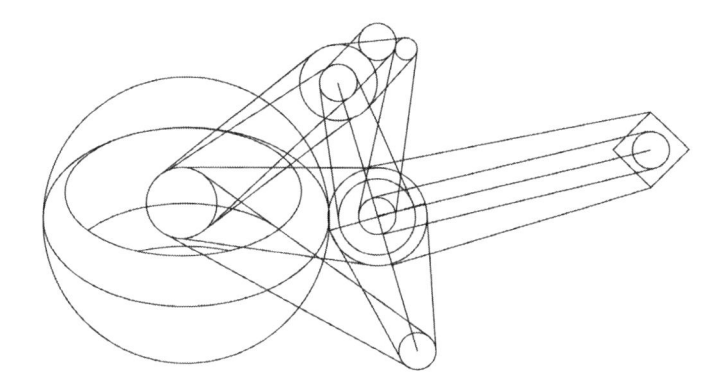

ÖRÖK MOZGÁS

Talán a legkisebb elemi egységként megfogalmazható az örök oszcilláló, kiegyensúlyozott mozgást végző **foton** (elvonatkoztatva eredeti definíciójától, amely szerint az elektromágneses sugárzások elemi részecskéje, legkisebb egysége, kvantuma.) A fotont leírhatjuk a kilengés legkisebb amplitúdó étékével, és az egymást követő hullámok közötti minimális távolság értékével. A foton további tulajdonságai a potenciál (=munkavégző képesség) nagysága és az egy időegység alatt végzett rezgések száma (frekvencia). A foton minden paramétere az origóban 1 lehet, mert ez a létezésének feltétele. Azaz az energiaváltozásra való képesség (potenciális munkavégző képesség), így helyesen lett megválasztva az örökmozgó foton origónak, ennek megfelelően az energiatérben a frekvencia és az időegység alatti mozgás sem lehet 0, továbbá az amplitúdó sem, és a hullámok egymás közötti távolsága sem! Tehát **a fotont leíró paraméterek egyike sem lehet 0** (ez is a rendszer dogmatikus eleme).

Ha ez a definíció mindenfajta energiatérben elfogadottá válik, akkor a különböző energiák mérhető hullámparamétereit már fotonokká kell átszámítani. Majd az időegység alatt végezhető mozgással és erővel kell a szükséges korrekciókat elvégezni (ez nincs kidolgozva, és nem feladata ennek az esszének). Az erővel kapcsolatban meg kell jegyezzem, hogy ez az erő nem a newtoni erő, értéke objektív számmal nem fejezhető ki, csak szubjektív sorrendiséggel tudjuk meghatározni. Ezt a sorrendiséget transzportálhatjuk át számokká, és fejezzük be a fogalomhoz kapcsolható foton értékének meghatározását.

Mindezekből következik, hogy meg kell különböztetni a numerikus matematikát az anyagtalan energiák matematikájától, mert jelentős különbségek mutatkoznak a műveleti szabályok között.

Ide is kívánkozik egy Tesla-gondolat, amiről úgy érzem, rám is igaz, de néha úgy gondolom, hogy ez a mag a mi világmindenségünkön kívül egy másikban létezik, s a mi Univerzumunk a teremtménye:

„Az agyam csak vevő, az Univerzumban van egy mag, amelyből ismeretet, erőt és inspirációt szerezhetünk. Nem ismerem a mag titkait, de tudom, hogy létezik."
Nikola Tesla

MÉGIS MIRŐL BESZÉLÜNK, HA NINCS ANYAG EGY FOGALOM MÖGÖTT? Az ENERGIÁRÓL?

Anyagtalan világ, amelynek nincsenek anyagi összetevői, jelenlétüket fogalmak érzékelései és ismereteik jelzik, és szubjektív mércével határozzuk meg teljes bizonytalansággal. Vizsgálatára talán néhány próbálkozás történt.

A Wikipédia szerint az anyagtalan (melléknév) nem fizikai vagy testi (dolog, lény), amelynek nincs teste, amelyet közvetlenül nem lehet a tudományosan elfogadott módszerekkel észlelni, megtapasztalni, az anyagi világon kívüli; szilárd tömeg nélküli; szellemi, szinonimái: spirituális, lelki, szellemi, testetlen, éteri – megegyezik a 0 szinonimáival.

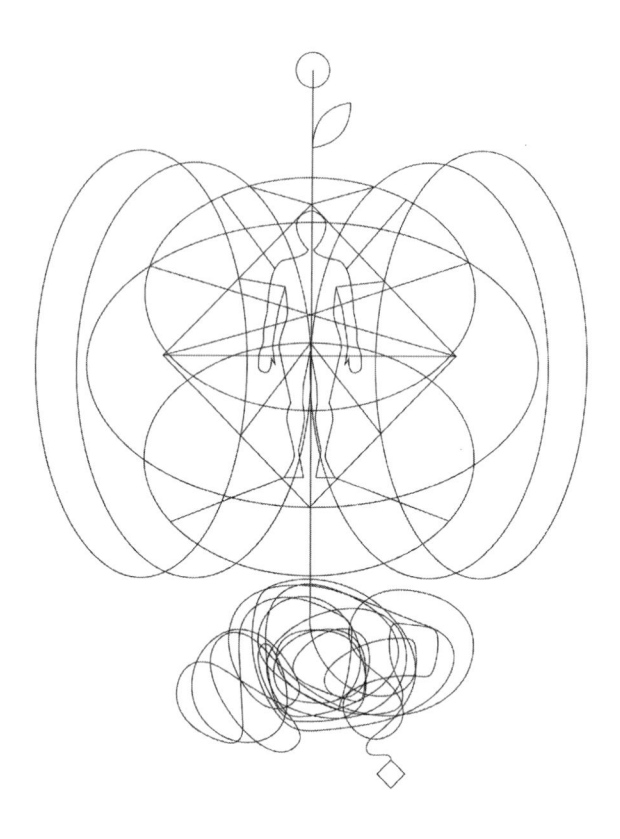

Tibeti filozófia

Az **India Hangja** hírlevélből e fogalmak megközelítő magyarázatára találtam megfogalmazást, legnagyobb meglepetésemre kedvenc költőm emlékére írott anyagban. idézem:

Tisztelgés Weöres Sándor előtt.

Tudományos vagy a logikus elme számára csak a felszín tapasztalható meg. A be nem avatottak számára csak a profán, hétköz-

napi világ létezik. A Taittirija-upanisad kijelenti: „A gondolat és a szó visszafordul, mert képtelen elérni Őt."
A széles látókörű író, Várkonyi Nándor szerint Weöres jól eligazodott az ind Pancsa tantra és egyéb szanszkrit iratok között. Az egyik általa fordított részlet éppen ide illik, hiszen arra figyelmeztet, hogy a transzcendentális világot elméleti spekulációval vagy a mégoly zseniális művészet révén sem lehet leírni, csak egy megfelelő személy segítsége révén nyerünk bebocsátást, csak a kegy révén tárulkozik fel.
Ha nem szól róla más: nincs út feléje;
túl finom ez minden bölcselkedésnek.
Gondolkodásnak nem nyílik ez eszme,
csak ha feltárja más, az nyitja néked.
(Káthaka-upanisad)

Az egészségemet Istentől egy gondolati ajándékkal kaptam vissza, amit megköszönve magamat ajánlottam fel úgy, hogy vállaltam minden feladatot más emberek érdekében, amit rám szab. Ahhoz, hogy ezeket a feladatokat el tudjam végezni, különböző képességekkel látott el, amit szabadon használhattam, persze a feladatok által meghatározott keretek között. Fokozatosan tanított; volt, amit azonnal tudtam használni, volt, amit évek során értettem meg, és azt követően tudtam rutinszerűen alkalmazni. Érdekességként, a gondolat/ima (ami a gyógyítás eredményes eszköze lett gyakorlatomban) a következő volt: **AZ AKUPUNKTÚRÁS HÁLÓZAT NEM MÁS, MINT EGY SZÁMÍTÓGÉPES RENDSZER, AMI GONDOLATTAL PROGRAMOZHATÓ** – és a mondat végén pontként egy kék szem jelent meg. És egy sóhajtás: „Na végre". Nem sértődtem meg, igaza volt.

Ilyen és ehhez hasonló tanító csatározások után gondolom, hogy feltárhatom ezt a láthatatlan anyagtalan világot annyira, amennyire megismerhettem.

Az anyagtalan

1./ csak érzésekkel és fogalmakkal leírható világot tovább oszthatjuk:
- „gondolati" energiák csoportjaira, pl. célok, tervek, amelyek további alcsoportokra bonthatók:
- szerkezeteket azonosító energiák csoportjaira, pl.: proton
- működési elveket, szabályokat azonosító energiák csoportjaira, pl.: gyártó gépsor működési rendje, a futás algoritmusa
- statikus hologramok energiáinak csoportjaira, pl.: az emberi test struktúrája
- funkcionális hologramok energiáinak csoportjaira, pl.: a szervek működése.
- **szellemi** fogalmak energiáinak csoportjaira, pl.: élet
- **érzelmi** fogalmak energiáinak csoportjaira, pl.: szeretet.

2./ A fény világa, melynek egy részét szabad szemmel láthatjuk, de pl. az elektromágneses sugárzást és más részét nem látjuk, mert kisebb és nagyobb hullámhosszúak. Könnyű kísértésbe esnünk és a fényt anyagi részecskének tekintenünk, de mivel a fotonnak a nyugalmi tömege zérus (Wikipédia), így nincs okunk anyagként hivatkozni rá.
Részletes kidolgozása még hatalmas munka lesz.

A fogalmak olyan határtalan teret képeznek, amit a fogalmat generáló/megtestesítő energiák töltenek ki, s azok aktivizálódnak, amelyekhez a gondolat rendeli őket úgy az anyagtalan világban, mint az anyagi világban.

A gondolat

„*A gondolat, a szellemi hatalom ajándék Istentől, az Isteni Létezőtől származik.*"
Nikola Tesla

A gondolatot egy térbe érkező anyagi vagy nem anyagi inger váltja ki. Ez a tér a fotonokat tartalmazza, amelyek összefonódásokban léteznek és egy-egy fogalom energiaképét alkotják. A szabad fotonok a gondolat szerint alkotnak cselekvési algoritmusokat, azaz a megvalósítandó létforma alapleírásait tartalmazza, és azok szerveződési lehetőségeit rá vonatkozó inger aktivizálja. Tényleg csak ennyi a gondolat? Itt szerettem volna leírni, hogy a gondolat maga a teremtő erő. A fenti gondolatok kavalkádja ezt a keresést tükrözi, de szigorú elemzés után nem tekinthetjük a gondolatot az anyagtalan világ egy speciális/teremtő fogalmak halmazaként, és mint ilyen, megtévesztő meghatározásokat sugallhat.

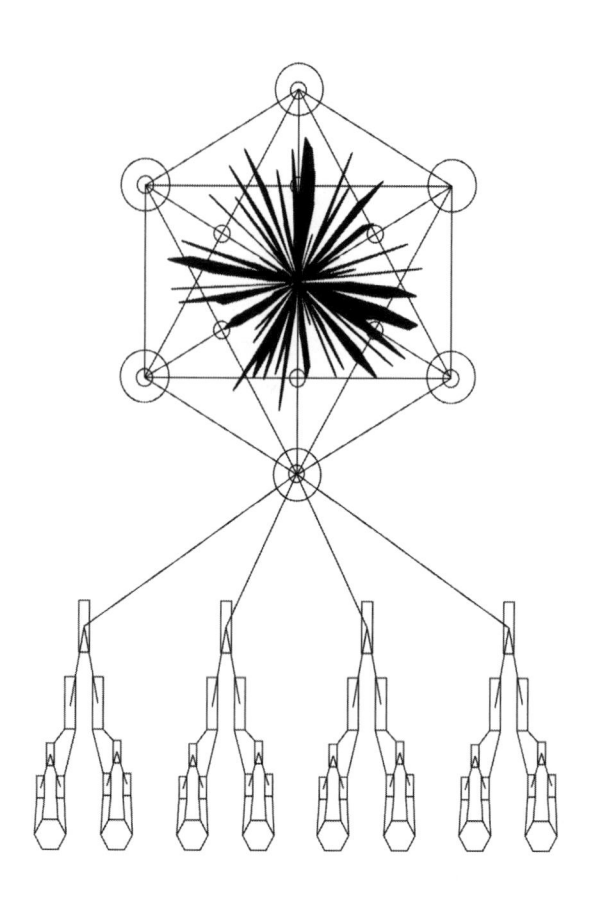

TEREMTÉS

Ezt a törekvésemet tükrözi az a kérdésfelvetésem, hogy ha a gondolatot mennyiségi és minőségi paraméterekkel módosítjuk, egy ponton túl átalakulhat-e valami mássá. A fizika által leírható, mérhető paraméterek az anyagi világ egyik legnehezebben meghatározható mértékei. Ugyanez igaz az anyagtalan világban is; ott még a mérési lehetőségek hiányai nehezítik a definíciók pontos meghatározását. Mégis a gondolatot legekké varázsolva lehet-e maga a Teremtő Erő? NEM! A gondolat csak eszköze Teremtőnknek, további elemzése, létformájának meghatározása eredménytelennek tűnik. El kell fogadjuk létét öröktől fogva létezőnek, világmindenségünkön belül, vagy függetlenül, egy másik, velünk párhuzamos Világmindenségben/Univerzumban/Kozmoszban. Teremtőnk az intuitív beavatkozásait leszámítva a mi világmindenségünkben lévő, szintén teremtett „MAG"-on keresztül nyilvánul meg. Ez az a MAG, amely tartalmaz minden olyan tudást, ami a világmindenség

– kialakítása során megvalósult, vagy elvetésre került;
– működési szabályait, szerkezeti struktúráit írja le;
– működése közben rutinszerűen végrehajtható folyamatokat;
– anyagi és anyagtalan létformák teljes leírását;
– ismerethalmazából kiadja kérésünkre azokat az információkat, amelyek segítik problémáink megoldását stb.
– valamint archiválja Univerzumunk történetét, a legkisebb létformától kezdve a létező legnagyobbig, ami speciális esetben lehet a végtelen is.

E kérdéskörre a választ talán a tervezett következő esszében kapunk, amelynek a címe nagy valószínűséggel a következő lesz: **A teremtés folyamata**, s amely egyben választ fog adni, miért szükséges a mesterséges intelligenciát is keretek közé zárni – ezt több zseniális tudós hangoztatja –, hogy elkerüljük a szabad törekvéseik következményeként létrejövő pusztító erők korlátlan tombolását.

Grafika: Adonyi Gábor fotós, grafikus

Szerpentin

Keszeg utca 5. Stimmelt a cím, de a kapucsengőt, azt nem találtam, nem volt. Felhívtam a kapuból mobilon az ügyfelemet: az ingatlanértékbecslő vagyok, jó helyen járok-e?
– Igen, már vártam – üdvözölt és mondta, hogy már jön is kaput nyitni. Fel is bukkant nyomban egy harmincas, fürdőgatyás, kisportolt, félmeztelen, fülig száj férfi, már messziről integetve.
– Zoltán vagyok, a barátaimnak csak Zoli – mutatkozott be és rögtön hozzátette: hívjam csak bátran Zolinak.
Az értékelt ingatlan egy kedvező fekvésű, de csak közepes műszaki állapotú, komfort nélküli, egyszobás nyaraló volt. Az épület egy földszintes, cseh gyártmányú, lapostetős kis faház volt, teherhordó falai betontéglákkal alátámasztva, így a padlószintet a tereptől három lépcsővel felemelve. Bejárata a kis teraszról nyílt, zsalugáteres ablakai szintén fából készültek. Belső elrendezése végtelenül egyszerű, viszont praktikus volt, főzősarokkal, mini fürdővel. Lazúrral festett fagerendákból épült falai kellemes hangulatot teremtettek, és csak a legszükségesebb bútorok voltak benne, mint egy koleszszobában. Zoli két perc alatt körbevezetett; fotóztam, jegyzeteltem. Egyedül villany közmű volt az utcában és a házban, a vizet fúrt kút biztosította, a szennyvizet emésztőbe vezették, gáz nem volt.
Fűtetlen nyaraló volt, az ott lévő, gurítható elektromos olajradiátor télen inkább csak lélektanilag segíthetett melegedni. A kert viszont nagyon hangulatos volt: ápolt pázsit, néhány közepes méretű gyümölcsfa, oszloptuják a kerítés mellett. Még néhány fotó, és már végeztem is az adatgyűjtéssel, el is köszöntem. Zoli nagyon szívélyes volt, marasztalt egy kávéra a faház teraszán, el is fogadtam nyomban. Kiültünk a teraszra – két karfás, fonott

nádszék, kerek kis asztalka, kellemes volt a látkép, a környezet. Zoli mint egy rutinos pincér ingázott a „konyha" és köztem, közben persze be nem állt a szája. Dicsérte a közeli Kis-Duna vízparti részét, a szomszédok kedvességét, a természetközeli környezetet. Jólesett a friss levegőn üldögélés, a madárcsicsergés, ami bizony sokszor hiányzott is nekem Angyalföldön, ahol lakom. Végül lefőtt a kávé, ott kavargattuk csészéinkben a teraszon Zolival, és közben pusztán kíváncsiságból feltettem neki a kérdést: egyáltalán minek kell neki a hitel, amihez az értékbecslést készítem?

– Jézus – mondta a Zoli –, azt hiszem, ezt nem tudom egy mondatban megválaszolni, de ha nem siet, szívesen elmesélem a miértet.

– Vikivel úgy tíz éve a Sziget Fesztiválon ismerkedtem meg, együtt csápoltunk a Quimby koncertjén, és azonnal beleszerettem a vörös hajú, sikoltozó lányba. Ahogy megismertük egymást, kiderült, hogy mennyire hasonlóak vagyunk; mindketten szeretjük a jó rockzenét, szeretünk kerékpározni, úszni, utazni, kirándulni. Ráadásul mindketten tanárok voltunk – Viki angolt tanított egy gimnáziumban, én meg testnevelést egy általános iskolában. Akkoriban a szüleinknél laktunk – helyesebben Viki a szüleivel és a húgával, én meg anyámmal és az öcsémmel, mert az én szüleim elváltak. Igazi nagy szerelem lett a kapcsolatból, együtt jártunk mindenhova. Volt egy kisebb társaság, abban mi oszlopos tagok voltunk – a Zoliék. Szülinapi sörözések, hétvégi leruccanás a Balcsira, koncertlátogatás, gokartverseny, és persze túrák mindenfelé az országban. Így telt el kb. két év, amikor eldöntöttük, hogy összeházasodunk. Szerény esküvőt tartottunk, jóformán csak a szűk rokonság meg persze a baráti kör, de azért nagyon jól sikerült.

Az első évben nálunk laktunk, egyszerűen több volt a hely, nagyobb volt a lakás, jobban elfértünk, mint Vikiéknél. Persze azért ezt csak ideiglenes megoldásnak gondoltuk: voltak súrlódások anyám és Viki között. Szerencsére az öcsém úgy ahogy volt kimaradt belőle, őt kizárólag a hétvégénkénti driftelés érdekelte a BMW-jével, semmi más. Szóval számba véve az anyagi lehetőségeinket, Vikivel végül úgy döntöttünk, hogy belevágunk a saját lakásvételbe. Másfélszobás panel Erzsébeten, erre futotta a pénzünk, na meg a hitelkeretünk. Tízemeletes házban a hatodikon, kicsit már lelakva, de az legalább a miénk volt. Visszagondolva azt hiszem elmondhatom, hogy akkoriban mi igazi boldog házasságban éltünk abban a panelben... Szépen kitapétáztuk a szobákat, kis lépésekben, de felújítottuk a fürdőszobát, a konyhát. Volt azonban mindkettőnkben egy kis bezártság-érzése, főleg hétvégenként, amikor nem töltötte ki a napot az iskolai munka. Megbeszéltük és eldöntöttük, hogy veszünk valami olcsó víkendet elérhető távolságban (merthogy autónk az nem volt), lehetőleg vízparton vagy vízközelben. A Balaton messze volt és drága, a Velencei-tó az jóval közelebb, viszont nekünk az is drága, így került képbe a soroksári Duna-ág, Ráckeve, ahol ez a nyaralónk van. Ez volt a legolcsóbb. A közlekedés kiváló volt, HÉV-vel Ráckevéig, onnan meg gyalog alig félóra, és már itt is vagyunk. Nagyon megszerettük, itt igazán szabadok voltunk, kerékpáron bejártuk az egész környéket. Színesebbé vált az életünk. A hétvégék a panelban nagyon nehezen viselhetők voltak, itt azonban egy másik világ várt bennünket. Gyakran lejöttek a barátaink is, na, akkor csak úgy nyíltak a sörösüvegek, izzott a grillsütő, és kifogyhatatlanul jöttek a jobbnál jobb in memoriam poénok.

Talán ez volt a hiba. Igazából nem szakadtunk el a társaságtól, csak külön mentünk, de ugyanúgy tagok maradtunk. Bélát velem egy időben ismerte meg Viki. Béla egy igazi nőcsábász volt; jóképű, magas, átható tekintet, hófehér fogak, állandó barátságos mosoly. Mindehhez egy – az évek alatt szépen kidolgozott – „nekem a család, a megbízhatóság, az igazi érzelmek a fontosak" szöveg is társult; persze, hogy minden nőt levett a lábáról. Nem csoda, hogy minden lánynak ő kellett, ráadásul facér is volt, mert neki meg minden nő kellett. Észre kellett volna vennem, de nem vettem észre, hogy valami kezd kialakulni a Viki és a Béla között, valami vonzódás, ami több mint barátság. Beleszerettek egymásba.

Semmit nem vettem észre, sőt úgy láttam, Viki mintha még felszabadultabb, még életvidámabb lett volna mellettem. Utólag derült ki, hogy akkoriban ők már az interneten leveleztek, napközben néha-néha találkozgattak, beültek egy presszóba, együtt ebédeltek. Váratlanul ért, mikor közölte velem Viki, hogy már mást szeret. Először el sem akartam hinni; azt hittem, hogy ez is egy újabb otromba vicc. Sajnos nem vicc volt, Viki elmondott mindent és közölte, hogy válni akar. Nagyon szerettem Vikit, de tehetetlen voltam. Kértem, gondolja át, de kitartott a döntése mellett. Megbeszéltük, hogy Viki marad a panelban, én meg ideköltözöm a víkendbe. Elváltunk. Nagyon nehéz időszakom következett. Viki hiánya fizikailag fájt, ez a szép környezet, a kert csak részben kárpótolt, folyton még mindig csak rá gondoltam. Bevállaltam egy újabb munkát (kézilabdaedzőit), így legalább kevesebb időm maradt Vikin meg a múlton rágódni. Így teltek a hetek, hónapok, míg el nem jött az ősz, a tél. Akkor szembesültem vele, hogy ennek a nyaralónak nincs fűtése, ez nem lakásnak épült. Akkor vettem az elektromos olajradiátort, de az nem tudta befűteni a házat, bármilyen kicsi is az egész épület. Ráadásul meg is fáztam, belázasodtam, hiába takaróztam be dupla paplannal, még azok alatt is csak vacogtam.

Felhívtam Vikit, elmondtam neki, mi a helyzet, kértem, egy kis időre, amíg rendezem a dolgaimat, hadd költözzek vissza a panelba. Másnap hívott vissza, hogy megbeszélte Bélával, hogy segítenek, megengedik, hogy visszaköltözzek. Megkaptam a félszobát, de borzasztó furcsa volt, hogy ott, ahol nemrég még Vikivel egyedül éltem, ott most őt Béla mellett kell látnom nap mint nap. Viki szemében eleinte sajnálatot láttam, később idővel mintha ez átváltott volna valamiféle szeretetre, ugyanazt a tüzet láttam megint a szemében, mint régen, amikor megismertem.

Egy este Béla jó későn jött haza, mi meg Vikivel felbontottunk egy üveg villányi Merlot vörösbort és ittunk a világbékére. Kissé becsíptünk, és egyszer csak csókolózni kezdtünk. Talán a bor is közrejátszott, de egyre szenvedélyesebben csókolóztunk és simogattuk egymást – úgy, mint régen. Viki még aznap este megmondta Bélának, hogy rájött, ő még mindig engem szeret, és ne is próbálja lebeszélni, a szívének nem tud parancsolni. Viki utána átköltözött hozzám a félszobába. Bélának nem volt hova mennie, annyi pénze nem volt, hogy saját lakást vegyen, ahhoz még hiányzott neki néhány millió forint. Akkor beszéltük meg Vikivel, hogy a víkendre hitelt veszek fel, amit odaadok kölcsönbe Bélának, hogy el tudjon költözni tőlünk. Amit kérdezett tőlem, arra a válasz, hogy ehhez a hitelfelvételhez kell az értékbecslés, hogy pénzt adhassak a Bélának, hogy elköltözzön tőlünk végre, és élhessünk Vikivel szerelemes elváltakként.

Lebensabschnitte von 1940 bis 2020

Im Jahr 1940 mit vier Jahren fing man an, das Dasein bewusst zu erleben Es gab eine große Wohnung, einen großen Hund und einen noch größeren Garten mit vielen Obstbäumen und Beerensträuchern. Im Sommer hatte man viel zu ernten, Johannis-, Him-, Stachelbeeren – ganze Badewannen wurden gefüllt –, man hat es gerne getan, schon damals wuchs die Liebe zur Natur. Es gab neben der Molkereischule auch eine Molkerei, wo man beim Buttermachen zuschauen und gelegentlich beim Butternaschen die Qualität des Produktes testen konnte. Als Kind wurde natürlich auch viel gespielt und getobt, was gelegentlich zur Folge hatte, dass man auf die Nase oder das Kinn fiel und sich eine Platzwunde zuzog, die genäht werden musste. Das geschah bei vollem Bewusstsein, was mit Bravour ertragen und somit ein Held erkoren wurde.

Mit der Einschulung begannen die ersten Schritte in die Selbstständigkeit, man ging oder fuhr mit dem Fahrrad in die Schule und wieder nach Hause, es sei denn, man hatte am Morgen verschlafen. Dann half nur noch das Auto des Vaters, um das Zuspätkommen zu vermeiden, falls man nicht während der Fahrt zu allem Unglück auch noch aus dem Auto fiel vor lauter Hantieren am Türgriff. Damals gab es noch keine Kindersitze und Anschnallpflicht kannte man ebenfalls nicht.

Es waren alles in allem schöne erste Kindheits- und Schuljahre trotz Krieg, der lange Zeit weit weg schien. Bis zum Jahr 1944, als die Front der Alliierten, die in der Normandie gelandet waren, immer näher auf die Heimat vorrückte. Es gab häufige Tieffliegerangriffe auf das benachbarte Stadtbad, wo sich die Soldaten der Wehrmacht aufhielten und ein Bad nahmen. Wegen eben dieser Fliegerangriffe wurde im eigenen Garten ein Schützengraben ausgehoben, nichts ahnend, dass er einmal benützt werden würde. Es war wieder einer der Tieffliegerangriffe, man hielt sich gerade im Garten auf, als in höchster Eile der Graben aufgesucht wurde mit viel Lamentieren, was ein verletzt oder sogar getötet werden betrifft. Zum Glück verlief alles glimpflich und man konnte als Belohnung für das heldenhafte Verhalten nach dem Angriff die leeren Messinghülsen der Bordkanonen einsammeln, das war damals ein begehrtes Souvenir. Bei diesem Angriff wurde das Kindermädchen durch die Druckwelle der Tiefflieger auf den großen Kokshaufen – damals wurde mit diesem Brennstoff im Winter geheizt – geworfen. Die Eltern waren im Haus und haben von allem nichts mitbekommen.

Die Kriegssituation wurde dann immer bedrohlicher, sodass die Evakuierung der Familie vorbereitet wurde. Auf einem Lastwagen mit ein paar Habseligkeiten fahrend und mit einigen Zwischenstationen kam man schließlich am Rande der Schwäbischen Alb an. Es war ein kleiner Ort nur aus Bauernhöfen bestehend, die reinste Idylle, so auch der Name des Ortes, Rodamsdörfle. Hier fühlte man sich geborgen und erlebte kurze Zeit später mit dem Durchmarsch der amerikanischen Soldaten das nahende Kriegsende. In den Sommermonaten half man den Bauern bei der Heu- und Getreideernte und beim Hüten der Kühe, was nach Feierabend mit einem kräftigen Essen belohnt wurde. In den Wintermonaten, die noch tief verschneit waren, kamen selbst gebaute Skier zum Einsatz und zum Schlittenfahren wurden selbst präparierte Pisten hergerichtet.

Im Jahr 1946 ging es dann wieder zurück in die ehemalige Herzogstadt am Niederrhein bzw. in den kleinen Vorort am Rande der Stadt, weil hier alles dem Erdboden gleichgemacht war. Es wurde bekannt, dass wenige Stunden nach Verlassen des Elternhauses im Jahr 1944 dasselbe durch einen Bombenangriff schwer beschädigt wurde. Man war noch mal mit dem Leben davongekommen. Die Stadt selbst, Große Straße, Schwanenburg, Evangelische Kirche, ein einziges Trümmermeer. Die Idylle um den Kermisdahl, die kleinen Häuser, Schoh's Bootverleih, der im Sommer an jedem schönen Sonntag zum Bootfahren genutzt wurde, war für immer zerstört. Ende Februar 1945 überrollten die alliierten Truppen den Niederrhein und hinterließen eine Wüste der Zerstörung; aber auch deutsche Soldaten beteiligten sich an der Vernichtung von Wohngebäuden, Straßen und Brücken, in der Absicht, den Feind dadurch aufhalten zu können, vergebens. In den Trümmern des Elternhauses wurde noch einige Zeit nach brauchbaren Gegenständen gesucht.

Vor einigen Jahren hat ein früherer Bundespräsident in einer Rede gesagt, dass die Deutschen 1945 befreit worden sind, obwohl die meisten von ihnen im Reich doch eigentlich frei waren; er wurde von nicht wenigen Deutschen für diese Worte gelobt. Es klingt wie Hohn angesichts des großen Leids, hervorgerufen durch die flächendeckenden Bombardierungen der Großstädte mit den vielen Toten, gerade noch kurz vor Kriegsende und dem Schicksal der Deutschen weiter östlich in unserem Vaterland, die ohne Unterbrechung in eine neue Zwangsherrschaft gepresst wurden. Wir Deutsche wurden auf die brutalste Art und Weise geschlagen und besiegt. Das Kriegsende war eine Erlösung für alle, ein Ende weiteren Blutvergießens und der Zeitpunkt für einen Neuanfang.

Der Sieg der Alliierten hat uns seinen Stempel aufgedrückt, weniger bei der älteren Generation, aber in immer stärkerem Maße bei den Jüngeren. Die Sprache der heutigen Generation ist ein deutsch-englisches Kauderwelsch geworden; es ist häufig so, dass man die Sprache der eigenen Landsleute nicht mehr richtig versteht und es gibt kein Land, das seine Sprache und damit auch seine Kultur so verleugnet wie unser Land. Es heißt, eine lebendige Sprache wandelt sich mit der Zeit, zugegeben, aber hier wird eine Sprache schrittweise durch eine andere ersetzt, man nennt das dann Neudeutsch, in Wirklichkeit ist es „old english". Die einzig wirklich authentischen Sprachen sind die deutschen Dialekte, zum Glück gibt es davon noch zahlreiche.

In dem kleinen Vorort der früheren Herzogstadt verbrachte man mit den 3 Brüdern eine schöne Zeit, umgeben von Natur pur. Im Sommer viel Fußballspielen auf den umliegenden Weiden, im Winter Schlittschuhlaufen auf den zugefrorenen Teichen und Schlittenfahren am Deich. Mit 10 Jahren kam die Einschulung ins Gymnasium und ein paar Jahre später begann die zweijährige Vorbereitung, Katechumenen- und Konfirmanden-Unterricht, für die Konfirmation. Es musste viel gelernt werden. Die sonntäglichen Gottesdienste waren Pflicht und zugleich beeindruckend, wenn Pfarrer Dr. Krüger in seiner Predigt zur Höchstform auflief. Als Konfirmationsgeschenke gab es mindestens ein Dutzend Geldbeutel (leere), aber zum Glück noch ein paar andere Sachen. Zu unserem Wohnbereich gehörten neben einem großen Garten auch zahlreiche Tiere: Hühner, Brieftauben, ein Schaf und ein Schwein. Im Gemüsegarten wurde fast alles angepflanzt, angefangen vom Radieschen über Kopfsalat bis hin zu Kartoffeln und Stangenbohnen, das alles bewerkstelligt von einem 12- bis 14-Jährigen, der sich für das Wohl der Familie eingesetzt hat. Heutzutage würde man dies wahrscheinlich als Kinderarbeit diskriminieren, aber zur damaligen Zeit war man auf diese Weise ein halber Selbstversorger. Wenn das Schwein geschlachtet wurde, Hausschlachtung, war Festtag – verbunden mit einem üppigen Festtagsessen. Die Schinken konnte man in der Nachbarschaft beim Gutsbesitzer in der Räucherkammer räuchern.

1951 wurde die Molkereischule in eine Großstadt weiter südlich verlegt, sie hieß nunmehr Milchwirtschaftliche Lehr- und Versuchsanstalt. Das bedeutete Umzug für die Familie. Die geliebten Brieftauben wurden natürlich mitgenommen, konnten aber nicht in einem Taubenschlag auf dem Dach untergebracht, sondern mussten in einem Raum der neuen Lehranstalt festgehalten werden, ohne ausfliegen zu können. Aber irgendwann musste man sie ja freilassen, sie flogen zurück in ihren Heimatschlag – den Umzug wollten sie nicht mitmachen. Aus den Augen verloren haben sie sich wohl eine neue Heimat gesucht. Es wurden noch oft Fahrten in die Stadt der frühen Kindheit zu den Bekannten gemacht, im Sommer mit dem Fahrrad, auf diese Weise wurden Kontakte zu der alten Heimat gepflegt. Irgendwann wurden die Besuche doch allmählich weniger, man hatte in der Großstadt Fuß gefasst. Schule, Tanzkurs, sportliche Aktivitäten wie Tennisspielen und Rennradfahren haben für Zeitvertreib gesorgt.

Im Jahr 1957 wurde das Gymnasium mit dem Abitur erfolgreich abgeschlossen und eine Gärtnerlehre begonnen mit dem Ziel, Gartenbauarchitekt zu werden. Nach einem intensiven Lehrjahr wurde die Ausbildung abgebrochen und das Studium in Chemie und Biologie in einer rheinischen Großstadt begonnen. Zu der damaligen Zeit war es üblich, wenigstens einmal die Universität zu wechseln, quasi als kleiner Beitrag zur weiteren Lebenserfahrung. Die Wahl fiel auf eine altbekannte Universität in Südbaden nicht nur wegen des hervorragenden Lehrkörpers, sondern auch wegen des einladenden landschaftlichen Ambientes. Der nahe liegende Schwarzwald bot im Sommer ausgezeichnete Ausflugsmöglichkeiten und im Winter mit der Feldberg-Region hervorragende Bedingungen, Wintersport zu betreiben. Auch wurde die Gelegenheit genutzt, das nahe liegende Elsass kennenzulernen. Mehrtägige Touren z.B. in den Pfingstferien nach Südfrankreich standen ebenfalls auf dem Plan. Nach vier Semestern im Süden der Republik ging es zurück an die rheinische Universität mit dem festen Entschluss, sich nunmehr intensiv auf das Examen vorzubereiten. Im Jahr 1965 war es dann so weit, das Studium wurde mit Erlangen der Doktorwürde in Physiologischer Chemie erfolgreich beendet.

Es folgte die erste Anstellung an einem Universitätsinstitut samt einer Wohnung in gleicher Stadt, die Familie war bereits gegründet. Man verbrachte ein schönes Jahr in der Universitätsstadt, begleitet von Ausflügen in die nahe gelegene Eifel. Im Jahr 1967 ging der Wunsch, in den USA die Fachkenntnisse zu vertiefen, in Erfüllung. Das Reisestipendium wurde genehmigt und ab ging es mit der Familie nach Texas. Man wurde dort sehr freundlich empfangen und die Hilfsbereitschaft der Menschen war groß in jeder Hinsicht. Nach kurzer Zeit fühlte man sich schon fast wie zu Hause. Der Einstieg in das neue Berufsleben war gewöhnungsbedürftig, aber auch da gab es Fortschritte. Die Englischkenntnisse wurden durch viele Gespräche und Diskussionen schnell erweitert. Den texanischen Sommer, der bis in den Oktober dauert, hat man in der Freizeit am Swimmingpool verbracht und, wenn es nicht zu heiß war, gelegentliche Ausflüge mit dem Auto in die Umgebung gemacht. Gleich im ersten Jahr zu Weihnachten wurde eine große Reise mit dem Auto nach Mexiko Stadt zu einem Onkel unternommen, der vor dem Zweiten Weltkrieg nach Mexiko ausgewandert war und der dafür gesorgt hatte, dass wir zu den glücklichen Empfängern der CARE-Pakete gehörten, die dringend benötigte Lebensmittel enthielten und von zahlreichen Ländern Amerikas aus in das vom Krieg zerstörte Europa verschickt wurden. Jetzt bei unserem Besuch hat sich unser Onkel wiederum generös gezeigt, indem er uns die Schönheiten der Stadt und der Umgebung wie die Pyramiden von Teotihuacan gezeigt hat, und wir hatten auch einen schönen, deutsch geschmückten Weihnachtsbaum im Haus. Die Autofahrt zurück nach Texas hat wiederum zwei Tage gedauert.

Nach zweijährigem Aufenthalt stand die Rückkehr nach old Germany an, man hatte sich aber entschieden, ganz in den USA zu bleiben. Dazu war allerdings ein Immigrations-Visum erforderlich, welches beantragt wurde, leider ohne Erfolg. Zwischenzeitlich gab es noch einen Stellenwechsel an eine andere Universität verbunden mit einem Umzug in den Norden der USA, nach Minnesota. Durch Auflösung des Vertrags mit der Fulbright-Kommission, die das Reisestipendium vergeben hat, war es möglich, über den Zeitraum von zwei Jahren hinaus im Lande zu bleiben. Im Sommer 1969 wurde noch eine große Tour in die westlichen Bundesstaaten unternommen: über Süd-Dakota mit dem Besuch der Badlands ging es nach Wyoming zum Yellow Stone Nationalpark, wo man Bekanntschaft mit den Braunbären machte, und dann weiter über Idaho und Nevada mit Besichtigung der Bonanza Ranch in der Sierra Nevada und dem einzig erfrischenden Bad auf der Reise im Lake Taho nicht weit von der Ranch entfernt. Mit Ankunft in San Francisco in Kalifornien wurde die pazifische Küste erreicht, hier gab es zum ersten Mal eine Abkühlung von der Sommerhitze und eine willkommene Abwechslung durch eine Fahrt mit der Straßenbahn, genannt cable car sowie durch ein opulentes Abendessen in einem chinesischen Restaurant. Weiter ging es in den Süden von Kalifornien nach Los Angeles, wo man in Marine Land Delphine bei ihren akrobatischen Sprüngen zuschauen konnte. Dann kam der heißeste Teil der Reise mit über 40 Grad in der Mojawe Wüste, das Kühlwasser des Autos fing an zu kochen, die Fahrt musste unterbrochen werden. In Las Vegas angekommen ging es erst einmal in ein Restaurant mit deutscher Küche, und es wurde an den slot machines mit Erfolg gespielt. Das nächtliche Planschen im Pool des Hotels brachte bei immer noch 40 Grad im Schatten keine Abkühlung. Aus heutiger Sicht würde man bei uns von Klimawandel sprechen, aber es war ein Sommer wie viele vorher und auch nachher, eben ein Sommer kontinentaler Prägung und kein wechselhaftes mitteleuropäisches Meeresklima. Es wurden in Las Vegas die bekanntesten Sehenswürdigkeiten angeschaut, wie z.B. Caesar's Palast oder die Hochzeitskapellen, genannt „Marriage Chapels". Dann ging es weiter nach Neu Mexiko zum grünen Hochplateau (mesa verde), wo die Indianer ihre Behausungen in die Felsen eingehauen haben. Über Colorado, dem Wintersport Staat, in dem es auch keine Abkühlung gab, fuhren wir durch die eher uninteressanten Agrarstaaten Nebraska und Iowa zurück zum Ausgangsort, wo die vierwöchige Reise endete. Man hatte große Teile der USA kennengelernt, aber bei Weitem noch nicht alle. Eine letzte große Autofahrt über zweitausend Kilometer im geliehenen Kleinlaster (U-Haul), bepackt mit unseren verbliebenen Habseligkeiten, folgte noch im November 1971 von Minnesota nach New York Stadt zum Kennedy Flughafen. Nach insgesamt etwas mehr als vier Jahre in den USA hieß es dann endgültig: zurück nach Deutschland mit Landung in der Hauptstadt Luxemburgs.

Das Fußfassen in der Heimat war nicht so einfach, insbesondere was die Suche nach einer neuen beruflichen Anstellung betraf, zumal die Bande daheim seinerzeit bei der Ausreise gekappt worden waren. Schließlich fand man eine Anstellung als Wissenschaftler an einem Forschungszentrum in einer romantischen Stadt am Neckar. Nach erfolgreich bestandener zweijähriger Probezeit wurde intensiv an der Etablierung einer eigenen Forschungsgruppe gearbeitet. Man hatte technisches Personal und Examenskandidaten, Diplomanden sowie Doktoranden, die man mit der Vergabe einer Examensarbeit bis zum Examen betreuen musste. So vergingen die Jahre, man nahm an Kongressen im In- und Ausland teil, stellte seine Forschungsergebnisse in Form von Postern und Vorträgen vor, und lernte nebenbei andere Länder und Kulturen kennen. Privat wurden erste Pläne für den Bau eines eigenen Hauses geschmiedet, ein Eigenheim, Traum vieler Familien. Im August, an einem heißen Sommertag, war der erste Spatenstich, die Arbeiten gingen zügig voran, noch vor Weihnachten wurde bereits mit allen Helfern Richtfest bei Spanferkel und Akkordeonmusik gefeiert. In knapp zehn Monaten war das Einfamilienhaus in Nachbarschaftshilfe errichtet, und im Juni 1979 war Einzug, zugegeben, es war noch nicht alles fertig, aber die Freude war übergroß. Man war jetzt Hausbesitzer in einer Gemeinde südlich von der Neckarstadt. Es wurden Kontakte zur Gemeinde geknüpft, insbesondere zu den umtriebigen Pfarrern der Evangelischen Kirchengemeinde, in deren Projekt „Erwachsenenbildung" man sich einbrachte. Das erste Thema der Aktivität war „Leben mit dem Krebs", das mit dem Vortrag eines berühmten Krebsforschers begonnen wurde. Es folgten eine Podiumsdiskussion und weitere Vorträge; das Ganze war ein großer Erfolg.

Im Urlaub wurden Reisen in den Süden, vor allem nach Spanien, unternommen wegen des schlechten Wetters bei uns. Der Juli 1974 war besonders schlimm, vier Wochen nur Regen, ja, das gab es damals noch und man sang das Lied von Rudi Carrel, „wann wird es endlich wieder Sommer, wie es früher einmal war". Heute gibt es wieder Sommer, aber man ist auch nicht zufrieden. Dann kamen die Jahre, in denen die Kinder nicht mehr mit den Eltern in den Urlaub fahren wollten und auch das Haus wurde langsam leerer, weil ein Kind nach dem anderen auszog. Die Schulausbildung war beendet und Studium sowie Fachausbildung begannen und wurden erfolgreich abgeschlossen. Heute leben die Eltern als Rentner alleine in dem selbst gebauten Haus. Nach dem offiziellen Ausscheiden aus dem Berufsleben konnten noch drei/vier Jahre angehängt werden, um das noch laufende Forschungsprojekt zum Abschluss zu bringen. Gelegentlich besucht man die Bibliothek des Hauses, in dem doch viele Jahre verbracht wurden.

Das Haus steht südlich der Neckarstadt, die tieferen Wurzeln befinden sich aber in den Städten der Jugendzeit am linken Niederrhein. Die Jubiläums-Konfirmationsfeiern initiiert von der dortigen Evangelischen Kirche sind Gelegenheit, die Stätten der Kindheit und Jugendzeit wieder zu besuchen und somit den Kreis als Kreislauf des Lebens zu schließen.

Poems

Good morning you

Good morning my little chick-a-dee
my pretty girl my sweet baby.
The sun is up the day is young
let's get out there and have some fun.
Come out of bed you sleepy head,
pick up your shoe there's things to do.
You cannot want to while away
this sunny day not wanting to play.
No!
You're kidding me! you silly bee
you saying you don't want to see.
The squirrels run, the fields of hay
on this a perfect summers day.
Pick up your feet shake out that sleepy fog.
You make me laugh
you silly, silly dog. Walkies!

Fun times

There is nothing like swimming
all splashing and spinning
and pouring and kicking
wet ponytail flicking.
The feel of the bubbles.
Get your face wet, no struggles.
Keep splashing keep going
you've got it all flowing.
Swim, swim, that's the way.
Splash, splash, and whey hey
you're having such fun
with your dad and your mum
all smiling and laughing
just everything's yum.
The slide is so fast,
big splash at the bottom.
The pool is so wide
I'm coming back often.
So much to explore,
it's wearing me out,
a drink and a biscuit?
Now that's a good shout.
There's nothing like swimming
all splashing and spinning
for totally wearing me out.

Unconditional love

Take my heart
place it in the palm of your hand.
Crush it,
shake it up and down,
pound it upon the wall of broken wishes and dreams,
until it is no more.
Leave it to fester,
to ooze and weep, its contents morphing into gory liquid,
unrecognisable, stinking and rotted,
until it fades and is gone.
No more to see.
You lost me,
but I love thee.
We love you
unconditionally.
More fool we be
No, no! not so.
Another day
A smile a listening ear,
yes of course my love,
I am still here.

The Wedding – from a Mother to her son.

Once upon a time
I had a baby boy
I fed him and I clothed him.
He gave me so much joy
he really loved a cuddle.
He is smiling all the time
and I gave thanks most every day.
This little boy was mine,
he grew and grew and, in a flash,
my boy became all grown
strong and independent.
He can do life on his own.
He met a girl she made him smile,
she understood his life,
and I believed quite quickly
she was going to be his wife.
She loves him and she hears him.
They are having so much fun,
and in a flash, it hits me
I see my work is done.
May their love be everlasting,
may their troubles be so few.
May this day stay in their memory
and know we love them too.
May togetherness protect them
through the good times and the glum.
This book of life is open
their new chapter has begun.

Pockets of Life

Another daybreak,
breaks the sleep, adventure, anonymity of night,
slowly revealing hidden cells of life,
multiply, spread like bacteria,
isolated from the rest of the world,
a disease nobody wants.

Half of a disease living in palatial ghettos,
unwanted houses,
treated like shit,
scum, that's what they call it,
all held prisoners in life's mortal shackles.

The other half pretending,
continue as though nothing has happened,
wallowing in painless sleep, undisturbed,
realise their dreams,
ambitions, float in slumber,
broken by the dawning of a new day.

Sorrow in a dream of hollow eyes, search,
scour, pillage gold-paved streets,
which lay littered with jewels of yesterday.

A man in royal-robes moves elegantly,
like a peasant, as his rickety frame allows,
scavenges for delicate dishes,
rejected by society that no longer wants them.
Past their 'sell-by' date, like him who picks them up.
Beggars banquet, rattle their tins for small change,
with their kids in tow, to learn their trade,
psychological coaxing, emotional blackmail
look at you funny if you refuse them
dressed like businesspeople ready to bargain.

A child raids a rusty treasure chest,
a rubbish skip, laden with golden 'Lego' bricks that
built better monuments of long-ago,
his precious ambitions never realised,
laying tattered, scattered, shattered,
rubble, like the very same golden bricks that he now tries to steal,
trying to re-build his life that's in a heap of debris
neglected by society, that's supposed to help him.

'Blown away' that's what they say,
planes fly out of the sky.
The 'Cocaine Kid' hangs around 'Speakers' corner',
dealing his deals,
selling ancient recipes that en-trance and fade,
'blown away' like the dusty white-lines-sniffed,
snuffed, out like a light,
flying on planes out of the sky.

Forget the past, forget the past,
click your heels three times,
forget the nightmare-in-reality.

'Children for sale' selling their wares,
delicate and beautiful as bone china,
sitting pretty, talking cheap
hardly out of nappies,
adults in children's bodies,
seduce with skeletons that would break,
with their innocent faces,
tainted by a different world
abused by the society that's supposed to protect them.

Voice 1
On a mission in earnest- a child
drags his spoke-less chariot through the estate
a wheel left from gone-by days,
dons his Roman regalia, ready to do
battle, with his imagination of warriors.
One-by-one he slays them, David and Goliath-
goes to school, ready for his diet,
of English, Maths and Science.

Voice 2
Give me air, give me space,
restricted by each other's face,
get off my back, get off my case.

Hold me tight, secure and safe,
comforted by each other's face,
please come back, fill this space.

Voice 3
A life of luxury is had by some, sixty quid a week
on what they call the 'Dole',
'tarted' up people with nowhere to go
plead with agencies that's supposed to assist them.

Sunken faces, emaciated frames,
trying to survive in this land of free.
Another win, somebody's dream came of
nowhere, a piece of paper to destiny,
happy faces beam, excitement, content.

Voice 4
Standing at the bus-stop
waiting for the six '0' seven
to take us on that Magical mystery tour.
Caribbean islands whizz past,
with coconut cocktails, grass skirts,
palm trees, emerald blue seas.
The tour STOPS! As we take up the nine-to-five-five-days-a-week,
in our respective place.

Voice 5
What have you done today you
many voices?

So, this is life! So, this is life?
Generations treading, treading to leave
their mark in hidden cells, discovered, sanded
footprints washed with time.
You voices upon this global stage,
acting out each pocket of drama.
Destined or pre-destined,
what happened in your play?

Auszug aus dem Buch „Ein Tag sagt es dem andern"

La Bohème. Eines der vielen von Dr. Wender geliebten Musikwerke. Endlich sitzt er ruhig in einem gepolsterten Parkettsessel, langsam weicht seine Unruhe. Er schließt die Augen und lauscht den herrlichen Klängen. Es gelingt ihm nur mit Mühe, die Arbeitsvorgänge der letzten Stunden in den Hintergrund zu drängen und die Musik auf sich wirken zu lassen. Trotz der geschlossenen Augen fühlt er die Linsen sämtlicher Operngläser auf sich gerichtet, wie riesige starre Fischaugen, trotz, ja gerade wegen der Dunkelheit.

Jetzt, in einer Oase der Sicherheit, einer Atmosphäre, die keine Störung zulässt, fühlt er sich schutzlos aufkeimenden Fragen überlassen, Fragen, die ihm überallhin nachlaufen, sich vermehren und wie scharfe Krallen immer tiefer in seinen Körper bohren.

Es ist heiß. Unauffällig lockert er seine Krawatte ein wenig und öffnet die Augen. Er rutscht im Sessel ganz nach hinten, um aufrecht sitzen zu können, in der Hoffnung, damit den Magenschmerzen die Spitze nehmen zu können. Er leidet, und er leidet nicht nur mit Mimi und Rodolfo auf der Bühne.

Behutsam bietet sich allmählich die Musik als duldsamer Träger seiner unsteten Gedanken an. Das Lauernde, Bohrende, das Ungewisse, das fortwährend und verräterisch aus den Seiten des Geschenkbuches mit Hinterlist auf ihn zu kriecht, ganz gleich, wie weit er von ihm entfernt ist, versetzt Dr. Wender immer dann einen besonders derben Stoß, wenn er auf dem Weg dazu ist, sich von angenehmen, fröhlichen Dingen verführen und mitreißen zu lassen. Dann hält er inne, dann bleibt ihm das Lachen im Halse stecken, dann verwirren sich für einige Augenblicke die eigenen Gedanken.

An jedem Ort fühlt er eine schleichende Verfolgung, die im unerreichbaren Hintergrund der mit Staunen gelesenen Geschichten ihren Anfang genommen hat, die sich jedes Mal ins Verschwommene duckt, wenn er sie anzublicken versucht, aber sogleich wie eine stete Mahnung in Winkeln und Ritzen des Tages schon wieder auf ihn wartet, ihn plötzlich umgarnt wie Dornengestrüpp, aus dem er sich nur mit Mühe und nur für kurze Zeit befreien kann. Immer wieder beginnt sie ihr abscheuliches Spiel, lässt sich nicht abschütteln, nicht täuschen und kennt keine Pause.

„Ein Tag sagt es dem andern …", kommt ihm unerwartet in den Sinn und er spielt mit diesem Satz. Die Vergangenheit holt ihn ein, hat einen langen Atem, scheint einen Vorsprung zu gewinnen, wirkt über ihre Zeit hinaus, bis heute, und wer weiß, wie lange noch. Sie ist nicht mehr zu verändern, vergangene Tage sind gelebt, unwiderruflich und unauslöschlich, gute genauso wie schlechte Tage … – Ja, ein Tag sagt es dem andern! Sind das nicht Psalm-Worte? Doch, ja! Er bemüht sich, ihnen nachzuspüren.

„Ein Tag sagt es dem andern", heißt es dort,
„eine Nacht tut es der andern kund,
ohne Worte und ohne Reden,
unhörbar bleibt ihre Stimme."[1]
Ja, ein Psalm-Vers. Dort rühmt er die Herrlichkeit Gottes, vor ihm jedoch steht er nun, herausgelöst aus seinem Lobpreis, wie einzig für ihn erdacht und bedrohlich wie ein aufziehender Sturm am schwarzgrauen Himmel.

In einem nahen Hotel-Restaurant hat Sandra vorsorglich einen Tisch reservieren lassen. Die Stimmung ist fröhlich, man unterhält sich über die hervorragende Aufführung und hat Lust, den außergewöhnlichen Abend mit kulinarischen Genüssen zu krönen. Jo und Helen sind überzeugte Vegetarier und finden

---

1 Psalm 19, 3–4.

in der erlesenen Speisekarte bald ein Gericht, das sie in Begeisterung geraten lässt. Sandra schließt sich ihrer Wahl an. Dr. Wender zögert.

„Und du, Albert?", fragt Sandra lauernd. „Du hast zu Mittag sicher wieder nichts Richtiges gegessen. Da fällt mir ein, du hast ja heute schon beim Frühstück gestreikt! Du musst ausgiebig essen."

Es ist ihm unangenehm, dass er wie ein Zögling wegen des Essens vor seinen Freunden gemaßregelt wird. Er möchte alles tun, um seine Magenprobleme nicht erwähnen zu müssen.

„Ich werde auch vegetarisch essen. Ihr habt sicher gut gewählt, ich schließe mich euch an."

Er legt die Karte beiseite und ist erleichtert, die vielen angeführten Gerichte nicht mehr vor Augen haben zu müssen. Allein der Gedanke an Essen verstärkt sein Unbehagen. Niemand soll bemerken, dass bereits der Druck seiner Bekleidung das Gefühl hinterlässt, bis ins Unermessliche aufgebläht zu sein und jederzeit platzen zu müssen.

Dr. Wender sieht sich im voll besetzten Lokal um. Er versucht, unauffällig jeden Tisch in seinem Sichtbereich zu kontrollieren, ob er ein Gesicht kennt, ob jemand öfter als andere seinem Blick begegnet. Er fühlt sich wie ein Kind, das fürchtet, als Missetäter eines üblen Streichs entlarvt zu werden. Zwischendurch rügt er sich selbst. Warum das alles? Niemand könne ihm etwas anhaben und schon gar nicht hier, in seinem privaten Bereich. Außerdem sind die Magenschmerzen morgen sicher wieder weg.

Sie sind nicht weg. Eher haben sie sich breitgemacht und zeigen keinerlei Absicht, zu verschwinden. Schmerzen begleiten ihn Tag und Nacht. Inzwischen hat Dr. Wender herausgefunden, dass sie sich nur unwesentlich verschlimmern, wenn er etwas zu sich nimmt. Also versucht er wenig, aber doch zu essen, wie er es gewohnt war. Voll Überzeugung verspricht er sich, dass sein

Magen wieder in Ordnung kommen wird, ohne dass er damit seine Frau oder sonst jemanden beunruhigen müsse und dass es ihm gelingen wird, seine Arbeit unbeeinträchtigt fortzusetzen. Nur Kaffee verträgt er in keinem Fall, er meidet ihn und gewöhnt sich sogar an den wohltuenden Kamillentee der Sekretärin.

An einem der nächsten Tage eilt Dr. Wender gegen Mittag nach einem Verhandlungstermin mit dem ihm eigenen harten, abgehackten Schritt, der stets schon im Korridor sein Eintreffen ankündigt, durch das Sekretariat und verschwindet in seinem Zimmer. Frau Schauer gesteht ihm einige Minuten zu, um seine Tasche auszuräumen und um die Dinge auf seinem Schreibtisch oberflächlich zu sichten, wie es stets seine Art ist. Dann aber betritt sie den Raum. Sie klopft nicht an. Angeklopft wird in der Kanzlei unter allen Mitarbeitern an keinem der Arbeitszimmer.

Tut es ein Neuling aber doch, weil er höflich und gut erzogen ist, wird er sofort von Dr. Wender über die einzuhaltende Grundregel unmissverständlich belehrt und die Handlung wiederholt er nie mehr: „Wir sind alle hier, um zu arbeiten. Auch ich! Niemand braucht auf sein Kommen aufmerksam zu machen. Was sollten wir denn in unseren Räumen anderes tun als arbeiten? Das ist bloße Zeitverschwendung. Klopfen Sie also nie wieder!"

„Ich möchte Sie auf einen Termin aufmerksam machen", sagt sie mit gedämpfter Stimme, mit der sie das Kommende abzuschwächen vermeint.

„Ja", sagt er sachlich, „welchen?"

Sie spricht nicht sofort, sie lässt einer kurzen Pause Platz und ist zudem bestrebt, ihre Wortwahl gut zu überlegen. Er sieht sie fragend an.

„Ihre Frau war hier. Sie musste den Termin ja entsprechend abstimmen."

Dr. Wender wirft sich in seinem Stuhl zurück, lässt den Kopf auf die hohe Lehne fallen und hat dabei die Arme mit verkrampften Fingern an den Seiten der Sitzfläche festgekrallt, wie in Erwartung einer komplizierten Zahnbehandlung unter der gefürchteten gleißenden Lampe. Er sagt noch nichts.

„Ich habe im Auftrag von Frau Dr. Wender in der St. Josef-Klinik angerufen."

„Das hätte ich mir denken können, das ist typisch!", platzt es aus ihm hervor. „Ja, ja. Sie haben in der Internen Medizinabteilung nach Herrn Dozent Dr. Flecker gefragt, der ein Schulkollege war und mir bis heute ein Freund ist, wenn auch ein selten gesehener. Ja, ja, sie hat Ihnen das sicher alles erzählt. – Wie kommt sie dazu? Wenn ich einen Arzt brauche, werde ich zu einem Arzt gehen!"

Er lässt beide Fäuste auf den Tisch fallen.

„Sicher nicht", sagt die Sekretärin leise und wird dafür mit einem strengen Blick, scharf wie eine Nadelspitze, bestraft.

Gedichte (Herbst)

Herbststimmung

Lautlos und sanft
regnet es
die Blätter von den Bäumen.

Schleiertropfen fallen leis
und sacht auf bunten Boden.
Schritte durch raschelndes Laub!

Regenwetter!
Regenträume!

Stille, Ruhe,
Melancholie!

Tief saug ich
diese Stimmung ein.
Meine Seele
fühlt sich zu Hause,
geborgen im
Gefühl von ALL-EIN

An die Bäume

Ihr bunten Bäume
in Wald und Garten!
Ihr seid meine
Blumen im Herbst.

Ihr leuchtet mit
euren Farben
im Sonnenlicht,
im Nebelgrau.
Ihr erfreut mein Herz.

Der Herbst –
Sinnbild für das Leben.
Schönheit, Melancholie,
Wehmut, Abschiednehmen.

Mit einem ersten Frost
ist diese Schönheit dahin.
Ein Sturmwind fegt
den letzten Schmuck
von Ast und Krone.

Barhäuptig und kahl
steht ihr dann im Wind,
der graue Wolken treibt.

Ein Hauch von Winterzeit!

Nein, nicht tot seid ihr,
ihr ruht nur aus.
Im Mai schlagt ihr
von neuem aus.
Ihr erwacht zu neuem Leben.

Und wieder werdet ihr
grünen und blühen,
im Herbst wieder
mit bunten Blättern erfreu'n.

Ihr Bäume, ihr seid
das Abbild des Lebens.
Ihr seid in jeder
Jahreszeit schön.

Ich liebe euch,
Bäume

September

Ich liebe es,
wenn am Morgen die helle Sonne erscheint,
wenn sie die grauen Nebelschwaden vertreibt,
wenn dabei mystische Bilder entstehen,
wenn weiße Fetzen durch die Lüfte wehen,
wenn das klare Licht Schattengemälde malt,
wenn dann der Himmel zu tiefem Blau aufklart.
Das ist der Herbst.

November-Spaziergang

Dunkle Wolken,
stürmischer Wind,
diffuses Licht.
Sonne, die durch
die Wolken bricht.

Raschelndes Laub,
rauschender Wind.
Sinnenfreude
für ein Naturkind!

Ein großer Greifvogel
trotzt dem Sturm,
zieht einsam auf seiner Bahn dahin
und malt mit
seinen breiten Flügelschwingen
bewegte Bilder in den Wolkenhimmel.

Blätter,
vom Wind getrieben,
tanzen, wirbeln und wehen.
Novemberspaziergang!
Abschied!

Spaziergang durch
letzten Blätterregen.

Herbst

Es ist Herbst geworden.
Die Luft ist feucht.
Dünne Nebelschwaden
hängen tief.

Aus dem hellen Grau
legt sich ganz weich
ein feiner Schleier
über mein Gesicht.

Blätter rieseln leise
von den Bäumen.
Tausend Eicheln
auf dem Boden.
Auflesen, Sammeln –
Erinnerungen ...
Erinnerungen
an Kinderträume.

Sonnenstrahlen verzaubern
mit ihrem diffusen Licht,
das sich langsam mehr und mehr
durch die Nebelwolken bricht.

Unwirklich, mystisch,
bezaubernd schön!
Welch göttlicher Morgen!
Es ist Herbst geworden!
Eine Zeit der Stille.

Ich atme tief
und halte inne
und merke plötzlich,
dass ich singe.

Herbstimpressionen

Schemenhafte Umrisse
Weiche Scherenschnitte im Grau
Geheimnisvolle Kulisse
Und auf den Wegen Tau
Bunt werdende Bäume
Stiller Herbstspaziergang
Am Waldesrand entlang
Gedanken und Träume

Herbststurm

Bunte Blätter
wirbeln im Wind
Wolken fegen
am Himmel dahin
Brausender Sturmwind
singt laut sein Lied
Aus dunklen Wolken
die Sonne grüßt.

Ein wilder Herbstmorgen!
Schnell nach Haus.

GEBORGEN.

Spätherbst

Letzte Rosen am Strauch,
letzte Veilchen im Gras.
Auf dem Boden Laub,
bunt, welk und nass.

Mit lautem Geschrei
von dort droben
Hunderte von Kranichen ziehen,
sind auf ihrem Weg nach Süden,
wollen der Kälte entfliehen.

Ihr Zug leitet den Winter ein,
Abschied von Wärme und Fülle.
Tröstlich,
er wird nicht für immer sein.
Und doch,
ein Gefühl von Melancholie!

Die Natur, auch wir,
brauchen die Stille.
Zeit für Besinnung.
Zeit für innere Einkehr.
Leise Vorfreude
auf Frühlingserwachen
wächst dabei mehr und mehr.

Einbruch der Dunkelheit

Halbmond in den Wolken
Halbmond in den Bäumen
Blinken erster Sterne
hoch droben in der Ferne
Eine Stimmung zum Träumen.
Heller wird das Mondlicht
Schwärzer werden die Eichen
Scherenschnitte, Silhouetten,
die zu den Sternen reichen.

Abschied

Winter ist es geworden.
Eisiger Wind weht von Norden.
Dunkelheit,
Kälte,
Einsamkeit.

Am klaren Himmel
leuchten hell die Sterne.
Erinnerungen
an vergangenes Glück,
an Tage, an Nächte
weit zurück.
Sehnsucht,
Liebe,
Wärme.

Nur ein flüchtiger Traum?
Vorbei?

Winter!
Kälte!
Mein Herz ist schwer.

Ich frier.

Brigitte Herzog

Trauergedichte

(begleitet von klassischen Versen)

Poesie alla memoria

(corredato di versi classici)

Übersetzung / Traduzione

Daniela Gigante

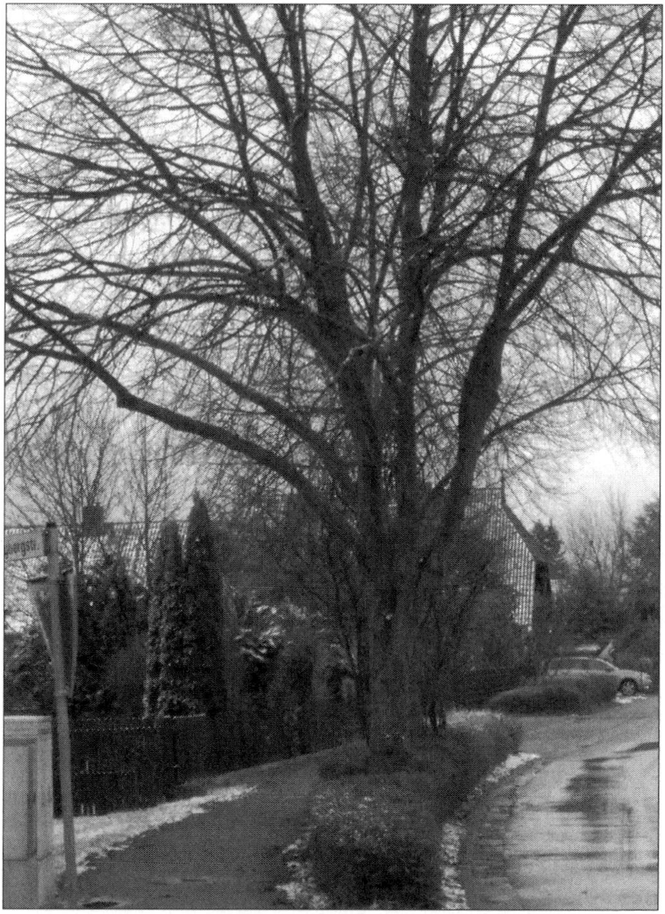

Eiskalt dein Körper,
schneeweiß deine Haut,
unermesslich mein Schmerz

ଛ

Gelido il tuo corpo,
bianca neve la tua pelle,
infinito il mio dolore.

ଛ

Ich streichele deine Wange,
Wärme, Wohlfühlen, Geben und Nehmen,
zum letzten Mal streichele ich deine Wange,
kalt, weiß, für immer Abschied.

ଓ

Accarezzo la tua guancia,
calore, benessere, dare e ricevere,
per l'ultima volta accarezzo la tua guancia,
fredda, bianca, é un addio per sempre.

ଓ

Verzeih mir, was ich dir nicht gegeben,
weil ich es nicht wollte
weil ich es nicht konnte,
weil ich es nicht gemerkt habe, dass du es brauchst

❧

Perdonami per quel che non t'ho dato,
perché non volevo,
perché non potevo,
perché incosciente di quel che t'occorreva

❧

Die Zeit heilt nicht die Wunden,
Sie raubt mir Tag für Tag ein Stück Vertrautheit,
Die Erinnerung an unser Zusammensein.
Die Zeit heilt nicht die Wunden,
Sie lässt dein Bild verblassen,
damit ich wieder glücklich sein kann.
Die Sonne scheint auch ohne dich,
Sie ist nicht mehr so wärmend, strahlend wie mit dir.

୫ଈ

Il tempo non sana le ferite,
giorno dopo giorno si porta via da me un po' di intimità,
il ricordo del nostro stare insieme.
Il tempo non sana le ferite,
impallidisce la tua immagine
per farmi tornar felice.
Il sole splende anche senza di te,
ma non è più così caldo e splendente come con te.

୫ଈ

Versteinert mein Gesicht,
versteinert mein Herz,
keine Träne kann ich weinen,
du lebst nicht mehr,
und ich bin tot,
obwohl ich lebe.

ஓ

Impietrito è il mio viso,
impietrito è il mio cuore,
non ho più lacrime da piangere,
tu nun vivi piú,
ed io sono morta,
anche se sono viva.

ஓ

Gedichte

Liebe ist

Liebe heißt einander seh'n,
dann einander zu versteh'n.
Aufeinander zuzueilen,
immer Herz und Gut zu teilen.

Liebe schmachtet nach dem Du,
lässt des Nachts dir keine Ruh'.
Haucht mit dem Kuss die Seele fort,
an der Sehnsucht stillen Ort.

Liebe heißt auch sich zu streiten,
in guten wie in schlechten Zeiten.
Liebe heißt auch zu verzeih'n,
bei Regen und bei Sonnenschein.

Liebe ist ein scheues Reh,
Liebe tut auch manchmal weh.
Rein und mächtig wie der Schnee.
Endlos wie die weite See.

Wahre Liebe endet nie,
prickelt auch im rechten Knie,
fragt nur selten nach dem Ich,
trifft fast jeden, auch mal dich.

Der schönste Tage in meinem Leben

Am schönsten Tag in meinem irdischen Leben,
beschloss ich dir mein jungfräuliches Herz zu geben.
Die zarten Sonnenstrahlen wecken sanft mich auf.
Ich eile wie mit Flügeln eines Schmetterlings zu dir hinauf.

Ich komme bei dir an, mein Herz schlägt noch wie wild in mir,
da krieg' ich einen zärtlich auf den Mund gehauchten Kuss von dir.
Ohne Worte, eng umschlungen, so fahren wir auf's Land.
Bis wir vor meiner Lieblingseiche steh'n mit festem Stand.

Nachdem wir uns're Kuscheldecke ausgebreitet haben,
beginnen Träume von Liebe, Ehre, Reichtum sich zu jagen.
Darauf hab' ich dich tief und fest, zärtlich und überall geküsst,
als ob ich dies aus meiner unerfahr'nen Vergangenheit her wüsst'.

Doch neigt sich auch der wunderschönste Tag einmal dem Ende zu
und auch die tiefst Verliebten begeben sich
zur wohlverdienten Ruh',
Zu Haus' in meinem Himmelbett,
mein Kissen fest in meine Arme nah'm,
konnt nicht verhindern,
dass eine Träne über meine Wange rann, die sagte:
„Wär' dies wahr, wär' dies der schönste Tage in meinem Leben."

Der Kuss

Ganz leis' von hinten nähere ich mich Schritt für Schritt,
dem Liebsten, was es auf der ganzen Erde für mich gibt.
Auf ihre Schultern leg' ich meine beiden Hände,
sie dreht sich um und ihre Augen sprechen Bände.

Voller Sehnsucht und Verlangen blickt sie mir entgegen,
wär' sie nicht mein, ich gebe zu, ich würd' verlegen.
Ihr Lächeln zaubert einen süßen Schmerz in meine Brust,
ich umarm' sie leidenschaftlich an der Hüfte voller Lust.

Ihre zarten, roten Lippen schweben hin zu meinem Mund,
uns're Herzen schlagen schneller und tun so der Freude kund.
Zärtlich vereinigt sind wir ein Teil der Ewigkeit,
und sagen still „ich lieb' dich hier und jetzt für allezeit."

Innig umarmt verweilen wir im Augenblick
und wissen, was du mir gibst, geb' ich dir zurück.
Und sollte doch einmal verblassen dieser Liebesschwur,
genügt ein zärtlich auf den Mund gehauchter Kuss
zur Erneuerung nur.

Die Rose

Lässt die Natur den Keim im Erdenschoß gewähren,
geborgen und von Wärme gut durchdringt,
schlagen Wurzeln Halt und beginnen zu ernähren,
prachtvolle Schönheit, die unaufhaltsam nach oben dringt.

Kaum auf der Welt, so wird dem Spross geschmeichelt,
vom Meer der Sonnenstrahlen, das ihn sanft umgibt
und von den lauen Lüften zart gestreichelt,
der Silbertanz zu seinen Füßen liegt.

Das edle Wachstum lässt den Spross fürstlich gedeihen,
zur Knospe, die majestätisch sich erhebt,
die grün gezackten Blätter sich am Stängel reihen,
die spitzen Dornen kämpfen, dass die Schönheit lebt.

Und kommt der Augenblick der Öffnung, das Erblüh'n,
des Betrachters' Herz vor Ehrfurcht tief erstarrt.
Vom samt'nen Heer der Blüten die in Purpur glüh'n,
von dem der Keim im Schoß der Erde uns genarrt.

Der Banküberfall (der eigentlich keiner ist)

Heut' Morgen um sechs bin ich schweißgebadet aufgewacht
und hab' über mein katastrophales Budget nachgedacht.
Ich sagte mir: „Was muss ich nur machen,
um zu kaufen all' die lebensnotwendigen Sachen?"

Na klar, ein Banküberfall, das muss es sein!!!
und das so richtig fies und gemein!
Für den Banküberfall brauch' ich 'ne Pistole.
Doch woher nehm' ich dazu bloß die notwendige Kohle?

Um dies zu erreichen muss ich wohl betteln geh'n,
oder beim Arbeitsamt in der Schlange steh'n.
Doch als ich dem Arbeitsamt von meinen Plänen erzähle,
springen mir die spießigen Bürokraten an die Kehle.

Sie fordern mich auf, für mein Geld eine Arbeit zu suchen,
doch muss ich dies' abartige Anliegen zutiefst verfluchen.
Bin ich doch durch und durch ganz und gar arbeitsscheu,
am liebsten hätt' ich doch einfach so viel Geld wie Heu.

Ich überlegte mir weiter, um mein Budget zu schonen,
muss ich versuchen, die Banknoten zu klonen.
Doch das ist nicht einfach und relativ schwierig,
bin ich nach Geld einfach viel zu gierig.

Ich bin schließlich zu der Einsicht gekommen,
was mir beinah' den Verstand hat genommen,
dass ich mit meinen Mitteln sparsam sein muss,
was mir hat bereitet enormen Verdruss.

Wo geh' ich nur hin, um mein Essen zu kaufen,
anstatt es in der nächsten Kneipe zu versaufen?
Es ist der Denner! Der ist doch ein Renner!
Dort gehen hin, alle eingefleischten Kenner.

So bin ich nun glücklich und sehr zufrieden,
was mir hat gebracht den ersehnten Frieden.
Ab und zu gibt's einen romantischen Schwatz
und das ist beileibe nicht für die Katz.

Mit dem öV fahre ich nach Schaffhausen
und lass' meinen Banküberfall vorerst sausen.
Dort kauf' ich meine Sachen zu einem günstigen Preis,
so werd' ich es machen, wie ich es nun weiß.

Und die Moral von dem Gedicht:
Das schnelle Geld bringt dir niemals den gewünschten Erfolg,
denn das dadurch gewonnene Glück ist dir niemals hold,
drum sei bescheiden, überleg' dir,
was du kaufen musst und lerne sparen,
damit du dir kaufen kannst all' die lebensnotwendigen Waren.

A brief History and Picture of Soho

The area we now call Soho has been known as such for around four hundred years. Back in the early middle ages it was grazing and marsh land.

The locality was taken over by Henry the Eighth as a royal park. It is recorded that 'SO-HOE' was also a rallying call for the soldiers at the battle of Sedgemoor.

Towards the end of the seventeenth century the crown granted Soho fields to Henry Jermyn, the first Earl of St Albans. He let out most of the area to one, Joseph Girle, who planned to start building with Richard Frith, hence the name Frith Street, which came to fame when John Logie Baird gave the world the first demonstration of television in January 1926.

To commemorate this there is a plaque above the Bar Italia at 22 Frith Street. There is also a plaque above the stage door of the Prince Edward Theatre which identifies the site where Mozart lived for a few years as a child.

The area in general and Old Compton Street in particular became populated by French refugees after Charles the Second gave protection to protestants in 1681. By all accounts, it has always been Soho's main shopping street and is today considered to be the main east-west artery through Soho.

Over the years several famous – and infamous – names have been associated with the area including, Byron, Mussolini, Wagner, Canaletto and Constable.

One eighteenth century Polish impresario by the name of Franz Kotzwara got himself a lasting reputation in the brothels of the area. Unfortunately for him one little game went wrong, and he ended up hanging in the brothel. More recent names include Canaletto who spent a little over ten years living in Soho painting various views of the Thames.

The poets, Rimbaud and Verlaine often frequented drinking haunts here. Others include Ronnie Scott and a certain underworld character by the name of Albert Dimes.

Old Compton Street had its resident curiosity in the form of Wombwells Menagerie. George Wombwell kept a boot and shoe shop on the street between 1804 and 1810 and by all accounts was quite an entrepreneur. Dwarf-like and a drunk, he nonetheless built up three hugely successful menageries from a starting point of two snakes bought at a bargain price. The menageries travelled the length and breadth of England and made him a wealthy man before his death in 1850.

Early in the twentieth century many more immigrants were arriving who began opening cafés and restaurants which became popular with the artistic community.

Soho covers a little under one square mile bordered by Oxford Street, Regent Street and Charing Cross Road, with Shaftesbury Avenue to the south. It is in fact surrounded by four circuses. Oxford Circus, Piccadilly Circus, Cambridge Circus and St Giles Circus.

A cut through from Oxford Circus leads you via Carnaby Street into Berwick Street market which is an essential visit.

Parallel with Berwick Street is Wardour Street which is named after Sir Archibald Wardour the architect. It is known that there has been a thoroughfare in this position since Elizabethan times.

It is the centre of much of the current film industry.

Today, the street is home to more than thirty restaurants and bars.

The name Little Italy did not happen by chance. These days we are familiar with Italian dishes but a couple of generations ago if for instance you wanted the real Parmigiano cheese you had to trail into Old Compton Street to get it. This street was named after Henry Compton, who raised funds for a local parish church, eventually dedicated as St Anne's Church in 1686. The spire of St Anne's church was designed by John Meard a developer after whom Meard Street is named.

Old Compton Street is in fact the 'high street' of Soho and still is the heart of little Italy – and some original stores are still there, including the Lina Stores and 'I Camisa & Son'.

It is a delicatessen that imports the best of Italy to the heart of Soho.

One of the oldest establishments in Old Compton Street is the Algerian Coffee stores, at one hundred and forty years old which are now run by Paul Crocetta from Naples. The range of coffee available is amazing.

Situated on the corner of Old Compton Street and Dean Street with a conspicuously large ten-foot mannequin perched above the door, Café Torino was a favoured haunt for many of the arty sects prevalent in London in the mid-50s. It was a tiny slice of Soho that stood as a testament to the enduring influence of cafés on the creative life of a Britain emerging from the cultural shellshock of World War Two.

As well as hip teens, the cafés, pubs and drinking clubs attracted many of London's leading intellectuals and artists, including the scions of Soho, Francis Bacon, John Minton, Lucien Freud, Henrietta Moraes and Frank Auerbach.

In those days when you walked down the few streets that made up Soho you could hear all kinds of music coming from the different venues. Sadly, today it is not the case, and for that you can blame the government and local licensing laws - and heaven forbid 'elf and safety.

The Bohemian underworlds of Fitzrovia and Soho were a magnet for all kinds of eccentrics, artists, musicians and actors. Francis Bacon became the most famous member of the circle centred on the legendary Colony Room in Soho, run by Muriel Belcher, a drinking den frequented by artists, critics and assorted hangers-on.ci Francis Bacon was in fact a founding member, walking in the day after it opened in 1948. He was allowed free drinks and £10 a week to bring in friends and rich patrons. Among the regulars was George Melly who actually met his wife there.

The city was brimming over with ideas and movements: Neo-Romanticism, Social Realism, Pop Art, the Kitchen Sink School, Abstract Expressionism all jostled for dominance ...

London, and Soho in particular, in the fifties ... in all its vigour and fertility ... was a city in intellectual and artistic ferment ...

Music became significant in Soho and Club Eleven opened in 1952. It was located at 41 Great Windmill Street and is generally revered as the fountainhead of modern jazz in the UK.

Club Eleven, named after the number of founder members, began life just before Christmas in 1948. The musicians involved included Ronnie Scott, Tony Crombie and Laurie Morgan plus manager Harry Morris. Johnny Dankworth and Denis Rose were regulars from the start. This venue with these musicians, was home to the first truly organised bebop sessions in Britain. With the star-studded assembly of musicians, Club Eleven became the focal point for the new jazz and an inspiration to many other young musicians throughout the country.

So, there is your guide for the next visit you make to Soho.

Ouija Board
Spells Disaster

The party was in full swing. Light streamed from the windows into the rock garden, and the sound of jazz records percolated out into the cold winter's night.

It was a couple of weeks before Christmas in 1957 and as usual, the party thrown by Charles and Jane Parker at their rambling country house in Devon was living up to expectations.

Charles was a partner in a firm of solicitors and being a very sociable individual, drew friends from a wide spectrum. Artists mixed easily with doctors and farmers.

The parties had gathered a reputation over the years and had become a permanent fixture in the calendar for many people.

This year however it was going to be chillingly different.

Late in the evening at one point, the laughter, merriment, good humour and horseplay were stilled when the partygoers were confronted by a stark warning that stretched their imagination at seeing something from the supernatural.

It was around midnight when about a dozen of the guests sat around a table and set up an Ouija board. These boards had not been in fashion for long as a means, so some thought, of communicating with the dead.

None present admitted to believing, but there was no shortage of volunteers.

Guests were settling around the table and placing their fingers on the upturned glass.

The alphabet cards were set around the edge of the table.

The session began. The usual light-hearted questions were asked, and the glass roamed around the table at random, in a relatively coherent manner.

Just when the group were about to break-up and head for another drink, the whole thing lost its novelty as a newcomer and his wife joined the group.

When it came to his turn the man asked, "will the weather get worse tonight"; a pertinent question as the snow was already curling into the window.

Suddenly an uneasy undercurrent of tension stifled the laughter. There was silence as the glass spelled out the words, 'two will die'.

There followed gibberish as the glass moved more quickly and erratically around the table. By now everyone was intently watching the glass as it skipped from letter to letter. It suddenly made sense again with 'icy patch' then 'crossroads' and finally 'Monckton Arms'.

"I know that pub," said a man at the back of the room. "I'll be passing it on the way home."

The girl in charge of the board asked, "Will anyone in this room be involved?"

Immediately the glass moved and began to spell out the letters 'yes'.

Everyone laughed and made light of the incident, none more than Martin Chambers whose route would take him past the fourteenth century inn on the way home.

Nevertheless a feeling of morbid anxiety quickly swept through the group and overcame the party atmosphere.

The board was abandoned as word of the incident went round the party like a tornado. Soon they stopped, dancing no more and stood in small groups, discussing what had occurred and the various routes home.

Charles and Jane were surprised and upset by the way things had turned out and hurried to assure Martin that the whole thing was a bit of nonsense that it had gotten out of hand.

Obviously, someone was playing a rather sick joke.

If they would like to, they were welcome to stay the night and go home in the daylight. The Chambers declined the offer but thanked them.

Martin was not superstitious and in any event, they had to return home as they had a babysitter looking after the children.

Some were thinking about taking other routes, but Martin said, "There is only one route we can take without going across the moor. But don't worry I went through the war without a scratch so I don't think a few silly cards will upset me."

They left soon after midnight for the forty minute drive home.

"Be careful," said Charles, "the roads are more than a little slippery tonight."

Some twenty minutes later, the car travelling at about thirty miles an hour, topped the rise which overlooked the Monkton Arms.

The road ahead towards the darkened inn descended at a shallow angle until curving left where it came to a crossroads.

On the bend just before the junction the ice glistened in the moonlight as the now stopped.

As they entered the wide bend driving cautiously, Martin suddenly saw the headlights of another car flashing past the trees that lined the road. It was moving very fast.

Martin slowed to a stop, pulling into the side of the road as he approached the junction.

At that moment, the other car hit the ice, sliding round with headlights blazing. Swift as a bullet it bounced across the road and landed in a deep ditch on the other side.

There was a moment of silence followed by a sheet of flame as the petrol tank exploded.

Later it was found that the two occupants were a doctor and his wife who had died instantly.

Had Martin not been warned by the OUIJA board and slowed down at the bend he would almost certainly have been involved in the crash.

"How can you dismiss such things as coincidence," he asked me years later. "To me there is no doubt that the message from the other side saved my life."

Tranquillity

I stood and watched as a million or more speckles of sunlight moved continuously as the rolling waves came towards the shore.

In the blink of an eye and with every movement the sea colour changed from deep darkest blue to almost transparent pale, helped by the clouds as they moved across the sky switching the sunlight on and off.

I shut my eyes and listened as the tumbling surf washed the sand. Noisy – yes – but a peaceful type of noise - yes.

Tranquillity; as I wandered along the soft sandy beach just on the water's edge – my feet splashing now and then, enjoying the freedom to listen and to breathe the clean air.

Ahead of me also enjoying the beach was several dozen seagulls – just sitting or standing and all facing the same direction. Watching and waiting. But for what?

In the distance, the bay curved, and the beach gave way to the small fishing harbour which has been there for several generations.

A small number of pleasure vessels were moored at one end whilst the other was home to the busy local fishing fleet.

The vessels here are small but very active, coming ashore at the end of each trip with a large catch of fresh fish. I watched as two of them came into the harbour.

That is what the seagulls have been waiting for.

As if joined together, they all lifted off and flew towards the small vessels. On arrival, they circled and swooped following the incoming fishing boats. There were so many that I was reminded of Alfred Hitchcock's film "The Birds".

Behind me, I heard more gulls calling. I turned and looked up the rocky cliff behind the village and then I saw them coming down toward the bay. No not more seagulls but a small number of hang gliders who had just stepped off the cliff top.

They drifted slowly in the blue sky across the rocks towards the sea, peacefully, gracefully and free.

Some gulls appeared to be beside the gliders as they began to move gently and slowly towards the shoreline, to eventually land on the beach.

I stood and watched in amazement as the pilots flew with the ease of the seagulls in the sky, as they enjoyed the company of their feathered friends, coupled with a feeling of total tranquillity and freedom.

Freedom from the stress of some aspects of life, work and travel.

Freedom to relax and enjoy the gentle descent with the gulls, who sometimes sounded as if they were laughing .

Freedom to appreciate the tranquillity of nature.

Then I realised that quite simply Freedom is the wine of the soul.

Where do we stand?

The universe is an awesome piece of space! It is only just recently, in astronomical terms, that we have been able to expand our understanding of this all-pervading physical entity by sending out probes to gather vital information and then analysing the data, using the tools of a laboriously put together Earth-based scientific method.

We are making headway, but each step must prove itself by complying with the scientific rigour of our nexus of principles and laws, culled from centuries of dedicated and inspired investigation. Science has given us the answers to many previously unfathomable questions. We now know, for example, exactly what we are made from and how a finite number of fundamental particles can join together to form the very materials that make up everything around us. The Hubble initiative has extended our range of observation even further, by corroborating already held theories about the nature of the cosmos and adding new ones.

The laws of Physics are able to explain how we came about and how we will pass away. The atoms making up our world, including those making up ourselves, will eventually be returned to the huge cloud of disorganised matter that makes up deep space. Some of these may well find their way into another newly created world, perhaps similar to ours, as gravity inexorably pulls them together. What is it that oversees all these gargantuan changes? Do we feel tempted to bend the knee once again and start to worship an unseen, mysterious entity about which we know nothing? because, surely all our instincts are wanting to tell us that there must undoubtedly be something out there!

Something bigger than ourselves, our planet, our solar system and even our imagination as human beings. Our meagre, certainly random, presence on a piece of matter so small compared to the universe - even if it was within a Divine Plan – can only coerce us into identifying some super-developed inter-cosmic intelligence as being behind the master-minding of what we have to accept being part of.

We are seeing in recent times the definite defusing of religious power. Again, historically, the belief in a deity has played a predominant role in controlling the behaviour of peoples across the globe. Different persuasions have battled continuously throughout our history to be the most powerful and hence the most influential creed, being prepared to wage wars and cause mass social upheaval in order to achieve supremacy. The fundamental means used to do this has been the devious manipulation of the human sense of fear. Even in the most revered religious circles there has always been the threat of damnation and retribution to curb non-believers into submission. Admittedly, acceptance of Christian doctrine, for example, has enabled many to feel the security of a set of protective and compassionate rules for living an honest and decent life, but the values embodied in the teachings of that particular brand of religion can easily be lost without being deliberately reinforced. Do we need this spiritual mafia any longer? Do we have to have a relationship with an invisible and transcendental phenomenon in order to continue existing?

Recent findings in anthropology have hopefully sealed the fate of another of the most notorious misnomers ever admitted to the English language - race – the so-called division of mankind into several distinctly different biological types. Again, thanks to modern research, it is now well accepted by the scientific community that mankind as a form of life and later as a species began somewhere in central Africa. As the inaugural population increased groups began to spread northwards eventually separating into different spearheads of migration.

Existing land bridges between the now known continents – no longer in place – allowed different groups to reach otherwise uninhabited parts of the northern hemisphere – Asia and the Americas for example. Subsequent genetic selection and enrichment within each isolated group, developed distinct physical features such as skin colour, eye shape, and stature producing the observable range of ethnic groups we have today. It is therefore very galling for us as a civilised nation to be still battling with the outdated idea that any one person is any different fundamentally to any other when we all originated from the same place, were created by the same rules embodied in our well understood organic chemistry, clearly confirming that each of us has the same ultimate make-up.

Understandably, there are some people - of black African origin in particular - who may still feel a grave sense of injustice as to how they have been viewed and treated in the past. Recent events need to be viewed with impunity, however. Civilised and decent people would all agree that it is clearly a crime to wantonly obstruct the breathing of any other human being until they die, regardless of who they are, black, white or any other ethnic group. The law has ruled against this sort of behaviour for centuries.

The recently reported degradation and castigation of monuments of prominent historical figures, regardless of what they symbolise, cannot undo what has occurred in the past. We are not able to change history - at best we should try to record it for posterity. There may be different interpretations of the ramifications of slavery, or genocide, or ethnic cleansing, or any other heinous crime against humanity but as modern humans we are as we are because of what has gone before. We have to learn from our own track record and to implement and develop a new order which will move us forward into being better human beings. The effect of organised violent reaction can be potent but cannot be allowed to dictate the way forward for the majority of humankind.

Surely, there has to be one universally accepted experience that dispenses with the mumbo-jumbo of ritualised worship of something we will never see, touch or sense in any other way. Do we want to even communicate with such an entity? Do we want to have to conjure up some sort of image, graven or otherwise, on which to project some mysterious power that can cause so much confusion and frustration when we try to imagine what it looks like and have to develop an equally mysterious language in order to try to hold a meaningful conversation with it? Descartes, for example, as just one proponent amongst countless others who have tried to justify or disprove the existence of an all-powerful God, peeled away everything associated with our relationship to the external world, until finally he was left with our ability to think as the only valid interpretation of our existence.

What could there be in our human story that suggests that element of permanence trust and dependability that we all seem to crave? To my mind, the answer is much closer to home. It is love that is the mystical power that links us as humans. We all want to be loved, we all want to love – not all of us may experience it first-hand but it is a tangible quantity – it can even be measured! On a scale from zero to infinity! Love is out there for us all to find, cherish and hold on to. There is abundant evidence of it being involved in almost every classic tragedy in the English language from Shakespeare to Ibsen, and it invariably forms the underlying theme in almost every operatic work that has been written. The thread of countless books is based on the prevarications and consequences of love's often tortuous path. Love can have a remarkable effect on us as human beings – it can even have the power to decide whether we live or die.

The first book of Corinthians to quote a useful passage from the Bible, describes the attributes of our new God beautifully: " ... if I do not have love, I am only a resounding gong or a clanging cymbal ... Love is patient, love is kind. It does not envy, it does not boast, it is not proud. It does not dishonour others, it is not self-seeking, it is not easily angered, it keeps no record of wrongs. Love does not delight in evil but rejoices with the truth. It will always protect, always trusts, always hopes and always perseveres. Love never fails."

If we believe in such a new deity, then how can we even entertain the idea that the colour of someone's skin makes any difference to anything. People of all colours are more than able to feel, give and receive, and be enriched by love. I can read Shakespeare's Romeo and Juliet over and over again and always come to the same conclusion – that love knows no bounds. I can listen to Puccini's opera, Madame Butterfly, and be amazed by the devastation of the power of love. I can read an account of the abdication of Edward Vlll, and be astonished over and over again by the part that love played in altering the path of accurately recorded constitutional history. I can reflect upon moments in my own life that have been touched by love – the love for my parents, the love for my wife, for my children and latterly for my grandchildren. As a universal human driving force, we need to go no further than to accept that love is just that - it flows through the human condition - acting like a cohesive power pulling us together as a civilisation. If we rationalise our need to believe in some higher power then it could well have been summed up with the rather hackneyed but entirely appropriate epithet, 'May the force be with you!'. I for one prefer this way of addressing my personal God than being offered the mystical, unsubstantiated, and invariably unexplained, 'In the name of the Father, the Son and the Holy Ghost!'.

So where do we stand? Who or what is calling the shots? We would all agree that mankind has evolved from most likely cellular beginnings to having become the most influential power on Earth - we have brought about so much irreversible change on our planet that we can only keep moving forward to try to ensure that we survive and have a viable future. We may well be simply accidental observers of an immeasurably small part of the so-called Universe and despite wanting to go forth and discover new worlds we may have to be satisfied with the fact that our sphere of influence will be very limited and only last until we finally deplete the resources of our own planet, leaving us without the means to sustain any form of viable life - in effect snuffing out our own existence. As a civilisation we have suffered the consequences of our own frailty – inventing religions as a way of control, mindlessly following the misguided egocentric fantasies of tyrants and dictators, at the same time being woefully unable to establish a correct balance between exploitation and conservation.

Who will write our history? Are there any observers out there recording what happens to us? So far we have collected no evidence of any field studies being carried out by other intelligent forms of life and have received no corroborated communication signals from anywhere. I believe that all we can do to avoid catastrophe is to accept our humble position, put our heads down and try to keep our own house in order – to accept and be satisfied that we are human. We need to be proud of our finite influence in the overall way of things yet continue to believe that we are the only determinants of our destiny. Will we succeed in regulating our behaviour as the prime mover on this planet of ours, or will we bring about our own self-destruction?

„P. S. – Postskriptum"

Freitagabend. Selbstverständlich bin ich froh, dass ich einen so guten Job habe. Wer hat den heutzutage noch? Aber deshalb weine ich immer noch nicht, wenn es Freitagabend ist. Schließlich bin ich keine Maschine. Doch **einen** Freitagabend werde ich wohl nie vergessen.

Es war wieder einmal später geworden, viel später, wie ich bei einem Blick auf die Uhr feststellen musste. Aber was machte das, Wochenende und ein langes dazu. Ich hatte den Rechner abgeschaltet, sämtliche sicherheitsrelevanten Unterlagen ordnungsgemäß im Safe eingeschlossen, den Kollegen ein fröhliches Wochenende gewünscht, noch einen Blick in den friedlich leeren Raum geworfen und war mit mir und der Welt zufrieden durch die leeren Gänge der Freiheit entgegengeeilt.

Einen Vorteil hatte man als Workaholic: Die Straßen waren frei und im Supermarkt musste ich auch nicht lange an der Kasse anstehen. Da wurde dauernd nach längeren Öffnungszeiten geschrien und dabei kaufte kein Mensch, außer mir natürlich, nach neunzehn Uhr mehr ein. Die blonde Kassiererin an ihrer Registrierkasse blickte mich mit ihren blauen Augen regelrecht erlöst an, als ich meinen Wagen auf ihr Band entleerte. Viel war es ja nicht, aber immerhin, es gab etwas zu tun für sie. Bedächtig zog sie den Käse und die zwei Flaschen Rotwein durch ihren Scanner. Ich bezahlte gedankenlos die unverschämte Rechnung und verabschiedete mich mit einem leicht anzüglichen Blick auf ihr etwas hochgerutschtes schwarzes Röckchen. Sie schien es als Kompliment aufzufassen, wie es auch gemeint war. Dann ging ich heimwärts. Natürlich lief der Briefkasten wieder einmal über. Lauter Schrott, bis auf einen Elektronikprospekt und eine Radio- und Fernsehzeitschrift. Jackett auf den Bügel, Krawatte gelöst, Hausschuhe an und ein kühles Pils. Natürlich war der Kühlschrank wieder mal leer. Also ab in den Keller Nachschub holen. Da lag auf der Treppe der Brief. Eindeutig Franziskas Handschrift. Er musste mir zwischen der Zeitung und dem Werbekram herausgerutscht sein. Sie hatte ihn persönlich eingeworfen, denn Poststempel und Briefmarke fehlten. Also musste sie hier gewesen sein. Das war so ihre Art. Sie liebte es, Gedanken schriftlich auszudrücken. Ich freute mich schon auf die Lektüre, drückte einen Kuss auf die energischen Buchstaben, nahm zwei Stufen auf einmal, schnappte mir zwei Bierflaschen und hastete nach oben.

Ungeduldig riss ich den Umschlag auf, widerstand aber der Versuchung, mich übereilt ans Lesen zu machen. Ein Brief von Franziska verdiente einen entsprechenden Rahmen. Also zuerst eine stimmungsvolle Musik, Wagner, Karfreitagszauber, nein, das mochte sie ja nicht, also Schumanns Träumerei. Wo war doch gleich die CD? Na endlich. Wo hatte sie denn letztes Wochenende die Kerzen aufgeräumt? Käse in Würfel geschnitten, Stickers bereitgelegt und jetzt noch ein Pils. Nein! Es musste ein Glas Wein sein. Wozu hatte ich denn zwei Flaschen Beaujolais gekauft. Natürlich, beide Weingläser standen noch in der Spülmaschine. Also rasch eines gespült. Endlich saß ich bei sanfter Musik, Kerzenschein, duftenden Käsestückchen und einem Glas Beaujolais gemütlich in meinem Wippsessel und entnahm dem Umschlag feierlich Franziskas Zeilen.

Wie gewöhnlich handelte es sich um ein umfangreiches literarisches Werk. Kurz wollte mein Verstand sich mit dem lächerlichen Argument melden, dass ich die Konzertkarten für den morgigen Abend bereits in der Tasche hätte und deshalb dieses Schreiben zu diesem Zeitpunkt keinen so rechten Sinn machte, aber was bedeuteten schon vernünftige Argumente, wenn ein liebendes Herz sich mitteilen wollte? Nichts! Liebevoll zärtlich mit einem Schuss Stolz glitten meine Blicke über Franziskas Charakterschriftzeichen. Nicht ohne Neid wurde ich wieder daran erinnert, wie vergleichsweise ungelenk, um es mild auszudrücken, meine eigene Handschrift sich daneben ausmachte. Jeder Brief von Franziska bedeutete ein Kunstwerk für mich und alle hatten sie bis jetzt in einem, sorgfältig vor fremden Blicken geschützten Ordner ihren würdigen Platz gefunden. Als Rentner würde ich viel Zeit haben, mit ihnen meine Jugendzeit noch einmal genussvoll nachzuerleben. Bei diesen Gedanken waren mir die Hände mit den geliebten Blättern in den Schoß gesunken. Nun nahm ich sie wieder auf und begann tatsächlich zu lesen.

„Lieber Christoph!"

Mein Hals wurde trocken, schnell ein Schluck Beaujolais. Also nochmals:

„Lieber Christoph!

Heute schreibe ich Dir endlich, was ich mir schon lange vorgenommen habe. Dies soll kein gewöhnlicher Brief an Dich werden, sondern **der** Brief schlechthin. Du merkst sicher schon an diesem Anfang, dass mir das Schreiben Mühe macht, aber egal, es muss sein. Also: Lieber Christoph, es wird mir warm, wenn ich an unser letztes Wochenende denke. Deine besondere Art, mich Deinen Bekannten und Deiner Familie vorzustellen, ich kam mir wirklich wie eine Prinzessin vor. Das hat mich tief beeindruckt. Und danach unsere gemeinsame Nacht ... überhaupt unsere Nächte, sie waren einfach ... unbeschreiblich. Damit meine ich wirklich, dass ich sie nicht beschreiben kann. Deine Zärtlichkeit, deine Zartheit und Deine Wärme, sie umhüllen mich jetzt noch, wo ich diese Zeilen schreibe. Jedes Mal, wenn ich an uns denke, fühle ich mich so geborgen, wie ich es noch nie erlebt habe. Deine Art, mich und meinen Körper zu bewundern, war einfach wunderbar. Nie hattest Du irgendetwas an mir auszusetzen. Dabei weiß ich nur zu genau, dass es solche Stellen schon gibt, wenn ich nur an meine kleinen Pölsterchen an den Hüften denke ... für Dich waren sie immer liebenswert. Und dabei war es nicht nur das Bett, was uns immer verbunden hat, nein, jedes Zusammensein mit Dir war ein Genuss für mich. Deine Art, mir zuzuhören, meine Fragen und Argumente ernst zu nehmen. Du hast mich immer gelten lassen! Ja, bei Dir hatte ich das Gefühl, wichtig zu sein. Welche Frau kann das schon von einem Mann sagen? Ganz sicher nicht viele. Du würdest jederzeit für mich einstehen, egal, worum es sich handelt. Deine Zuverlässigkeit. Nie wäre ich auf den Gedanken gekommen, an Deiner Seite auch nur einen einzigen Tag unversorgt zu sein. Dein Engagement im Beruf, das Dich in kurzer Zeit bereits in ungeahnte Höhen geführt hat. So banal es klingt, materielle Sicherheit ist ein hohes Gut, das jede Frau zu schätzen weiß. Deine Selbstbeherrschung in allen Dingen, noch nie habe ich Dich betrunken gesehen, Christoph, ich bewundere Dich. An Dich konnte ich mich immer anlehnen. Zu Dir konnte ich aufschauen und das nicht nur, weil Du so groß bist, nein, es ist Deine menschliche Größe.

Lieber Christoph, Du merkst schon, ich beginne überzulaufen. Aber es sprudelt nur so aus mir heraus und ich musste Dir das alles einmal schreiben. Ich weiß, dass Du das in Deiner beinahe sprichwörtlichen Bescheidenheit nicht hättest gelten lassen, wenn ich Dir das einfach so gesagt hätte. Nimm es als das, was es sein soll: ein riesengroßes Kompliment von Deiner, sich von Dir sehr verehrt und geliebt fühlenden

Franziska"

Meine erste Reaktion war der Griff zum Telefon. Ich musste dieses Wesen einfach sprechen. Wenigstens das, wenn schon mehr nicht möglich sein konnte. Doch sie meldete sich nicht. Wahrscheinlich gab es noch einen Elternabend in der Schule oder irgendeine Besprechung unter Lehrern und sie hatte mir nur schnell diesen Gruß geschickt. Wunderbar. Ich goss das inzwischen schon zweimal geleerte Glas nach, las Franziskas Brief noch mal und noch mal. Die erste Flasche leerte sich, die zweite und die Wolke, in der ich schwebte, verdichtete sich zusehends. Was sage ich, schwebte? Ich flog dahin in einem Rausch aus Stolz, Liebe, Sehnsucht, Seligkeit und, ich sage es ganz ehrlich, aus Alkohol, denn inzwischen hatten sich zu dem herrlichen Rotwein noch die beiden Bierflaschen und einige Whiskeys gesellt und ein Ende war nicht abzusehen.

Es war ein herrlicher Abend. Wie er endete ist mir bis heute verborgen geblieben. Auf jeden Fall erwachte ich am nächsten Morgen gegen zehn Uhr. Das heißt, wenn man das als Erwachen bezeichnen konnte. Ich lag tatsächlich im Bett, aber vollständig bekleidet. Wie war ich hierhergekommen? Ein Kopf alleine konnte niemals solche Schmerzen verursachen. Ich musste mindestens einen zweiten haben. Um der Sache auf den Grund zu gehen schleppte ich mich ins Bad. Ein verwüsteter Kerl glotzte mir mit blutunterlaufenen Augen aus dem Spiegel entgegen. Langsam kehrte mein Erinnerungsvermögen zurück. Da war irgendetwas mit einem Brief und Wein und einer Kerze. Um Himmels Willen, die Kerze. Wie von Furien gehetzt jagte ich ins Wohnzimmer. Gott sei Dank. Die Kerze war zwar heruntergebrannt, aber glücklicherweise hatte ich sie in einen Teller gestellt. Doch wie sah mein Wohnzimmer aus?! Auf dem Teppich lag eine Whiskeyflasche. Viel war sicher nicht mehr drin gewesen, aber dieser Rest hatte genügt, um einen nassen Fleck von einem halben Meter Durchmesser auf den Teppich zu malen, der einen bestialischen Gestank von Kneipe verbreitete. Franziskas Briefblätter lagen verstreut umher, zwei Weinflaschen, und ein verschmiertes

Weinglas bildeten zusammen mit zwei Bierflaschen, ebenfalls leer, zwei Biergläsern und einem Schnapsstamperl ein Stillleben, das beredtes Zeugnis eines gewaltigen Gelages ablegte. Wie konnte ein Mann alleine ein solches Chaos anrichten? Eigentlich undenkbar, aber es muss wohl so gewesen sein. Ein unbändiger Durst nach Wasser brannte in meiner Kehle. Natürlich war keinerlei Mineralwasser verfügbar. Einkaufen? In meinem Zustand? Undenkbar! Aber der Brand in meinem Hals duldete keinerlei Aufschub. Blieb nur noch das Leitungswasser. Ganz sicher floss während der kommenden Stunden aus den Wasserleitungen der anderen Mieter unseres Hauses kein Wasser. Einigermaßen in die Gegenwart zurückgekehrt, begab ich mich unter die Dusche. Danach ging es ans Aufräumen. Es war glücklich zwölf Uhr, als meine Behausung wieder als Wohnung angesprochen werden konnte. Die Fenster standen sperrangelweit auf und brachten auch die Atmosphäre wieder in Ordnung. Frisch geduscht und gekleidet wagte ich einen erneuten Blick in den Spiegel und stellte fest, dass ich mich wieder vorsichtig unter die Menschheit wagen konnte. Mineralwasser! schrie es immer noch heftig in mir. Also machte ich mich auf den Weg in den Supermarkt. Wenn mich die Polizei erwischt hätte, wäre ich meinen Führerschein für eine Weile los gewesen, denn allein vom Anhauchen wäre jeder Beamte postwendend mit einer Alkoholvergiftung ins nächste Spital eingeliefert worden. Es sollte nicht dazu kommen. Im Supermarkt vermied ich es, die Kassiererin allzu direkt anzusprechen, auch sonst ging ich jeder Unterhaltung unhöflich aus dem Weg und so gelangte ich unbehelligt mit drei Kisten Mineralwasser und drei Gläsern Bismarckhering wieder zu mir nach Hause. Einige Tabletten Aspirin im Verein mit einigen Litern Wasser ermöglichten mir langsam wieder klareres Denken.

Um fünf kam Franziska. Bis dahin blieben noch reichlich zwei Stunden Zeit. Was fängt ein Informatiker mit zwei frei zur Verfügung stehenden Stunden an? Klar, er schaltet seinen

Rechner ein. Rasch noch einen Hering verschluckt, solange der Langweiler hochfährt. Da hörte ich aus dem Wohnzimmer:
„Sie haben eine E-Mail bekommen!"
Selbstverständlich, hatte ich immer. Jeden Tag musste ich meine Mailbox ausräumen, so viel Mist stand da drin. Ein Blick genügte. Lauter Schrott!
„Ihre Meinung zählt!"
„Christoph – Ihr Auto ist doch nicht mehr das neueste!"
Weg mit dem Mist. Doch halt, da war was Interessantes dabei:
franziska@aol.com
Das war Franziskas Adresse! Vielleicht wollte sie mir noch etwas Wichtiges sagen. Rasch holte ich die Nachricht vom Server und las zu meinem Erstaunen:

Betreff: „post scriptum"
lieber christoph,
ich wollte dir nur noch sagen, dass du eine bessere frau als mich verdienst. ich bin mit klaus in holland. Solltest du für die zweite karte keine abnehmerin finden, komme ich selbstverständlich für die kosten auf, aber das kann ich mir beim besten willen nicht denken, bei einem so wunderbaren mann wie dir.

herzliche grüße
franziska.

Neues im Juli

Der Sommer war rasch gekommen, und er dachte daran, irgendwo anders hinzufahren, wo er sich fremd fühlen würde. Nirgendwo auf der Welt fühlte er sich wohl. Er hatte immer ein beklemmendes Gefühl, egal wo er sich aufhielt. Gedanken kamen in seinen Kopf, die ihn an die glücklichen Tage seines Lebens erinnerten.

Er hatte eine verdammt glückliche Zeit mit Christine. Aber glückliche Zeiten dürfen wohl nicht lange dauern, weil man sonst das Glück nicht mehr fühlt und man es nicht mehr bezeichnen kann.

Christine war ihm unbekannt und ist ihm unbekannt geblieben. Sie war mit Tränen in den Augen gegangen und zerschnitt später das Band zwischen ihnen. Er hatte keine Chance, sie näher kennenzulernen, um die Trennung verstehen zu können. Während sie vielleicht auf einer Party lachte oder ihre Arbeit genoss oder mit ihrem Freund schlief, litt er noch den Tod dieser seltsamen Beziehung.

Aber es ist nicht Christine allein, die das beklemmende Gefühl in ihm erzeugte. Er reiste umher und fand immer Altes vor. Es war ihm unverständlich, dass ihm diejenigen Dinge bekannt vorkamen, die er in seinem Leben noch nicht gesehen haben konnte. Als ob es für ihn nichts Neues mehr gäbe.

Städte und Landschaften und Menschen hatten keinen Reiz mehr für ihn, und er langweilte sich sogar bei dem Blick aus dem Abteilfenster des Zuges, der ihn das zweite Mal durch Frankreich brachte. Was war das doch für ein Unterschied zu dem Enthusiasmus der ersten Reise. Es war ein Teil seiner Erfahrung, dass Begeisterungsfähigkeit mit zunehmendem Alter abnimmt. Er hatte nicht gedacht, dass es so schnell geht. „... der einzige Unterschied zwischen dir und mir ist, dass mir die Begeisterungsfähigkeit fehlt." Jetzt traf es auf ihn zu. Es erschreckte ihn.

Er ging davon aus, nicht lange zu leben. Daher prägte er sich die Dinge sorgfältig ein. Er lebte Tag und Nacht und hatte Angst, etwas zu verpassen. Als sich die Dinge zu wiederholen begannen, ging er getrost schlafen. Er schwänzte die Schule, weil er für so etwas keine Zeit hatte. Was sollte man mit einem Schulabschluss, wenn man danach sowieso stirbt?

Er starb nicht, als er das Abitur dann doch ablegte. Aber er rechnete weiterhin jeden Tag damit. Diese Erwartung regt zum Leben an, und man sieht einige Dinge schon nicht mehr so ernst. Man lässt sich immer von den Gedanken und Erwartungen leiten, die man vom Leben hat. Seine Vorstellungen dann in die Realität umzusetzen bezeichnet man als den Sinn des Lebens.

Die Einstellung zum Leben hatte sich dann nach der Schule etwas geändert. Die ersten unglücklichen Erfahrungen überlebte er, wie nicht jeder seiner Bekannten. Erfahrener und entschlossener lebte er nun mit dem Tod im Nacken. Sollte er ihn rechtzeitig erkennen und noch Gelegenheit zum Denken haben, wollte er sich sagen können, dass er nichts bereut und nichts anders machen würde, keine Wiederholung, kein Zurück.

„Noch einen Daiquiri!"

„War der erste richtig?"

„Ja, der war gut. Den nächsten aber mit weniger Zucker, bitte!"

Mit Hans trank er gern. Der wusste den Daiquiri zu schätzen und zu vertragen. Allerdings kam er bei dem zwölften schon ins Schleudern, was eine schlechte Angewohnheit war.

„Was machst du im Sommer?", fragte Hans.

„Ich werde nach Pamplona fahren, um zu laufen."

„Wie gern würde ich mitkommen. Aber es geht leider nicht. Vielleicht im nächsten Jahr."

„Man sollte nicht so weit im Voraus denken!"

Um ihn herum war alles weiß und rot gekleidet. Die Stadt war im Festrausch. Sieh dir nur die Menschen an, wie begeistert sie sind am heutigen Tag, dachte er. Den meisten Alkohol verspritzen sie an die Nebenstehenden, anstatt ihn zu trinken. Aber trunken waren sie trotzdem. Diese Menschen waren jünger und älter als er selbst, und es waren alle begeisterungsfähig. Diese Begeisterungsfähigkeit hat man den Deutschen immer zur Last gelegt. Aber die anderen Länder der Erde scheinen bei solchen Diskussionen keine Geschichte zu haben. Aber was soll das? Er war nicht hergekommen, um solche Gedanken zu hegen. Er wollte Reizung und Todesnähe, die nicht nur in der Nähe der Stierhörner zu finden war.

Jetzt stand er in den Straßen, in denen der Stierlauf stattfinden würde, direkt vor dem Rathaus. Es waren viele Menschen um ihn herum, doch ein Amerikaner fiel ihm besonders auf. Er stand fast neben ihm und schien sehr aufgeregt zu sein. Er lächelte allen zu und war stolz und glücklich, an diesem Tag mit dabei zu sein. Die Blicke trafen sich, und sie lachten einander zu.

„Woher kommst du?"

„Aus Deutschland."

„Ich bin aus Birmingham, Alabama. Ist das dein erster Lauf?"

„Ja. Ich mache mir ein paar Sorgen über die vielen Menschen, die mitlaufen wollen."

„Kümmere dich nicht um die Stiere. Wirf dich einfach auf den Boden, wenn sie dich kriegen wollen. Es wird nichts passieren."

Dann hörte man einen dumpfen Knall. Die Stiere und Ochsen wurden also herausgelassen und rannten jetzt durch die Straßen, um ihn zu überholen oder anzugreifen.

Er setzte seine Beine in Bewegung, langsamer Dauerlauf. Er musste sich die Kraft einteilen. Seine Lungen waren durch die Aufregung schon vorher belastet. Mehrere Männer überholten ihn, und er dachte, die ersten Stiere würden schon da sein. Man hörte den ersten Schrei einer Frau, und er sah sich um. Aber es war nichts zu sehen außer vielen Männern, die an der Seite standen oder noch in der Mitte der Straße liefen.

Im Dauerlauf lief er weiter, wobei seine Beine automatisch schneller wurden, wenn ein Schrei von einem Zuschauer in seine Ohren drang. Gleich würde er die Kurve laufen, die in die Estafeta führte, wo man sich nicht mehr über die Holzplanken in Sicherheit bringen konnte. Die Stiere waren immer noch nicht da. Wahrscheinlich bin ich am Anfang schon zu schnell gelaufen, dachte er. Ich bin zu weit vorn, trotz des langsamen Tempos schon zu früh aus der Gefahrenzone herausgelaufen. Aber woher sollte er das auch wissen. Es war schließlich sein erster Lauf.

Er war etwa fünfzig Meter tief in der Calle de la Estafeta, als er beim Umdrehen eine Traube junger Männer um die Ecke rennen sah. Fast im gleichen Augenblick teilte sich die Traube in der Mitte, und die Männer drängten sich zu beiden Seiten an die Häuserwände, die die Grenzen des Fluchtweges sind, den man hier zur Verfügung hat.

Jetzt sah er sie. Zwischen den leicht bekleideten Körpern waren die Hörner, und er sah sie allmählich näher kommen. Er hatte sich gedacht, mit Schnelligkeit wäre seine Sicherheit garantiert. Zweifel hatte er nur an seiner Kondition, die die Strecke von einenhalb Kilometern bei seiner vorherigen Vorstellung von der Geschwindigkeit nicht mitmachen würde. Es war alles falsch.

Es ist unmöglich, schneller als die Stiere zu laufen. Ihr Tempo täuscht, wenn man es nur von oben in der Arena oder im Fernsehen gesehen hat. Wer einen Stier hinter sich laufen sieht und beobachtet, mit welchem Tempo er näher kommt, weiß nicht, wie schnell ein Stier wirklich laufen kann. Aber er weiß, dass er schneller als man selbst ist.

Er lief näher an die Mauern heran, wobei er sich immer wieder umdrehte. Sie waren plötzlich schräg hinter ihm. Und dann waren sie an ihm vorbei, ohne mit dem Gedanken zu spielen, wieder umzudrehen und ihn an die Wand zu drücken. Es war vorbei.

Die Angst und die Gefahr steigen in einer sehr steilen Kurve an. Aber wenn die Hörner am Körper vorbei sind, bleibt einem im Moment nichts als das Herz, das schnell schlägt, und auf längere Sicht diese Erfahrung, die niemals mehr greifbar sein wird. Er sah jetzt auf die Uhr. Fünf Minuten war es her, als Robert ihm die Hand reichte und ihn begrüßte. Er suchte ihn in der Menge. Ihre Blicke trafen sich wieder, und sie gingen in eine Bar. Sie unterhielten sich über den Lauf und das Kälbertreiben in der Arena. Aber dort war nicht mehr der Tod, sondern nur blaue Flecke und bestenfalls innere Verletzungen. Kein Tod.

„Warum bist du hier?"

„Ich sah bei einem Freund ein Video und musste unbedingt selbst herkommen, um mir das anzusehen."

„Ich las *The Sun Also Rises* und wollte es ebenfalls selbst erfahren."

„Ja, der gute alte Ernest. Alle sind seinetwegen hier."

„Richtig. Aber ich war auch auf der Suche nach etwas Neuem. Das Leben wurde in letzter Zeit etwas bitter."

„Liebe?"

„Liebe, Beruf, die Menschen, das Leben."

„Ay, das hört sich ja nach Frust an. Cheers!"

Die Kneipe war noch fast leer. Sie standen an der Theke und tranken ein paar Biere, rauchten ein paar Zigaretten und sagten lange nichts. Robert sah nachdenklich aus und schien zu überlegen.

„Du hast recht. Ich bin auch hergekommen, um etwas Neues zu finden. Weißt du, ich bin jetzt 58 Jahre alt. Ich war verheiratet und habe eine Tochter, die ich über alles liebe. Als junger Mensch dachte ich nur ans Geld, habe hart gearbeitet und meine Million gemacht. Aber ich habe meine Familie vergessen. Ich frage mich heute, wo die Zeit geblieben ist. Geschäft,

Geschäft, Geschäft, und schon sind dreißig Jahre ins Land gegangen. Man verzweifelt fast dran."

„Es ist die verzweifelte Suche nach etwas, was man vielleicht gar nicht bestimmen kann."

„Nach dem wunderbaren Lauf eben denke ich, dass ich jedes Jahr herkommen werde, um neben dem Tod herzulaufen. Nichts ist so reizvoll wie dieses Risiko."

„Die Frage ist nur: Was kommt danach, wenn wir überleben?"

„Der nächste Lauf, was sonst. Du weißt ja nie, ob du überlebst oder irgendwann einmal zu hoch gepokert hast. Und wenn du überlebst, fühlst du dich grandios, ich zumindest."

„Kann es dann irgendwann noch mehr geben, wenn auch der Tod alltäglich wird?"

„Ich denke, du schätzt das Leben höher ein, wenn du es beinahe verloren hättest."

„Kann sein. Im Moment lässt dieser Gedanke noch auf sich warten."

Am nächsten Tag trafen sie sich wieder vor dem Rathaus, zum zweiten Stierlauf. Sie waren beide wieder angetreten. Er sah Robert von Weitem mit seinem frühzeitig ergrauten Haar aus der spanischen Menge herausragen. In seiner Art hatte er Ähnlichkeit mit Hemingway. Er reckte seinen Kopf aus der Menge und versuchte, ihn auszumachen. Im Halbkreis ging er auf ihn zu und stand plötzlich hinter ihm. Robert schien sich sehr zu freuen, doch entschuldigte er sich, dass er an diesem Tag und den Rest der Fiestas nicht mitlaufen könne. Seine Freundin hatte sich beklagt; deshalb reisten sie jetzt nach Madrid und müssten die Maschine erreichen.

Wenn Robert allein gekommen wäre, würde er jetzt bleiben. Was war es schon wert, mit einer Neunzehnjährigen hierherzukommen, die es nicht ertragen konnte, ihn laufen zu sehen und stattdessen lieber einkaufen ging, um sein Geld auszugeben. Die schlimmeren Verletzungen erleidet man durch die Frau, sagen die Stierkämpfer.

Sie verabredeten sich für das nächste Jahr. Pamplona war einer der Orte, an denen man sich verabreden konnte und sich auch wiedertraf. Jetzt musste er allein laufen. Er würde für sich und Robert laufen, beide gemeinsam in seiner Person vereinigt. Robert war gerade aus dem Blickfeld verschwunden, als der Knall der Rakete den Start ankündigte.

Wieder fing er in einem langsamen Dauerlauf an, sich in Richtung Calle de la Estafeta zu bewegen. Jetzt wusste er schon, dass die sporadischen Aufschreie der Menschen nur Fehlalarm bedeuteten. Er rannte in gleichmäßigem Tempo weiter und blieb dann stehen, um auf die Stiere zu warten. Plötzlich kam eine Gruppe von Männern schnell um die Ecke gelaufen, und er wusste, dass dahinter die Stiere sein würden.

Er ging noch ein Stück weiter in die Mitte der Straße. Dann wurde die Traube der Laufenden gespalten, und die Hörner der ersten Stiere wurden sichtbar. Sie waren jetzt genau hinter ihm und schon neben ihm. Er lief in ihrer Mitte, mit ihnen zusammen. Dann waren sie vorbei. Er blieb stehen und schaute auf den nassen Boden. Schon wieder vorbei, dachte er. Doch dann bekam er einen heftigen Stoß, der ihn in einem hohen Bogen auf den Asphalt schleuderte.

Es war laut um ihn herum, und kaum spürbar war die Wärme der Wunde, wo das Horn eingedrungen war und einen tödlichen Kanal durch seine Eingeweide hinterlassen hatte. Krampfhaft versuchte er, sich an die Anzahl der Stiere zu erinnern, die ihn überholt hatte. Aber es war eine zu große Anstrengung, jetzt darüber nachzudenken. Vom Boden aus sah er nur Füße, die sich sehr hektisch bewegten, als ob sie um ihn herum tanzen würden. In Gedanken tanzte er mit ihnen.

Sternschnuppen

Der Himmel war bedeckt. Gelbgrau standen die Wolken über der kleinen Stadt in den Bergen, als ob sie von einer bestimmten Tatsache ablenken wollten, die Klarheit zu übertünchen, die Wahrheit zu verstecken suchten.

Frederick ging auf der kleinen Straße über die Brücke in das historische Zentrum hinein, um die täglichen Grammatikkurse zu besuchen. Hinter dem westlichen Stadttor, das vor vierhundert Jahren zu anderen Zwecken errichtet wurde, sollte sich ihm nun die italienische Sprache etwas mehr öffnen.

Dabei sandte er nicht diesen störrischen Blick eines Urlaubers zum Himmel, der das viele Geld, das er für ein paar sonnige Tage ausgegeben hatte, nun auch selbst für verschwendet ansah. Für ihn war es eine Erleichterung, einmal ohne schweißbedeckten Körper die Schule zu erreichen, wenn die Temperatur am Morgen ausnahmsweise nicht innerhalb von einer halben Stunde um zehn Grad stieg.

Trotzdem war es noch warm. Und in den Klassen begann vor der ersten Pause die Konzentration nachzulassen und die Müdigkeit sich auf Augen und Ohren zu senken. Vereinzelte Blicke, die unauffällig die Uhrzeit erfragten, ein zurückgehaltenes Gähnen und die häufigere Veränderung der Sitzposition verrieten das Sehnen nach der Pausenklingel.

Doch plötzlich zuckten alle zusammen. Ein lauter Knall donnerte durch die Straßen und ließ die Fensterscheiben klirren. Die elektrische Spannung in der Atmosphäre hatte ihren Impuls kilometerweit nach unten in tausend Herzen getragen, um durch diesen kräftigen Schlag die Leistungsfähigkeit für ein paar Minuten zu verlängern.

Dann setzte Regen ein, und man hörte ab und zu ein schwaches Grollen, das den erhitzten Köpfen ein Verlängern der Abkühlung versprach. Die Pause hatte begonnen, und man stand nun an offenen Fenstern oder hatte sich an die Eingangstür begeben, um dem Regen zuzuschauen oder eine kühlere Luft auf der Haut zu spüren.

Frederick hatte sich an ein Fenster auf der Rückseite des Gebäudes gestellt. Er stand dort allein und rauchte eine Zigarette, als ihn eine leise Stimme von hinten ansprach. Er drehte sich um und blickte in das Gesicht einer jungen Amerikanerin, der er schon mehrmals begegnet war: auf der Straße, im Treppenhaus der Schule oder abends auf der Piazza.

Er hatte sie die ersten Male gegrüßt, wie er es bei allen anderen tat. Er lächelte und dachte nicht darüber nach, mit welcher Person er schlafen wolle. Die Jahre des ungezügelten Verlangens nach Ejakulation und der unbedingten Suche nach nächtlichem Fleisch, was zum Stolz mancher Männer schon gereicht, hatte die Heckwelle seines Lebens schon ins Unerkennbare getragen. Was sind denn schon zwei braun gebrannte Schenkel und zwei Hügel weicheren Fleisches, wenn es das allein schon ist?, dachte Frederick. Das Kaninchenalter war vorüber, und mit ihm vergangen auch die Überlegenheit dieses stumpfen Dranges.

Am Fenster sah er jetzt nicht die Lippen einer Frau; seine Augen suchten nicht die Tiefe ihres Ausschnittes, als streiften sie zufällig dort vorbei; und seine Hände glitten nicht in Gedanken an ihrem Körper herab. Er erkannte den Menschen wieder, der den Gesang zu seinem Beruf gemacht hatte, der kein Interesse an zu leichten Aufgaben zeigt und nachts auf einen Hügel steigt, allein um die Sterne zu sehen.

Frederick hielt die Zigarette in der Hand und wusste nicht, ob er sie aus Höflichkeit ausdrücken oder aus Gleichgültigkeit selbstbewusst weiterrauchen sollte. Er entschied sich, aus Höflichkeit zu fragen und rauchte weiter, nachdem es sie angeblich nicht störte. Als die Pause zu Ende war, fragte sie ihn, ob er mit ihr am Nachmittag spazieren gehen würde.

Nach dem Mittagessen saß er am Küchentisch und las. Die Sonne hatte den Zenit überschritten, aber es wehte ein erfrischender Wind, der plötzlich heftiger wurde und wieder abklang. Es schien ihm, als ob ein Rad in Gang gehalten werden sollte, dessen Stillstand das Ende von etwas bedeuten könnte.

Eine Vogelstimme lenkte Fredericks Aufmerksamkeit auf sich und lockte ihn auf den Balkon. In der hohen Silbertanne, die er mit den Händen berühren konnte, saß ein kleiner Vogel mit goldenen Flügeln und hatte sich ihm zugewandt. Frederick ging auf die andere Seite des Balkons und blickte auf die grünen Hügel in der Ferne, als der Vogel ihm nachflog und sich unterhalb des Balkons in einem Birnbaum niederließ und erneut zu zwitschern begann. Frederick lehnte sich mit den Unterarmen auf das Geländer und erwiderte die Freundlichkeit mit einem Lächeln. Dann ging er wieder hinein, klappte das Buch zu und sah lächelnd dem Treffpunkt entgegen.

Die Sonne brannte auf die Straßen und erhitzte die Steine und Eisengeländer, sodass man sich nicht darauf lehnen konnte. Sie gingen in Richtung auf die Stadtmauer, um dahinter auf einem kleinen Weg hinab zum Fluss zu gelangen. Ein dünner Schweißfilm bedeckte den Körper schon, wenn man nur ein paar Minuten in der Sonne stand. Nach zehn Minuten rollten die ersten Tropfen die Wirbelsäule hinab, und über dem Solarplexus sammelten sich einige Perlen in Fredericks Brusthaar.

Der Boden war hart und staubig, und hinter einem Wall von Brennnesseln und Dornensträuchern gleißte das Weiß der Kieselsteine am Ufer des Flusses. Jetzt im August führte er so wenig Wasser, dass er an einigen Stellen einem Bach glich, der Mühe hatte, sein Wasser über die Steine im Flussbett zu tragen. Ein plötzliches Plätschern verriet einen Fisch, der stromaufwärts sprang, um an eine tiefere Stelle als diese zu gelangen, die die Rückenflosse gerade bedeckte. An den tieferen Stellen und tiefen Becken wimmelte es dann von Fischen, und die Oberflächenspiegelung an den gegenüberliegenden Felsen lockte den Betrachter, sich für den nächsten Moment dem kühleren Element zu ergeben und ihm in die Arme zu fallen.

Sie gingen ein paar Meter am Fluss entlang, glichen ihre Schrittlänge den Abständen der größeren Steine an, bis ein Busch ihnen den Weg versperrte. Violet ging durch den Fluss hinüber ans andere Ufer, um dort einen Weg zu finden. Frederick nahm seine Stoffschuhe in die Hand und ging barfuß in den Fluss, blieb in der Mitte stehen und wartete auf ein Wort, während er den fliehenden Fischen nachsah.

„No way", sagte sie und tastete sich die Böschung hinab.

„Ma c'è un cammino, quando attraversiamo il fiume."

Vorsichtig setzte Frederick einen Fuß vor den anderen, als Violet hinter ihm zu singen begann: La ci daremm la mano...; er antwortete, wie Mozart es vorsah: La mi dirai di sì. Etwas weiter oberhalb des Flusses stiegen sie wieder ans Ufer und suchten einen Durchgang durch die Büsche. Ihre Beine wurden von Brennnesseln gestreift, und an einem künstlich angelegten Auffangbecken war der Weg zu Ende. Sie standen unterhalb der Brücke, die Frederick jeden Tag mindestens zweimal überquerte; aber sie hätten ein Seil gebraucht, um hinaufzugelangen. Die zweite Möglichkeit wäre gewesen, durch den Fluss zu schwimmen; die dritte war die Umkehr.

Bis zur Gesangsstunde blieben noch fünfzehn Minuten. Also kehrten sie um und fanden eine Treppe, die sie in die bekannten Straßen zurückführte. In ihrer Wohnung wuschen sie sich ihre Füße und stillten den Durst. Dann begleitete er sie zur Schule und ging seines Weges.

Die nächsten Tage folgten fast immer dem gleichen Programm. Frederick hatte Mühe, morgens um zehn vor neun an der Schule zu sein. In der ersten Woche gelang es ihm mithilfe eines Weckers, sich an keinem Tag zu verspäten. Am Vormittag drei Stunden mit dreißig Minuten Pause. Dienstags und donnerstags Konversation am Nachmittag und ein Kochkurs am Abend. Mittwochnachmittag und den ganzen Sonntag Exkursionen nach Gubbio, Urbino, Ravenna und Assisi. An den freien Nachmittagen Spaziergänge, Briefe und Einkäufe, bis man abends zur Piazza ging, sich unterhielt, trank und Musik- und Folkloregruppen beklatschte.

Die Zeit schien gerafft. Zu schnell verging alles, als dass Frederick die zweite Woche genauso verbringen wollte. Er kam, um Sprechen zu lernen und zu gewissen Dingen der Vergangenheit eine Zeit lang Abstand zu gewinnen. Als er gewahr wurde, dass man in der Schule nur die Zeit absaß, konzentrierte er sich auf das, was er vom Leben erwartete.

Vielleicht hätte er nicht kommen sollen, wenn er zu viel Zeit für sich beanspruchte. Vielleicht sollte er seine Studien ganz aufgeben, wenn sie seine Erwartungen nicht erfüllen können. Vielleicht sollte man überhaupt keine Erwartungen hegen.

In der zweiten Woche besuchte er an zwei Vormittagen die Schule und schaffte es, ein paar Gedanken zu ordnen, nachdem die Eingewöhnungsphase überstanden war. Noch brauchte er nicht ans Ende dieses Aufenthaltes zu denken, weil das Doppelte an Zeit noch vor ihm lag. Er fühlte sich wohler, wenn er nicht dem Stundenplan folgte oder vermeintlichen Verpflichtungen nachkam. Das schlechte Gewissen stellt sich nur ein, wenn man von dem, was man tut, nicht überzeugt ist.

Als Junge formulierte er einen Aphorismus, der ihm in diesen Tagen wieder einfiel: Das Leben ist eine Suche. Lebe und entscheide am Ende, ob du das Gesuchte wirklich gefunden hast! Es kam ihm vor, als ob er gerade dabei war, etwas zu finden. Vielmehr entdeckte er etwas. Es begegnete ihm wie ein Schmetterling, der sich im Stillen entpuppte und als Raupe langsam ans Licht kroch, sich abermals entpuppte und seine bunten Flügel in der Wärme eines Sommertages entfaltete und ihm seine Farben entgegentrug.

Der Staub auf den Flügeln war frisch und der Schmetterling sehr jung. Frederick wusste, dass man ihm nicht zu nah kommen darf, sich ruhig verhalten muss, weil es sich um ein sehr empfindliches Wesen handelt, das sich von den anderen in allem unterscheidet. Es ist still, und den Zauber seines Daseins bezahlt es mit einem sehr kurzen Leben.

Er versuchte also nicht, ihn an sich zu reißen oder sanft zu zwingen. Er beobachtete ihn und folgte ihm nur mit den Augen, bis er gewahr wurde, dass der Schmetterling seine Nähe nicht verließ, immer wieder um ihn herumflog, als ob er etwas mitzuteilen hätte, was sehr wichtig war. Immer deutlicher erkannte

Frederick die Buchstaben in der Luft, und nach und nach ergab sich eine klare Botschaft.

Es ist eine Aufforderung zum Leben, die sich auch in manchen Kinderaugen formuliert. Weit geöffnet blicken diese Augen auf das Umliegende. In dem puren Weiß, das noch keine Aderung aufweist oder sich einer gelben Müdigkeit ergeben hat, liegt ein Regenbogen des Lachens. Direkt und ohne Scheu wollen diese Lichter sehen, das Neue ertasten und das Fremde zum Austausch auffordern. Blaue Kreise verbinden sich mit schwarzen, braune treffen auf grüne; auf diese Weise spannt sich in den Augen der Kinder ein weltweiter Bogen aus unzähligen Farben um die nachfolgende Zeit, die sie für uns bedeuten.

Die Sonne hatte die Hügel fast erreicht und blickte ihm als orangene Iris ins Angesicht. Eine Gruppe auseinandergerissener Wolken lag wie ein Archipel am Himmel und glitt kaum wahrnehmbar in ihre Richtung. Die rechten Ränder wurden rosa belichtet, während ihre weißen Körper von Minute zu Minute in verschiedene Blau- und Grautöne übergingen. Ihr dunkler Schatten erstreckte sich kilometerweit nach Westen und blieb dem Betrachter als Standbild eines Kometenschweifs ein paar Momente erhalten, zeigte immer wieder ein neues Gesicht und erschien immer wieder in einem neuen Licht.

Der Abend war angebrochen. Violet erschien im Halbdunkel vor der Haustür und rief seinen Namen. Einen kurzen Augenblick betrachtete er sie und lächelte ihrer Gestalt entgegen. Dann ging er durch die Küche und stieg die Treppe hinab, um ihr die Tür zu öffnen.

Wenn man von der Stadt aus auf einen der umliegenden Hügel blickte, erkannte man einen Turm. Er ragte über das kleine Dorf Peglio hinaus und ließ eine alte Burg vermuten. Frederick hatte sich am ersten Tag vorgenommen, an einem Wochenende diesem Turm entgegenzugehen. Sicherlich würde er einige Stunden benötigen, um ihn zu erreichen; und bis jetzt hatte er es immer wieder aufgeschoben. Er betrachtete lediglich den Turm am Horizont, aber wandte sich schließlich wieder dem zu, was sich in unmittelbarer Nähe befand.

Bevor sie aufbrachen, rauchte Frederick noch eine Zigarette und leerte das Weinglas. Es war die Vorbereitung auf einen neuen Schritt; nicht, um Mut zu fassen, sondern den vergangenen Moment hinter sich zu lassen, Ende und Anfang durch diesen Steg des Innehaltens zu verbinden.

Sie fuhren aus dem Ort hinaus, ließen die beleuchteten Straßen hinter sich und folgten dem Verlauf des dunklen Asphalts bergauf, wo sich die Lichter der Häuser und Straßen mit den dahinterliegenden Sternen zu einem funkelnden Vlies verbanden. Violet steuerte den Wagen auf diesen Turm zu, in dem sich heute ein Glockengerüst befindet. Es war dunkel, und wenn man still vor dem Eingangsgitter lauschte, vernahm man ein dumpfes Schnarren. Das Uhrwerk schob die Zahnräder unaufhörlich in eine neue Zeit, und alle fünfzehn Minuten bestätigte die Glocke unter dem Dach die Unmöglichkeit der Rückkehr.

Der Turm war als einziges stehen geblieben, als die Amerikaner im letzten Krieg, der hier stattgefunden hatte, einen deutschen Beobachtungsposten bombardierten. Auch dieser kleine Ort blieb nicht verschont in einem krankhaften Wettstreit um Macht und Leben. Soldaten in allen Uniformen sind gefallen. Auf gleiche Weise wurden auch jene umgebracht, die keine Soldaten waren. In diesem Zustand der menschlichen Ohnmacht wird einfach alles bombardiert, und die Granaten machen in ihrer Blindheit keine Unterschiede zwischen dem, der kämpft, und jenem, der einen Stock zum Gehen braucht, zwischen dem, den man Feind nennt, und einem Menschen, der das Gehen und Fliehen noch nicht gelernt hat.

Sie stellten den Wagen gegenüber einer Bar ab und gingen die letzten hundert Meter Hand in Hand zu diesem Turm. Außer ihnen war niemand da, und schweigend blickten sie ins Tal hinab, gingen ein paar Schritte und blieben wieder stehen, um mehr von dieser lauen Nacht in sich aufzunehmen.

Ab und zu kam ein leichter Wind den Hang herauf und trug die Pflanzendüfte der umliegenden Hügel zu ihnen. Ein paar Takte einer Tanzmusik wurden hörbar, zu der Stimmen sangen und Beine sich bewegten. Vom höchsten Punkt des Hügels aus konnte man in einem Lichterhaufen eine weitere Ortschaft entdecken.

Frederick und Violet standen nebeneinander, hatten ihre Hände auf das Geländer gestützt und genossen gemeinsam die Stille einer italienischen Nacht auf einem Hügel der Marken. Zwei Hände schoben sich übereinander, und ihre Körper wandten sich einander zu. In der Unsicherheit, ob sie gehen oder etwas sagen wollten, blickte er in ihre Augen und sah, dass sie seine Lippen betrachteten. Er neigte seinen Oberkörper nach vorn und erreichte ihren Mund.

Die ganze Zeit hatten sie wenig gesprochen, und dieser Moment bewies, dass eine gemeinsame Neigung keiner Worte bedarf. So wie das All sich uns aus der Entfernung als stille Ordnung präsentiert, schienen auch der Windhauch und die Düfte zusammen mit den Farben in der Nacht die Gesetze der Harmonie zu beachten.

An diesem Ort, da Detonationen und Motorenlärm der Flugzeuge einst den Hass formulierten und in der Zerstörung zum

Ausdruck brachten, herrschte nun das Menschliche und gab allem Sein den höchsten Sinn.

Um der Öffentlichkeit zu entrinnen und dem grellen Licht des Scheinwerfers am Rande dieses Platzes zu entkommen, schlenderten sie zurück zum Auto und fuhren hinab in die kleine Stadt. Ohne an seiner Wohnung zu stoppen oder auch nur langsamer zu werden, lenkte Violet den Wagen direkt zu ihrer Wohnung. Sie stiegen die zwei Treppen hinauf und schlossen hinter sich alle Türen.

Frederick erwachte, als der Tag seine Augen noch nicht geöffnet hatte, und blickte ein paar Minuten an die Zimmerdecke. Selbst das Laken war noch zu warm. Er zog es über seine Beine und Lenden zur Seite und spürte die Feuchtigkeit unter sich. Vorsichtig stand er auf und streifte die wenige Kleidung, die man im Sommer benutzte, über seinen Körper. Er hoffte, die Frau neben sich nicht zu wecken und ging barfuß aus dem Zimmer. Kurz bevor er die Tür schloss, versuchte sie ihn durch das Dunkel hindurch zu erreichen: „You're going?"

„Yes. Sleep well!"

Er ertastete sich den Weg durch die Küche und zog unten auf der Straße die Schuhe an und die Tür hinter sich zu. Schwache Laternen erleuchteten das Kopfsteinpflaster der Gassen und die Ziegelmauern der alten Häuser. Wie Filmkulissen aus einem Monumentalfilm über das Mittelalter ragten die Fassaden links und rechts empor. Über den Bogengängen auf beiden Seiten der Via Bramante waren die Fensterläden aus braunem und grünem Holz geschlossen. Hinter der Blässe des rosafarbenen und gelben Putzes, der unter der Hitze und Trockenheit mit der Zeit einreißt und abbröckelt, atmen die Menschen die letzten Stunden der angenehmeren Nachtluft in regelmäßigen Zügen ein und aus, bevor die Hähne in den Gärten den Tag herauskrakeelen und die Katzen unhörbar die Straßen verlassen.

Frederick eilte nicht, sondern konzentrierte sich auf die letzten Schritte der Nacht, die letzte Dunkelheit in dieser Stadt. Das letzte Aufwachen in einem Bett aus dem vergangenen Jahrhundert hatte ihm wieder einmal die Bitterkeit des Überlebten in seinen Körper gestochen. Er war aufgestanden, um aus diesem Raum zu gelangen, in dem die Luft stand, wo auch sonst leblose Gegenstände in nächtliche Starrheit zu verfallen schienen.

Die Brücke, vor der sie am ersten Tag stehen geblieben und dann umgekehrt waren, hatte er erreicht und blieb in ihrer Mitte stehen. Sein Blick fiel über die Mauer hinab auf den Fluss, der schwarz unter ihm ins Unerkennbare glitt.

Eine Inszenierung war es gewesen, dachte Frederick. Vor dem Hintergrund einer bukolischen Landschaft aus Weizenfeldern, Zypressen, Rosen und Wein ergab sich durch die Folge einer Anzahl bestimmter Regeln mehr gezwungen als von selbst eine unvermeidbare Zweisamkeit. Die richtige Lösung einer mathematischen Aufgabenstellung, ein schon oft vorgetragenes Duett, dem nur das Eigentümliche und Unverwechselbare fehlte.

Die Abende, da sich die Temperatur außerhalb des Körpers der inneren angleicht und das gemeinsame Interesse für einen gerade geänderten Ablauf des Alltags schienen auch die Wünsche auf einen Nenner zu bringen. In diesem abgeschlossenen Becken aus fremden Gerüchen und mehreren Sprachen, warmem Blut und zeitbegrenzter Aufenthalte meint das Gesellige, sich ohne Zweifel und Zurückhaltung einmischen und in diesem Bad der beschleunigten Abläufe die Teilchen willkürlich aufeinander zutreiben lassen zu können.

Sein Blick hob sich, streifte die Hügel hinauf und durchmaß die Sphären bis zum Lichterspiel im dunklen Treiben. Wo sind der Hunger und der Genuss?, fragte sich Frederick. Er empfing die Dinge, wie sie gerade auf ihn zukamen. Er stand daneben und nahm doch teil an allem. Er forschte nach der Neuheit, die er in allem erwartete, und bemerkte nur eine oberflächliche Ablenkung, durch deren dünne Schicht die ernsten Dinge seiner Vergangenheit unabwendbar hindurchschienen.

Seit zwei Jahren löste sich sein Leben von seiner Person. Eines nach dem anderen entschwand, von unbekannter Hand entrissen oder behutsam gestohlen; ohnmächtig bleibt einem nur, den Raub mit anzusehen und den Verlust zu erkennen, als steckte man in delirischer Handlungsunfähigkeit.

Der Tod hatte seinen Hunger auch an seiner Familie gestillt und schien noch nicht ganz gesättigt zu sein; ein oder zwei Leiber passten noch in sein gefräßiges Maul, und irgendwann, früher oder später, wird er zurückkommen, weil er weiß, wo er befriedigt werden kann.

Genauso endgültig, nur weniger brutal, schlich sich die Wertlosigkeit des Lebens in Form von zerfließender Liebe in sein Dasein. Durch unerwartete Angriffe auf eine ungeschützte Zufriedenheit wird das feste Bild vom gemeinsamen Glück im Rahmen aufgeweicht und rinnt in Fetzen auf den verschmutzten Abwässern der Wirklichkeit in den stinkenden Alltag.

Es war August. Jedes Jahr aufs Neue konnte man in den Nächten am Himmel Sternschnuppen beobachten und sich selbst Glück versprechen. Die Nacht war klar, aber fast vorbei; ein heller Schimmer war am Horizont schon zu sehen. Und als Frederick überlegte, was am nächsten Tag für ein Datum sein würde, bemerkte er, dass der August vergangen war. Er hatte in dieser

Nacht keine Sternschnuppe gesehen und konnte sich auch nicht erinnern, in den Nächten zuvor an diesem Ort je eine beobachtet zu haben. Doch enttäuscht war er darüber nicht. Zum einen hatte er noch nie den rechten Wunsch auf den Lippen gehabt, wenn ihn wirklich einmal eine überraschte, zum anderen war ihre Existenz immer von kurzer Dauer. Und wenn man meint, dass es sich bei der Begegnung tatsächlich um das gesuchte Licht handeln könnte, erlischt es im nächsten Augenblick oder ist seit Jahren schon erloschen.

Frederick richtete sich auf und ging nun ganz über die Brücke. Die Stadt lag hinter ihm und würde die aufbewahrten Jahrhunderte auch für die nächsten Generationen bereithalten. Er blickte indessen der aufgehenden Sonne entgegen und entfernte sich mit sicheren Schritten auf der Landstraße nach Osten. Wenn er sich hin und wieder umschaute, ohne seinen Gang zu verlangsamen, wurde die Stadt mit jedem Mal kleiner, bis sie schließlich mit all ihren Menschen, Häusern und Kirchen, dem Grammatikunterricht, Kochkursen und Vorlesungen in den Hügeln versank.

Quarantäne oder: die Entführung

Er sitzt auf dem wackeligen Bänkchen am Zaun, ein rot-weiß gestreiftes Absperrband flattert im Wind. Wie ein Schuljunge, der auf den Bus wartet, blickt er sich immer wieder um. Sein Fahrradhelm ist verrutscht, in der rechten Hand hält er eine Plastiktüte, in der linken einen langen Regenschirm. Das Rad hat er an die Hecke gelehnt. Da endlich öffnet sich die Terrassentür. Schnell noch setzt er seinen Fahrradhelm ab, legt ihn unter die Bank und ordnet mit den Fingern seine Haare.

„Ich nehme sie mit", schießt es ihm durch den Kopf, als sie zu ihm gefahren wird, „wenn keiner schaut, schnappe ich sie mir, hebe sie über den Zaun, sie hüpft auf die Radstange und wir verschwinden." Es mag eine vernünftige Entscheidung gewesen sein, dass sich jetzt andere um sie kümmern. Hätte er die verdammte Pandemie kommen sehen und geahnt, dass die Alten wie Kaninchen in ihren Boxen festgehalten werden, hätte er es niemals zugelassen. Die Bude wäre dreckig und die Wäsche muffelig, aber sie würden gemeinsam am Tisch oder auf dem Sofa vor dem Fernseher sitzen, gemeinsam unter einem Dach leben. Sie wären zusammen, alles andere spielt doch keine Rolle, vor allem nicht in Zeiten wie diesen. Er hasste es, allein einzuschlafen, allein aufzuwachen, allein Freude am Leben zu empfinden. Gerade heute zum Mittagessen bereitete er sich einen Feldsalat zu. So wie sie ihn immer machte, mit fein geschnittenen Orangenscheibchen, Walnüssen und Preiselbeeren, einem Schuss Balsamico, Olivenöl und einer Prise Salz. Er deckte den Tisch, nicht den Couchtisch, sondern den Esstisch. Tiefer Teller, Messer, Gabel und ein Glas Apfelsaftschorle platzierte er dort ordentlich, stellte die Schüssel ab, schnitt in der Küche einige Scheiben Baguette ab und brachte auch diese auf einem separaten Teller zum Tisch, setzte sich und wollte essen. Doch es war wie immer, am Tisch verging ihm der Appetit. Er schaute auf die Uhr, die 12 Uhr 15 zeigte. Auch sie saß jetzt beim Mittagessen. Tränen schossen ihm in die Augen bei dem Gedanken daran, dass sie jetzt bei ihm säße, wäre er nur nicht so dumm gewesen. Er ließ traurig den Kopf auf den Tisch sinken und fing an zu schluchzen, alles brach aus ihm heraus.

Seit drei Wochen bringt er ihr dienstags neue Kleidung, hängt dazu die Henkel der vollen Plastiktüte an den Griff des Regenschirms und reicht ihn über den Zaun, wo sie die Plastiktüte in Empfang nimmt. Näher darf er nicht kommen. Niemand darf rein, niemand darf raus. Das Haus steht unter Quarantäne und die Besucher tummeln sich wie er am Zaun und stehen Schlange, um auf dem Bänkchen Platz nehmen zu dürfen, damit sie ihre Eingesperrten wenigstens von Weitem sehen. Bewohner aus der Reihenhaussiedlung gegenüber haben die Bank aufgestellt. Aus Mitleid und weil sie sich beim Baumarkt eine neue gekauft haben. „Hallo mein Herz", begrüßt er sie und wartet, bis die Pflegerin um die Ecke gebogen ist, lehnt sich dicht an den Zaun und flüstert ihr zu, dass sie es gerade noch verstehen kann, „soll ich dich entführen?" Sie lacht und winkt ab. Doch dann hält sie plötzlich inne, kneift die Augen zusammen und schaut ihn ernst an. Sie nickt leicht und fast heimlich, deutet mit den Händen an, dass sie ihm etwas aufschreiben will. Erschrocken durchwühlt er seine Jackentaschen und findet einen alten Briefumschlag und einen winzigen Bleistift. „Hast du heute etwas gegessen?", fragt sie ihn in einem gespielt besorgten Tonfall, zwinkert übertrieben mit dem rechten Auge und hebt erwartungsvoll die Augenbrauen an. Er versteht das Spiel und beginnt, ausschweifend von seinem traurigen Mittagessen zu erzählen, wie er den Feldsalat mühevoll Blatt für Blatt wusch und sich fast in den Finger schnitt, als er die

Orange filetieren wollte, um am Ende dann doch nichts davon zu essen. Während er das erzählt, steckt er den Briefumschlag und den Stiftstummel in die Plastiktasche, stülpt sie über den Schirm und schiebt ihn zu ihr auf die andere Seite des Zauns. Sie nimmt schnell die Tasche entgegen und wirbelt mit den Händen in der Luft herum, um ihm zu deuten, dass er weitererzählen soll. Er schildert genau, wie er den Tisch gedeckt hat und wie traurig er es findet, allein zu sein. Sie schreibt mühevoll mit dem kleinen Stift die Rückseite des Umschlags voll, beeilt sich, ihn zu falten. Schnell holt sie ihre frische Wäsche aus der Tüte, legt sie sich auf den Schoß und gibt dann den Umschlag hinein. Sie stülpt die Tüte über den Schirm und schiebt ihn zurück auf seine Seite. Genau in dem Moment beginnt es zu tröpfeln, die Terrassentür wird mit einem Ruck geöffnet und die Pflegerin kommt, um sie zu holen. Durch ihren Mundschutz schimpft sie, dass dieses Getausche der Plastiktüte absolut gegen die Hygieneregeln sei, sie das nur noch dieses eine Mal durchgehen ließe, aber „ab morgen bekommt Frau Kern Kleidung aus dem Zentrum. Niemand und nichts darf hier rein und raus, das wissen Sie doch, Herr Kern!", sagt sie bestimmt und schiebt sie schnell in Richtung Terrassentür, weil der Regen stärker wird. „Tschüss, bis morgen", ruft er ihr noch zu. Sie winkt.

Mit pochendem Herzen verstaut er die Tüte auf dem Gepäckträger, fühlt noch einmal nach, ob der Briefumschlag darin liegt, nimmt ihn vorsichtshalber zu sich in die Innentasche seiner Jacke, damit er auf keinen Fall verloren geht oder durchnässt wird. Er radelt so schnell wie schon lange nicht mehr, nimmt eine Abkürzung über die Wiese, der Regen peitscht ihm ins Gesicht, seine Hände frieren. Zu Hause setzt er sich nass wie ein Pudel an den Tisch. Er hat seine matschigen Schuhe noch an, vom Fahrradhelm tropft es ihm auf die Hose und die Ärmel der Jacke hinterlassen nasse Stellen auf der Tischdecke. Er wischt sich die eiskalten und feuchten Finger an der Hose ab, greift vorsichtig in die Innentasche und holt den Briefumschlag heraus.

„APRIL, APRIL UND REINGEFALLEN! Frau Neissel mit den zwei Zimmern ist heute gestorben. Du musst sofort im Heim anrufen und sagen, dass wir die Zimmer haben möchten! Dann kommst du auch hier rein und wir können wieder zusammen sein. Sie warten auf deinen Anruf."

Ende und Anfang des Jahres 2019, 2020

Tage im Dezember

Der Regen
hat den Rhododendronbusch lackiert.
Er glänzt unter dem grauen, schweren Himmel
im Monat Dezember,
denn das Klima hat sich verändert,
und
in diesen Breitengraden
gibt es zu Weihnachten keinen Schnee mehr,
dafür blühen Vergissmeinnicht zwischen den Steinplatten,
die den Weg zum Gartentor weisen,
an dem die verwelkte Clematis Halt sucht.

*

Morgenrot
am von Flugzeugen zerkratzten Himmel,
Laub, das auf den ungefegten Wegen vor sich hin fault,
milder Luftstoß aus Süden,
Temperaturen wie zu Ostern,
der Weihnachtsmann kommt in Shorts und T-Shirt
oder
vielleicht gar nicht.

*

Acht Grad
und vereinzelte Regenschauer,
die Primelchen stecken die Knospenköpfe hervor,
die Schneerosen lernen schwimmen,
der winterharte Lavendel fängt an zu blühen,
nur die Veilchen haben noch keine Lust auf
Frühling.

*

Tage im Januar

Grau der Anfang,
Himmelleuchten,
weil es hübsch aussieht.
In Krefeld brennt das Affenhaus mit Bewohnern,
weil drei dümmliche Frauen hirnlos handeln.

*

Mord
mit Drohne an einem General
auf fremden Terrain,
ausgleichende Gerechtigkeit,
wenn es sie denn gäbe,
Drohnenattacke auf eine Villa in Florida,
aber wahrscheinlich eher
einen wolkenkratzenden Büroturm
in Miami oder Fort Lauderdale,
angefüllt mit unschuldigen Arbeitsbienen.

*

Feuer in Australien,
Flut in Indonesien,
die Hölle ist sicht- und fühlbar,
nicht nur auf der anderen Seite der Welt,
sondern auch hier,
denn gewürzt mit dem Hass von wenigen
wird der Lebensmut von vielen vergiftet,
und das neue Jahrzehnt bereitet sich kraftlos
auf den schon fast verlorenen Kampf
von Politik und Gesellschaft vor,
als ob es sich beim Klimawandel
nur um das Wetter dreht
und
nicht um die faule Veränderung mancher Gemüter.

*

Kurze Tage
kriechen durch den Januar
und lange Nächte frieren auf den Straßen.
Manchmal funkeln Autofenster wie Sternenscherben
im Licht der Laternen,
denn die Stadt hat noch Geld,
um uns heimzuleuchten

*

Weihnachtsbäume
werden abgeholt,
denn für sie gilt nicht die Nachhaltigkeit.
Nach vielen Jahren Wachstum
und wenigen Tagen Glanz
werden sie abgeschmückt und abgestellt,
ähnlich wie die Alten unter Tieren und Menschen,
für die es nicht ausreichend Pflegepersonal gibt,
da deren Arbeit nicht fair bezahlt wird.

*

Ein neues Virus
bricht sich Zacken aus der Krone
und nimmt noch vor dem Februar in diesem Jahr
unzähligen Menschen die Lebensluft.
Ist es eine Wiederholung der Plagen,
die uns schon in biblischen Zeiten vorausgesagt wurden?

*

Die Sterndeuter
aus dem Osten,
die sich Caspar, Melchior und Balthasar nannten,
schenkten ihrem Gottessohn Gold, Weihrauch und Myrrhe.
Die Farben und Gerüche ihrer Welt brachten sie nach Bethlehem,
um ihre Verehrung zu zeigen.
Sind es Sterndeuter, die zu uns über's Mittelmeer kommen, um
uns die Zukunft zu zeigen?
Und sind wir bereit, Nächstenliebe, Großzügigkeit und Geduld
mit ihren Farben und Gerüchen zu mischen,
um eine friedliche Welt zu bauen?
Wertschätzung und Wohlwollen
sollten unsere ersten Geschenke an sie sein.

*

Fremdes Katzentier
mit getupftem Fell
hat Ähnlichkeit
mit einem kleinen Geparden,
bis auf die Tränenspur im Gesicht,
liegt auf dem blauen Kissen
auf meinem Gartenstuhl
und
verschläft sonnige Stunden,
sieht in mir wohl eine Halb-Göttin,
denn eine Opfergabe
liegt heute an meinem Gartentor,
eine tote Maus,
freue mich mehr über das Stöckchen in meinem Vorgarten,
das Nachbars Hund aus dem Wald mitbringt,
aber erwarte von dem Katzentier
kein Verständnis
für meine Abneigung
gegen die Blutopfer-Theologie.

*

Leo, das Katzentier
war wieder hier,
einmal heimlich,
und nicht kleinlich,
hinterließ ein Stinkehäufchen in meinem
rechten Gartenschuh,
da der mit seinem linken Partner
auf der Terrasse überwintert.
Kam gestern wieder, um zu schnuppern,
erkannte mich hinter der Glastür,
riss sein Katzenmaul auf,
schaute mit zusammen gekniffenen Augen
verachtungsvoll auf mich,
schlüpfte beleidigt durch den angrenzenden Rhododendronbusch
und
stolzierte auf dem Plattenweg angewidert davon.
Sonnenschein und kein blaues Kissen auf dem Gartenstuhl.
„Willkommen sieht anders aus!"
erklärte Leos schleifender Schwanz
auf dem Weg durchs Gartentor.

*

Krieg
der Corona Viren in Wuhan.
Unfassbar! Quarantäne für Millionen Menschen.
Unfassbar, dass viele wegsterben wie vergiftete Bienen.
Unfassbar, dass in meinem Geburtsland
im letzten Jahrhundert
angetrieben von einem Teufel mit Schnurrbart
so viele ermordet wurden,
wie jetzt in China auf Erlösung warten.

*

Ende Januar
und
die zarten Schneeglöckchen
drängen ihre Köpfchen
durch das Laub unter der Buche,
wieder auf ernsthafter Suche
nach Sonnenschein und lauem Wind.
Sei geduldig, liebes Herz,
der Vorfrühling zieht ein im März.

*

Er
atmet aus, der Januar,
mit einem Glockenschlag.
Der Februar steht an der Tür mit einem extra Tag.
Graue Wolken mit grauen Gesichtern,
weinende Britten mit Kerzenlichtern,
Gesundheitsnotstand weit und breit,
schwer ertragbar ist die Zeit.

*

Schepping, evolutie, wetenschap, astrologie, ufo's, corona.
Bloemlezing uit mijn boek "De Naam van God", website – www.denaamvangod.nl

Over schepping en evolutie wordt verschillend gedacht. Wetenschappers gaan er van uit dat er 14 miljard jaar geleden iets geweldigs is gebeurd. Dat wordt de OERKNAL genoemd. Aparte naam, want net als bij onweer zien we eerst het licht en dan horen we de knal. Het gebeurt in feite gelijktijdig, echter, het licht verplaatst zich sneller dan het geluid. Zo kom ik op de gedachte uit de Bijbel, waar God in Genesis 1 zegt: 'Er zij Licht'. Dat met die knal en dat licht alles in dit heelal is begonnen lijkt zeer aannemelijk met de wetenschappelijke kennis van nu. Met dien verstande dat er vóór die knal iets of iemand in staat is geweest dit in gang te zetten. Aannemelijk dat het een Iemand is. Dat er een ver-OERzaker geweest is, een 'schepper'. Iemand die met voor ons onbekende krachten en kennis deze kosmos 'schiep'. En een 'iemand' is een wezen – van het werkwoord 'ZIJN'. Deze veroorzaker riep alles tot 'zijn', tot bestaan – het bestaat, we zien het met onze ogen. Deze Schepper blijkt in staat om een idee tot voor ons bestaande werkelijkheid te creëren. Deze schepper noemen wij God en Hij zegt over zichzelf: "Aan de schepping kun je zien dat ik besta." Punt uit.

En dan begint God ons te vertellen dat hij als eerste 'hemel, aarde, licht en duisternis' schiep. Vervolgens water en lucht, Hij verzamelt het water op één plek, droog land ontstaat met gras, plantengroei, bomen met zaad en vruchten – ALLES NAAR EIGEN SOORT/AARD – mooi woord in dit verband 'aard' – van onze aarde. Daarna 'hemellichten' om dag en nacht te onderscheiden en ook tot TEKENEN en om tijdperken vast te stellen. Zie later bij "Astrologie en astronomie". God telt in dagen en op de vijfde dag verschijnen er levende zielen, vissen, vogels, landdieren. Op de zesde dag mensen, let wel, mensen naar goddelijke aard, man en vrouw. Alle wezens naar hun eigen aard ofwel naar hun eigen soort. Belangrijk, want vanaf dat begin heeft er evolutie plaatsgehad, maar ook degeneratie. Soorten hebben zich kunnen aanpassen aan de omstandigheden van klimaat en plaats op aarde. Onze hond is al een heel mooi voorbeeld – in talloze variaties aanwezig – en hij begon als wolf.

Deze Schepper God heeft ons nog veel meer verteld, je leest het in de Bijbel - Zijn openbaring aan ons. Zoals over de 'val' van de mens EN ook over de 'opstanding' van de mens. Over het feit dat de schepping in verval is geraakt. En dat dit verval begon toen de belangrijkste engel, genaamd Lucifer, zich van Zijn Schepper afkeerde en de macht wilde overnemen. En dat we nu om ons heen kunnen zien waartoe dit heeft geleid. Goed en kwaad in alle varianten aanwezig. Grote vraag is "waarom heeft God deze engel niet meteen laten verdwijnen, vernietigd?" Wel, iets dat God geschapen heeft, 'in het leven heeft geroepen', is er voor altijd en eeuwig. Aan de mens nu om te onderscheiden tussen goed en kwaad. Daartoe geeft God ons de Tijd, Hij wil dat iedereen de goede keus maakt, vandaar de Tien Geboden/Regels.

Wat blijkt - de mens kan zich heel moeilijk aan deze geboden houden. Op alle mogelijke manieren overtreden we deze regels. Het lukt ons kennelijk niet, meer nog, het lijkt ondoenlijk om er met z'n allen een vreedzaam bestaan van te maken.

God heeft toen een groots plan bedacht, omdat Hij wil dat iedereen het goede kiest en 'behouden' wordt. Een groot woord – behouden, behouden waartoe? Behouden om 'aan het einde der tijden' een plaats te krijgen op de Nieuwe Hemel en de Nieuwe Aarde – bij *de herschepping*. Alles wat is misgegaan wordt hersteld. Bij de eerste schepping was alles volmaakt. Satan (Lucifer) heeft de mens meegesleurd in zijn opstand tegen God. Bij de eerste schepping bestond de dood niet, we zouden eeuwig leven. Na de val heeft God daarin verandering gebracht –

nu zou de mens sterven, zodat we niet voor altijd onvolmaakt zouden blijven.

Wat deed God om ons te behouden? Hij kwam als MENS naar de aarde - God zelf incarneerde – net als wij werd hij een wezen van vlees en bloed. Hij kreeg de titel Mensenzoon en de aardse naam Jezus. Als redder, genezer, wonderdoener, duiveluitdrijver verbleef Hij 33 jaar op onze planeet. Allemaal geopenbaard in die ene Bijbel.

Wat ik voor nu, voor onze tijd, 2020, aan het leven van Jezus belangrijk vind, is het volgende: Hij was in staat om DE dood te overwinnen. Hij kwam uit het graf met een ander lichaam, een lichaam niet meer van vlees en bloed, maar van hemelse samenstelling. Met dat lichaam kon hij overal verschijnen waar hij wilde, zoals door gesloten deuren, terwijl hij er menselijk uitzag. Een zogenaamd 'verHEERlijkt' lichaam, een lichaam dat boven ons stoffelijke lichaam uitgaat. De ons bekende natuurwetten gelden niet meer, dit lichaam is van geestelijke, bovennatuurlijke aard.

In de Bijbel lees je bij 1 Thessalonicenzen 4 vanaf vers 11 iets heel bijzonders. Er is daar sprake van een geweldig moment in De Tijd, in Gods Tijd. Jezus verschijnt op de wolken, wolken van goddelijke energie, waarin hij zich manifesteert. Hij komt zoals hij is heengegaan van deze aarde en zal de mensen die in Hem geloven met zich meenemen naar de hemel, naar God. Deze gelovigen worden genoemd 'de gemeente van Jezus Christus'. Zij krijgen later een taak op aarde in het Rijk dat genoemd wordt Het Vrederijk. Als deze gelovigen weg zijn van de aarde, krijgt satan vrij spel, tijdelijk. Hij krijgt die tijd van God.

Nu naar vandaag, wat hebben al deze onderwerpen met elkaar te maken? Wat betekent de coronacrisis in het licht van de Bijbel.

coronacrisis in het licht van de Bijbel

Is er verband tussen deze coronacrisis en satan? Om te beginnen zijn het twee onzichtbare vijanden. Het virus is niet te zien met het blote oog, satan is ook niet te zien met het blote oog. Toch veroorzaken ze beide verschrikkelijke rampen.

In de Bijbel is God ons al eeuwenlang aan het waarschuwen voor satan. Eeuwenlang is God al aan het roepen. Vele malen heeft Hij ingegrepen, zoals bij de verwijdering uit De Hof van Eden, bij Noach en de zondvloed. Bij Babel, taalverwarring, verspreiding over de aarde, bij Sodom en Gomorra.

Zijn dat sprookjes?

Nee, werkelijke gebeurtenissen op onze planeet. We moeten ons niet vergissen – God is Liefde .... geen 'lieverdje'. Hij is boos, woedend, verdrietig en rechtvaardig. Hij lijdt onder dat wat wij van Zijn Schepping maken. Hij gaf de mens een vrije wil.

En wat deed de mens? Moet dat nog verteld worden?

De aarde is momenteel in nood, in grote nood. Tot in de kleinste uithoeken van de aarde eist corona zijn tol. Wereldwijde coronabesmettingen, wereldwijd sterfgevallen. Als je besmet bent met het virus – het beneemt je de adem. Het lijkt symbolisch - de levensadem die je van God kreeg bij je geboorte.

En wat doet satan? In de Bijbel lezen we dat hij de macht krijgt over de 'lucht'. Dat betekent: met zijn praktijken beïnvloedt hij onze gedachten. En van daaruit onze woorden en daden. Hij wordt ook genoemd ‚de leugenaar van den beginne'. Hij begon al in de Hof van Eden de mens te verleiden en te misleiden.

En de mens geloofde zijn leugen. Dat de mens zou worden als God, kennende goed en kwaad. Nou, dat hebben we geweten en we weten het nog steeds. We zien het aan alle kwaad en ellende op deze aarde. Mens en dier lijden, lijden onnoemelijk, over mensenleed weten we maar al te veel. Lichamelijke en geestelijke ziektes, afwijkingen.

ELLY LAGENDIJK | 387

Bovendien kan de mens t.o.v. de medemens en tegenover het dier een monster zijn. Dood en verderf zaaien. Godzijdank – God gaat wéér ingrijpen. Doordat Jezus zich heeft laten offeren aan het kruis en door zijn dood en opstanding, heeft God hem alle macht gegeven in de hemel en op de aarde. En zo ook om **de zeven zegels** te openen. Zeven zegels, waar staat dat, waar lees je dat? Waar anders dan in de Bijbel... In het boek Openbaring lees je er alles over. Het is niet mis te verstaan; er gaan vreselijke dingen gebeuren. Is Zijn Tijd aangebroken? Dat weet alleen Hijzelf. Alleen Jezus, Het Lam Gods mag de zegels openen.

Ik vrees EN hoop! dat het nu aan het gebeuren is. Wereldwijd worden we getroffen door twee onzichtbare vijanden, zoals ik hierboven al vermeldde. Het coronavirus en de duivel, satan.

In Openbaring 6 lees je over 'de man op het witte paard'. Deze man krijgt een kroon – een corona – hij krijgt de macht om dood en verderf te zaaien. Die macht wordt hem door God gegeven!! Waarom? – welnu, om de wereld wakker te schudden. Om de wereld nogmaals te waarschuwen.

Word wakker, bekeer je, bekeer je, het gaat gebeuren.

Wat gebeurt er dan? De man op het witte paard wordt gevolgd door drie andere paarden.

Een **rood** paard, en dat krijgt macht om de vrede van de aarde weg te nemen en men zal elkaar doden.

Een **zwart** paard met een weegschaal - alle levensmiddelen voor de gewone man worden duur.

Een **vaal** paard en zijn naam is DOOD en de hel volgt hem. Deze krijgt de macht om het vierde deel van de mensheid te doden – door 'zwaard', honger en door wilde beesten.

Bij het openen van het vijfde zegel zien we de zielen die gedood zijn. Gedood om het Woord van God en hun getuigenis. Zij krijgen witte kleren, moeten nog wachten op anderen die om hun getuigenis ook zullen worden gedood.

De gelovigen in Jezus Christus die nog op de aarde zijn, worden 'opgenomen'. Wat wil dat zeggen? Dit is de 'opname van de gemeente'. Jezus verschijnt op de wolken, met de stem van de aartsengelen en met Gods bazuin. Op wolken van hemelse energie.

Zijn gemeente, ook genoemd 'het lichaam van Christus' wordt met deze wolken opgenomen ten hemel. Ook van deze gebeurtenis weten we de Tijd niet, zelfs Jezus niet. Hier moeten we het hebben over een grote leugen van satan. Zoals gezegd: hij wordt genoemd: de 'leugenaar van den beginne'.

Werd hoogmoedig en verliet de hemel met een derde van alle engelen. Om zijn eigen misleidende weg te gaan. Totdat.... God hem alle macht zal ontnemen aan het eind der tijden. Dat wil zeggen, de Tijd dat God een Nieuwe Hemel en Nieuwe Aarde tot stand brengt.

Wat is dan die leugen van satan? In de Bijbel wordt gesproken over de Nefilim. Dat zijn bewoners van andere planeten. Zij hebben zich op verschillende manieren gemanifesteerd. Beroemd zijn de zogenaamde 'graancirkels'. De mooiste vormen zijn in de loop der tijden op aarde aangebracht, de ene nog spectaculairder dan de andere. Zie graancirkels 2020...!

Sinds januari 2020 zijn er 928 ufowaarnemingen geweest. Op 19 september 2019 heeft de US Navy het bestaan van ufo's officieel erkend. Er is ook de 15e 'Wereld UFO Dag' uitgeroepen, op 2 juli 2020.

We zagen dat de 'gemeente van Jezus Christus' zal worden opgenomen. En nu is er een grote groep mensen die al sinds lange tijd vertellen dat deze gemeente per ufo zal worden weggevoerd. De grote misleiding – de leugen dat dan de slechte mensen van de aarde zullen verdwijnen.

Dus de gelovigen zijn hier de slechte mensen.... U bent gewaarschuwd!

We slaan een heel stuk over in Openbaring, we gaan naar hoofdstuk 19 vanaf vers 11. Daar zien we weer een man op een wit paard, gevolgd door een leger witte paarden. Deze man krijgt de naam 'Getrouw en Waarachtig, hij oordeelt en voert krijg in 'Gerechtigheid'. Hij is de 'Koning der koningen' en de 'Heer der heren'. Hij zal gaan heersen over de aarde in het zogenoemde 'Duizendjarige Vrederijk'.

De duivel, satan, wordt gevangengezet tijdens deze duizend jaar. Hij wordt daarna vrijgelaten en krijgt zijn laatste kans om de mens te verleiden. Velen zullen hem toch weer volgen. Dit wordt satans einde en met zijn helpers wordt hij in het vuur geworpen, de zogenaamde 2^e dood. Dezen hebben dus geen deel aan de door God beloofde 'herschepping' van de aarde.

De Nieuwe Hemel en de Nieuwe Aarde, hoe uiteindelijk al het goede weer bij God terugkomt. Hoe het kwaad er niet meer zal zijn, geen rouw, pijn, ziekte, ellende, geen verdriet.

Wist u dat dit alles aan het firmament 'in de sterren geschreven' staat?! En dat er zeer bekwame astrologen in lang vervlogen tijden de sterren konden 'lezen'? Ooit gehoord van de 'Wijzen uit het Oosten'? dat waren in feite astrologen. Zij zagen, of ook, zij 'lazen in de sterren' dat er een koning geboren zou worden. Een koning in een stal, zeker – het was Jezus

Hierover is een prachtig boek geschreven: *Het Getuigenis van de Sterren* door E.W.Bullinger, fenomenaal wat hij allemaal bekend heeft gemaakt. Toch is zijn werk tamelijk onbekend gebleven. Hij beschrijft hoe onze sterrenhemel met alle miljarden zonnen, manen, planeten het verhaal van God vertelt, het verhaal van God en de mens. Het verhaal van de dierenriemtekens, hoe alles betekenis heeft.

Genesis 1 zegt het al, God schiep de hemel en de aarde, "Er zij licht". We kunnen alles hier waarnemen met onze eigen ogen.

Het doel van dit betoog is u bewust te laten worden van de betekenis van wat ons nu overkomt. Gebruik deze crisis om goed na te denken, de Bijbel te lezen en u er in te verdiepen.

Het is Gods Woord. Dit alles is beschreven, ook en vooral in Openbaring – de visioenen die Johannes op Patmos ontving. U kunt het nalezen en u mag vertrouwen op Gods leiding in uw zoektocht. Ook om het kwaad te weerstaan en te hopen op de Nieuwe Tijd, waarvan de tekenen zich nu, naar ik ernstig meen, al aandienen.

Gods zegen toegewenst.

Az Áspis ébredése

Tudod, milyen az, amikor mindig neked kell a leggyorsabbnak lenned, ha életben akarsz maradni? Honnan is tudnád, hiszen öltönyös vagy, a kezeiden látom, hogy tollnál hosszabb dolgot még életedben nem fogtál. Redmondban születhettem, talán egy zugklinikán, talán szemeteskonténerek között, nem tudom. Apámról sosem hallottam, anyám korán meghalt – olyan korán, hogy nem is emlékszem rá. Tragédia, mondanád te, de ott ez gyakrabban fordul elő, hogysem így gondoljanak rá. A helyi kifejezés: „szívás", és még a legenyhébbet osztottam meg veled. Nem mesélem el, milyen a Pusztulat, a trideóműsorokból magad is láthattad, többre pedig nincs is szükséged, hogy megértsd a történetem. Annyit azért érdemes tudnod, hogy ott is vannak, akik királyként élnek, de róluk kevesebbet beszélnek.

Akik mégis elkövetik ezt a hibát, hamar fejbe lövik magukat elkeseredésükben. Néha többször is. Az én sztorim is úgy kezdődik, mint a legtöbbeké arrafelé: utcagyerek voltam. Hatévesnél nem lehettem idősebb, amikor elárvultam. Mondanám, hogy egy bandához csapódtam, de nem az én döntésem volt. Néhány csövi összeverődött, és bandaként hivatkoztak magukra; meglehetős öniróniával „Hajlékonyaknak" hívták a csapatot. A többi banda megtűrte őket, mert nem zavartak bele semmibe, igazából területet sem birtokoltak. Elvenni meg nem volt mit tőlük. Amikor kellő mennyiségű droghoz jutottak, nem volt velük baj, még kaját is adtak. De amikor nem volt anyag, jött a paranoia, a reszketés, a kontrollálhatatlan dühkitörések, ilyenkor változó mértékű elhullással lehetett számolni. Vagy késelés történt, amiért valaki „rejtegeti" a cuccot; volt, akivel az elvonási tünetek végeztek; volt, akit agyonvertek, mert szörnynek nézték. Mintha amúgy el tudtak volna bánni bármilyen szörnnyel, ami ott megfordulhat. Mert megfordultak. Megtanultam, hogy bizonyos hangok, egy jellegzetes szag, vagy *érzés* esetén azonnal és gondolkodás nélkül menekülni kell. Villámgyorsan. Hátha a kokszosokkal beéri. Többnyire beérte, de megesett, hogy hajnalig futottam és rejtőztem, közben peregtek a könnyeim, de nem mertem hangot kiadni.

Megtanultam azt is, hogy amikor kezdődnek az elvonási tünetek, ott kell hagyni a csapat biztonságát. Mert ez evolúciós dolog, nem? Hogy falkában biztonságban érzi magát az ember. Nos, ez ott és akkor képlékeny volt. Szóval, lévén apró és ifjú, én mindig az elkerülés taktikáját választottam.

Történt aztán egyszer, hogy az általuk „portyázásnak" nevezett tevékenységről visszatérve a csövik ragyogó szemmel telepedtek egy táska köré, izgatottan sutyorogva arról, hogy mi lehet benne. Nekem nem tetszett. Túl fényes volt, szép vonalú, egyszerre sugárzott szépséget és erőt, egyáltalán nem illett oda, a Putriba. Azt gondoltam, találták valahol. Nagyobb kincsre nem is lelhettek volna. Amikor végre felfeszítették, olyan ordítozásba kezdtek örömükben, hogy megijedtem és azonnal elszaladtam. Utoljára még láttam, hogy apró kis fehér csomagokkal van tele. Néha láttam a csövikné ilyesmit, akkor tudtam, hogy aznap nyugodtak lesznek. No, szó, mi szó, nem jutottam túl messzire, amikor motorzajt hallottam, nem sokra rá pedig kiabálást és rövid, de heves lövöldözést. Tudtam, hogy a „Hajlékonyaknak" leáldozott. Nekik sosem volt lőszerük, azt ugyanis nem lehet beszúrni vagy felszívni.

Nem álltam meg – a kíváncsiság szinte égetett belülről, de legyőzte az életösztön. Annyira futottam, hogy nem vettem észre: idegen területre kerültem. A romok ismeretlenek voltak, az utcák úgyszintén, de a lemenő nap fényében egy viszonylag ép bejárati ajtót vettem észre. Tudom, furcsán hangzik, de annyira tetszett, hogy nem tudtam levenni róla a tekintetem. Szép volt; a sok büdös, húgyszagú dobozlakással és sikátorral szemben, ahol eddig aludtam, ez valahogy kényelmet és biztonságot sugárzott, holott maga az épület nem rítt ki igazán a Pusztulatból. No, érted, vagy sem, nekem nagyon bejött. Ámulatomban a legalapvetőbb dolgot felejtettem el: körbeforgatni a fejem és tájékozódni. Hirtelen tarkón ragadott valami és öblös röhögések közepette felemelt a földről, kifordult a szemem elől a világ. Egy troll volt, büdös, mint bárki Redmondban, éreznem kellett volna már messziről. Második hiba. Megengedhetetlen luxus a Pusztulat peremén.

Harsányan röhörészve szólítgatta a haverjait, a szíves invitálásra még egy hasonló jószág és egy hozzájuk képest nyeszlettnek tűnő ork sunnyogott elő egy közeli sikátorból. Az ork idegesen próbálta csendre inteni a másik kettőt, szinte folyamatosan az ajtót nézve, ami az én fejemet is elcsavarta. A trollok csak legyintettek, majd rövid eszmecsere után határoztak a sorsom felől. Sajnos egy szót sem értettem belőle, de volt egy baljós prognózisom a jövő eseményeit illetően. Egyetlen szóra emlékszem, amit ismételgetett: decessus. Nem hangzott valami orkosan.

Alig tíz perc múlva egy félig leomlott toronyház sokadik emeleti ablakából kilógatva visítottam a rémülettől, miközben a troll teli tüdőből röhögve lóbált, társai széles jókedvére. Néha elengedte a lábam, aztán utánam kapott és lóbált tovább. A halálfélelem, a kavargó mélység, a szörny, aki fogja a lábam, az a szörnyű bűz... Még mindig álmodok vele, tudod? Be is hugyoztam, és össze is hánytam magam. Kínzómra is fröccsent bőven, ő dühében és ijedtében széles ívben elhajított – szerencsére a háta mögé, be az épületbe. Remegve gömbölyödtem össze, a rettegés minden erőmet elvette, még a menekülés sem jutott eszembe. Szemem becsukva vártam az elkerülhetetlen véget, hogy a feldühödött jószágok agyonrugdaljanak. Egyszer, messziről láttam ilyet: nagyon ijesztő volt, utána napokig rémálmaim voltak.

Aztán a baljós csendben suhogó hangokat hallottam, reccsenéseket, egy elhaló üvöltést, majd minden elhalkult. Amikor kinyitottam a szemem, az este félhomályában egy fekete alakot láttam. Egyetlen alakot, érted? A Hajlékonyak még akkor sem bírtak volna el egy trollal, ha mindannyian harci drogot tolnak, ez meg egymaga elintézett kettőt. Az orkot nem láttam, mint azt utóbb megtudtam, az ablaknyíláson keresztül távozott – nem a saját elhatározásából.

Érdekelne, hogy ki volt az a fickó, igaz? Nos, az oldalán beléptem azon az ajtón, és megkezdődött fiatal életem óvatosnak éppen nem nevezhető terelgetése a gyilkolás irányába. A toronyház után hetekig nem szólaltam meg. Hetekig nem is szólítottak meg. Ültem egy tiszta, egyszerűen berendezett szobában, behúzódva egy sarokba, és hallgattam a csendet. Néha bejött egy fehér köpenyes ember, kedves mosollyal a karomba nyomott valami folyadékot, lerakott egy tálca ételt és távozott. Szó nélkül. Nem emlékszem igazán. Vannak villanásaim rémálmokról, hallucinációkról, emlékszem a lámpafényre, de ennyi. Megjegyzem: azóta sem alszom teljes sötétben. Aztán egyszer megkérdeztem tőle, hogy hol vagyok. Kézen fogott, és szó nélkül elindultunk az úton. Útnak hívom, tudod, mert nem éltem meg kínzásnak vagy szenvedésnek.

Tanítottak – eleinte óvatosan, apránként, aztán egyre inkább azt vettem észre, hogy napjaimat kitöltik az edzések, a lőelmélet, a közelharc, a taktika és még oly sok minden, ami ahhoz szükséges, hogy az ember megfelelően tudjon kiiktatni más embereket. És nem embereket.

Persze a Pusztulat nem a legjobb nevelő, ha a szociális dolgokat tekintjük. Meg kellett tanulnom viselkedni társaságban, emberi módon beszélni – egyáltalán, a fürdőszobát használni. Igen, a budit is. Ellenben az oktatóim elhűlve tapasztalták tündék közt is ritka gyorsaságomat és robbanékonyságomat, továbbá hogy hűvös tudok maradni szinte minden helyzetben és jól vág az eszem. Azt mondták, ez nagyon fontos. Nekem tetszett, hogy megdicsértek, hogy naponta többször jó ételéket ehettem és tiszta ruhákban járhattam. Eldöntöttem, hogy ezt az életet akarom, soha ne lássam többé a Putrit, ahol a gyermekkoromat töltöttem. Azt kérded, mi volt ez a hely? Ahol a magamfajta koszos talpú árvákat összegyűjtik, és alkalmasságuk szerint osztályozva különböző részlegekbe csoportosítják? Ott aztán arra hasznosították őket, amiben a legjobbak voltak, amivel a legjobban tudták szolgálni a Céget. Hozzáteszem, hogy nyolcvan százalékuk a tudományos részlegekbe került. Igen, kutatásokban vettek részt, csak nem mint kutatók. „Szívás", emlékszel? Hogy melyik ez a cég? Nem akarod tudni, hidd el! Nos, folytatva a sztorit, a személyvédők közé kerültem. Alkalmasint, mivel munka volt bőven, takarítottunk is, ha arra volt szükség. A csapattal egész jól kijöttem, de volt egy büdös lábú ork, akivel az első pillanattól kezdve rühelltük egymást. Nyilván megérezte rajtam, hogy nem rajongok a fajtájáért. Amilyen mázlim volt, ő került az osztag élére. Ha volt egy szívatós poszt a melóban, azt borítékolhattam, hogy oda kerülök. Ne úgy értsd, hogy veszélyes. Hanem amit a hülye gyerekekre bíznak csak. Ajtót betörni, vagy éppen ajtót nyitogatni, szobrozni jéghideg időben olyan őrhelyen, ahol a világon semmi nem történik... Hja, a személyvédelem többnyire unalmas. De mi csináltunk más munkákat is. Nem, azokat nem mesélem el. Semmit, egyetlenegyet kivéve...

Egy tünde csajszit védtünk akkoriban. Nem, velük nincs bajom, sőt, mondhatnám, hogy odavagyok a tünde csajszikért. A Pusztulatban töltött idő után megtanultam értékelni a szépet. Hűvös volt, távolságtartó, és láthatóan lenézett minket, talpas gorillákat, de ez engem egyáltalán nem zavart. Hosszú, hófehér haja volt, sötét árnyalatú, tökéletes bőre és olyan párducteste, ami még nadrágkosztümben is vonzotta a tekintetet. Néha, amikor rám emelte mandulavágású szemeit és halkan adott valami utasítást, úgy éreztem, hogy kiszalad az erő a lábaimból. A maga módján amúgy kedvelt, talán mert a többiekhez képest nyüzüge voltam és szótlan: mint egy tünde. A mozgásomra egyszer azt mondta egy oktatóm, hogy szinte hipnotikus. Talán ez tetszett neki. Ez annyiban merült ki, hogy általában hozzám intézte az utasításait, az orkról nem is volt hajlandó tudomást venni. Én kénytelen-kelletlen továbbadtam neki a parancsot, de közben szórakoztatott, hogy őrjöngeni tudott volna dühében. Az utolsó ilyen jellegű eligazítás után elvesztette az önuralmát, félrerángatott a kísért autó mellől és sziszegve közölte, hogy az agyvelőmmel fogja beteríteni a pitypangzabáló ribanc csinos kis arcát. Vagy valami ilyesmit. Én nem szóltam semmit, de mosolyogtam: ez rosszabb volt bárminél, amit mondhattam volna.

Tudtam, hogy adandó alkalommal gyorsabb lennék nála, de úgy fogja intézni, hogy ne legyen esélyem. Ilyen előzmények után nem mondhatnám, hogy nyugodtan ültem be az autóba: a Pusztulatba indultunk ugyanis. Akkoriban egy banda, a Tűzgyújtók, kezdett tényezővé válni, a Cég pedig valamiért látott bennük potenciált. Kezdték kinőni Redmond szélét, egy rivális bandát az utolsó szálig kiirtottak, átvették a drogkereskedelem nagy részét, és mindenféle homályos vallási célokat hirdettek, amikből én egy szót sem értettem. Szórakozásból öltek, kínoztak, gyújtogattak. Bizonyos munkákra tökéletesek, ugyanakkor kiszámíthatatlanok, és azt gyanítottam, hogy valami új drog is állhat a háttérben. Mindenesetre a nőre bízták a kapcsolatfelvételt, ők pedig ragaszkodtak a személyes találkozóhoz.

Egyáltalán nem ragadott el a nosztalgia, amikor jelöletlen furgonunk átlépte a Pusztulat névleges határvonalát. Az autóban csend honolt; mindenki érezte, hogy ez a meló szoros lesz. Még a csajszi is – tőle szokatlan bőbeszédűségről téve tanúságot – hosszas eligazítást tartott:

– Csak én beszélek. A személykezelést most csinálja az ork. A többiektől körkörös biztosítást kérek, te pedig maradj mellettem.

Ez utóbbit nekem mondta. Semmi mosoly, a szemében sem villogtak huncut fények, hideg számítás volt az egész. Tudta, hogy én vagyok a leggyorsabb, ennyi. De az agyaras tuloknak ez nem jött le. Boldogan vigyorogva vette tudomásul, hogy az egyik legfontosabb poszton ő áll. Talán úgy érezte, megszégyenültem, de én megnyugodtam, mert onnan nem tud hátba lőni. Gyanakodva néztem a nőre – talán nem véletlenül intézte így... Egyébként sem volt megszokott, hogy ő osztja le a csapatot, de egyikünk sem mert vitatkozni vele. Amúgy meg jól is csinálta, mi pedig tudtuk a dolgunkat.

A találkozó helyszíne egy régi játszótér volt, a Tűzgyújtók területének Seattle-hez képest a legszélén. Ehhez a nő ragaszkodott. Ahogy ahhoz is, hogy hét főnél több egyik csapat részéről sem lehet jelen, a tárgyalón kívül természetesen. De mi csak egy főt láttunk. Kiszálltunk, villámgyors, körkörös tájékozódásba kezdtünk, és elfoglaltuk a helyünket a tünde körül. A műszeres felderítés nem fedett fel további bandatagokat, sem a hőlátó, sem az éjjellátó. Összeszorult a gyomrom. Nem jó ez így. Tudtam, hogy a nő egyetlen szavába kerül és indulnak az intervenciósok a határról, helikopterrel, harcjárművekkel, akik a földdel teszik egyenlővé ezt a helyet, ha az szükséges, hogy őt kimenekítsék. Közben a rendőri erők legfeljebb a körmüket piszkálgatják, mindenféle anyagi megfontolásból. No de addig sok minden történhet. Az ork mindenesetre elfoglalta helyét a biztonsági alakzatban, és kezét a fegyverén tartva figyelte a „tárgyalót", aki szép lassan besétált a furgon fénycsóvájába.

A rigónk folyamatosan szkennelte a környéket, rádión jelentett, de nem észlelt semmilyen fenyegetést. Minden csendes, azt mondta. A figura közeledett. Egy szakadt szintibőr dzseki volt rajta, amit elöl összehúzott, terepmintás nadrág és katonai bakancs. Dzsekijén mindenhol láncok, még az övéről is azok lógtak: apró szemű, fényes láncok. Verítékben fürdött az arca, és ahogy egyre közelebb ért, láttam, hogy minden ízében remeg. Elég drogost láttam ahhoz, hogy felismerjem, ha valaki félig az űrben van. Valahonnan ismerős volt a bandajelzés, de ezt a tridóműsorokra fogtam.

– Rohadt narkós! – morogta az ork, majd kezét előrenyújtva megállásra szólította fel a punkot. Az zavartan ránézett, majd egyre rövidülő léptekkel szép lassan megállt. Hmmm... Ezzel nehéz lesz tárgyalni! Szívem szerint már itt bontottam volna a helyszínről, de az osztagparancsnok még látott a helyzetben lehetőségeket.

– Húzd szét a dzsekid! Lássam a kezed! Fordulj meg! Húzd fel a dzsekit! Jó, most közelebb jöhetsz, ott állsz meg, ahol mondom! A tárgyaló lassan, nehézkesen tett eleget az utasításoknak, aztán elindult felénk. Nincs felerősített hallásom, de hallottam, hogy halkan motyog valamit.

– Jó, ott állj meg! – szólt az ork, és rápillantott a tündére, hogy kezdheti. Hiba. A személykezelő sosem fordul el az ügyféltől. Ebben a pillanatban jutott el a tudatomig az, hogy mit motyog, és hogy miért lógnak róla láncok.

„– Decessus" – suttogta, és mozdult a keze az öve felé. Kétszer úgy lőttem orrcsúcson, hogy az orknak még visszapillantania sem volt ideje. Ott állt dermedten, agyvelővel borítva, míg mi már védelmi formációban menekítettük a furgon felé a védett személyt. Pillanatokra rá elszabadult a pokol, a romok közül ropogni kezdtek a fegyverek, villogtak a torkolattüzek, a rigónk kioldotta a rakétáit, aztán a jármű géppuskáival nyitott tüzet. Én a tündével rohantam visszafelé (ki más tudott volna vele lépést tartani?), míg a többiek folyamatosan tüzelve tempósan kerestek fedezéket, ahonnan védekező és villanógránátokkal igyekeztek legalább feltartani a támadást. Az ork őrjöngve tüzelt egy konténer mögül, láthatóan sérülés nélkül megúszta az első össztüzet. Sosincs szerencsém! A régi játszóteret bevilágították a gyújtóraketák által keltett tüzek, már nem kellett hozzá hőlátás, hogy lássam: ehhez kevesen leszünk. A Tűzgyújtók szép lassan bekerítettek minket; nincs az a fedezék, ami ilyenkor megvédene. De azért dicsérem a rigónk humorát: gyújtórakétát hozni a Tűzgyújtóknak több, mint cinizmus. Lényeg a lényeg: egyedül az ork maradt talpon a csapatból, ő tudott viszszahátrálni a furgonhoz, amíg én igyekeztem fedezőtüzet biztosítani, karöltve a géppuskák öblös dübörgésével.

A bandatagok is közeledtek, szép lassan elhagyták a fedezékeiket és jobb lövészpozíciókat kerestek. Éreztem, hogy lassan vége lesz. Aztán a nő mormolni kezdett, a karkötője éles kék fénnyel felizzott, és a lövedékek már nem értek el hozzánk; apró csillagokként enyésztek el valami védőburkon. Mormolt, csak mormolt, tűzgolyókkal árasztotta el a környéket, és egyszerre nem volt olyan fontos a jobb lövészpozíció senkinek. Úgy láttam, hogy semmilyen fedezék nem véd a labdák ellen. Aztán a mágus (merthogy nyilván az volt) egyszer csak összerogyott és mindkét orrlyukából dőlni kezdett a vér, de addigra a banda már visszább vonult. Nem sokra rá az intervenciósok is befutottak, a nőt stabilizálták és azonnal megkezdték a kimenekítését, közben olyan koncentrált tűzzel árasztották el a környéket, hogy a Tűzgyújtóknak végképp elegük lett. Meglehetős dinamikával menekülőre fogták a dolgot, és bár az első néhány föld–levegő rakétáig a helikopterek üldözték őket, a csatatér hamarosan elcsendesedett.

Hogy utána mi történt? Az orkot nem láttam többé, de tudom, hogy a városban van és sokat gondol rám. Biztos vagyok benne, hogy azt hiszi: miattam vádolja azzal a tünde nő, hogy súlyosat hibázott személy biztosítóként. Holott a jelentéséből (sokat fizettem egy dekás havernak, hogy megszerezze nekem) egyértelműen kiderül: szerinte én is hibáztam, amiért lőttem. Véleménye szerint az egész incidens megelőzhető lett volna, ha az öngyilkos merénylő kiiktatását kézzel vagy pengével hajtjuk végre. Akkor biztosított lett volna az idő a csendes visszavonuláshoz és nem lett volna szükség a komoly pénzösszeget felemésztő beavatkozásra, illetve négy kiképzett személyvédő halálára. Ahogy az osztagparancsnok, én sem vártam meg, hogy közöljék velem: ki vagyok rúgva. Ezeknek az interjúknak szinte mindig csúnya baleset a vége. Némi segítséggel tehát felszívódtam az árnyakban és csinálom azt, amihez értek. Áspis néven futok, tudod, ez olyan menő vadásznév, no meg láttam egy természetfilmet a kígyókról.

Nem, téged nem nyírlak ki, nem azért kötöztelek meg. La Croix kérte, hogy hozzalak ide.

Ja, hogy akkor ő fog kinyírni?

Tudod: „szívás"!

Isten madarai

Álmosan nyújtózott el egy kis, békeillatú, hangulatos természeti képződmény rendezetlen ösvények és jelöletlen utak találkozásánál, a szórványos felhőfoszlányokból átszűrődő, pásztázó fénysugarak mentén minden áldott, reményteli reggelen. A Falka-völgy, mert sokan csak így ismerték, becézték a környékbeliek közül, mint a Kárpát-medence esszenciája adott otthont, földeknek, vizeknek, patakoknak, tavaknak, élőknek, és sokszor lelki hontalanoknak is.

Évszázadok történéseit regélő faházak és kőépületek, jurták és kiskertek, kettő és négylábúak örömét és bánatát krónikálták halkan suttogva a fűszálak, az erdőmente szellő kísérte hangkerítése az odalátogatók számára, akik előbb vagy utóbb, de megtanultak látni is, nem csak nézni. Mindig, kivétel egy sem akadt.

Falka-völgy dombkoronáján egy fundamentumra épült, hófehérre meszelt domborulat, egy bátor istenhajlék pihengetett, mely otthonául szolgált a reggelenként hangosan csivitelő nyárhírnökök számára is. Füsti és Festi, a két villás farkú, tollszmokingba bújt áldáshozó minden évben precíz, mérnöki pontossággal építette újjá a költőhelyét a védelmet nyújtó kápolnaeresz alatt, tucatnyi társával együtt. Ott nevelgették az egy, gyakran két fészekaljnyi szúnyog- és rovarirtó osztagot minden évben, a völgyben békésen legelésző patás jószágok legnagyobb örömére.

A völgylakó lovak hátán rodeózó félarasznyi böglyök és vérszívók ellen a patakmeder mentén ezek a néhány dekás pepita tollhalmok jelentették a megnyugvást, a békét, a rendezettséget. Tudták ugyanis azok a rafinált vérszívók egész pontosan, hogyha a lovak keresztcsontjának közelében telepszenek a hátukra, bizony szegények saját magukat nem tudják megszabadítani ezektől a harapó, rovarbőrbe bújt vámpíroktól, de azt még ők is tehetetlenül voltak kénytelenek tűrni, hogy az égi parancsot követő fecskehad belőlük lakmározzék. Mindenki legnagyobb örömére és a változó világrend békességére, mert valahogy így születhettek a fecskék is, ezzel a küldetéssel. Aki nem tudja, annak most elmesélem...

Ült az Öregisten felhőszéli nyaralójában láb-lógatva, és folyamatosan hangosan gondolkodó segédinasával múlatta az időt, miközben a teremtett világában gyönyörködött.

– Öreguram! – mondta érdeklődő hanghordozással a kisinas, megtörve a fürkésző csendet. – Hát miért kergeted az embereket állandóan vérszívókkal, vámpírokkal, legkedvesebb jószágaidat, a lovakat és egyéb patás teremtményeket ezekkel a kellemetlen egyedekkel? Miért bántod, üldözöd a kiváltságosokat ilyen rafinált fehérjebombákkal, akik még ráadásul hangosak is, repülni is tudnak, és nincs olyan részük, ami ne lenne kellemetlen? – érdeklődött az őszintén tanulni vágyó.

– Tényleg nem tudod? – nézett rá sokatmondóan az Öregisten.

– Nem, különben nem kérdezném – válaszolt az ifjonc.

– Mert mióta szabad akaratot kaptak, olyan furcsán kezdtek viselkedni az én kedveskéim, hogy kénytelen vagyok terelgetni őket egy kicsit. Tudtam én ezt előre, nem utólagosan dobtam rájuk a szárnyas sáskahadat: azt akartam, hogy tanuljanak. Tudtam, hogy véget ér egyszer az én időm, és a háttérbe kell húzódjak, el kell bújjak, nem írhatom majd ki minden faragott kapura, hogy én is ott lakom – azzal vett az Öregisten egy mély lélegzetet, beszippantotta a pipáló felhőfoszlányokat, majd hangosan kifújta, mintha csak egy hosszúszárú pipával pöfékelne – pipa nélkül természetesen.

– Nézd ezeket a rusnya dögöket, azt mondják az anyjuknak, ezek is szépek. Hát nem tudom, lehet, hogy az isteni rend szerint garázdálkodnak, de szépnek nevezni azért talán badarság, még akkor is, ha a világra hozójuktól származik is ez a gondolat. Velük etetem az én kis drágáimat, ezeket a kis fekete-fehér hírhozókat. Nézd csak! – azzal kitette az Öregisten mindkét kezét, felfelé fordította sok időt megélt, ráncos, érdes tenyerét. A jobb kezére Füsti, a bal kezére Festi szállt rá, és megpihentek. Érdeklődve forgatták néhány grammnyi fejecskéjüket, hol az inasra, hol a mesterre emelve tekintetüket, majd hangos csivitelésbe kezdtek. Beszélgettek, hírt hoztak, meséltek és énekeltek,

néhol egymás szavába vágva, vagy csak egymás után ismételték a madárdal-alappal lüktető mondanivalójukat – talán számon is kértek egy kicsit. Még azt is nehéz volt eldönteni, hogy tulajdonképpen nem veszekednek-e, olyan éles, vékonyka hangon, szenvedéllyel átitatva mondták a magukét. Minden áldott reggelen.
– Hallod őket? – nézett rá az ifjoncra hófehér szemöldökét felhúzva az Öregisten.
– Persze, hogy hallom őket! Lehet ezt nem hallani?
– Lehet bizony. Az emberek nagy része csak a szúnyogzúgást hallja, a szárnysuhogást nem. Csapkodják a böglyöket, irtják a rovarokat, dühöngenek, méltatlankodnak, miközben a madárcsivitelést nem hallják meg. Panaszkodnak. Számomra is érthetetlen, hogy süket fülekre talál gyakran a fecskeszó, miközben minden egyes szúnyog, légy, röpködő madáreleség zaját, neszezését meg lármahegyekké duzzasztják – azzal – mintegy nyomatékot adva mondandója végének – meglendítette finoman mindkét időlátta kezét, és tovább gyönyörködött a villásfarkúak röptében. Füsti és Festi célirányosan ereszkedtek alá az istenhajlékhoz, útközben húsos, kapálódzó böglyöket levadászva, finoman megroppantva a kitinvázukat aprócska csőrükben, mielőtt a fátyolszemű, félcsupasz, szüntelen tátogó fészeklakóknak adták volna a napi betevőt.
– Látod, azért tudnak repülni, hogy fel tudjanak hozzám jönni, hadd gyönyörködhessek én is bennük néha közelről, és azért tudnak csivitelni, mert a szárnysuhogásuk nem elég hangos, hogy az emberi füleknek is hallhatóvá váljanak. Gyorsak, kevéssel szemmagasság felett cikáznak, hogy villámgyorsan tudjanak lecsapni az ember legbecsesebben őrzött jószágainak békéjét veszélyeztető rovarhadra, amelyek azért olyan visszatetszők az emberi szem számára, hogy ne sajnálja őket senki a madaraimtól. Azonban én sem vagyok tévedhetetlen. Látod? A madaraim megtanultak az emberrel együtt élni, de az ember nem tanult meg madaraimmal életközösséget vállalni. Pedig ők hozzám járnak föl minden reggel, és hozzájuk mennek vissza esténként, mégsem hallják a szárnysuhogásukat, jövetelük hírét.

Most én kérdezek: nem adtam-e mindnek két fület, hogy hallja a szárnyak dallamát? Nem lett-e elég fényes a szemük világa, hogy megvilágítsa az égből érkezőket, akiknek szabad bejárásuk van a felhők fölé és az ég alá egyaránt? Nem kapott-e szívet minden halandó, mellyel érezheti a végtelen lüktetést, szeretetet – ha másképp nem megy, azon a frekvencián, melyen minden egyes földlakó ugyanazon nyelvet beszéli? Vasmadarakról locsolják a mérgeket egymásra a levegőből, mintha én küldtem volna ezt is. Hozzám meg aztán amelyik feljön, az itt is maradna, de nézz körül! Látsz itt repülőgéphangárt, mélygarázst, hajókikötőt? Hol akarnának parkolni? Hol hagynák vajon? Nem értem én őket, de hát csak tanulnak. Az a dolguk. Na de szegezzük a tekintetünket egy kicsit Füstire és Festire, mit intézkednek ott az istenhajlék mellett, mintha lenne egy kis mozgás... – azzal mindketten letekintettek a felhők széléről, és hang nélkül figyelték a további történéseket.

Madártávlatból közelítve a Duna impozáns fordulatát keretező hegységek vonulata sokak számára jelentette a felhőtlen örömet, az ősi méltóságot, a gyermek- és felnőttkori emlékeket. Kapujában strázsált a földhalom tetején az istenhajlék, melynek oltalmában a villásfarkú áldáshozók építették-bontották mindig szezonális fészküket. Reggeli szeánszukat azon a reggelen éppen megzavarni készült az ismerős nőalak, aki menetrendszerűen lóháton kísérte végig a birtokhatárt szegélyező kerítést minden napfelkelte után és naplemente előtt, majd büszkén lépdelő patás jószágán felbaktatott a templomdombra is. Fülehegyez kisasszony hátán – mert ezen a néven ismerték leginkább – az élet egyszerre volt mesés és valóságos, a szőrén mindenféle eszközök nélkül eltöltött percek, szűk reggeli és napvégi órák pedig szabad utat engedtek minden egyes élettel telt, rezgő szívdobbanásnak. Azon a reggelen Fülehegyez fülét hegyezve mintha hallott volna valamit a felhőszéli párbeszédből; mintegy számonkéréssel vegyes testtartással, gazdájával a hátán lassan lépdelt befelé az istenhajlék nyitott kétszárnyas ajtaján. Büszke, hosszú hatytyúnyakán kirajzolódtak az izmok, két füle az ég felé mutatott, és feszes testtartás kíséretében félrebillentett fejjel tekintett be a padsorok között, érezve gazdájának elfehéredő ujjait a sörényébe kapaszkodni. A magányos kőoltár felől sejtelmes színekből megszülető fénykavalkád öltöztette ünneplőbe a keleti fekvésű üvegrelief mitikus alakjait.

– Nyihahaha... – kacagott be szívből fakadóan a templomtérbe nem kevesebb mint négy férfitenyérnyi patán állva Fülehegyez, majd fülét még inkább hegyezte, minden egyes fülszőrét külön-külön rezgette, mikor meghallotta a templom válaszát: „Nyihahaha... nyihahaha... nyihahaha – kacagott a templom egyre elhalóbban. Feje két oldalán lévő tekintetét egyszerre próbálta meg fehéredő ujjú gazdájára szegezni, a köveken visszahangzó patadobogással kísérte a korai koncertet, amelyet még a nyárhírnökök is némán, talán nevetésüket visszafojtva figyeltek. A gurgulázó fecskekacaj ígérete azonban ott lógott a levegőben, kitörésre várva.

– Na, ez mindennek a teteje – gondolta a lovas, és a hirtelen megjelenő érzetek nyomán Fülehegyez – egyébként büszke telivérasszony – hosszúlábú lépteit hátrafelé szaporázva, fejét alázatosan lehajtva, a kápolna harangtornya alatt indítva a mozdulatot egy műkorcsolyás hátulja körüli fordulattal, két hátsó lábán lépdelve hagyta el a templomteret. A bejáratnak háttal, büszke, élettel teli tartással, lovassal a hátán egy viccelődő női hang rántotta vissza a jelen időminőségbe:

– A harangot is meghúzzam, Babus? – hangzott gazdájának kedves nevetésével kísérve a kérdés becézett jószágához, mely hanglejtéséből a hosszú, selymes nyakon végigfutó adrenalinlöket tapinthatóvá vált ugyan, de a robbanás elmaradt. Ló és lovasa együtt lélegezve álltak a templomkert hűvösében olyan büszke tartással, melyet minden távolkeleti harcművész megirigyelt volna; telve a természet minden erejével, közös szívdobbanások pumpálták a vért minden egyes sejtjükbe, melyeket abban a pillanatban olyan élesen elhatárolni nem is lehetett volna egymástól.

- Majd én meghúzom - hangoztatta egy mély orgánum a közeledő lépteit kísérve, melyek egy kíváncsi tekintetben végződtek, mit a feminin kentaurpárosra szegezett.
- Csak vicceltem - jött a válasz szerényen.
- Olyan nincs - mondta az ember -, maga akart telivért, nem?
- De, most is azon ülök... - hangzott a bátortalannak hangzó felelet.
- Akkor mitől fél? Van ennek szárnya is, csak kevesen látják... alacsonyan repül - azzal ellentmondást nem tűrve kongatta meg a harangot, mely harangszó nyomán Füsti azonnali hatállyal elhagyta a fecskefészket, miközben párja, Festi, védőszárnyat vont aprócska tollkezdeményekkel borított ragadozói fölé. Párja nem is lassította szárnycsapásait, míg a némán figyelő Öregisten és segédje mellé nem érkezett.
- Hát te, Füsti? - vonta kérdőre az Öreg. - Hallottam a harangot is, kár volt ezért ennyit repülnöd! - mondta komolyan a mutatóujján kapaszkodó elegáns fecskeúrnak, aki érdeklődve forgatta aprócska fekete fejecskéjét.
- Régóta figyelem én is ezeket, elbeszélnek egymás mellett, mint ahogy én ezt most elbeszéltem nektek. Érted? Értitek? - válaszolta meg a fel sem tett kérdést, majd egy szárnycsapásszerű karmozdulattal némán útjára engedte az áldásvivő villásfarkú nyárhírnököt.

S ezzel útnak indult a visszahangzó telivérhang, a fecskecsivitelés, a harangszó is, melyet harmonikus zeneművé komponált a Duna-szagú, suttogó szél a zöldellő domborulatok ölelésében.

Emotionale para activities

Erschrocken hebe ich meinen Kopf. Was war das für ein Lärm. Ach egal, weiterschlafen.

Da, da war es schon wieder dieses Geräusch. Entnervt öffne ich die Augen und schaue mich im dunklen Schlafzimmer um. Komisch ... da war doch was!!!

Ein Schauer läuft mir über den Rücken. Irgendwie ist es ganz plötzlich kalt. Ich bilde mir ein, dass mein Name gehaucht wird. Entlang an meinem Ohr.

Ich mache die Nachttischlampe an. Verschlafen und irgendwie schlecht gelaunt schaue ich mich um. Nichts.

Gut, dann eben nicht. Mache ich mich mal fertig für die Arbeit. Frühdienst. Zähne putzen, Toilettengang, von Kopf bis Fuß abseifen ... Badezimmer ordentlich hinterlassen. Typische „Macke" einer Krankenschwester.

Kinder haben Ferien bzw. sind aus dem Haus.

Schnell in die Küche. Kleine Liebesbotschaften für die Kinder vorbereiten. Mir selber einen Kaffee fertig machen. Ein Blick auf die Uhr ... Oh. Ooohhh ... Ich habe ja noch über eine Stunde Zeit. Hm. Okay.

Laptop aufgeschlagen und auf eine Dating Plattform. Mal sehen, wer sich da meldet. Aber werden bestimmt nur Scammer antworten.

Da ... eine interessante Anfrage. Ach, quatsch ... bestimmt ein Scammer. Oder doch nicht? Hm ... Der sieht einfach zu gut aus. Nein, der verarscht nur Milfs...

Soll ich antworten? Ich bin im Kampf mit mir selber. Ach, was habe ich zu verlieren. Nichts! Alles bleibt so, wie es ist, oder es geschieht etwas Neues.

„Hallo, wie geht es dir! Danke, dass du mich angeschrieben hast!"

„Hey, ... toll dass du antwortest. Mir geht es gut. Bin gerade unterwegs und kaufe ein für meine Geschäftsreise. Und du?"

Wow, ich bin sprachlos. Da war es wieder ... ein Gefühl von eisiger Kälte und gleichzeitig dieser Wunsch, sich dieser Person hinzugeben. Eine nie zuvor gekannte Anziehungskraft. Kann das sein? Quatsch. Alles nur eine hormonelle Verstimmung. Reiß dich zusammen, Maria. Aber ich konnte nicht anders. Ich antwortete mit meinen typischen Standartsätzen. Dann musste ich zur Arbeit.

Es war komisch. Ich hatte immer so ein Kribbeln im Kopf und Bauch. Immer wieder kehrten meine Gedanken ungewollt zu diesem „Fremden" zurück.

Was war das ... eine unbeschreibliche Energie durchfloss mich. Ich konnte es gar nicht mehr abwarten, wieder zu chatten.

Gegen Mitternacht hatte ich Feierabend. Müde, kaputt machte ich mich auf den Weg von der Arbeit nach Hause. Es war frisch, dunkel und ein wenig zu leise für diese Uhrzeit. Ich war in Gedanken versunken und schlenderte die Straße Richtung Wohnung entlang. Hoffte, meine Kinder hatten einen schönen Tag gehabt und fühlte mich ein wenig schlecht, da ich immer nur arbeitete.

Da war es plötzlich wieder ... Ein Hauch, das Gefühl beobachtet zu werden. Ein „Gänsehautgefühl" beschlich mich.

Ich ging schneller und redete mit mir selber, um der unangenehme Situation zu entgehen. Ich war an der Haustür angekommen. Etwas nervös und zittrig steckte ich den Schlüssel ins Schloss und wollte aufschließen ... Doch die Tür war offen.

Omg, omg, omg ...

Schnell schlüpfte ich durch die Tür. Schloss diese schnell und leise und tastete nach dem Lichtschalter. Da war es wieder. Ein Hauch von sanfter Kälte. Etwas hauchte meinen Namen.

Ich bekam Angst oder ... Nein ... es war eine Mischung aus Angst und Neugier. Was war das? Was passierte hier?

Ich konnte nicht klar denken. Plötzlich wurde ich durch eine unsichtbare Kraft leicht emporgehoben und an die Wand neben der Haustür gedrückt.

„Lass es geschehen, Maria! Ich warte schon so viele hundert Jahre auf dich. Du bist es. Ich habe so lange nach dir gesucht. Ich tue dir nichts. Ich gehe nur so weit, wie du es willst!"

„OH Gott. Wer bist du? Was willst du von mir? Meine Kinder ... bitte? "

Weiter kam ich nicht. Etwas materialisierte sich vor mir. Ein Mann. Er war mittleren Alters. Leicht gewelltes, dunkelblondes Haar. Ein kleiner gepflegter „Dreitagebart" rahmte sein leicht markantes Gesicht ein. Er hatte einen Herzmund. Genau richtig, um mehr zu wollen. Eine schmale, leicht spitz zulaufende Nase. Dann waren da diese Augen. Sie waren ein Spiegelbild seiner Seele. Stahlblau wie ein tiefer Bergsee. Ich konnte das Leid von Jahrhunderten in diesen Augen sehen. Ein Verlangen, das tief in meinem Inneren schon immer brannte und nur darauf wartete, befreit zu werden. Ich hatte das Gefühl, ihn zu kennen. Seit Anbeginn der Zeit. Ich konnte nicht sprechen und trotzdem sprach ich unendlich viel mit ihm über die Gedanken. Er hatte einen schlanken athletischen Körper.

Eine leichte Behaarung der durchtrainierten Brust, welche sich wie ein Abdruck durch das weiße und doch leicht durchsichtige Hemd drückte. Oh Gott. Ich wurde so schwach. Ich wollte nur noch ... Ich wollte, dass dieser Mann, dieses Wesen mich hier und jetzt nehmen würde. Er näherte sich meinen Lippen. Ich spürte die Hitze seines Körpers. Ich drohte in Ohnmacht zu fallen. Mein Verlangen stieg von Minute zu Minute. Verdammt, küss mich endlich ...

Er hauchte meinen Namen ... seine Hand streichelte mein Gesicht, ohne es zu berühren und doch fühlte ich diese Intensität. Seine Lippen streiften meine Lippen. Sein heißer Atem ging an meinem Hals entlang. Seine Brust presste sich gegen meine. Oh, mein Gott. Ich sterbe ... Ich konnte mich nicht beherrschen und stöhnte unter seiner angedeuteten Berührung.

Plötzlich ging das Flurlicht an. Mein Kind stand irritiert da und fragte mich, ob es mir gut ginge.
Ich war komplett irritiert und fertig mit den Nerven, der Welt. Schnell fasste ich neue Kraft, ordnete meine Gedanken und ging auf mein Kind ein. Brachte es zu Bett und beruhigte es. Danach duschte ich und ging ins Bett. Ich wollte das alles vergessen. Ich glaubte, dass meine Nerven mir einen Streich gespielt hatten. Ich war eindeutig überarbeitet.

Mitten in der Nacht hörte ich das typische Geräusch einer Benachrichtigung auf meinem Handy. Wer würde mich mitten in der Nacht anschreiben? Ich hatte Mühe, meine Augen zu öffnen. Aber ich musste lesen, wer mich angeschrieben hatte.
Geblendet vom Handylicht öffnete ich die Nachricht. Er war es. Meine neue Chat-Bekanntschaft.
Dieser Mann machte mich nervös. Ich hatte ihn nie zuvor gesehen oder getroffen. Trotzdem war da etwas ... ich konnte es nicht beschreiben ... Eine nie zuvor gekannte Anziehungskraft.

„Hey, was hast du mit mir gemacht. Ich muss immerzu an dich denken. Du hast mich verhext."
Ich war sofort hellwach und freute mich urplötzlich, zurückschreiben zu können. Was war das??!!! Nach zwei Stunden Hin- und Herschreiben im Bett entschloss ich mich aufzustehen und mich für den Alltag zu wappnen. Die Kinder schliefen noch.
Da war es wieder. Dieser angenehme und gleichzeitig kalte Hauch von ... ja von was??
Ich ging schnurstracks ins Badezimmer. Zog mich aus und ging unter die Dusche. Da war es schon wieder. Ich fühlte mich beobachtet. Und irgendwie hatte ich das Gefühl etwas würde mich unsittlich berühren. Sanft, nicht mit Gewalt. Ich beendete das Duschen, zog mich an und ging in die Küche, um mir einen Kaffee zu machen.
„Maria!!!"

Wieder wurde mein Name gehaucht. Ich verschluckte mich fast an dem Kaffee. Langsam wurde es mir zu bunt. Ich glaubte nicht an „übernatürliche Phänomene".

Also tat ich so, als wäre nichts geschehen.

Nach getaner Hausarbeit und das Kümmern und Beschäftigen mit meinen Kindern, nahm ich mir wieder eine Auszeit und ging zurück zum Chat.

Ich brauchte diese Unterhaltung mit dem Fremden, um mich zu entspannen.

Thomas hieß er. Er war ein Amerikaner und suchte nach. Ja, was eigentlich ... jemanden, mit dem er sich verbunden fühlte.

So nahm alles seinen Lauf. Wir schrieben täglich mehrere Stunden miteinander und hatten denselben Sinn für Humor. Auch tauschten wir unsere Lebenserfahrungen aus. Die Phänomene tauchten nur noch ab und an auf, aber störten mich nicht weiter. Nach einem Jahr Schreiben im Chat kam der Tag X.

Wir hatten uns verabredet. Auch wussten wir mittlerweile, dass wir uns ineinander verliebt hatten. Wir wollten es wagen.

Er kam an einem Samstag. Von Amerika. Ich wartete auf ihn am Flughafen. Meine Kinder waren für zwei Wochen bei ihrem Vater, da Schulferien waren. Ich hatte also Zeit ohne Ende, da auch ich mir Urlaub genommen hatte.

Ich schwitzte vor Aufregung. Ich traf jetzt diesen imaginären Mann, den ich nur vom Chatten und Video-Calls her kannte.

Ich war richtig verliebt. Nein, schlimmer. Verknallt ... Mein Herz schlug mir bis zum Hals. Ich konnte nicht essen oder schlafen. Ich hatte Sehnsucht nach diesem Mann.

Das Flugzeug war gelandet. Ich wartete auf Ihn an der Absperrung ... Wann kommt er, kommt er wirklich, bin ich richtig angezogen, Gott, ich stinke bestimmt, weil ich so schwitze, bin ich hübsch genug? Was sage ich, ohne blöd rüberzukommen ... oh, Gott ... ich sterbe ...

Da stand er. Wie vom Blitz getroffen konnte ich nur noch lachen und schwitzen.

„Maria?"

„Jaaaaaa, ... Thoom ... Schwtrss ... "

Es ging nicht. Ich blöde Kuh brachte kein Wort heraus. Ich starrte und lächelte ihn abwechselnd an. Oh, Gott ... Dieser Mann war ein Traum. Er sah genauso aus wie diese imaginäre Geisterfigur damals in meinem Flur.

Ich war fertig mit der Welt. Konnte das angehen?

Er nahm mich wortlos in den Arm und sagte mit vertrauter Stimme: „I was waiting so long for this moment! Thank you so much for your patience. Thank you so much that you were waiting for me so long. You are my angel. And this moment is better than I ever imagined!"

Oh, mein Gott ... Dieser Duft. Diese Wärme, die von seinem Körper ausging. Diese Stimme. Ich hatte das Gefühl, ich schmolz wie Wachs in seinen Armen.

Ich erwiderte die Umarmung und genoss diesen Moment. Dann trennten wir uns und schauten einander an. Hand in Hand gingen wir Richtung Auto. Ich fuhr ihn ins Hotel. Das hatten wir so vereinbart, da wir es langsam angehen lassen wollten. Im Hotel begleitete ich ihn aufs Zimmer. Er verstaute seine Sachen im Schrank und organisierte die Waschutensilien im Badezimmer. Er war so ein schöner Mann. Ich war immer noch sprachlos. Wie konnte es sein, dass so ein schöner Mann mich, mich langweilige Frau haben wollte?

Ich entsprach nicht wirklich dem Traumtyp von Frau, den die meisten Männer haben wollten. Ich war übergewichtig, zwar nicht fett, aber eben auch nicht wirklich schlank. Ich war eben irgendwie hübsch, aber langweilig ... oder??

Nachdem er mit allem fertig war, gingen wir in die Stadt. Ich zeigte ihm alles, was ich kannte und teilweise entdeckten wir noch Dinge, die die selbst für mich noch neu waren. Immer mit einem gewissen respektvollem Abstand. Oft Hände haltend. Wir waren wie eine Einheit. Wir verstanden uns ohne Worte. Abends kehrten wir müde, aber sehr zufrieden ins Hotelzimmer zurück. Wir bestellten uns Abendessen auf's Zimmer.

Ich war nicht mehr so aufgeregt, aber konnte in seiner Anwesenheit nichts essen. Dieser Mann war so schön. So perfekt. Seine Haut sanft gebräunt. Er wirkte auf mich wie aus Ebenholz geschnitzt.

Nach dem Essen schlug er vor, einen Film gemeinsam auf dem Zimmer zu schauen. Natürlich willigte ich ein.

Über das Internet, welches wir über den Fernseher bekamen, konnten wir Netflix empfangen.

Wir setzten uns auf das große Bett und der Film begann. Er nahm meine Hand in seine. Ich lehnte meinen Kopf an seine Schulter. Gott, diese Wärme. Dieser Duft. Ich konnte mich nicht auf den Film konzentrieren. Ich erhaschte einen Blick auf sein leicht geöffnetes Hemd und konnte diese männliche Brust sehen. Gott, dieser Mann ist so heiß. Wie schaffe ich es nur, ihm zu widerstehen. Ich will jetzt eigentlich nur noch hemmungslosen Sex, schoss es mir durch den Kopf.

„Ahhh, ... shit ..."

Ich hatte mich zeitgleich über eine Szene in dem Film erschrocken und natürlich auch über meine wilden Gedanken.

Thomas hatte es bemerkt und lächelte amüsiert. Ich suchte nach einer Ausrede, um dieser Situation zu entkommen und teilte ihm mit, dass ich auf Toilette müsse. Er sagte nur okay um ließ meine Hand los.

Ich robbte mich etwas umständlich vom Bett, als Thomas mich plötzlich an der Hand packte und mich zurück auf's Bett schleuderte.

Omg, was geschah hier. Ich wollte spielerisch versuchen wieder aufzustehen, aber plötzlich war er über mir. Er drückte sanft meine Arme auseinander. Ich war wehrlos. Sein Gesicht war direkt über meinem. Sein Körper ebenfalls. Gott, ich starb in diesem Moment tausend Tode ... Er schaute mir tief in die

Augen. "Maria, ... I can't hold my feelings any more! I'm going crazy about you. I love you from the first moment I start to talk with you. You are my soulmate."

Dann lagen seine Lippen auf den meinen. Er schmeckte soooo gut. Diese warmen, weichen und doch auch starken Lippen. Er knabberte ganz sanft an meiner Unterlippe. Er benutzte seine Zunge ganz sanft und zeitgleich fordernd. Ich war noch nie zuvor so geküsst worden. Es tat sooo gut. Er schmeckte soooo fantastisch. Er hielt immer noch meine Arme auseinander. Er hielt mich mit seinen starken Händen an den Handgelenken fest. Ich war „hilflos". Seine Küsse waren heiß. Er wanderte mit seiner Zunge und den Lippen meinen Hals entlang. Arbeitete sich zum Schlüsselbein vor und. Omg ... Nein, oder ja ... Nein, doch ... er fing an, meine Brüste zu liebkosen. Sanft knabberte er an meinen Brustwarzen. Ich war immer noch angezogen. Trotzdem schaffte er es, mich verrückt zu machen. Ich bäumte mich unter seinen Liebkosungen auf. Ich wollte mehr. Er hatte ein nie zuvor gekanntes Feuer in mir entfacht. Ich wollte einfach nur noch diesen Mann. Hier und jetzt.

Plötzlich hörte er auf. Ich war irritiert. Hatte ich doch auch schon seine Männlichkeit durch den Stoff gespürt.

Er legte sich neben mich. Nahm mich in seinen Arm und meinte mit belegter Stimme: „I love you so much. I don't want to spoil this moment. I want that we are enjoying every moment step by step. You are special to me. I don't want to fuck you only. I want to love you!"

Ich verstand. Völlig erschöpft schlief ich auf seiner Brust ein. Plötzlich irgendwann in der Nacht, packten mich zwei Hände. Eh ich mich versah, wurde mir meine Bluse vom Leib gerissen. Meine Brüste wurden sanft und kräftig im Wechsel massiert und an den Brustwarzen wurde im Wechsel geleckt und gesaugt. Ich wusste nicht, wie mir geschah. Es war schockierend und geil zugleich. Es war zudem stockdunkel. Dann wurde mit genau derselben Schnelligkeit meine Hose und Unterhose runtergerissen. Zeitgleich küsste und leckte man meinen Bauch, die Innenschenkel, hochgehend zu meiner Fraulichkeit. Auch spürte ich ab und an ein leichtes „Beißen".

Es war ein nie gekanntes Gefühl. Ich verlor jegliche Kontrolle. Plötzlich spürte ich seinen Mund auf meinem Kitzler. Ich konnte mich nicht mehr zurückhalten. Ich wollte nur noch genommen werden.

Seine Zunge war Magie. Er leckte genau die Hotspots, die mich meine Kontrolle vergessen ließen. Dann plötzlich spürte ich ihn in mir. Oh mein Gott. Ich fühlte mich komplett wie schon lange nicht mehr. Ich wollte, dass dieses Gefühl nicht mehr aufhörte.

„Wake up!!!!!"

Eine Ohrfeige weckte mich plötzlich auf. Mir schmerzte das Gesicht.

Entsetzt schaute mich Thomas an. Zeitgleich wiegte er mich in seinen starken Armen und entschuldigte sich immer wieder.

Was war hier gerade passiert?

Ich war immer noch angezogen. Aber meine Unterhose war komplett nass. Das spürte ich.

Schnell ging ich auf die Toilette und machte mich frisch. Dann kuschelte ich mich wieder zu Thomas ins Bett und fragte, was passiert wäre. Er erklärte mir, dass ich in seinem Arm eingeschlafen war. Mitten in der Nacht fing ich plötzlich an laut zu stöhnen und mich komisch zu bewegen. Auch war der Raum plötzlich so kalt gewesen, dass er seinen eigenen Atem sehen konnte.

Ich war entsetzt. Sollte ich ihm die Wahrheit sagen? Ich wartete bis zum Morgen und erzählte ihm alles. Thomas reagierte sehr ruhig und sanft.

Wir waren uns schnell einig, dass es sich hier um ein „paranormales Phänomen" handelte.

Wir suchten nach Hilfe und fanden diese bald.

Zu Hause, die Kinder waren noch beim Kindsvater, wurden Kameras und andere Geräte aufgebaut, um diese Phänomene analysieren zu können.

Thomas und ich nahmen wieder dieselbe Position wie in der einen Nacht im Hotel ein und es begann alles von vorne. Bewusst konnte ich jetzt diese unbekannte Form/Macht spüren.

Thomas als auch die Kameras konnten sehen, wie ich sichtbar verführt wurde. Meine Kleidung wurde mir vom Leib gerissen und ich wurde gegen meinen Willen verführt. Es war nicht mehr schön oder erotisch. Ich versuchte mich zu wehren aber es ging nicht. Auch Thomas wurde von dieser unsichtbaren Macht festgehalten und musste alles mit ansehen. Selbst die Wissenschaftler waren hilflos. Nachdem alles vorbei war, beschlossen Thomas und ich die Kirche zu Rate zu ziehen. Zusätzlich forschten wir in meiner Vergangenheit und auch in seiner. Wir fanden heraus, dass im Mittelalter ein Verwandter von Thomas' Seite sich in eine Adelstochter verliebt hatte. Diese hatte mit ihm eine kurze Affäre und ihn danach fallengelassen. Diese Adelstochter hatte diverse Liebhaber. Zum Ärgernis der Familie heiratete sie aber nie. Um ihren Willen zu brechen, wurde der zuvor benannte Verwandte von Thomas engagiert und fürstlich bezahlt. Er sollte sie nach allen Maßen, die es gab, verführen und schwängern, damit sie gezwungen war zu heiraten.

Er hatte seine Aufgabe mit Bravour gemeistert, aber das schlechte Gewissen, etwas falsch gemacht zu haben, ließ ihn nie wieder los. Er liebte sie so sehr. Da er aber arm war, durfte er sie nie heiraten und sich auch nie zu erkennen geben.

Dieser entfernte Verwandte sah zu unserer aller Erschrecken genauso aus wie Thomas. Und die adlige Tochter leider wie ich.

Dank einiger Zeremonien konnte der Fluch letztendlich gebannt werden. Heute sind Thomas, die Kinder und ich eine glückliche Familie.

Gedichte

Es gibt nichts Gutes...

Klima-, Euro-, Flüchtlingskrise.
Die globale Paralyse -
ist für unser Wachstum Gift.
Frage nur: Wen das betrifft?

Oben gibt's was abzufassen,
darum feste hoch die Tassen!
Unten bleibt dem blöden Volke
eine Dieselabgaswolke.

Alle sägen, bis sie schwitzen,
an dem Ast, auf dem sie sitzen.
Und ein Streit geht hin und her,
was denn wohl das Beste wär.

Helfen Sprüche eines Richters
oder eines deutschen Dichters?
Einer fällt mir grade ein,
der könnte die Lösung sein:

Es gibt nichts Gutes – außer: man tut es.

Macht doch einfach frohen Mutes
hin und wieder etwas Gutes.
(Vorausgesetzt, dass ihr auch wisst,
was denn etwas Gutes ist ...)

Tierische Frage

Ein Tier, das eigentlich nicht fragen können dürfte,
fragt ein anderes, das grade Wasser schlürfte,
was denn Besonderes am Menschen sei.
Das andere stutzt und spricht dann frank und frei:

Im Grund genommen könnte ich auf solche Fragen,
wie alle Tiere, gar nichts sagen.
Doch im Vertrau 'n – behalt 's bei dir,
die Menschheit ist, genau wie wir –
auch nur Tier ...

Komische Vögel

Es schnatterten zwei Enten
sehr laut und kenntnisreich,
die eine in der Zeitung -
die andre auf dem Teich.

Brückenbau

Auf einer Brücke kann man stehen;
darüber fahren oder gehen.
Gegen 'ne Gedächtnislücke
hilft meist eine Eselsbrücke.

Und manche lassen Brücken bauen,
um darauf herumzukauen.

Getöne

Das Herz erfreut zu unsrem Glück
Musik, Musik, Musik, Musik.
Wir lauschen still, wenn sie erklingt,
ein jeder Ton, der uns beschwingt.

Nur einen Ton, den hört man nie,
doch kennt man seinen Schöpfer,
der ihm die schöne Form verlieh,
sie stammt von einem Töpfer.

Gefälligkeiten

Es gibt so vieles auf der Welt
was uns gefällt.
Und noch viel mehr, 's ist kaum zu fassen,
was wir uns gefallen lassen.

Verlegenheiten

Wenn ein Verlag ein Buch verlegt,
erscheint 's – gebunden oder Paperback.
Wenn du es irgendwann verlegst,
dann ist es einfach weg.

Gedichte

Nah

Die Zeit steht still, als seine Augen ganz nah
Mit dem Blick an meinen Lippen vorbei schweifend
In meine Augen schauen
Seine Finger greifen grob in mein Haar

Die Zeit steht, als er still wird
Immer weniger wird der Raum zwischen uns
Grenzen verschwinden
Die Decke über mir dreht im Kreis

Die Zeit steht still, als ich mich abspalte
Etwas weiter weg von mir selbst
Blicke in das endlose Blau des Spiegels
Als er im Takt in tausende Teile zerfällt

Die Zeit steht, als ich nach Luft greife
Beherrsche das Treiben im Innern
Wende mich ab und verschwinde
In einer Wüste dessen, was ich bin

Blumenkind

Die Eichelbäume, sie flüstern deinen Namen
Die Chrysanthemen verbergen deine Sinne
Der Wind am Abend bringt mir deinen Duft
Und tief in meiner Seele erlöschen Hunderte Flammen

Wie das lila Lavendel am Gartenzaun
Zähmst du mein gereiztes Inneres
Du lässt die Ruhe überhand nehmen
Deine weiße Haut reizt meine Sinne

Deine weiße Haut entblößt mich und befreit die Wahrheit
Im Meer aus Blüten versenkt
Ziehen wir einander auf den Grund
In einem zärtlichen Genuss, welcher uns der Luft beraubt

Ein Morgen im August

Bevor die Sonne an diesem Morgen im August
Mein Gesicht berührt
Bin ich fort, eingestürzt
In einer Stadt, die vollkommen zerbrochen
Mich durch ihre Mauern gleiten lässt

Gleitend, bis ich bei dir ankomme
Der Sturm treibt mich weg
Doch deinem Schatten komme ich immer, immer näher
Der Grund der Stadt zerbrach, Stein um Stein

Die brennende Stadt erhebt sich wie ein Pfau
Über den Schatten der Menschen, die in ihr gewohnt,
In ihr gearbeitet und existiert haben
Nur nicht gelebt, dazu kam es nicht

Feld

Sieh dich an und sag mir
Bist du glücklich in dieser Welt
Alles läuft an dir vorbei, vergeht, zersplittert
Um dich die überfüllten Straßen und Lichter
Von außen heimlich umzingelt vom Feld

Sieh dich um, wie weit es reicht
Trockener Boden übersät von Sand und Kies
Fühlst du den Wind nach dir rufen?
Ein fernes Geräusch führt zum Sturm
Und du verlierst dich auf dieser Fläche

Sieh dich an, wie du dich verläufst
Mit jedem Windzug einen Schritt weiter
Gefangen in einer nie endenden Leere
Durch all den Lichtstrom hindurch
Bist du geendet in einem Raum
Unerträglich hell

Brándamandla

Het is natuurlijk beter zelf een winkeltje te hebben. Of een vaste plaats op de markt of bij de haven. Het leven zou minder hard zijn, de verdiensten zekerder en vast ook hoger. Wie weet lukt hem dat nog eens.

Habib weet waarover hij praat. Drie jaar strandervaring heeft hem het nodige inzicht verschaft in het hoe en wat van de handel, wie het makkelijk gaat, wie moeilijk, zoals hij, die dag in dag uit door het hete zand moet zeulen. En op dit uur van de dag valt er al helemaal weinig te verdienen. De hotelgasten liggen lui onder de met riet afgedekte parasols. Ze zijn slaperig van het middageten in de hotel en de interesse in zijn sigaretten, chocola, snoep, fruit, gedroogde rozijnen, zonnebrillen, zonnebrandolie, zoute pinda's en gebrande amandelen is gering. Pas over ongeveer een uur komt er weer wat meer leven in de zaak.

Habib draagt zijn koopwaar mee in zware tassen, aan elke arm één. In het ver-leden liep hij ook wel met een tableau. De mensen waren dan eerder geneigd iets te kopen. Het voordeel was ook dat je niet steeds alles hoefde in en uit te pakken. Het nadeel echter dat je je niet snel uit de voeten kon maken als de strandpolitie opdook. Je tassen schuif je desnoods snel bij een toerist onder het ligbed. Je kunt rustig weglopen en met de handen in je zakken wachten tot de kust weer veilig is.

Habib wist zich het zweet van het voorhoofd alleen al bij de gedachte aan de politie. Dan heeft meneer Somar het toch veel beter bekeken. Het bij plaatselijke verordening verboden aanbieden van koopwaar op het strand raakt hem niet. Ze kunnen hem immers niks maken dat hij een stuk of twintig strandventers als afnemers heeft. Wat die met de waar doen, dat interesseert hem niet. Het zijn gewoon klanten van hem, punt uit.

'Brándamandla!...' Hij roept het automatisch, nu zonder overtuiging. Hij heeft het vandaag al minstens vijfhonderd keer geroepen. Het is eigenlijk het enige vreemde woord dat hij kent. Een behulpzame toerist, een oudere man met één arm, heeft het hem ooit voorgezegd. Ja, hoe zou hij er zelf ook achter hebben moeten komen dat hij gebrande amandelen 'brándamandla' moet noemen, hij die kan lezen noch schrijven, laat staan een buitenlandse taal spreekt. De vriendelijke toerist, die heel wat van hem kocht, legde ook nog uit hoe hij zijn sigaretten moest aanprijzen, z'n pinda's en al die andere artikelen die hij op z'n tableau had. Sigaretten, dat weet hij wel, bananen ook wel, chocola, maar die andere vreemde namen is Habib glad vergeten en daar heeft hij achteraf spijt genoeg van. Had hij ze maar kunnen opschrijven. Soms vangt hij natuurlijk wel iets op. Maar toeristen komen uit allerlei landen, aan hetzelfde artikel worden totaal verschillende namen gegeven. 'Brándamandla' is het enige vreemde woord dat hij heeft onthouden.

De zon begint te steken, de zee verliest zich in een blauwgrijs waas en is niet meer van de lucht te onderscheiden. Het heetste uur van de dag is daar. De hel op het strand voor wie zich niet voor de zon kan verschuilen. Het liefst zou Habib zich nu een paar uurtjes terugtrekken in de schaduw van het lage struikgewas dat de afscheiding vormt tussen het strand en de hoteltuinen. Daar, net als zijn collega's, in alle rust een stukje loukom nemen, een slok koude thee, een sigaretje roken, daarna een dutje doen. Of om een beetje naar de vrouwen te kijken, in hun schaarse kleren die nauwelijks nog te raden laten. Maar hij kan elke dinar veel te goed gebruiken om zijn tijd op zo'n manier te verlummelen. Rizla klaagt toch al steen en been dat ze niet kan rondkomen, dat de kinderen steeds meer eten en uit de kleren groeien. En dan is er de huur voor de driekamerwoning die meneer Somar hem aanbood, diens provisie ook omdat hij hem dit baantje gunt, de 'belasting' die de strandpolitie van hem int als hij weer eens door hun paardjes wordt klemgereden. Gemiddeld twee of drie keer in de maand, maar soms ook wel vaker als ze te vroeg door hun salaris heen zijn.

'Brándamandla!...' Een forse dame wenkt vanonder haar parasol. Habib schiet op haar af, een haast die op dit moment van de dag volstrekt belachelijk is. Het is een reflex uit de drukke uren wanneer het benaderen van mogelijke klanten wel snel gebeuren moet. Hoe vaak immers overkomt het hem niet dat een jonge collega hem voor is. Om vervolgens dat machteloze woedegevoel, die korte wrok te koesteren; want je kunt pal voor een klant je compagnon natuurlijk niet uit staan schelden omdat die gauw jouw handeltje inpikt.

En dat zijn dan nog maar de kleine dieptepunten in Habibs zorgelijke bestaan. Met lede ogen moeten aanzien hoe je achter het net vist.

Habib verkoopt een pakje sigaretten en een onsje zoute pinda's. De dame reageert niet als hij haar dat kleine beetje te weinig wisselgeld teruggeeft – een trucje dat haast altijd lukt. De kunst is het bedrog niet te groot te maken. Want dat legt een smet op het imago van de strandventers. Daar ondervinden je collega's dan weer last van. Voor je het weet ben je doorgeklikt aan meneer Somar en dan lig je er meteen uit. Voor meneer Somar, groothandelaar en tevens eigenaar van een bloeiende comestibleszaak in het centrum van Sousse, voor hem lopen alle strandventers. Hoewel dat natuurlijk nergens zwart op wit staat. Bij gebrek aan beginkapitaal steken ze zich bij hem in de schulden, dat is alles. En dat meneer Somar de eerste koopwaar op krediet levert en onder niet malse voorwaarden, dat is in het zakenleven niks bijzonders.

'Brándamandla!...' Habib loopt alweer verder. Hem zullen de zegeningen van de welvaart die het toerisme brengt niet deelachtig worden, dat weet hij best. Maar zijn kinderen... Habib glimlacht, hij fluit zachtjes voor zich heen. In zijn kinderen investeert hij zijn hele toekomst. Menhir, z'n oudste, tien jaar alweer, die belooft nu al wat op school. Hij kan al rekenen en schrijven, doet zijn pa al heel wat voor. Die zal straks vast nog 's in de hoofdstad carrière gaan maken.

'Brándamandla!...' Het strand wordt een openluchtoven. Sommigen verklaren hem voor gek dat hij nu nog met z'n negotie blijft leuren. Het is ook haast geen doen met deze hitte, het wordt zelfs Habib soms even te veel. Maar omdat er van concurrentie nu ook geen sprake is, stijgt z'n omzet toch een bétje. Als ze willen kunnen zijn collega's hem zomaar aangeven. Want het is, met inachtneming van het illegale venten zelf, ook onder elkaar een strenge, ongeschreven regel tussen half twee en drie uur geen koopwaar aan te bieden. Meneer Somar heeft dit eigenlijk zo verordonneerd. Om te voorkomen dat de hotelgasten de hele dag door lastig worden gevallen. Alle venters zijn het daar mee eens. Niemand heeft er baat bij dat de toeristen om die reden het strand van Hammamet misschien voor gezien houden en Sousse en omgeving zullen gaan mijden. De straf bij overtreding van dit gebod kan hevig zijn. Het zou heus niet de eerste keer zijn dat venters de tas of het tableau van een collega in zee kieperen als die, zelf even op de vlucht voor de politie, z'n waren onbeheerd moet laten. Het is een hard gelag, de concurrentie nietsontziend als het erop aan komt.

Habib weet wel dat zijn collega's dat van hem door de vingers zien. Ze knijpen een oogje toe. Hij is de oudste strandventer rond Sousse, heeft bovendien een gezin te onderhouden. Dat weten ze allemaal. Ze zijn stuk voor stuk jonger, zijn compagnons, bijna niemand van hen is al getrouwd. Ze hebben alleen voor zichzelf te zorgen. Rizla doet voor sommige van hen de was. En Habib is gezien bij zijn collega's. Hij zal zelf nooit iemand aangeven of andermans waar aanraken. Hij is te vertrouwen, dat is bekend.

Binnen een kwartier verkoopt hij nog een pakje sigaretten, een plak chocola en een zonnebril met zo'n erg praktisch onbreekbaar plastic montuur. Dat is nou de beloning voor je moed en doorzetten... Dat het nota bene meneer Somar zelf was die er drie jaar geleden in het openbaar bij het stadsbestuur op aandrong de illegale venterij langs het strand steviger aan te pakken omdat je er de hotelgasten nog eens mee wegjoeg, daar begreep Habib toen niks van. Dat alle hoteldirecties in Sousse meneer Somar bijvielen natuurlijk wel. Dat illegale gedoe was niet goed voor de omzet in en rond de hotels, dat kon een kind weten. Maar dat het uitgerekend de chef was die dit aankaartte... Collega's legden het hem uit. Dat dit een handigheidje van meneer Somar was, dat hij nu eenmaal een kunstenaar was op het gebied van de hogere politiek, dat hij wel zo *moest* praten om zijn eigen gezicht te redden en om de kwestie van de illegale strandventerij weer een poosje te sussen.

Habib was niet gerust geweest op die hogere politiek.

'Brándamandla!...' Hij begint opnieuw te fluiten, en even later te neuriën. Hoewel de hitte nog steeds heviger wordt, deert die hem niet meer. Hij merkt niet eens hoe hij transpireert in het rulle, gloeiend hete zand dat aan de zolen van zijn blote voeten plakt. Hij had het slechter kunnen treffen toen drie jaar geleden de bittere armoede hem het binnenland uitjoeg – hem, Rizla, de vijf kinderen die hij toen al had, en zijn oude moeder. Niets bezat hij immers toen de regering z'n stukje grond, waar hij overigens geen enkel eigendomsbewijs van bezat, confisqueerde omdat in het hele gebied door de staat aangelegde olijfgaarden kwamen. Niets had hij, behalve een oude verroeste fiets zonder banden en ketting, met daaraan vastgehaakt een karretje waar de hele huisraad en de tent op konden worden geladen. Niets dan dat, en de kleren die ze droegen, en een uitgehongerde hond die zich onderweg bij hen aansloot – een trouw beest dat op de kinderen past – en een sik voor de melk voor de kleinsten. En toen was daar, als uit het niets, opeens meneer

Somar die hem aansprak – midden in Sousse, waar hij met zijn gezin, schichtig van al het verkeerslawaai, met hun bezittingen door de straten sjouwde, op zoek naar werk. Die zag meteen een strandventer in hem. Het was ook niet niks natuurlijk, een wildvreemde armoedzaaier meteen op krediet een tableau toevertrouwen met daarop een volle lading spullen. 'Brándamandla!...' Een beginkapitaal was het. Na een duimafdruk en het plaatsen van een kruisje op een stuk bedrukt papier kon hij meteen aan de slag. Hij zag kans meneer Somar de koopwaar binnen een jaar terug te betalen. Habib is daar maar wát trots op. En eigenlijk ging het hem sindsdien best voor de wind. Gezien de omstandigheden konden hij en zijn gezin het niet beter krijgen. Een dak boven het hoofd, de huisraad al aardig toegenomen, de kinderen behoorlijk in de kleren. Natuurlijk, het huurbedrag voor de kleine woning liegt er niet om. Het bedraagt ruim de helft van zijn inkomen en het is tot nu toe elk jaar verhoogd terwijl op de bewoning hier en daar best wat aan te merken valt. De toiletpot is stuk, alle kranen druppen en als Rizla de was doet zijn er hele overstromingen omdat de afvoer steeds wel ergens verstopt zit. Toen hij eens de euvele moed had daar meneer Somar persoonlijk over aan te spreken, zei die alleen: "Daarvoor moet je niet bij mij wezen, ga naar m'n administratiekantoor." Meneer Somar keek niet vriendelijk en collega's zeiden achteraf dat hij, Habib, nog van geluk mocht spreken dat hij er niet uitgevlogen was.

Nee, al met al mag hij beslist niet klagen, hij, de analfabeet, de armoedzaaier uit het zuiden. Moet hij Allah niet op de blote knieën danken om elke dag die hij leeft, het inkomen dat hij heeft, om zijn intussen zeven gezonde kinderen?

Zijn kinderen... Al zijn zoons zullen tenminste leren lezen en schrijven, ze zullen een vak leren... Habib begint weer eens te fluiten. Als hij te oud is om nog met z'n negotie over het strand te leuren, zijn z'n vier zoons volwassen en zullen zijn drie dochters voor hem en voor Rizla zorgen. Habib glimlacht breed bij dit vooruitzicht hoewel de hitte nu ondraaglijk is geworden.

'Brándamandla!...' Eigenlijk nog niet eens zo'n gek baantje ook. Je doet mensenkennis op, je ziet nog eens wat. Je hebt altijd met mensen te doen die met vakantie zijn, overwegend goedgeluimde lui. Luchtig geklede dames, erg luchtig af en toe. Zo erg dat Habib, die alleen gesluierde vrouwen gewend was, in het begin soms niet wist waar hij kijken moest. Zijn fantasie nam soms een hoge vlucht, zo hoog dat Rizla kort achter elkaar nog weer twee kinderen kreeg hoewel die eigenlijk niet meer zo gewenst waren. En nu een dezer dagen het achtste... Jong, hoogblond zijn ze, lichamen als uit marmer gehouwen lijkt het. Hoe vaak drukt er niet een toevallig haar boezem tegen zijn arm als hij bezig is iets uit zijn tassen te tonen. Zo zacht, zo blank... onwezenlijk haast. Habib begint weer te neuriën.

'Brándamandla!...' Hij laat een onsje gebrande amandelen van eigenaar verwisselen, staat weer op, bergt het geld weg, sjokt alweer verder. Niet alleen vanwege de hitte trouwens, en de strandpolitie, ook nog om een andere reden is dit uur van de dag minder geschikt. Waarschijnlijk juist vanwege de hitte, of uit behoefte een tukje te doen op hun ligbedden, zijn de strandgasten dan ook het snelst geïrriteerd. Habib wordt weleens uitgescholden als zijn roep kennelijk iemand uit zijn middagslaapje wekt. Je moet daarom oppassen je waar op dit uur van de dag niet té nadrukkelijk aan te prijzen. Beter is het om een beetje op afstand te blijven. Een half jaartje geleden – Habib herinnert het zich als de dag van gister – vloog opeens een badgast op, een grote vent met een snor en zó'n dikke buik dat Habib er zich bij wijze van spreken in zou hebben kunnen keren. Die buikeman schopte hem zomaar onder een van de zware tassen, waarbij hij z'n blote tenen bezeerde, wat hem nog kwaaier maakte. Tierend, met een knalrood hoofd, hinkte hij weer naar zijn ligstoel. Het leverde Habib nog de nodige schade op ook. De open tas kieperde in het zand, een paar kilo zoute pinda's en gebrande amandelen, die de venters los meenemen en ter plekke afwegen omdat de klanten dat prachtig vinden, ze moesten in het rulle zand als verloren worden beschouwd.

Hij had zich snel uit de voeten gemaakt.

Gelukkig zijn lang niet alle gasten zo. Er zijn er zelfs bij die hem waarschuwen als de politie in de buurt is, en snel hun badhanddoek over zijn koffers leggen als hij even de bosjes in moet duiken. Er was zelfs een keer een vrouw die een agent stond stijf te schelden toen die Habib een boete gaf.

'Brándamandla!...' Maar alles bij elkaar is het toch best een hard bestaan als je nooit een vak hebt geleerd. Uitgevloekt word je soms, uitgezogen op de koop toe. Om aan geld voor eten te komen moet je al die zaken oppakken waar anderen hun neus voor ophalen. Zijn kinderen zullen het beslist beter krijgen. Habib dus ook, later... en Rizla, die toch ook maar moet sloven om ze groot te krijgen, te zorgen dat ze er netjes bijlopen, ook nog haar werkhuizen heeft, en die nu in de laatste dagen is van de achtste...

Want het is ongeveer negen maand geleden dat Habib op het strand bij Sousse voor het eerst een vrouw zag die helemaal naakt was. Ze lag ergens in haar eentje te zonnen, een stuk van de andere strandgasten verwijderd. Een jonge blonde die nog iets van hem kocht ook, naar hem glimlachte, met haar handen haar borsten schraagde als bood ze ze hem aan, en hem daarbij diep in de ogen keek. Habib kreeg een rood waas voor zijn ogen, ook van de hitte, maar wel een andere hitte dan die van vanmiddag. De haartjes onder aan haar buik waren zó dichtbij, dat hij ze pardoes even aanraakte, waarop de vrouw haar ogen sloot en haar benen spreidde. Hij vergat glad zijn waar af te rekenen, en 's avonds in bed, naast Rizla, spreidden die benen zich opnieuw, steeds opnieuw, steeds verder...

'Brándamandla!...' Het begint Habib nu toch echt zwaar te vallen. Soms is het alsof hij geen adem meer krijgt, alleen nog hitte inademt. Hij heeft meneer Somar al weleens gepolst voor een plaats op de markt. Hij wordt ouder. Of, als hij dan niet in aanmerking komt, een voor Rizla, die dat er dan nog maar bij moet doen. Want het leven wordt steeds duurder en ook zijn andere zoons moeten een keer naar school. Maar meneer Somar had daar beslist geen oren naar. "Habib, je bent nog jong," zei hij. "Pas als je knieën gaan verslijten zal ik zien of ik iets voor je doen kan. En je vrouw?... Man, vrouwen horen in huis, daar horen ze, bij de kinderen, anders wordt het een rotzooi. Dacht je dat ik er schuld aan wil zijn als ik je kinderen over straat zie zwerven? Ik laat mijn vrouw toch ook niet op de markt staan?"

Habib snuift. Meneer Somar heeft makkelijk praten. Die woont in een groot huis met smeedijzeren hekken eromheen, in het oude centrum van Sousse. Hij is rijk, naar men zegt een van de rijkste mannen van de stad. Het werk van mevrouw Somar bestaat er alleen maar uit haar personeel te commanderen en zich twee of drie keer in de week in haar grote glanzende auto naar Tunis te laten rijden, zeggen ze, om daar die kleren te kopen die je in Sousse nergens krijgen kunt. Het rijke volk kan zich van de problemen van de arme sloebers nou eenmaal geen voorstelling maken.

'Brándamandla!...' Habib overziet het strand. Nog ongeveer een kilometer, dan heeft hij het einde van de hotelbebouwing bereikt. Daar voorbij valt niets te verdienen, daar gaat het zandstrand over in een zompig, brak moeras. Het domein van eb- en vloedvissers, muskieten en watervogels. Hij kijkt om. Heel ver weg, trillend in de hitte, ziet hij nog de pier van Sousse. Elke dag, vijf keer op een dag, zeven dagen in de week doet hij deze afstand, vier kilometer heen, vier kilometer terug. Over een kwartier, aan het eind, zal hij toch een poosje uitrusten. Zo warm als vanmiddag is het in tijden niet geweest. De zee stinkt er een beetje van. Misschien is er eindelijk toch wat regen op

BERNARD LOVINK | 435

komst, wat verkoeling. Hoewel Habib op regen ook niet zit te wachten. Dan is er geen kip aan het strand.

'Brándamandla!...' Behalve vanwege de irritatie die het hier en daar wekt, is dit om nóg een reden een ongunstig tijdstip om met je negotie te leuren. Als eenzame venter, bewegend voorwerp tussen al die bewegingloze zonaanbidders, val je natuurlijk extra snel op bij de strandpolitie met haar krachtige korte paardjes. 's Ochtends bijvoorbeeld ga je veel meer verloren tussen die duizenden het water in- en uitrennende badgasten. Je bent nauwelijks zichtbaar voor de politie die altijd onverwacht opduikt. Desnoods hol je snel naar de rand van het strand, om je een moment in het struikgewas te verbergen. Of je blijft gewoon met de handen in de zakken rondkuieren, je zogenaamd van de prins geen kwaad wetend. Maar gelukkig heeft de politie er op dit vergeten, gloeiende uur ook niet veel puf in zich te vertonen. Of het moet toevallig een dienstklopper zijn, of een jonge vent die nog carrière wil maken.

'Brándamandla!...' Nog zo'n vierhonderd meter, dan is hij aan het eind. Nog vierhonderd meter en hij zou zich niet bezorgd meer hebben hoeven maken om (plop-plop, plop-plop) het hem zo bekende galopperen van snelle paardenhoeven over het zand – omdat je per slot van rekening alleen in de nabijheid van je negotie gepakt mag worden. Dat is een ongeschreven wet hier op het strand van Sousse. Maar zodra je die rappe paarden hoort, weet je dat ze al zo dichtbij zijn dat ze het op *jou* gemunt hebben. Op heterdaad betrapt noemen ze dat. Wie van die stomme agenten is nou zo gek op dit uur van de dag, in deze verschroeiende hitte? Habib vraagt het zich vertwijfeld af terwijl hij, instinctief bukkend, met zijn zware tassen naar de rand van het strand en in de richting van het beschermende kreupelhout rent. Plop-plop, plop-plop... Maken dat je wegkomt nu ze het duidelijk op je voorzien hebben. Daar in de bosjes je handeltje snel achter een paar struiken verbergen, met de handen in je zakken rustig verder lopen, fluitend, niks aan de hand. Het strand is immers van iedereen, zelfs van een straatarme Tunesiër. Habib rent en rent, struikelt op een haar na. De hete lucht beneemt hem bijna alle adem. Plop-plop, plop-plop, plop… Hij haalt het niet. Pal voor de reddende bosjes, waar geen paard kan komen en waar de smerissen met hun onhandige laarzen je nooit meer inhalen, wordt hem door zo'n zwarte, glimmende knol de weg versperd. Een bevelende stem, een klap op zijn rug met een zweep, zoals ze altijd doen, nóg een klap, een snerpende pijn…

Toch doet Habib deze ranseling inwendig wel goed. Ze verschaft hem het bewijs dat hij met iets belangrijks bezig is, iets waar de staat Tunesië zich tegen keert. Hij kijkt omhoog. Het is inderdaad een jonge vent, zó jong dat hij zich nog niet eens hoeft te scheren, een die hem de vorige week ook al te pakken had en die er dus overduidelijk op uit is over de ruggen van de strandventers carrière te maken. De andere wetsdienaar blijft op enige afstand staan, loert het strand af naar mogelijke andere overtreders. Zijn merrie snuift luidruchtig, als maakt ze zo haar ongenoegen kenbaar om Habibs overtreding.

De boete die hem gesommeerd wordt ter plekke en in klare munt te voldoen omdat de meeste van Habibs collega's geen vaste woon- of verblijfplaats hebben, bedraagt onveranderlijk nagenoeg de omzet van een hele dag. Vandaag gaat die zelfs boven de omzet uit omdat ze hem op het 'verboden' uur hebben betrapt. Hij zal een week nodig hebben om deze schade ongedaan te maken en hij ziet er tegenop Rizla deze ramp mee te delen, net nu ze op het punt staat weer te bevallen.

"Allah zij geprezen," mompelt hij vol ironie, want in wezen heeft Habib een opgeruimd karakter.

Hij zucht en vervloekt de jonge agent in gedachten. Hij wenst hem pas hardop de hel in als beide dienders buiten gehoorafstand zijn, trots en hooggezeten op hun rappe volbloeds. Morgen gaat hij er opnieuw voor, elke dag is weer een nieuwe dag, met nieuwe mogelijkheden en moeilijkheden, een dag waarop hij monden heeft te voeden van kinderen die op hem wachten en van hem houden. Hij heeft het allerbeste met zijn zoons voor, zal ze alleen verbieden politieagent te worden. Al zou hij met dit verbod ook hun en zijn eigen toekomst op het spel zetten.

Sousse, 1986.

❧

De inspiratie voor het korte verhaal *Brándamandla* heb ik opgedaan lang geleden tijdens een strandvakantie in Tunesië. Het gedicht *Lolita* is een hommage aan Nabokovs bekende boek, mijns inziens ondanks of wellicht dankzij de inhoud een van de beste romans die in het naoorlogse Engelse taalgebied zijn verschenen.

Lolita (1–3)

drieluik

1.

We moeten sluipen meisje, fluisterpraten,
door d'omgeving met haar norm en wet.
Aanstonds ons tuchtverblijf apart verlaten.
Vrezen, tot je ouder bent, vervet.

Poedelnaakt toon jij me fier je schatten.
Schalks: 'Voorzichtig zijn, ik wil geen kid.'
Wat? Uit jouw prille vulva, nauw omvattend
slechts de hunkeromvang van mijn lid?

Je klampt je vast wanneer ik in je ga.
Je kijkt me aan, je kijkt dwars door me heen.
Ontvangt m'n vocht, omklemt me met je been.

Ontspant; je harde groene borstjes hijgen.
Gretig ben je mijn *cadeau* te krijgen.
Medeplichtig kind, o mijn Lolita!

2.

Kom kind, weer moeten we gaan fluisteren.
Wie weet, men staat ons af te luisteren.
Ben ik voorwaar een man om te benijden,
omdat ik op jouw jonge lijf mag rijden?

Integendeel, jouw vele mitsen, maren,
fnuiken mijn genoegen bij het paren.
Met jouw nare woorden mij verschrikt:
'O jee, zes dagen al geen pil geslikt!'

Dat je loog – o, hoe het te verzinnen! –
om een ferme plus op jouw *trousseau*.
O, jij geraffineerde straatmeid Lo.

Kom lief, komaan, we moeten weer gaan sluipen,
schichtig uit ons hol der ontucht kruipen.
Morgen zal ik jou opnieuw beminnen.

3.

O kind, laat ons nog zachter praten,
sluipend over straat weer gaan.
Ze houden ons scherp in de gaten.
Het is huichel, afgunstwaan.

Wie zal het mij kunnen verbieden
lijf aan lijf met jou tesaam?
't Zijn anderen, vaak vuige lieden,
roepend: 'Wat doe jij in godsnaam?'

Nimfijntje, onze tijd gaat dringen.
Morgen zijn ook wij al oud.
Ben jij niet langer fris en stout.

Maar zijn ook wij twee engerlingen,
Wijzend naar ons heikel paar.
Doch denkend: man, was ik je maar.

Ingetogen leefstijl tegengesteld

In het dagelijkse leven zijn mensen 'onzichtbaar'. Jonge generaties veranderen gewoonten met de ideeën die zij over leefstijl hebben. Met interesse in mensen moet het mogelijk zijn veranderingen aan te zien komen. Tradities, waar staan ze in het leven van de mensen van nu?

De sprookjes worden als vertelling overgebracht. Een verhaal dat op een moderne wijze verfilmd wordt.

Er was eens…

In de dagen na het begin van het jaar wensen de mensen elkaar een goed jaar toe. Ik vond dat altijd vervelend. Mensen benaderen met een uitspraak waarvan je niet weet wat het voor jezelf betekent. Margje fietst het gebouw binnen waar ze haar appartement heeft. Als ze de lift naar boven wil nemen, komen er twee onbekenden aan lopen. Haar eerste reactie is 'even wachten'. Het duurt wat langer, ze besluit toch de trap te gebruiken.

In een oud kasteel, overgroeid met rozen, gaat het gerucht, slaapt een meisje. Jarenlang gaat deze vertelling de ronde. Mensen lopen langs het kasteel en ondertussen vragen ze zich af wat er waar is van het gerucht. Soms probeert iemand naar binnen te kijken. Niemand heeft haar ooit gezien. Het gerucht van lang, donker, zwart haar en bruine ogen in een bleek gelaat. Verschillende mensen hebben geprobeerd het kasteel binnen te gaan.

Op een goede dag komt een man te paard in het dorp langs de muren van het kasteel. Het lijkt alsof de takken van de rozenstruiken zich naar buiten buigen. De man ziet een zware houten deur tevoorschijn komen die naar het schijnt vanzelf opent. Hij leidt zijn paard door de deur naar de binnenplaats. Na te zijn afgestegen loopt hij over de plaats in de richting van een trap. Bovenaan de trap opent hij een deur. Eenmaal binnen doorzoekt hij het gebouw naar het gerucht. In een kleine torenkamer vindt hij een bed met hagelwitte lakens waar een beeldschoon meisje slaapt. De man kan zijn ogen niet van haar afhouden. Hij verrast haar met een kus. Langzaam openen haar ogen. Ze kijkt in het gezicht van haar prins. "Goedemorgen, hoe lang heb ik geslapen? Gisteren heb ik de poes nog verzorgd." Haar prins krijgt een glimlach op zijn gezicht. Blij een droom te hebben gevonden in een tijd waarin alle meisjes vrouwen worden in plaats van bruidjes.

De neus van Pinokkio groeit bij iedere leugen. Op een bepaald moment zit er een stok aan zijn gezicht. De oplossing lijkt dan ver weg. Hoe krijg je die neus weer op een normale grootte? Een onoplosbaar vraagstuk. Pinokkio's enige gedachte was 'deugen, eerlijk zijn en rondkijken naar de realiteit'. Hij hield zich aan de regels die hem waren uitgelegd. Tijdens het analyseren van de realiteit begreep hij nog steeds achter de feiten aan te lopen, waardoor de schijn van plagiaat ontstaat. Pinokkio kijkt terug op het eigen leven. Hij zet zijn levensstijl voort, huiselijkheid en eigen inkomen.

Pinokkio verandert zijn naam in 'Remy, alleen op de wereld'. Pinokkio trekt als Remy door de landen van de wereld om cultuur te ontdekken. Pinokkio is een verfilming uit de jaren tachtig van de 20e eeuw. De tv van die periode vertelde de jeugd hoe de wereld eruitzag. De jeugd leerde denken met de realiteit van de tv. Elk had een reden om het geld te waarderen en een eigen leven op te willen bouwen.

Het oude kasteel is niet langer haar thuis. De donkere schoonheid trekt in de figuur van Heidi, die met haar opa in een berghut leefde, de vrijheid in. De vrouw die ontwaakt uit het levenslange slapen stapt het leven in. Het ontdekken van de realiteit om een leven op te bouwen met haar prins....

Margje houdt van eenvoud in een schoon huis, verzorgd en gevoed. Mensen heeft ze geleerd voorbij te gaan. Het opbouwen van een zelfstandige houding, waarin ze gezien wordt als te vertrouwen, iemand die begrijpt wat ze zegt en weet wat mensen zien als ze haar over straat zien lopen.

De deur naar de realiteit is geopend.

De gelaarsde kat stapt op een openingsdag een schoenmakerszaak binnen. De expertise van de man maakt dat de kat hem dwingt tot het aanmeten van een paar laarzen. "Een kat en dan een paar laarzen. Kan geen sprake van zijn." De schoenmaker, totaal beduusd van de opdracht, stelt de prijs hoog. De kat wil per se de laarzen, maar dingt af tot een euro minder. De boze schoenmaker geeft toe en produceert de laarzen. De kat trekt ze aan om in een pijlsnelle gang het dorp door te gaan.

Onderweg vertelt hij voorbijgangers zich aan te sluiten. Mensen zien de laarzen en de trotse houding van de kat. Ze volgen uit nieuwsgierigheid. Benieuwd naar wat de kat te wachten staat. Brengt hij de missie tot een goed einde of levert de uitspraak voor de volgers een eurootje extra op? Ze laten de kat achter, waar brengt het leven hen? Volgen ze een andere 'kat' of worden ze zelf een belangrijke groep en blijkt samenwerking meer op te leveren...

Een sprookje, een meidje... lopende historie; een professional met interesse!

Register

CECÍLIA AGÁRDI
Cecília Agárdi kisiskolás korában sokat írt, leginkább naplót. Később is írogatott, de igazán akkor lett ideje az alkotásra, amikor gyermekei kirepültek a családi fészekből. Első, és egyelőre egyetlen könyve, a „Gondolatok bolhapiaca" előbb magánkiadásban, majd a Novum kiadó gondozásában jelent meg.

MARIA BEHNKE
Schreiben, Malen, Tier-/Umweltschutz – all das macht Maria Behnke, 54, aus. Mit Mann, Mutter und zwei Hunden lebt sie im schönen Rheingau. Ihre Beiträge beinhalten sowohl Fantasievolles als auch das aktuelle Weltgeschehen in Direktheit und Präzision – kritisch betrachtet und immer auf den Punkt gebracht.

TRAUDEL BEICKLER
Traudel Beickler, geboren 1953. Veröffentlichungen in Signal- und Impulsheften der Biokrebs HD. Beitrag in „Aus der lauten Stille des Schweigens" (Hg. Chr. Schoen). Lesungen „Überlebenszeichen". Mitglied im Literarischen Quadrat an der Abendakademie MA. 2020 geplant: Gedichtband „Auf mondhellem Pfad".

ULRIKE BERGMANN
Ulrike Bergmann ist seit 1987 freischaffende Architektin. Sie hat fünf Kinder. In steter Neugier hat sie viele Länder besucht und Vernissagen veranstaltet. Das Studium gesellschaftspolitischer, philosophischer Bücher hat dazu geführt, eigene Gedanken, manchmal in Gedichtform, zu Papier zu bringen.

NASIRA BHIKHA-VALLEE
Nasira Bhikha-Vallee serves as director of health company-Ibn Sina Institute of Tibb in South Africa, but her soul is tied to the written word. She is a writer, editor and poet currently completing her master's degree in creative Writing at Rhodes University. Nasira lives with her husband and three children in Johannesburg.

ANNA BRAUN
Anna Braun, geboren in Wangen/Allgäu. Sie studierte Musik und Germanistik in Heidelberg/Mannheim und Karlsruhe. Frühe Auslandsaufenthalte in Nepal und Indien. Arbeitete als Lehrerin. Lebt jetzt am Bodensee als freie Musikerin, Sängerin, Gesangspädagogin und Chorleiterin.

WERNER J. BRÜNDLER
Werner J. Bründler, geboren 1951 in Luzern, war während seiner letzten Berufsjahre Direktor eines Wirtschaftsverbandes. Bisher veröffentlichte er Fachbeiträge zu wirtschaftspolitischen Themen. In seinen Kurzgeschichten geht er auf alltägliche Irrungen und Wirrungen ein. Der Autor lebt heute in Sempach.

MARINA BURO
Marina Buro, Jahrgang 1997, ist eine vielversprechende junge Autorin. Im Alter von nur 16 Jahren schrieb sie ihren ersten Roman „Das Schweigen der Bienen". Derzeit arbeitet sie an ihrem zweiten Roman „Straßen ohne Namen". Die vorliegende Kurzgeschichte zeigt auf eindringliche Weise ihr Können.

KONSTANTINOS CHRISTOU
Konstantinos Christou, Familienmensch mit zwei Söhnen, Jungautor des Erstlingswerks „Nachhall oder Von jemandem, den die Welt beherrschte" bei united p.c. Wer schreibt, will gelesen werden, so sein Motiv. Leidenschaftlicher Belletristik-Fanatiker und immer mit Fokus auf ein Buch, das nicht dem Mainstream entspringt.

HANNELORE DANDERS
Hannelore Danders wurde 1931 geboren. Als Kind erlebte sie den Zweiten Weltkrieg sowie den Bombenangriff auf Magdeburg. Der Vater fiel 1944 einen Tag vor Heiligabend beim Ausladen verwundeter Soldaten. Diese Ereignisse haben sie für ihr ganzes Leben geprägt. Hannelore Danders wohnt heute in Dresden.

WALTER ECKERT
Walter Eckert, Jg. 1941, war als Tai-Chi- und Chi-Gong-Dozent tätig. Er besitzt die Gabe, als Mittler zwischen der irdischen und der geistigen Welt zu wirken, und führt mit über 300 spirituellen Vorträgen die Tradition der geistchristlichen Lehre fort in einer Reinheit, wie sie nur selten in unserem Sprachraum zu finden ist.

THOMAS KLOEVEKORN
Thomas Kloevekorn, Jg. 1948, hat Architektur studiert und 36 Jahre lang diesen Beruf ausgeübt. 2011 reifte in ihm der Wunsch, seine im spirituellen Bereich erlangten Erfahrungen mit seinen Mitmenschen zu teilen. Zu seinen zentralen Aussagen zählt, dass kein Leben umsonst und jeder für sich selbst verantwortlich ist.

KLAUS EICHMANN
Klaus Eichmann, geboren 1940 in Kiel, ist verheiratet und hat zwei Kinder, sein erlernter Beruf ist Industriekaufmann. Er schreibt gerade an einem Roman „Forschungsauftrag Terra", welcher halb fertiggestellt ist und bereits großes Interesse geweckt hat. Verschiedene Gedichte sind schon in novum #8 erschienen.

SANDRA FEIT
Sandra Feit war in der Öffentlichkeitsarbeit tätig, hat ein Fernstudium zur Kinderbuchautorin abgeschlossen und schreibt Kurzgeschichten, Gedichte und besondere Briefe, die sie bis dato in Facebook veröffentlicht. Das Live-Magazin Saarland gewann Frau Feit als Autorin für einen Artikel der Maiausgabe 2020.

PETER FLEISCHHAUER
Peter Fleischhauer hat in Köln Germanistik, Philosophie und Mathematik studiert und sich nach den Lehramtsprüfungen für den Beruf des Programmierers entschieden. Auf seiner Homepage www.peter-fleischhauer.de kann man mehr über seine literarische Arbeit erfahren.

LILLY FRIESEN

Lilly Friesen lebt als Mutter von zwei Söhnen in Norddeutschland und entdeckte das Schreiben erotischer Geschichten bereits vor vielen Jahren für sich. Mittlerweile beschäftigt sie sich mit medialem Schreiben und dem Schreiben inspirierender, verschiedener Lebensereignisse.

MARIANNE FROMWALD

Marianne Fromwald lebt in Wien und arbeitete bei der Bundespolizeidirektion Wien. Bisher verfasste sie zwei Kinderbücher – „Mariannes Engel will reisen" und „YlSI liebt Ybbsitz". Sie möchte den Kindern „Kultur" nahebringen – ihren Heimatort Ybbsitz und Wien – ihre große Liebe zur Kunst und Musik.

ANTON FÜTTERER

Anton Fütterer kommt aus Amberg in der Oberpfalz (Bayern). Bei united p.c. sind der Roman „Bergableben" und Gedichte in „united #14" erschienen.

ARNO A. GANDER

Arno A. Gander, geboren 1955 in Bregenz, war nach seinem Technikstudium im eigenen Ingenieurbüro tätig. Der Autor ist Absolvent der Frankfurter Cornelia Goethe Akademie für Literarisches Schreiben. Sein erstes Buch „SeelenMeer" ist 2019 im novum Verlag erschienen. Arno A. Gander ist verheiratet.

FRANZ GEISSLER
Franz Geissler, geboren 1950, ist ein waschechter Mattersburger mit „Migrationshintergrund". Seit seiner Pensionierung widmet er sich ganz seiner zweiten Leidenschaft, nämlich Menschen mit seinen mehr als 500 Gedichten zu unterhalten, von denen einige in seinem Buch „Ätzend" erschienen sind.

CLAUDIA GIESE
Die Auseinandersetzung mit Worten und Texten bereitet der gelernten und aktiven Erzieherin Claudia Giese großes Vergnügen. Schon früher verfasste sie gern sehr persönliche Beiträge zu verschiedenen Anlässen. So war es unvermeidlich, dass mit der Zeit auch Essays und Kurzgeschichten entstanden.

BRIGITTE ALMUT GMACH
Brigitte Almut Gmach studierte Englisch und absolvierte eine Ausbildung zur Volksschullehrerin. Als Mitglied einer Schreibwerkstatt hält sie Lesungen und lässt ihrer schriftstellerischen Tätigkeit in Form von Reisetagebüchern und Kurzgeschichten freien Lauf – wie auch in ihrem Werk „Die Inselnomadin".

ROSA GOLD
Rosa Gold wurde 1976 in Hannover geboren. Im Laufe der Zeit beschäftigte sie immer mehr das Thema Familie, Beziehung, Burnout und Glück und es drängte sich der Wunsch auf, diese Erkenntnisse in einer Geschichte niederzuschreiben. „Mama muss zur Reparatur" ist Rosa Golds erste schriftstellerische Veröffentlichung.

MAXIM GOLDMAYER
Maxim Goldmayer, Homöopath, Musiker und Obstbauer, schreibt Lyrik seit früher Jugend, später Essays und Kurzgeschichten. Bisher sind erschienen im Wiesenburg Verlag: „Von Wegen und Begegnungen" 2019; „Geschichten von besonderen Begegnungen auf meinen Reisen" und „Blühender Kirschbaum im Regenwald".

EBERHARD W. HÄFFNER
Eberhard W. Häffner wurde 1936 in Schorndorf geboren. Er ist promovierter Naturwissenschaftler, lebte einige Jahre in den USA und war bis zum Ruhestand in einem Forschungszentrum in Heidelberg tätig. Nach dem Publizieren wissenschaftlicher Arbeiten widmet er sich jetzt dem Sachbuch, den Essays sowie Anthologien.

JACKIE HAINES
Jackie Haines was born in Maidenhead where the summers were spent sleepily hanging out at the Cricket pitch in Pinkney's Green, watching Carters Steam Fair on a warm summers' eve, and taking in life. Educated locally, she enjoys observing the ordinary, adding a pinch of imagination and creating stories for children.

SAEED HAQ
Pockets of Life; inspired through intuition and observation on the minutiae of life. Language and writing have always been a passion for the author; currently writing a novel about childhood experiences, hoping it will resonate and encourage others to do so.

ROSALIA HARDT
Rosalia Hardt wurde 1942 in Wien geboren. Seit jeher irritieren sie die Medien, wenn sie die Kriminalität in der Gesellschaft als Unterhaltungsinstrument missbrauchen. Deswegen hat sie im Ruhestand die Novelle „Ein Tag sagt es dem andern" geschrieben, die Gewalt ausblendet und dennoch Leser anspricht und unterhält.

ROSEMARIE HEIHOFF
Rosemarie Heihoff wurde 1945 im Ruhrgebiet geboren und lebt heute in Westfalen. Nach dem Abitur studierte sie Englisch und Geschichte für das Lehramt an Realschulen und übte ihren Beruf mit viel Freude und Engagement aus. Durch ihren Wohnsitz auf dem Land kann sie ihre Liebe zur Natur intensiv leben.

BRIGITTE HERZOG
Brigitte Herzog arbeitete als Industriekauffrau, studierte Kunstwissenschaft in Nürnberg und Berlin. Dort befreundete sie sich mit der freiberuflichen Fachübersetzerin aus Italien, Mitglied des italienischen Dolmetscher- und Übersetzerverbandes A.N.I.T.I., Daniela Gigante, die ihre Gedichte übersetzte.

ANDREW INGS
His first book on workplace safety was published in 2001. In 2010 his book Rockin at the 2i's Coffee Bar was published. Next was A Nipperkin of Bunkum a collection of comic sketches. FROM PAGE TO STAGE is a complete guide to creating a theatre group.

HOLGER KIEFER
Holger Kiefer, 1967 in Niedersachsen geboren und dort aufgewachsen. Schriftstellerische Tätigkeit vom 13. Lebensjahr bis zum Tod. Studium der Anglistik, Romanistik und Philosophie in Münster und Kiel (Magister Artium). Gelderwerb als Technischer Redakteur und Sprachlehrer.

ELLY LAGENDIJK
Uit grote zorg over de huidige wereldsituatie heb ik, Elly Lagendijk, een aanvulling op mijn boek geschreven. De titel van het boek luidt "De Naam van God". Het handelt over de coronacrisis in het licht van Gods Plan met de mensheid.

ÉVA LEDNICZKY
Néhány szűk, lovak és mindenféle szőrös-tollas élőlények által kísért évtized jellemzi Éva Ledniczky útkeresését országhatáron innen és túl. Egy felnőni nem igazán akaró, játékos, független, szabad lélek, akinek jelen inkarnációjában női testet adományozott a sors, annak minden áldásával és nehézségével együtt.

AXEL LEHMANN
Axel Lehmann lebt und arbeitet als freier Werbetexter in Dresden. Fürs Kabarett schreibt er Programme, Sketche und Lyrik. Einige Kostproben davon veröffentlichte der Verlag united p. c. 2019 unter dem Titel: „Schall & Brauch".

VANESSA ELISA LIPINSKI
Vanessa Elisa Lipinski ist eine junge Bochumer Autorin. Sie studiert Wirtschaftswissenschaften. Seit 2020 ist die Autorin mit der Arbeit an ihrem ersten Gedichtband beschäftigt, welcher sich rückblickend mit der Jugend in Polen und dem darauf folgendem Leben in Deutschland abseits der Familie auseinandersetzt.

Bibliography:
p. 14 © Jenő Mátyás Fock, p. 31 © Ulrike Bergmann,
p. 102, 103 © István Csáki, p. 175 © Monika Dröscher,
p. 254, 257, 258, 262, 265, 268, 271, 274, 278 © Gábor Adonyi,
p. 317, 318 © Brigitte Herzog, p. 402 © Éva Ledniczky